M i M i RamaT

Mohammad Mahdi Rasouli

Top Ten Award
International Network

Vancouver, BC CANADA

این کتاب توسط مرکز هماهنگی امور انتشارات بین‌المللی کشتی نوح مستقر در ونکوور کانادا در شبکه جهانی قرار گرفته است

آدرس دفتر مرکزی: بلوار پارک وی – شرق ونکوور – استان بریتیش کلمبیا – کانادا

تلفن   Tel. +1-778-751-8127

وبسایت   www.kashtinooh.com

پست الکترونیکی   info@kashtinooh.com

Published by: Top Ten Award International Network
Vancouver, BC **CANADA**
Email: Info@toptenaward.net
www.toptenaward.net

Ordering Information:
Quantity sales. Special discounts are available on quantity purchases by universities, schools, corporations, associations, and others. For details, contact the "Sales Department" at the above mentioned email address.

MiMiramat, Mohammad Mahdi Rasouli - 1st ed.
ISBN 978-1-77899-031-1   Paperback

www.ingramcontent.com/pod-product-compliance
Lightning Source LLC
Chambersburg PA
CBHW072005210726
48294CB00013B/1339

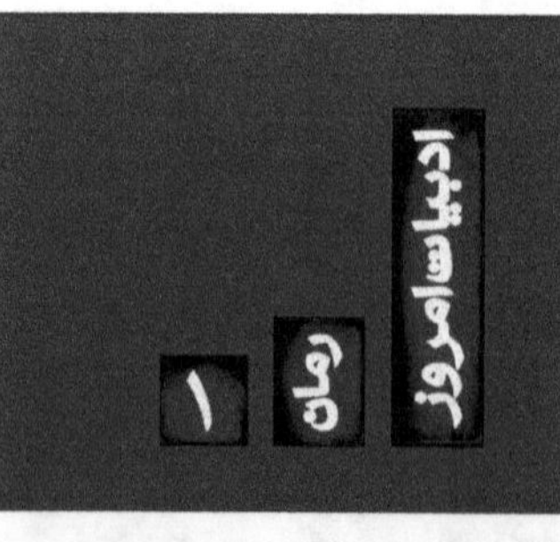
ادبیات امروز
رمان
۱

رمیمی
محمد مهدی رسولی

تقدیم به همسرم، اشرف، مادرِ یاسمن و علی

فهرست

یک تابش فرشته

روی لبه‌ی تاریکِ بیابانِ گم‌شدگی

زبان خشکش را می‌اندازد روی لب پایینی و چانه‌اش را می‌دهد بالا. چشمش چرخ می‌زند روی تپه‌هایی که هیکل بادکرده و بی‌قواره‌شان را ولو کرده‌اند اطراف جاده. در آخر، نگاهش میخ‌کوب می‌شود روی کوه تک‌وتاری که بین تپه‌ها قد علم کرده. با خود فکر می‌کند حتماً این کوهِ تک‌افتاده را از جایی بریده‌اند و گذاشته‌اندش بین این تپه‌های توسری‌خورده. بعد از لحظاتی طولانی چشم از کوه برمی‌دارد و دوباره خیره می‌شود به جاده، جاده‌ای که از دل تپه‌ها بیرون می‌آید و معلوم نیست آخرش به کجا می‌رسد. با دقت شروع می‌کند به شمردن تپه‌ها. انگار همه‌ی این راه را آمده فقط برای شمردن این‌ها:

«یک، دو، سه، چهار، پنج، شیش، هفت، هشت... اَ... هشت تا تپه.»

دفتر یادداشت کوچکی را که با نخ به گردن آویخته از یقه بیرون می‌آورد و گوشه‌ی سمت راست آن با مداد می‌نویسد: "هشت تا کُپل‌تپه". نگاه دیگری به تپه‌ها می‌اندازد و می‌خندد. با انگشت کوتاه و

خِپِل سبابه‌اش، چال گوشه‌ی لبش را می‌خاراند و راه می‌افتد. چند قدم که می‌رود می‌ایستد. فکر می‌کند یکی صداش کرده. به پشت‌سر نگاه می‌کند. خبری نیست. درخت‌های آفتاب‌خورده، ردیف‌به‌ردیف پشت‌سرش صف کشیده‌اند. هجده درخت دراز، چهار درخت چهارشانه و سه درخت مُردنی. یک‌آن، بی‌حوصله دست‌هاش را دور دهانش حلقه می‌کند و فریاد می‌زند:

«کککک کجایی کاکا کارگاهِ عمو کاکاکا کاظم؟»

به حرف "ک" که می‌رسد زبانش می‌چسبد به سق دهان و در خشک‌نای حنجره‌اش تبدیل به حرف "خ" می‌شود.

باد پاییزی، کلمه‌های بریده و شکسته‌اش را می‌برد می‌کوبد به دیوارِ آخرین ردیف خانه‌های پشت درخت. می‌ایستد. رو می‌کند به تنه‌ی درخت پتوپهنی که قلب‌های شکسته و یادگاری‌های کج‌ومعوج روی پوست زمختش داغ گذاشته‌اند. فریاد می‌زند:

«آقای مرتیکه، مگه چرا نگفتی عمو کاکا کاظم از این‌طرفه؟ اگه راستش‌رو می‌خوای، خودت بیا جواب بده دیگه.»

گرما و تشنگی، لکنتش را بیش‌تر کرده است. تف خشکی روی خاک می‌اندازد و کاغذ مچاله‌شده‌ای را از جیبش بیرون می‌آورد. کاغذ نشانی را رو به تنه‌ی درخت می‌گیرد:

«مگه چرا خودت این‌رو نخوندی، گفتی از این جاده برو!»

آخرین کلمه‌اش در بغضی فروخورده خفه می‌شود. لب ورمی‌چیند و همان‌جا دو زانو می‌نشیند:

«آخه پام خسته شد. خوبه گریه‌م بگیره؟ خوشت می‌آد لجم درآد؟»

سر می‌چرخاند سمت آسمان. غُر می‌زند:

«اگه گم شده باشم چی، جواب مامافهیمم‌رو چی بدم؟»

آفتاب چشمش را می‌زند. انگشت‌هاش را جلوی صورتش می‌گیرد و باز و بسته‌شان می‌کند. صداش لحن التماس دارد:

«ای خداجون، یکی از فرشته‌هاترو بفرست من‌رو کول کنه.»

قطره اشکی از گوشه‌ی چشمش سُر می‌خورد روی گونه‌اش. از لای انگشت‌هاش زل می‌زند به خورشید. زیرلب نجوا می‌کند:

«بگو بیاد دیگه. ارواح خاک من!»

پلک‌هاش را آرام می‌بندد و باز می‌کند. اشعه‌ی خورشید مثل نیزه‌های نورانی از لابه‌لای مژه‌ها به نی‌نی چشم‌هاش هجوم می‌آورد. از این بازی خوشش می‌آید. چندبار انگشت‌هاش را باز و بسته می‌کند. ناگهان جلوی دیدش سیاه می‌شود، به هرجا نگاه می‌کند لکه‌ای سیاه می‌بیند. از ژرفاژرفِ تاریکی صدایی می‌شنود، صدایی شبیه پت‌پت پره‌ای آهنی یا بال‌زدن پروانه‌ای بزرگ. صدا نزدیک و نزدیک‌تر می‌شود، امّا او جز سیاهی چیزی نمی‌بیند. چشم‌ها را با دست می‌مالد. پشت دستش خیس می‌شود. نرم‌نرمک نقطه‌ای نورانی در وسط تاریکی سوسو می‌زند. صدای پت‌پت را در شقیقه‌های خیس از عرقش می‌شنود؛ و صدای گریه‌ی خودش را. از کی شروع به گریه کرده است؟ زار می‌زند. خسته است، خسته و گرسنه و تشنه.

«چیه، چی شده، چرا گریه می‌کنی؟»

صدای گریه‌اش قطع می‌شود. چشم می‌دوزد به نقطه‌ی نورانی‌ای که حالا بهتر می‌بیندش. صدا از همان‌جا آمده است. طوق صیقل‌خورده‌ای را می‌بیند که نور مستقیم خورشید را منعکس می‌کند، و در همان حد و ارتفاع، دو چشم سیاه که به او خیره شده است.

«گریه نمی‌کنم، گشنه‌مه، گُم شدم... تو وَ فَ فرشته‌ای؟»

«فرشته کیه، اسم خواهرت فرشته‌ست؟»

«نه‌خیرم، من خودم بیست و هفت سالمه، تازه بیش‌تر هم می‌شم. خودت کی هستی اگه راستش‌رو می‌خوای، اسمت چیه؟»

«با اسمم چی‌کار داری؟»

«من ماهانم. مامافهیم ماهی صدام می‌کنه. تو هم بگو ماهی.»

بلند می‌شود. سر زانوهای خاکی‌اش را می‌تکاند و بدون لکنت می‌گوید:

«فکر می‌کنی من دیوونه‌ام؟»

تازه می‌بیندش؛ دختری‌ست با دو چشم سیاه که روی ویلچر نشسته است. هنوز انعکاس نور، روی طوق چرخ ویلچر چشمش را می‌زند. کمی جابه‌جا می‌شود:

«من که دیوونه نیستم.»

و روی حرف "ک" زبانش می‌چسبد به سق دهانش. قطره‌ی عرقی را که از لاله‌ی گوشش آویزان شده و لمبر می‌خورد، با سرانگشت می‌سترد:

«تورو خدا، ارواح خاک من، تو فرشته‌ای؟»

دختر می‌زند زیر خنده. دست‌هاش را می‌گیرد جلوی صورتش:

«نه‌بابا، من پریام.»

«من هم ماهانم. سلام.»

پریا دوباره می‌خندد:

«یه‌بار گفتی.»

بعد سرش را پایین می‌اندازد و زیرلب زمزمه می‌کند:

«سلام.»

ماهان ابروهاش را می‌دهد بالا. دستش را می‌گذارد روی سینه‌اش و تعظیم می‌کند:

«سلام خانوم‌خانوم‌ها، از این‌طرف‌ها!»

پریا سعی می‌کند جلوی خنده‌اش را بگیرد:

«تو که الآن داشتی گریه می‌کردی.»

ماهان دستی به گونه‌اش می‌کشد:

«همه‌ش الکی بود، الکی گریه‌م گرفت.»

«حالا واسه‌چی گریه می‌کردی؟»

چشم ماهان به پره‌های چرخ ویلچر می‌افتد. مقابل ویلچر زانو می‌زند. انگشتش را روی سطح میله‌ها می‌کشد، انگار دارد چنگ می‌نوازد:

«اَ... چه‌قدر میله، چند تاست؟»

شروع می‌کند به شمردن پره‌های چرخ:

«یک، دو، سه، چهار، پنج...»

و در همان‌حال دفتر یادداشت را از یقه‌اش بیرون می‌کشد:

«اَ... سی و شیش تا. خداجون، چه‌قدر میله...»

زیر نگاه متعجب پریا توی دفترچه می‌نویسد: "سی و شش میله داغ آفتاب ندیده". آب دهانش را به‌سختی قورت می‌دهد و کمر راست می‌کند:

«خیلی تشنه‌مه، آب داری؟»

«نه، نوشابه دارم.»

خنده‌ی بزرگی صورت ماهان را پر می‌کند:

«گازدار؟»

«آره.»

«خنک؟»

«از صبح تو یخچال بوده.»

«یخچالِ کجا؟»

«خونه‌مون.»

«ببین، پریا...»

پریا با اخم رو برمی‌گرداند:

«پریاخانوم.»

«پریا، خانوم‌خانوم‌ها، مگه چرا می‌شینی تو این؟ خوشت می‌آد؟»

دست پریا که بطری نوشابه را طرف او گرفته در هوا می‌ماند. صداش زنگ خفیده‌ی کاسه‌ای شکسته را دارد:

«نمی‌تونم راه برم.»

«یعنی فلجی؟»

«می‌بینی که.»

لحظه‌ای چهره‌ی ماهان از هجوم درد و غمی ناگهانی مچاله می‌شود. دست‌هاش را جلوی صورتش می‌گیرد و می‌زند زیر گریه. خیلی زود به هق‌هق می‌افتد. پریا بطری نوشابه را در دامنش می‌گذارد:

«چیه، چرا باز گریه می‌کنی؟... الکی، آره؟»

بالاتنه‌اش را به جلو خم می‌کند. طوق چرخ‌ها را در مشت می‌گیرد و ویلچر را سمت او می‌راند:

«می‌گم چرا گریه می‌کنی؟»

ماهان عرق و اشک را از گونه‌اش پاک می‌کند. زیرلب غُر می‌زند:

«نمی‌خوام... نمی‌خوام.»

پریا دوباره نوشابه را سمت او می‌گیرد:

«بیا، فقط همه‌ش‌رو نخوری، داداشم می‌کُشدم.»

ماهان چشم به زمین دوخته و هنوز گریه می‌کند.

«بگیر دیگه، مگه نمی‌گی تشنه‌ته؟»

پریا دست‌هاش را روی زانوش جمع می‌کند:

«من که طوریم نیست، می‌تونم راه برم.»

ماهان مُف بینی‌اش را بالا می‌کشد:

«دروغ‌گو، دروغ‌گو!»

پریا دستمالی از جیب مانتوی قهوه‌ای‌رنگی که بیش‌تر شبیه یک پیراهن گشاد مردانه است بیرون می‌آورد و به او می‌دهد:

«بیا اشک‌هات‌رو پاک کن. من هم دیگه باید برم.»

ماهان دستمال را می‌گیرد و روی چشم‌هاش می‌گذارد و با صدای بلند می‌گرید. پریا ویلچر را عقب‌جلو می‌کند، آن را در مسیر همواری می‌اندازد و راه می‌افتد:

«دیرم شد...»

هنوز چند متری بیش‌تر نرفته که احساس می‌کند ویلچر سبک و راحت روی خاک پیش می‌رود. سر بالا می‌کند و ماهان را می‌بیند که دسته‌های ویلچر را گرفته و آن را به جلو می‌راند.

«خودم می‌تونم برم، ولش کن.»

«داداشت هم فلجه؟»

«نه... گفتم خودم می‌رم.»

ماهان سریع‌تر می‌راند:

«پس مگه چرا گفتی می‌کُشدت؟»

پریا که چشم از جلو برنمی‌دارد لبخندزنان ابرو در هم می‌کشد:

«چه ربطی داره!»

«نوشابه‌رو بده دیگه.»

«صبر کن تا بدم... می‌گم یه‌دیقه ویلچررو نگه دار تا به‌ات بدم.»

امّا ماهان همچنان می‌راند. ناگهان چرخ ویلچر با قلوه‌سنگی برخورد می‌کند و قیقاج می‌رود. ماهان با چالاکی، وزن بالاتنه‌اش را روی دسته‌ها می‌اندازد. پریا جیغ می‌کشد:

«نگه دار آقاماهان.»

چرخ‌های ویلچر روی خاک میخ‌کوب می‌شود. ماهان نفس‌زنان جست می‌زند و می‌ایستد پیش روی پریا. پریا درحالی‌که لبش را آرام می‌گزد سراپای ماهان را ورانداز می‌کند:

«اسمت آقاماهان بود دیگه!»

لبخند بزرگی روی صورت سرخ‌وسفید ماهان می‌رقصد. در سکوت سرش را تکان می‌دهد، گویی بعد از پیروزی بزرگی منتظر جایزه است. پریا بطری پلاستیکیِ نوشابه را به طرفش می‌گیرد:

«بیا یه‌کم بخور.»

ماهان بطری نوشابه را می‌گیرد و درش را باز می‌کند و می‌برد سمت دهانش، امّا بی‌آن‌که به آن لب بزند درش را می‌بندد:

«نه.»

«مگه تشنه‌ت نیست؟»

ماهان ابروهاش را می‌دهد بالا:

«دهنی می‌شه، داداشت می‌کشه.»

«نه، نمی‌کشه، یه‌کم بخور.»

ماهان دوباره درِ بطری نوشابه را باز می‌کند. چشم‌هاش را می‌بندد و آن را یک‌نفس تا قطره‌ی آخر سر می‌کشد. پریا بی‌پلک‌زدنی، ناباورانه به او خیره شده است. بیهوده می‌پرسد:

«همه‌ش‌رو... خوردی؟»

ماهان آروغی می‌زند و بطری خالیِ نوشابه را می‌کوبد روی فرق سرش. هم‌زمان با صدای خفه‌ی برخورد بطری با سرش زیرلب می‌گوید:

«دومب!...»

نگاهش را به زمین می‌دوزد:

«بـ بـ بـ ببخشید، یه‌دفعه از گلوم در رفت خودش.»

چند شبنم عرق روی چانه‌ی پریا می‌درخشد:

«حالا جواب بهرامرو چی بدم!»

ماهان انگشت خپل سبابه‌اش را در بطری پلاستیکی فرو می‌کند:

«مگه چرا بـ بـ بـ ببخشید از آروغ بدش می‌آد؟»

«معلوم هست چی می‌گی! عادت داره حتماً با غذاش نوشابه بخوره.»

ماهان انگشتش را از بطری بیرون می‌کشد:

«خب بگو گازش پرید ریختم دور...»

بلافاصله با کف دست گوشتالوش به پیشانی‌اش می‌کوبد:

«نه، نه... می‌ری جهنم.»

با انگشت اشاره به سینه‌ی خودش می‌زند:

«بگو این خره خورد.»

سگرمه‌های پریا باز می‌شود و بی‌اختیار می‌خندد:

«چی می‌گی تو!»

ماهان با چشم‌های گردشده به او نگاه می‌کند:

«پس می‌خوای بری جهنم؟! باشه، بگو گازش پرید، ریختم دور.»

انگار که قهر کرده باشد از پریا رو برمی‌گرداند، پریا هم از او رو برمی‌گرداند:

«آره، گازش پرید... فکرکردی اون بچه‌ست؟»

ماهان آرام آرام سرش را سمت پریا می‌چرخاند:

«مگه چند سالشه هنوز؟»

پریا عرقِ روی چانه‌اش را با سر آستین رنگ و رو رفته‌اش پاک می‌کند:

«دلت خوشه‌ها تو هم، چه سؤال‌هایی می‌پرسی.»

«یعنی تو نمی‌دونی داداشت چند سالشه!»

پریا بی‌حوصله غُر می‌زند:

«چی می‌گی تو!»

طوق‌های فلزی چرخ را در مشت می‌گیرد و حرکت می‌کند. ماهان راه می‌افتد دنبالش:

«کجا می‌ری، بذار برم نوشابه بخرم، خب عادت داره...»

و چون پریا چیزی نمی‌گوید، می‌پرسد:

«سیاه باشه یا نارنجی؟»

پریا توقف می‌کند:

«الآن شما واسه‌چی دنبال من می‌آی؟»

ماهان می‌پرسد:

«تَـ تَـ تنهایی کجا می‌ری؟»

«کجا می‌رم؟ می‌رم نوشابه بیارم.»

ماهان نگاهی به دوردست‌ها می‌اندازد:

«از کجای این‌جا مثلاً؟ این‌جا که بقالی پر نمی‌زنه... تا چشم کاکا کار نمی‌کنه.»

پریا ویلچر را به حرکت درمی‌آورد:

«از یخچال خونه‌مون.»

«خب من هم باهات می‌آم.»

«واسه‌چی؟»

«کَ کَ کمک... کمک کنم.»

پریا فشار بیش‌تری به طوق آهنی چرخ‌ها می‌آورد. ماهان دسته‌های ویلچر را در مشت می‌گیرد:

«من که کاریت ندارم... قول می‌دم مؤدب باشم. تازه، به مامافهیم هم قول دادم.»

صدای پریا بالا می‌رود:

«این‌جوری هل نده، این‌جا پُر قلوه‌سنگه.»

و بعد آرام می‌پرسد:

«مامافهیمت کجاست؟»

ناگهان ماهان ویلچر را نگه می‌دارد:

«مامافهیم نه، فهیمه‌خانوم. مامافهیم من می‌گم فقط. تو بگو فهیمه‌خانوم.»

و دوباره ویلچر را راه می‌اندازد. پریا نفس عمیقی می‌کشد:

«حالا فهیمه‌خانوم؛ کجاست مادرت؟»

«خونه‌مون. داره ناهار می‌پزه برا باباحبیب.»

«پس تو تنهایی این‌جا چی‌کار می‌کنی، تو این بیابون!»

«گم شدم دیگه، الآن هم مامافهیم داره دق می‌خوره از دستم.»

و صداش از بغض می‌لرزد.

خورشید درست رسیده وسط آسمان. کم‌کم درخت‌هایی که پشت هم قطار شده‌اند از منظره‌ی پیش‌رو محو می‌شوند. حالا جاده‌ی زیر پاشان نرم‌تر شده و قلوه‌سنگ‌ها، کوچک و کوچک‌تر. از دور، ردیف چند خانه که تنگ هم خزیده‌اند به چشم می‌آید. پریا می‌پرسد:

«با کی اومدی این‌جا، اصلاً واسه‌چی اومدی؟»

«خودم اومدم، تنهای تنها؛ باورت شه.»

رو به آسمان تقریباً فریاد می‌کشد:

«خدا، خدا. تنهای تنها. الهی من برات بمیرم مامافهیم.»

نگاهش می‌افتد به خانه‌های خاکستری‌رنگ که حالا کاملاً به چشم می‌آیند. می‌پرسد:

«اون‌جا خونه‌تونه؟»

«آره، همونی که یه تیر چراغ‌برق کنارشه.»

ماهان خیره می‌شود به ردیف خانه‌ها و می‌گردد دنبال تیر چراغ‌برق. با خوشحالی فریاد می‌زند:

«دی دی دی دی دیدم... خدا خدا، خونه‌تون‌رو دیدم.»

و سرعتش را بیش‌تر می‌کند.

پریا می‌پرسد:

«نگفتی برای چی اومدی این‌جا!»

«اومدم کار کنم.»

«مگه تو می‌تونی کار کنی؟»

«فکر کردی من دیوونه‌م؟»

لحن پریا دل‌جویانه است:

«کی گفتم دیوونه‌ای، می‌گم می‌خوای چه‌جوری کار کنی؟»

صدای ماهان از ذوق می‌لرزد:

«عموکاظم که عاشقشم.»

«عموکاظم، چی؟»

«عمومه، یعنی عموم نیست‌ها، ولی ماهه.»

«می‌خوای شاگردش بشی؟»

«نه، من شاگرد باباحبیبم.»

«یعنی تو مغازه‌ی باباحبیبت کار می‌کنی؟»

«مغازه که نیست، آب‌میوه فروشیه... اون‌جا می‌رم سطل‌های آشغال‌رو می‌برم خالی می‌کنم. صبح زود می‌رم، شب‌ها هم می‌رم لاکردار... باباحبیب می‌گه لاکردار؛ خوشگله، نه؟»

«چی؟»

«همین لاکردار دیگه.»

«یعنی فقط صبح‌ها و شب‌ها می‌ری؟»

«اون موقع آب‌میوه‌فروشی خلوته، مشتری پر نمی‌زنه. باباحبیب می‌گه تو آبروی من‌رو می‌بری.»

«مگه چی‌کار می‌کنی؟»

«خب بدبختی یه‌جورِ ناجور آبروش‌رو می‌برم، یعنی... اگه راستش‌رو می‌خوای، آب‌هویج‌هارو می‌شمرم...»

دفتر یادداشتتش را از یقه بیرون می‌آورد:

«...آب‌طالبی‌هارو می‌شمرم، معجون‌هارو می‌شمرم...»

سرانگشتتش را با آب‌دهان تر می‌کند و دفتر را پیش روی پریا ورق می‌زند. رو به آدمی خیالی نجوا می‌کند:

«...آقا، شما سه بار هورت کشیدی...»

و سرش را می‌چرخاند سمت آدم خیالی بعدی:

«...شما که داری آب‌انبه می‌خوری! بی‌ادبیه، دو بار آروغ زدی...»

دفتر را می‌بندد:

«...از همین‌ها دیگه. باباحبیب می‌گه من تو محل آبرو دارم.»

«خب نکن این‌کاررو، زشته، راست می‌گه بابات، آبروش می‌ره.»

ماهان گویی از رازی پرده برمی‌دارد:

«آخه شیطون گولم می‌زنه لاکردار.»

«خب شیطون‌رو لعنت کن.»

«لعنتش می‌کنم.»

با غیظ دندان‌هاش را روی هم فشار می‌دهد و چشم می‌دراند:

«فِ فِ فحش بد بهاش می‌دم، از اون آب‌دارهاش، ولی باز هم می‌گه بشمار.»

«حالا برای چی می‌شمری‌شون؟»

«چون زیادن، خیلی زیادن. باید یکی باشه آمارشون‌رو دربیاره یا نه؟ آب‌هویج‌ها، معجون‌ها، شیربستنی‌ها، دیگه... کچل‌ها، مودارها، دیگه... عینکی‌ها، کرمکی‌ها، اون‌هایی که سیبیل دارن... راستی سیبیل به من می‌آد پریا؟»

لحن پریا سرد و خشک است:

«پریاخانوم.»

ماهان خنده‌ی ریزی می‌کند و رو به آسمان فریاد می‌زند:

«خدا... خدا...»

ناگهان ویلچر را رها می‌کند و می‌پرد پیش روی پریا:

«پریاخانوم؛ خوب شد؟»

پریا که مجبور شده ویلچر را نگه دارد فریاد می‌کشد:

«چی‌کار می‌کنی؟! یه دفعه می‌پری جلوی ویلچر، چپ می‌کنم خب.»

ماهان خجالت‌زده سرش را پایین می‌اندازد و سگرمه‌هاش را در هم می‌کشد. پریا تازه سبیلش را می‌بیند، سبیل‌هایی نازک و تُنک که پشت لبش را پوشانده است:

«یه‌دیقه همین‌جا بمون، من برم از خونه نوشابه بیارم.»

و چرخ‌های ویلچر را به حرکت درمی‌آورد. هنوز خیلی دور نشده که نیم‌نگاهی به ماهان می‌اندازد:

«سیبیل به‌ات می‌آد!»

ماهان که به او خیره شده و رفتنش را می‌پاید یک‌باره مشت‌هاش را گره می‌کند و درحالی‌که چهره‌اش از ذوق می‌درخشد رو به آسمان فریاد می‌کشد:

«خدا... خدا... عاشقتم!»

نسیم خنکی از سمت درختانی که آن دورهاست می‌وزد و روی پوست صورت ماهان می‌رقصد. احساس می‌کند ضربان قلبش را در شقیقه‌هاش می‌شنود، در کتف‌هاش، در پاهاش. نگاه می‌کند به دختری که روی ویلچر، پشت به او، طوق‌های سرد و سخت چرخ را در مشت گرفته و به طرف خانه‌ای می‌رود که درِ آبی‌رنگی دارد. به یاد می‌آورد قبلاً شبیه آن را در خوابی دیده است.

پریا، دختری که بوی مامافهیم را می‌دهد. وقتی حرف می‌زند زنگ صدای بی‌بخش و شفافش مامافهیم را به یادش می‌آورد، و موقعی که می‌خندد...

وقتی خندیده است... تازه یادش می‌آید اولین‌باری که پریا خندیده بود صدای قلبش را در شقیقه‌ها و کتف‌ها و ساق پاهاش شنیده است. همان‌موقع بود که فهمید چرا این‌قدر عرق می‌ریزد. هوا گرم است، درست، امّا حتی چندباری هم که نسیم خنکی وزیده است ـ از سمتِ همان درخت‌هایی که برگ‌هاشان با شروع پاییز رفته‌رفته زرد و نارنجی شده ـ باز هم احساس کرده صورتش گُر می‌گیرد؛ یعنی انگار پریا، صدای پریا، نگاه پریا از خورشید می‌آید، خورشیدی که هیچ‌وقت سرد نمی‌شود.

حالا پریا زیر نگاه او کلید می‌اندازد و درِ آبی‌رنگ را باز می‌کند. به‌سختی چرخ‌های ویلچرش را از آستانه‌ی سنگیِ جلوی در عبور می‌دهد. ماهان می‌خواهد برود کمکش، امّا پریا وارد خانه شده است. از لای در می‌بیند که چگونه آرام‌آرام چرخ‌های ویلچر را روی سطح شیب‌دارِ منتهی به حیاط هدایت می‌کند. شیب تمام شده است. برای لحظه‌ای ویلچر روی موزاییک‌های شکسته‌ی حیاط سرگردان می‌شود. پریا با چالاکی هرچه‌تمام‌تر آن را کنترل می‌کند.

یک‌آن بغض سنگینی گلوی ماهان را می‌فشارد. حالا حتی بغض را هم در شقیقه‌ها و کتف‌ها و ساق پاهاش حس می‌کند.

دست‌هاش را بالا می‌آورد و به انگشت‌هاش خیره می‌شود. دو قطره اشک، هم‌زمان از دو چشمش به پایین می‌غلتد. زار می‌زند؛ مثل وقتی که برای دوطفلان‌مسلم زار می‌زند. هرسال عاشورا که با مامافهیم می‌روند تماشای تعزیه، وقتی دوطفلان‌مسلم را در تنور پیدا می‌کنند صورتش را در دست‌هاش پنهان می‌کند و اشک می‌ریزد.

«چیه، چی شده، واسه‌چی گریه می‌کنی مادر؟»

پیرزن رهگذر که زنبیلی پر از سبزی به دست دارد سعی می‌کند از زیر دست‌های ماهان چهره‌اش را ببیند. ماهان به پیرزن نگاهی می‌اندازد و دوباره صورتش را زیر دست‌هاش می‌پوشاند. پیرزن برای لحظه‌ای صورت ماهان را دیده است:

«آخی، الهی بمیرم، مال این محل نیستی مادر، نه؟»

ماهان بی‌حوصله شانه بالا می‌اندازد، امّا پیرزن دست‌بردار نیست:

«اول فکر کردم قاسمِ کبری‌خانوم‌این‌هایی... گم شدی؟»

ماهان فقط می‌گرید. پیرزن سری تکان می‌دهد و آه می‌کشد:

«الهی بمیرم برات. خدا شفا بده مادر.»

و دور می‌شود. ماهان که به هق‌هق افتاده است در همان‌حال ناله می‌کند:

«خدا خودترو شفا می‌ده...»

دست‌ها را از روی صورت برمی‌دارد و رو به پیرزن فریاد می‌زند:

«خدا خودترو شفا می‌ده.»

امّا پیرزن دور شده است. ماهان دوباره دست‌ها را روی صورتش

می‌گذارد و زار می‌زند. وقتی صدای بسته شدن درِ حیاط آبی‌رنگ می‌آید ماهان خودش را جمع‌وجور می‌کند. با پشت دست‌ها گونه‌های خیسش را پاک می‌کند. پلک‌هاش سرخ و ملتهب است. پریا می‌آید سمت او. ماهان رو برمی‌گرداند، امّا پریا دوباره رو به او می‌چرخد و با گردنی کج نگاهش می‌کند:

«گریه کردی؟»

ماهان شانه بالا می‌اندازد و به دوردست‌ها خیره می‌شود. پریا هنوز ماتِ اوست:

«پس گریه کردی؛ حالا برای چی؟»

ماهان مف بینی‌اش را بالا می‌کشد و با صدایی بغض‌دار می‌پرسد:

«کی خوب می‌شی؟»

پریا با تعجب می‌پرسد:

«من؟!»

ماهان رو به آسمان تقریباً جیغ می‌کشد:

«خدا... خدا...»

رو می‌کند به پریا:

«خب تو دیگه، همین خانوم‌خانوم‌ها دیگه!»

و چشم می‌دوزد به آسمان خاکستری. پریا لبخند کم‌رنگی می‌زند:

«مگه من چمه؟ من که خوبم.»

نگاهی به آسمان می‌اندازد، همان‌جایی که چشم‌های ماهان خیره‌اش است. چند گنجشگ از شاخه‌ی درختی می‌پرند و پر می‌کشند سمت افق. پریا چشم ازشان برنمی‌دارد:

«خب، می‌خوای چی‌کار کنی؟»

ماهان معصومانه شانه بالا می‌اندازد:

«چی‌کار کنم اگه راستش‌رو می‌خوای؟»

«شماره تلفن مامان یا بابات‌رو داری؟»

«برای چی؟»

«زنگ بزنیم بیان ببرنت. خودت که نمی‌تونی برگردی.»

«کجا برگردم، اصلاً می‌دونی با مترو اومدم؟»

«حالا با هرچی اومدی، بالاخره که باید برگردی.»

ماهان که هنوز چشم به آسمان دارد دفتر یادداشت را از یقه‌اش بیرون می‌کشد:

«کجا برگردم؟ هنوز که سرِکار نرفتم، هنوز که پول درنیاوردم خیر سرم.»

در دفترچه می‌نویسد: "پانزده گنجشک نر ریقو + هفده گنجشک ماده خانم‌خانم‌ها".

پریا می‌پرسد:

«چی می‌نویسی؟»

«گنجشک‌هارو ندیدی؟ آمارشون‌رو نوشتم.»

«حالا برای چی می‌نویسی؟»

ماهان دفتر یادداشت را از یقه‌اش رد می‌کند تو:

«آخه خیلی زیادن، یادم می‌ره.»

پریا ابرو بالا می‌اندازد و لبخند می‌زند، امّا ناگهان لبخند در صورتش می‌ماسد:

«خیلی دیرم شده، دیگه باید برم.»

«من می‌برمت.»

«یعنی چی می‌برمت! خوب گوش کن ببین چی می‌گم؛ پشت این خونه‌ها یه بقالی هست، اسم صاحبش آقایونسه، تلفن داره، برو بگو

زنگ بزنه بیان ببرنت. من گوشیم شارژش تموم شده، وگرنه خودم زنگ می‌زدم.»

و دور می‌شود:

«جای دیگه‌ای هم نرو. این‌جا همه‌ش بیابونه، گم می‌شی.»

ماهان به لکنت می‌افتد:

«تو فکر می‌کنی من دیوونه‌ام؟»

درحالی‌که لکنتش بیش‌تر شده، کلمه‌ها از حنجره‌اش شلیک می‌شود:

«من می‌گم... باید برم سرِ کار، باید... برم پول در بیارم، شاگرد بشم. خوشت می‌آد لجم درآد؟»

کف به دهان آورده است. هرآن صداش بلند و بلندتر می‌شود:

«ماما‌فهیم خودش با آقای کاظمی، یعنی عموکاظمی صحبت کرده. عمو گفته بیا تو کارخونه‌ی شیشه، گفته خودم به‌اش کار می‌دم، یعنی دروغ گفته؟»

ناگهان ویلچر توقف می‌کند. پریا چرخ‌ها را می‌چرخاند رو به ماهان:

«پس چرا زودتر نمی‌گی! می‌خوای بری کارگاه آقای کاظمی؟»

«من صد دفعه نگفتم ماما‌فهیم گفته برو شاگردش بشو؟ اون‌وقت صد دفعه به من می‌گی برم پیش آقابقالی تلفن بزنم، آخه آقابقالی دخترعمه‌ی منه؟»

پریا سعی می‌کند آرام باشد:

«اگه از همون اول قشنگ گفته بودی می‌خوای بری کارگاه شیشه‌گری به‌ات می‌گفتم اتفاقاً من هم دارم می‌رم همون‌جا؛ داداش من هم اون‌جا کار می‌کنه، دارم ناهارش‌رو براش می‌برم.»

ماهان ریه‌هاش را از هوا خالی می‌کند:

«هاه...»

کجکی چشم می‌دوزد به پریا:

«آخه پس... مگه یعنی چرا؟»

پریا از توی بینی می‌خندد:

«چی می‌گی؟! بدو بیا بریم دیرم شد.»

ماهان پروازکنان خودش را به پریا می‌رساند و دسته‌های ویلچر را در مشت می‌گیرد. پریا با نگرانی نگاهی به جاده می‌اندازد:

«فقط خیلی محکم هل نده، فهمیدی چی می‌گم، آروم‌تر. تو این قابلمه، خورشته، می‌ریزه... فکر کنم تا همین حالاش هم...»

ماهان درحالی‌که بازیگوشانه ویلچر را به جلو می‌راند، می‌پرد توی حرفش:

«می‌گم بوی ماماڧهیم می‌آدها.»

«یعنی چی؟»

«همین دیگه، قرمه‌سبزی. هروقت ماماڧهیم قرمه‌سبزی درست می‌کنه می‌پرسه اگه گفتی ناهار چی داریم، می‌گم ماماڧهیم داریم.»

پریا پوزخند می‌زند:

«ماماڧهیم یعنی قرمه‌سبزی؟»

ماهان می‌خروشد:

«صد و هزار بار به‌ات گفتم خانوم‌خانوم‌ها، من فقط می‌گم ماماڧهیم، شما بگو فهیمه‌خانوم.»

«خب، حالا هرچی؛ یعنی دست‌پختش این‌قدر خوبه؟»

«ماهه، ماه. انگشتاش‌رو هم می‌خوری.»

«پس فهمیدی قرمه‌سبزیه؟»

«پس چی، فکر کردی دیوونه‌ام؟!»

«چیه هی این‌رو می‌گی؟ مگه من گفتم دیوونه‌ای؟»

ماهان عصبی و هیجان‌زده است:

«آخه به من... به من...»

صداش به خِرخِر می‌نشیند. لکنت اجازه نمی‌دهد جمله‌اش را تمام کند. لحظه‌ای مکث می‌کند و دوباره نفس می‌گیرد:

«آخه... آخه به من... می‌گن منگل، می‌گن تو منگلی، دیوونه‌ای.»

«خب بگن، به من هم می‌گن فلج.»

«یعنی فلج هم مثل منگل، دیوونه‌ست؟»

«دیوونه؟ کی می‌گه... اصلاً بگن، تو گوش نکن.»

ماهان رفته‌رفته چهره‌اش از لبخندی کم‌فروغ باز می‌شود:

«عین مامافهیم، اون هم می‌گه تو گوش نکن... عین مامافهیم.»

انگار رمز پیروزی در مسابقه‌ای بزرگ را برای او فاش می‌کند کلمه‌ها را در تهِ حلقش کش می‌دهد:

«فقط اگه قرمه‌سبزیت هم خوشمزه باشه، دیگه عاشقتم.»

پریا ابرو در هم می‌کشد:

«مگه مامافهیم... فهیمه‌خانوم به‌ات نمی‌گه از این حرف‌ها نزن، زشته.»

«مامافهیم می‌گه دروغ زشته، می‌گه هرکی دروغ بگه خدا دوستش نداره، خب خدا چیزهای زشت‌رو دوست نداره دیگه پریاجون.»

«باید به من بگی پریاخانوم.»

ماهان عذرخواهانه امّا سرسری، زیرلب زمزمه می‌کند:

«پریاخانوم دیگه.»

«خب، حالا می‌خوای تو کارگاه آقای کاظمی چی‌کار کنی؟»

«اول تو بگو قرمه‌سبزیت خوشمزه‌ست؟»

«بعله که خوشمزه‌ست.»

«خب اگه راستش‌رو می‌خوای، یه‌کم بده بخوریم ببینیم.»

«نمی‌شه.»

«مگه چرا نمی‌شه؟ خب باید بخورم تا بگم خوشمزه‌ست دیگه. من که نمی‌تونم دروغ بگم. تو می‌خوای خدا من‌رو بدش بیاد؟»

پریا ابروهاش را بالا می‌اندازد و در همان‌حال سرش را تکان می‌دهد:

«یعنی مثلاً داری گولم می‌زنی؟»

«گولت نمی‌زنم، خدا چاردست‌وپا بندازتم جهنم اگه گولت زدم، باورت شه؛ من فقط می‌خوام...»

ناگهان ویلچر را متوقف می‌کند و غُر می‌زند:

«اصلاً من گشنه‌مه پریاجون.»

پریا دستش را روی طوق فلزی چرخ می‌گذارد و سعی می‌کند ویلچر را به حرکت درآورد:

«می‌خوای مثل نوشابه همه‌ش‌رو بخوری بی‌چاره‌م کنی؟»

ماهان جستی می‌زند و دسته‌های ویلچر را در مشت می‌گیرد و مانع حرکت آن می‌شود:

«اگه همه‌ش‌رو بخورم خدا مادرزاد کورم کنه؛ خوبه، دلت خنک شد؟»

«آخه نمی‌شه، داداشم می‌فهمه، راه بیفت.»

ماهان قهرکنان شانه بالا می‌اندازد.

«تو می‌خوای بهرام دعوام کنه؟»

«غلط کرده.»

«اُهوی... داداشمه‌ها!»

«هرکی تورو دعوا کنه می‌زنم تو دهنش خون بزنه.»

«نه، تو مثل این‌که خیلی گرسنه‌ته، قاتی کردی؛ بیا، یه‌لقمه بخور شاید عقلت بیاد سرجاش.»

چهره‌ی ماهان از خوشحالی می‌شکفد. پریا از داخل صندوقچه‌ی آهنی که زیر ویلچر جاسازی شده بقچه‌ی کوچکی بیرون می‌آورد و آن را بین زانوهاش می‌گذارد. گره‌ی بقچه را باز می‌کند. هوا پُر می‌شود از بوی سبزی سرخ‌شده و لیموعمانی. ماهان با سروصدای زیاد ریه‌هاش را از هوا پر و خالی می‌کند و سپس رو به آسمان فریاد می‌کشد:

«خدا... خدا... قربونت برم ماما‌فهیم.»

پریا می‌خندد:

«بشقاب که ندارم، تو همین درِ قابلمه یه‌ذره برات می‌کشم.»

ماهان شانه‌هاش را بالا می‌اندازد و نق می‌زند:

«فقط یه‌ذره؟ نمی‌خوام، بیش‌تر... بیش‌تر.»

پریا دو قاشق برنج توی درِ قابلمه می‌ریزد و درِ ظرف کوچک خورش را باز می‌کند:

«بیا، دو قاشق؛ خوبه دیگه!»

ماهان با دیدن خورش، تمام خطوط صورتش از خنده کش می‌آید. با سرانگشت، چال کنار لبش را می‌خاراند:

«بیش‌تر... بیش‌تر، تروخدا پریاجون!»

«گفتم، پریاخانوم!»

«باشه، پریاخانوم، خانوم‌خانوم‌ها، خوب شد؟ باز هم بکش، کمه براش!»

«پس تو می‌خوای داداشم من‌رو دعوا کنه!»

خنده در چهره‌ی ماهان می‌خشکد. مشت‌های گره‌کرده‌اش را

سمت آدمی خیالی پرتاب می‌کند. در یک چشم‌به‌هم‌زدن دست‌هاش را از طرفین باز می‌کند و فریاد می‌زند:

«داداشت خیلی هم غلط...»

جیغ پریا و ضربه‌ای که ناگهان به دستش خورده، صداش را در گلو خفه می‌کند. یک‌آن می‌بیند قابلمه‌ی برنج، بالای سرش به پرواز درآمده و دست‌های سرگردان پریا هوا را چنگ می‌زند.

خفاخفِ صدای پریا مثل تکه‌های یخ از ته حنجره‌اش بیرون می‌لغزد:

«وای خدا...»

قابلمـــه روی خاک افتـــاده و بیش‌تـــر برنج‌ها از آن بیـــرون ریخته اسـت. ماهان که دسـت‌های مشت‌شـده‌اش در هوا خشـک شـده بـا ابروهایی کشـیده و چشـم‌هایی ورقلمبیـده زل زده بـه ناکجا، انـگار واهمـه دارد به زمیـن نگاه کنـد. پریا کـه آشـکارا حلقه‌ای اشـک در پیالـه‌ی چشـم‌هاش تاب می‌خـورد با صدایـی آرام زمزمه می‌کند:

«همین‌رو می‌خواستی؟ حالا جوابش‌رو چی بدم؟ این ناهارش بود.»

ماهان که هنوز دست‌های مشت‌شده‌اش مثل چوب در هوا مانده ناله می‌کند:

«به‌اش می‌گم تقصیر من بود.»

پریا می‌غُرد:

«تو غلط...»

امّا حرفش را می‌خورد. سرش را روی سینه می‌اندازد و آه می‌کشد.

ماهان نگاهش را به زمین و قابلمه و برنج‌های روی خاک می‌سُراند:

«خب تقصیرِ من بود دیگه، می‌گم منِ لاکرداررو دعوا کنه.»

دست‌هاش را پایین می‌آورد:

«باشه پریاجون؟»

پریا در همان‌حال که سرش پایین است جیغ می‌کشد:

«پریاخانوم، عوضی!»

صورتش را در دست‌هاش می‌پوشاند و از لای دندان‌هاش می‌غُرد:

«من اصلاً نمی‌فهمم چرا تورو دنبال خودم راه انداختم، من،...»

و سرش را بالا می‌آورد و می‌بیند ماهان آرام و بی‌صدا دور می‌شود.

پریا قطره‌ی اشکی را که روی گونه‌اش غلتیده، پاک می‌کند. صداش لحنی آرام دارد:

«چیه، این‌هارو ریختی گذاشتی رفتی؟ خب بیا جمع‌شون کن.»

ماهان لحظه‌ای سر برمی‌گرداند سمت او و با صدایی بغض‌آلود مویه می‌کند:

«کثیف شدن، نمی‌خورم.»

«کی گفت تو بخوری، جمع‌شون کن بریز تو قابلمه؛ اون‌هاییش که تمیزن، بدو!»

ماهان در همان‌حال می‌ایستد. نه می‌رود، نه برمی‌گردد. پریا سعی می‌کند قابلمه را از روی زمین بردارد، امّا قبل از آن پوزخند می‌زند و سر تکان می‌دهد:

«خوش به حالت، واقعاًکه!»

ماهان فریاد می‌زند:

«یعنی من دیوونه‌ام؟»

پریا تلاش می‌کند برنج‌ها را در قابلمه بریزد:

«نه‌خیر، خودترو زدی به دیوونه‌بازی. این کارها چیه می‌کنی؟ اگه مامانت هم بود...»

ماهان فریاد می‌کشد:

«فهیمه‌خانوم!»

پریا کلافه، ادامه می‌دهد:

«اگه فهیمه‌خانوم این‌جا بود یه‌دونه نمی‌زد تو گوشت؟»

ماهان می‌چرخد رو به پریا. با سرعتی که هرلحظه بیش‌تر می‌شود سمت او می‌شتابد و مقابلش زانو می‌زند و صورتش را پیش می‌آورد:

«بـ بـ بزن... بزن دیگه اگه راستش‌رو می‌خوای.»

لحظه‌ای دست پریا روی خاک می‌ماند:

«به جای این دیوونه‌بازی‌ها این‌هارو جمع کن.»

ماهان دوباره فریاد می‌کشد:

«من دیوونه نیستم.»

«خیله‌خب، نیستی، جمع کن!»

بغضی که در گلوی ماهان دل‌دل می‌کند بالاخره می‌ترکد. می‌زند زیر گریه و در همان‌حال برنج‌ها را می‌ریزد توی قابلمه. پریا یک چشم به او، و یک چشم به قابلمه دارد:

«کثیف‌هاش‌رو نریز!»

ماهان که هنوز می‌گرید بلند می‌شود. قابلمه را به پریا می‌دهد. پریا دستمال‌کاغذی صورتی‌رنگی را طرف او می‌گیرد:

«بیا، دماغت‌رو پاک کن.»

ماهان به هق‌هق افتاده است:

«تمیزه؟»

پریا سعی می‌کند خنده‌اش را پنهان کند:

«بعله، بفرمایین خواهش می‌کنم!»

ماهان با دستمال گونه‌ها و بینی‌اش را پاک می‌کند. دستگیره‌های

ویلچر را در مشت می‌گیرد. صداش گرفته و خاموش است:

«بریم؟»

پریا سر برمی‌گرداند سمت او. لقمه‌نانی پُر از خورش در دست دارد:

«بیا، این یه‌لقمه‌رو بخور. تا ناهار خیلی مونده.»

ماهان می‌غُرد:

«دوست ندارم.»

«بیا دیگه، داره می‌ریزه. خودت‌رو لوس نکن. بخور ببین خوشمزه‌ست یا نه.»

لب‌های ماهان تا بناگوش به خنده باز می‌شود. همان‌طور که دستگیره‌های ویلچر را در مشت دارد گردن می‌کشد و لقمه را با حرکتی ناگهانی از دست پریا می‌قاپد. پریا سر برمی‌گرداند:

«چی‌کار می‌کنی، یواش‌تر!»

ماهان لقمه را یکی‌دو بار در دهان می‌چرخاند و می‌بلعد. درحالی‌که چهره‌اش هرلحظه بیش‌تر می‌شکفد رو به آسمان فریاد می‌کشد:

«خدا... خدا... عاشقتم پریاجون!»

«خیله‌خب دیگه، خودت‌رو لوس نکن، راه بیفت، دیر شد.»

کم‌کم ردیف درخت‌ها به پایان می‌رسد. کمی آن‌طرف‌تر، در پایه‌ی کوهی که دامنش پر از قلوه‌سنگ‌های جوروواجور است حفره‌ی تونلی متروکه و قدیمی دهان باز کرده است، دهانی گرسنه و سیاه که گویی در انتظار بلعیدن لقمه‌ای‌ست. دورِ دهانه‌ی تونل، سنگ‌های کبودرنگِ تیشه‌خورده با بندکشی سیمانی، روی هم قطار شده و مثل نیم‌دایره‌ی تیره و چرکی گِرد سر تونل چنبره زده است. ماهان لحظه‌ای می‌ایستد و دفتر یادداشت را از یقه بیرون می‌آورد. با دهانی نیمه‌باز و ابروهایی بالاداده شروع می‌کند به شمردن سنگ‌های بنفش‌رنگ.

پریا نگران و بی‌حوصله سر تکان می‌دهد:

«پس چرا وایسادی؟»

ماهان با اشاره‌ی سر می‌فهماندش که صبر کند. درحالی‌که آرام‌آرام لب‌های مرطوبش به حرکت درمی‌آید آب دهانش را قورت می‌دهد و یادداشت می‌کند، "بیست و هشت تا سنگ گُنده‌غول". رو می‌کند به پریا:

«از این‌جا قطار می‌زنه بیرون؟»

«نه، بجنب، دیر شد.»

«پس چی می‌زنه؟»

«یه زمانی جاده بوده، کوه ریزش کرده راه تونل‌رو بسته.»

ماهان دوباره نگاه می‌کند به دهانه‌ی تونل:

«تونل؟»

«آره، تونل عزیزآهو.»

«عزیزآهو؟»

«اسمشه.»

با نگرانی نگاه می‌کند به جاده:

«دیرم شد به خدا.»

ماهان هولانه‌هول سمت او می‌شتابد و ویلچر را به جلو می‌راند:

«پس مگه چرا یه‌عالمه سنگ داره؟ نمی‌شه شمردشون از این‌قدر که زیادن.»

«خب ریزش کرده، سنگ‌های کوه ریخته دوروبرش.»

«ته‌اش به کجاش سر در می‌خوره؟»

«چی؟»

«می‌گم ته‌اش...»

«...نمی‌دونم. مواظب سنگ‌ها باش.»

«پس کی می‌دونه؟»

«هیشکی.»

«الکی‌پلکی چاخان می‌زنی؟»

پریا لحظه‌ای سمت او برمی‌گردد:

«من دلم داره شور می‌زنه، تو هم هی...»

«باشه، باشه خانوم‌خانوم‌ها.»

و سکوت می‌کند.

جاده به یک دوراهی می‌رسد. پریا می‌گوید از راه مستقیم بروند. کنار جاده چند بلوک سیمانی رها شده است. ماهان لحظه‌ای می‌ایستد و تعداد بلوک‌ها را در دفترچه‌اش یادداشت می‌کند. دوباره راه می‌افتند. از بلوک‌ها که دور می‌شوند دیوار طولانی‌ای شروع می‌شود که پریا می‌گوید دیوار کارخانه است:

«این‌جارو یادت بمونه. بعد از اون بلوک‌ها دیوار کارخونه شروع می‌شه.»

صدای پریا آن زنگ و نشاط قبل را ندارد. مضطرب است و این را می‌شود در تکانه‌های خفیفی که کلماتش را احاطه کرده احساس کرد، امّا لذتی پنهانی و گنگ در این اضطراب نهفته است که آن را نمی‌فهمد. از وقتی ماهان را دیده چندین‌بار صدایی در درونش نهیب زده است که "این کیه دنبال خودت راه انداختی؟ همین‌جوری ندیده و نشناخته؛ می‌دونی اگه بهرام این‌رو باهات ببینه چه کولی‌بازی‌ای درمی‌آره!" امّا چیزی در لحن صدا و ادا و اطوارِ ماهان است که واهمه‌اش را مهار می‌کند. به خود می‌گوید، چی می‌خواد بگه بهرام؟ یه جوون معصوم و بی‌آزار... با این‌همه بهتر است بهرام او را با ماهان نبیند.

«خب دیگه، پشت این دیوار، درِ کارخونه‌ست. تو همین‌جا بمون بذار اول من برم، پنج‌شیش دیقه‌ی دیگه تو بیا، فهمیدی چی گفتم؟»

ماهان که آهنگ نامفهومی را زمزمه می‌کند لحظه‌ای ساکت می‌شود:

«مگه چرا پریاجون؟»

پریا سرمی‌چرخاند سمت او:

«ببین، یه‌دیقه صبرکن!»

ماهان مطیع و خاموش سر تکان می‌دهد و ویلچر را متوقف می‌کند.

پریا آرام و شمرده‌شمرده حرف می‌زند:

«اول این‌که هیچ‌وقت به من نگو پریاجون ـ پریاخانوم ـ می‌گی پریاخانوم، فهمیدی؟... چی می‌گی؟»

ماهان زیرلب غُر می‌زند:

«مگه چرا، من دیوونه‌ام؟»

«نه دیوونه نیستی، پس می‌گی چی؟ پریاخانوم، بعدش هم، جلوی داداشم من‌رو صدا نمی‌کنی، اگه یه‌وقت دیدیش نگی من آوردمت این‌جا.»

«آخه مگه چرا؟»

«فقط گوش کن، بگو چشم!»

«چشم پریاجون...»

و بلافاصله حرفش را می‌خورد:

«...پریاخانوم.»

پریا ویلچر را حرکت می‌دهد و راه می‌افتد.

«پریاجون!»

پریا از کوره در می‌رود:

«من چی گفتم الآن به تو!»

«از دست من قهر نیستی که خورشت‌رو ریختم؟»

پریا بی‌حوصله شانه بالا می‌اندازد:

«نه، قهر نیستم.»

چهره‌ی ماهان از ذوق و شادی می‌شکفد. شروع می‌کند با انگشت‌های خپل و کوتاهش بشکن زدن و در همان‌حال، با رقصی عجیب و مضحک راه می‌افتد پشتِ‌سر او.

پریا از خم دیوار می‌پیچد سمت درِ کارخانه و تازه متوجه می‌شود ماهان پیِ‌اش افتاده. می‌خواهد سر بچرخاند و چیزی بگوید امّا صدایی که از حنجره‌اش سر برآورده خفه می‌شود.

احساس می‌کند گونه‌هاش آتش گرفته است. بهرام مثل مجسمه در چند قدمی درِ بزرگ و آهنی کارخانه ایستاده و درحالی‌که سیگار نیمه‌ای را بین انگشت‌هاش جابه‌جا می‌کند به پریا خیره شده است.

ماهان پاش را یکی‌درمیان به زمین می‌کوبد و بشکن‌زنان پشتِ‌سر ویلچر پیچ‌وتاب می‌خورد. پریا پلک نمی‌زند، لحظه‌ای سر می‌چرخاند تا به ماهان اشاره‌ای کند، چیزی بگوید، امّا ماهان که غرق در شادی و آوازی نامفهوم است نه چیزی می‌بیند و نه چیزی می‌شنود.

پریا آرام و بهت‌زده می‌رود طرف بهرام. سعی می‌کند بی‌آن‌که رو برگرداند با اشاره‌ی دست، ماهان را متوجه‌ی بهرام کند، امّا بی‌فایده است. صدای بم و گرفته‌ی بهرام، ماهان و ویلچر را در یک زمان متوقف می‌کند:

«تا حالا کجا بودی، می‌دونی ساعت چنده؟»

پریا لب فروبسته و فقط نگاه می‌کند. ماهان با دهان باز و چشم‌های ورقلمبیده و دست‌هایی که در هوا خشک شده، تک‌درخت پاییزی‌ای را می‌ماند که حتی یک برگ به شاخه‌هاش نمانده است.

«کری؟ نشنیدی چی گفتیم؟»

پریا ریه‌هاش را از هوایی که آتش گرفته خالی می‌کند:

«یه کم دیر شد... برنج... برنج...»

«...برنجرو کاشتی، دیر دراومد، ها؟»

صدای پریا آشکارا می‌لرزد:

«نه، خب، تازه دم کردم، دیر شد.»

بهرام سیگار را گوشه‌ی لبش می‌گذارد. خم می‌شود و از جعبه‌ی آهنیِ زیرِ ویلچر، بقچه‌ی غذا را برمی‌دارد. قابلمه را از آن بیرون می‌آورد. با دیدن برنج، سیگارش را روی زمین تف می‌کند و دودش را با سروصدا از سوراخ‌های بینی‌اش بیرون می‌دهد. زیرلب می‌غُرد:

«دروغ هم می‌گی به ما!»

چشم‌هاش را ریز می‌کند و قابلمه را جلوی صورتش می‌گیرد. پنجه‌اش را زیر برنج می‌اندازد و مشتی از آن را بالا می‌آورد و با انگشت شستش زیر و روش می‌کند. یک‌باره نگاهش را پرت می‌کند سمت پریا:

«ریختیش زمین؟»

«نه.»

این "نه" را ماهان گفته است. صداش مثل گوگردِ کبریتی نم‌کشیده فشی می‌کند و خاموش می‌شود. درحالی‌که هنوز دست‌هاش را کاملاً نینداخته و قوس کمرش را صاف نکرده با دهان باز و ابروهایی بالاداده به بهرام چشم می‌دوزد، بی‌پلک‌زدنی.

بهرام که از زیر ابروهاش زل زده به ماهان، از پریا می‌پرسد:

«این منگله کیه؟»

ماهان انگار به خودش می‌گوید، زیرلب زمزمه می‌کند:

«من دیوونه نیستم.»

بهرام که نشنیده چه گفته، قدمی سمتش برمی‌دارد:

«چی؟»

ماهان بِروبِر نگاهش می‌کند.

«چی نالیدی واسه ما؟»

ماهان فریاد می‌زند:

«من دیوونه نیستم.»

بهرام رو می‌کند به پریا:

«دنبال تو راه افتاده این؟»

«نه، با من چی کار داره!»

بهرام چانه‌اش را خرت‌خرت می‌خاراند:

«پس قابلمه‌ی برنج‌رو نریختی، این هم دنبال تو راه نیفتاده!»

لکنت شدید، کلمات ماهان را در هم می‌پیچد:

«می‌می‌می می‌گه... می‌گه راه نیفتاده دیگه، توتوتو تو اصلاً چی چی کارش دادا داری؟»

بهرام طوری به ماهان نگاه می‌کند که انگار آدمی که پیش روش ایستاده هرلحظه محو، و دوباره آشکار می‌شود:

«یکی می‌ذاریم تو صورتت از اینی که هستی بی‌ریخت‌تر بشی‌ها!»

ماهان سرش را پایین می‌اندازد و خیره می‌شود به زمین. ذرات تف از لای دندان‌هاش به هوا می‌جهد:

«خودت بی‌ریخت می‌شی اصلاً... اصلاً یکی می‌زنم تو... تو دهنت‌رو ببند احمق!»

بهرام می‌غُرد:

«پس خفه نمی‌شی، ها؟»

و سمت او یورش می‌برد. پریا پیراهن بهرام را در مشت می‌گیرد:

«با این بدبخت چی‌کار داری؟»

بهرام گوشه‌ی پیراهنش را از چنگ پریا بیرون می‌کشد و سیلی محکمی به گونه‌اش می‌زند. زنگ صدای سیلی، پلک‌های ماهان را می‌پراند. صدای جیغ ماهان با قیل‌وقال دسته‌ای گنجشک که از بالای سرشان عبور می‌کنند یکی می‌شود:

«نزن...»

و از لای دندان‌هاش می‌غُرد:

«مگه چرا خودت خواهر نداری! خوبه من هم بزنم تو تو...»

و گریه امانش نمی‌دهد. پریا مقنعه را روی پیشانی‌اش مرتب می‌کند و ویلچر را می‌چرخاند که برود، بهرام راهش را سد می‌کند:

«کجا؟ صبر کن بینیم...»

قابلمه‌ی برنج را روی زمین خالی می‌کند:

«به ما دروغ می‌گی آشغال، فکر کردی ما الاغیم؟»

بعد قابلمه‌ی کوچک خورش را از جعبه‌ی آهنی زیر ویلچر بیرون می‌آورد و روی خاک‌ها پرت می‌کند. قابلمه با صدای خفه‌ای روی زمین می‌غلتد و محتویاتش بیرون می‌ریزد. لوبیاهای چرب، زیر آفتاب برق می‌زند. یکی از کارگران نوجوان کارخانه از درِ بزرگ آهنی بیرون می‌آید. بهرام با دیدن او ماغ می‌کشد:

«چیه، چی می‌خوای؟»

کارگر نوجوان ترسیده، به سرعت برمی‌گردد توی کارخانه. بهرام رو به پریا که آرام‌آرام مویه می‌کند فریاد می‌کشد:

«می‌گیم این کیه دنبالته، می‌گه دنبال ما نیست... صد دفعه گفتیم مارو الاغ فرض نکن پریا. قابلمه پُر خاکه، می‌گه تازه دم کردم...»

موجی از کلمات بریده‌بریده و لغزانِ ماهان در فضا غوطه می‌خورد:

«تـ تـ تقصیر... تـ تـ تقصیر... پـ پـ پـ پریاجون نیست... مـ مـ مـ من...
من ریختم...»

بهرام دندان‌هاش را روی هم می‌ساید و سمت ماهان می‌رود. در راه لگدی به قابلمه‌ی خورش می‌زند و آن را به سویی پرت می‌کند. ماهان دست‌هاش را بالای صورتش سپر می‌کند، امّا دیگر دیر شده است. سنگاسنگِ دست بهرام روی گونه‌اش می‌نشیند:

«دیگه اسم خواهر مارو نیاری‌ها!»

ماهان صورتش را در دست‌هاش می‌چلاند. خون از زیر نرمه‌ی انگشت‌هاش روی چانه‌اش راه گرفته است:

«به تو چه... مگه... چرا... خودت آدم نیستی؟ اگه داداش پریاجون نبودی... می‌زدمت... یه‌جورِ ناجور می‌زدمت کف بخوری.»

بهرام نعره می‌کشد:

«می‌زنیم همین‌جا ناقصت می‌کنیم‌ها.»

پریا جیغ می‌کشد:

«به اون چی‌کار داری عوضی، ولش کن.»

بهرام نگاه تندی به پریا می‌اندازد. لب باز می‌کند تا چیزی به او بگوید، امّا در چرخشی ناگهانی، گردن ماهان را در دست‌هاش می‌گیرد و او را روی خاک می‌غلتاند.

کارگر نوجوان سراسیمه از درِ کارخانه بیرون می‌زند و در پی او چند کارگر دیگر می‌ریزند بیرون و می‌ایستند به تماشا. مصطفا، کارگر قسمت بسته‌بندی، با هیکلی چهارشانه و ستبر سمت پریا می‌آید:

«چی شده؟»

پریا، گریان، به ماهان اشاره می‌کند:

«نذارین بزندش. داره جوون مردمرو می‌کشه.»

مصطفا سمت بهرام و ماهان می‌رود:

«آخه واسه‌چی؟»

و سعی می‌کند بهرام را که روی شکم ماهان نشسته بلند کند، امّا بهرام او را به سویی می‌اندازد و مشتی دیگر حواله‌ی چانه‌ی خونین ماهان می‌کند.

دو نفر از کارگرانی که تازه رسیده‌اند، سمت بهرام می‌روند. امّا عبورِ طوفانیِ یک زن سد راه‌شان می‌شود. زن کیف چرمی‌اش را از زیر چادر سیاهش بیرون می‌آورد و محکم به شقیقه‌ی بهرام می‌کوبد:

«پاشو ببینم مرتیکه‌ی قلچماق، کُشتی بچه‌مرو نامرد!»

زن کیف را در هوا می‌چرخاند و ضربه‌ی دیگری به صورت بهرام می‌زند و رو به کارگران فریاد می‌کشد:

«غیرت ندارین شماها، وایسادین تماشا؟»

بهرام لحظه‌ای برمی‌گردد تا ببیند صاحب صدا چه کسی است، امّا ضربه‌ی دوباره‌ی کیف‌دستی، چشم‌هاش را به دودو می‌اندازد. لحظه‌ای شقیقه و پلک‌هاش را می‌مالد، سپس ناگهان بند کیف را در پنجه می‌گیرد و آن را از دست زن بیرون می‌کشد و به دورترها پرتاب می‌کند. دو کارگر در تقلا هستند تا بهرام را آرام کنند، دست و بازوی عرق‌کرده‌ی او مثل ماهی از دست‌شان سر می‌خورد. خون از بینی ماهان تا زیر پلک‌هاش راه گرفته و نمی‌گذارد چشم‌هاش باز شود، امّا صدای آشنای مامافهیم رمقی تازه به او می‌دهد.

زیرلب می‌نالد:

«مامافهیم...»

مشت بهرام که بالا رفته، با نعره‌ی فهیمه در هوا می‌ماند. فهیمه با قلوه‌سنگی در دست، بالای سرش ایستاده است:

«جرئت داری بزن!»

فهیمه که قطره‌ی درشت عرق روی پلکش لمبر می‌خورد قلوه‌سنگ را در دستش می‌فشرد:

«به فاطمه‌ی زهرا می‌زنم.»

دست فهیمه در هوا مانده، دست بهرام هم. بهرام از زیر ابرو نگاهی به فهیمه می‌کند و بعد نگاهی به قلوه‌سنگ می‌اندازد، به آرامی دستش را پایین می‌آورد و از لای دندان‌ها می‌غُرد:

«ما کسی که مزاحم خواهرمون بشه زنده نمی‌ذاریم.»

پریا فریاد می‌زند:

«کی گفت اون مزاحم من شده؟»

ماهان درحالی‌که صداش گرفته رو به بهرام خس‌خس می‌کند:

«اصلاً به تو چه مربوطی داره... من عاشقشم، مگه چرا می‌زنیش؟»

دوباره دست بهرام بالا می‌رود، امّا بلافاصله با لگد سنگینی که به کتفش می‌خورد نقش زمین می‌شود. کاظمی بالای سرش ایستاده و با صدایی که کم از هیکلش ندارد می‌غُرد:

«بسه دیگه، پاشو ببینم. باز دیوونه‌بازیت گُل کرد؟»

بهرام نیم‌خیز می‌شود:

«آقاکاظمی، شما که چیزی نمی‌دونی.»

کاظمی قدم دیگری به سوی او برمی‌دارد، سایه‌ی بزرگش صورت گُرگرفته‌ی بهرام را تاریک می‌کند:

«پاشو خجالت بکش، چیه معرکه گرفتی!»

رو می‌کند به فهیمه:

«سلام حاج‌خانوم، چه خبره این‌جا؟»

فهیمه قلوه‌سنگ را روی خاک می‌اندازد:

«سلام از ماست، چه می‌دونم والله، رسیدم دیدم بچه‌م افتاده زیر دست این قلچماق، دیدین که!»

کاظمی هن‌هن‌کنان سمت ماهان می‌رود، نفسی چاق می‌کند و از فهیمه می‌پرسد:

«مگه با هم نیومده بودین؟»

فهیمه دستمالی از جیب مانتوی آبی‌رنگش بیرون می‌آورد:

«نه بابا، صبح کاغذ نشونی‌رو برداشته خودش راه افتاده اومده این‌جا.»

بالای سر ماهان خم می‌شود و او را می‌نشاند و بغض می‌کند:

«بمیرم الهی.»

با دستمال شروع می‌کند به خشک کردن خونی که توی گودیِ چشمش جمع شده:

«آخه این طفل‌معصوم زدن داره؟»

ماهان رو به مادر لبخند می‌زند، بریده‌بریده آه می‌کشد و با لبخند بزرگ‌تری رو می‌کند به پریا که روی ویلچر کز کرده و بی‌صدا اشک می‌ریزد:

«این مامافهیمه‌ست.»

بعد رو می‌کند به فهیمه:

«یه قرمه‌سبزی خوشمزه‌ای درست کرده بود.»

با تنفر نگاهی به بهرام می‌اندازد:

«همه‌ش‌رو ریخت زمین.»

بهرام می‌چرخد و بالای سر ماهان می‌ایستد:

«مثل این‌که تو حالیت نیست؛ نمی‌فهمی می‌گیم با خواهر ما کاری نداشته باش؟»

کاظمی درحالی‌که کمک می‌کند تا ماهان سرپا بایستد لحظه‌ای برمی‌گردد سمت بهرام:

«صبر من هم اندازه‌ای داره آقاجون، تو دیگه داری شورشرو درمی‌آری.»

بهرام بــا چهره‌ای سـرخ و ملتهب خیز برمی‌دارد سـمت کارخانه، در همان‌حــال رو به ماهان غُرغُــر می‌کند و کلمه‌های زهــرداری را با غیــظ و بی‌صدا بیــن دندان‌هاش می‌جــود و بیرون می‌ریــزد. این‌ها را فقــط ماهان می‌بیند. ماهــان می‌خواهد در جوابــش چیزی بگوید که بهــرام تفــی روی خــاک می‌انــدازد و بــه سـرعت وارد کارخانه می‌شــود. کاظمی که عرق از سـر و روش شـره می‌کند صداش را بالا می‌برد:

«اگه بخوای به همین رویه بدی ادامه بدی باید فکر یه کار دیگه‌ای باشی؛ بعداً نگی نگفتم!»

از پریا می‌پرسد:

«بگو ببینم چی شده دخترم.»

پریا با پشت دست اشک‌هاش را پاک می‌کند:

«من این‌رو تو راه دیدمش، گم شده بود، تشنه‌ش بود، به‌اش نوشابه دادم، بعد فهمیدم می‌خواد بیاد پیش شما، با خودم آوردمش این‌جا.»

فهیمه خاک لباس‌های ماهان را می‌تکاند:

«تف کن ماهی‌جان، تف کن خون نمونه تو دهنت.»

لبخند غریبی روی صورت ماهان موج می‌زند:

«نه مامافهیم، تف نه، خوبه.»

«خوبه چیه مادر، تف کن!»

ماهان قبلاً هم مزه‌ی خونش را چشیده، تلخ و شور و بدمزه است.

هر وقت می‌روند دندان‌پزشکی مدام دهانش را می‌شوید تا حتی ذره‌ای از این تلخ و ترش و شور در کامش نماند؛ امّا حالا این خون مزه‌ی دیگری دارد، طعمش حتی از معجونی که باباحبیب تو مغازه درست می‌کند شیرین‌تر است، شیرینی‌ای که دوست دارد هیچ‌وقت تمام نشود.

جای ضربه‌های بهرام روی صورتش دل‌دل می‌کند، امّا فقط صورتش نیست، کمر و پاها، سینه و کتف‌ها، قلب، گوش‌ها، و حتی انگشت‌هاش دل‌دل می‌کند. چیزی که نمی‌داند چیست توی چشم‌هاش نور می‌پراکند، انگار چراغانی‌ست؛ فکر می‌کند سرش چراغ بزرگ و پر نوری شده که همه جا را روشن می‌کند. اولین‌بار است که این‌جوری کتک می‌خورد. اولین‌بار است که به خاطر پریا کتکش می‌زنند...

...و پریا گفته بود "به اون چی‌کار داری عوضی، ولش کن." مثل مامافهیم، مهربان و زیبا، مثل... مثل چراغانی... مثل مـ مـ مثل... پـ پـ پر... پریا.

دو زندگیِ زیرِ

سبیلِ آب میوه‌گیری با حفظ آبرو

دیشب که آمد خانه دل و دماغ درست‌حسابی نداشت، یعنی مثل هرشب نبود ـ حالا هرشب هم که می‌گویم نه این‌که توی دلش عروس‌بران باشد ـ سلام که کردم با سر جواب داد. پرسیدم چای می‌خوری، دوباره با سر گفت آره. وقتی با سینی چای آمدم دیدم تو اتاق نیست. رفته بود تو تراس سیگار می‌کشید. گفتم:

«چایی آوردم. ول‌کن این وامونده‌رو حبیب. مگه نگفتی داری ترک می‌کنی؟»

زل زده بود به تاریکی و پک‌های طولانی به سیگارش می‌زد. چیزی نگفت. رفتم تو اتاق. ماهی با دست‌های خیسش آمد جلو، بغلم کرد و با ذوق ماچم کرد. گفتم:

«مگه من نمی‌گم دستترو با حوله‌ت خشک کن ماهی‌جان، باز هم کار خودترو می‌کنی مادر؟»

دست‌هاش را پایین انداخت و مالید به پهلوش. گفتم:

«لباست حوله‌ست؟ زشته مادر، تو دیگه مرد شدی، همه چی رو که نباید به‌ات بگم قربونت برم.»

ذوق‌زده گفت:

«مامافهیم، عشق من، خشکه، ببین!»

و دست‌هاش را گرفت جلوی صورتم. گفتم:

«باز چه دسته‌گلی آب دادی، دوباره باباحبیب‌رو اذیت کردی؟»

«نه‌خیرم، برو از چغولیِ باباحبیب... یعنی بابابا باباحبیب اذیتم کرد؛ از اون لالا لاکردارهاش.»

«یعنی چی؟»

سرش را انداخت پایین:

«سرم داد کشید... از اون داد...داد... دادهای نانا ناجور...»

لکنتش کم‌تر شده بود بچه‌م؛ دوباره نمی‌دانم چه شده:

«خب حتماً کلافه‌ش کردی. حالا خودت راستش‌رو بگو ببینم چی شده..»

صداش بغض داشت:

«من با باباحبیب قهرم... تاتا تا روز قیامت. به‌اش گفتم امروز چهار تا کچل آب‌هویج‌بستنی خوردن، بعد یه آقاهه‌ی دیگه اومد تو مغازه، گفت، یه هویج‌بستنی! گفتم...گفتم شد پنج تا... همین.»

دستم را بردم جلوی دهانم تا خنده‌ام را نبیند:

«الهی نمیری مادر. آخه زشته، والله به مردم برمی‌خوره.»

«نخورد به‌اش، تازه‌ش هم، خندید. بعد باباحبیب که اخم کرد، اون هم اخم کرد؛ یه‌جورِ ناجور. وقتی رفت، اومدم آمارش‌رو تو دفترم بنویسم باباحبیب دفتررو گرفت ازم. من هم سطل تفاله‌هارو نبردم خالی کنم. خونه هم نیومدم از لج. نشستم جلو آینه‌ی مغازه، خودم‌رو نیگا کردم؛

هشت ساعت، بیش‌تر، خیلی بیش‌تر. آینه‌هه تمیز نبود، سرم گیج‌گیجه رفت.»

گفتم:

«خب چرا زنگ زدم مغازه، گفتی می‌مونم؟ پا می‌شدی می‌اومدی خونه.»

حبیب درِ تراس را بست آمد تو. ماهان دوید سمتش. دست‌هاش را دور گردنش انداخت و سرش را چسباند به سینه‌اش. بچه‌م خیلی ماهه به خدا. گفت:

«باباحبیب... عاشقتم باباحبیب.»

به‌اش گفتم:

«تو که قهر بودی.»

یک‌دفعه حبیب را ول کرد:

«خب قهرم دیگه.»

دستش را دراز کرد سمت حبیب:

«دفترمرو بده اگه راستش‌رو می‌خوای.»

حبیب زل زد به ماهان. انگار برای اولین‌بار بود می‌دیدش. گاهی وقت‌ها طوری به ماهان خیره می‌شود که آدم فکر می‌کند که حالا او را ندیده است. از جیب پیراهنش دفترچه را داد دستش. گفتم:

«بچه‌م مثل آینه بی‌کینه‌ست.»

ماهان دفترچه را گرفت:

«بخونم؟»

«بیا تو آشپزخونه، تا من شامرو می‌کشم تو هم بخون ببینم امروز دنیا دست کی بوده.»

حبیب کنترل تلویزیون را برداشت نشست روی مبل. گفتم:

«می‌خوای چایی‌رو نخور تا شام بیارم.»

چیزی نگفت. خیره شده بود به کنترل. نمی‌دانست باید باهاش چه‌کار کند. از این کارهاش هول برم می‌دارد. تو آشپزخانه ماهان چیزهایی که از صبح تا عصر به قول خودش آمارش را گرفته بود برام خواند. گوشم به او بود، امّا هوش‌وحواسم مانده بود پیش حبیب. وقتی بشقاب‌ها را از آشپزخانه آوردم تو اتاق، هنوز ماتِ کنترل بود. گفتم:

«امروز دوباره با کاظمی حرف زدم. قرار شد از فردا ماهان بره کارخونه. کاظمی می‌گفت با مترو خیلی راحت‌تره. نشونیِ متروخورش‌رو، رو یه‌تیکه کاغذ نوشتم، رو تلویزیونه. جوری که می‌گفت خیلی سرراسته. اصلاً هیچ خبر داری ازش؟ می‌گفت وضع کارخونه خوب نیست.»

حبیب بالاخره تلویزیون را روشن کرد و کنترل را گذاشت روی میز:

«فقط همین مونده که ماهان‌خان کارخونه و بند و بساط کاظمی‌رو بریزه به‌هم.»

«خودش خواسته، بار اولش هم نیست که می‌گه، چندبار تا حالا گفته؛ یه‌دفعه تعارف بوده، دو دفعه تعارف بوده.»

رو به اتاق بچه‌ها گفتم:

«مینا، رؤیا، بیاین شام.»

بعد به حبیب گفتم:

«اون، وضع و حال این بچه‌رو می‌دونه، حتماً یه نقشه‌ای واسه‌ش داره..»

گفت:

«نه‌خیر باباجان، من حال و حوصله‌ش‌رو ندارم.»

گفتم:

«چه ربطی داره، تو مگه می‌خوای چی‌کار کنی؟ دوسه بار خودم می‌برم می‌آرمش، یاد می‌گیره، خودش می‌ره.»

گفت:

«آخرسر، همه‌ی کاسه کوزه‌ها سر من می‌شکنه.»

«وا، کی یه‌همچه چیزی گفته؟»

تکه‌ای نان زد تو کاسه‌ی ماست و گذاشت دهانش:

«باباجان، اون‌جا کارخونه‌ست، آتیش و مذابِ شیشه و هزارجور گرفت‌وگیرِ دیگه.»

«مگه می‌خواد بره دمِ کوره کار کنه؟ کاظمی خودش چارچشمی حواسش هست. می‌گفت فقط بیاد که سرش گرم باشه، همین.»

بشقابش را برداشت و از دیس، برنج کشید:

«حتماً کلی آه‌وناله کردی که اذیت می‌کنه و نمی‌دونم چه‌طوره و فلان. همه‌ش هم سر من خراب کردی دیگه، غیر اینه؟»

دوباره رو به اتاق بچه‌ها گفتم:

«یخ کرد.»

بشقاب خورش را گذاشتم توی سفره:

«مگه نمی‌گی دیگه ذله شدی؟ اگه همون دو ساعتی هم که می‌آد مغازه، نیاد، یعنی نخوای که بیاد، دق می‌کنه بچه‌م.»

مینا و رؤیا آمدند، سلامی کردند و نشستند پای سفره. حبیب نه یک‌کلام حالی ازشان پرسید نه حرفی زد. دخترها هم لام‌تاکام چیزی نگفتند.

حبیب گفت:

«صبحی گیر داده به یه مشتری که، سیبیل‌هات چندتاست. اون هم بنده‌خدا گفت، چه می‌دونم. یه‌هو دیدم رفته سروقتش

داره سیبیل‌هاش‌رو می‌شمره. هیچـی دیگـه، شـیرموز ریخت رو کُت یارو...»

کرکر خنده‌ی دخترها اتاق را پر کرد. ماهان که تو آشپزخانه خودش را با مشتی سیب‌زمینی سرخ‌کرده سرگرم کرده بود، از همان‌جا گفت:

«سیبیل‌هاش لاکردار خیلی زیاد بود مامافهیم، از سیبیل‌های من هم بیش‌تر، ابروهاش هم عین سیبیل‌هاش.»

مینا که از خنده به خودش می‌پیچید پرسید:

«حالا چند تا بود داداشی؟»

ماهان گفت:

«شیرموز ریخت رو کتش، آمارش قاتی‌پاتی شد. به‌ام گفت خدا شفات بده!»

بعد داد کشید:

«مگه چرا من دیوونه‌ام؟»

رؤیا گفت:

«غلط کرد. هرکی به تو بگه دیوونه‌ای، خودش دیوونه‌ست. بیا شامت‌رو بخور داداش‌جون.»

آخر شب به حبیب گفتم:

«من صبح باهاش می‌رم. شاید شماها خواب باشین.»

سرش را کرد زیر پتو ـ این یعنی نه ـ اخلاقش است.

صبح که بلند شدم دیدم ماهان نیست. اول فکر کردم با حبیب رفته درِ مغازه. ساعت ده و نیم که دیدم از مغازه نیامد دلم هُری ریخت. زنگ زدم به حبیب. مثل همیشه گوشی‌اش خاموش بود. زنگ زدم مغازه. گفت اصلاً ماهان امروز مغازه نیامده. آمدم دیدم کاغذ نشانیِ کارخانه روی تلویزیون نیست. شستم خبردار شد چه شده.

چادرم را انداختم سرم دوییدم سمت مترو. دلم مثل سیروسرکه می‌جوشید. سه ایستگاه رفته بودم که دیدم اشتباه سوار شده‌ام. پیاده شدم، دوباره برگشتم آن یکی را سوار شدم. هوش‌وحواس که برای آدم نمی‌گذارند.

اصلاً حال خودم را نمی‌دانم. گیج‌وویج می‌خورم. مانده‌ام چرا حبیب دوباره به‌هم ریخته. مدتی بود سیگارش را گذاشته بود کنار. دیشب که دوباره با سیگار توی تراس دیدمش گفتم غلط نکنم باز واویلایی شده که من بی‌خبرم.

خودش که صم‌بکم، باید به زور دگنک ازش حرف کشید. دوباره دارد برمی‌گردد سر خانه‌ی اولش، درست مثل همان‌وقت‌ها؛ آن‌وقت‌ها هم همین‌جوری شده بود. همیشه‌ی خدا تو لاک خودش بود و سیگار پشت سیگار، تا این‌که قلبش درد گرفت و دکتر منعش کرد، یعنی ترساندش.

ولی خب آن‌موقع‌ها من جوان بودم، پوست‌کلفت و بی‌عار، نه مثل حالا که فوتم کنی بیفتم. وای که هروقت آن دوران جلوی چشمم می‌آید قلبم می‌سوزد. هرکی جای من بود همان روزهای اول همه‌چیز را ول می‌کرد می‌رفت.

دنیا برام شده بود قد قوطی کبریت. در و دیوار خانه‌ی درندشتی که تازه اجاره کرده بودیم شده بود آینه‌ی دق. هفته‌به‌هفته قهر، هرروز سرکوفت. نه این‌که چیزی بگویدها، نه. با همین بی‌محلی‌هاش ذله‌ام کرده بود. نگاهی که از من دریغ می‌کرد و سقف اتاق را سیر می‌کرد، عقرب می‌شد و نیش می‌زد به جانم. من هم که دیوار نبودم، می‌فهمیدم، می‌دانستم بدبختی‌هام از کجا آب می‌خورد، امّا کاری از دستم برنمی‌آمد، دختر پشت دختر.

به خدا اگر به من بود، همان نسرین و نسترن بس بودند. بعد از

نسرین چه‌قدر نذر و نیاز کردم، چه‌قدر دوا و دکتر، نمی‌شد؛ ولی حبیب این حرف‌ها حالیش نبود، پسر می‌خواست. دست خودش نبود دیگر، پسر می‌خواست. سرِ نسرین، موقع زایمان نبود که ـ یعنی زنگ زده بود دیده بود دختر است، اصلاً نیامد ـ تازه، تا یک هفته هم بچه را ندید، نخواست که ببیند، نیامد. به بهانه‌ی کار و سفارش مردم، ماند کارخانه.

آن‌موقع‌ها هنوز سهمش را به کاظمی نفروخته بود. سرِ نسترن که دیگر واویلا شد، کارد می‌زدی خونش درنمی‌آمد. با زمین و زمان قهر کرد. مدتی ـ نمی‌دانم، شاید هفده‌هجده روزـ به بهانه‌ی این‌که می‌خواهد زمینِ ارث عموش را بین پسر عموهاش صلح بدهد، رفت شهرستان، بعد هم که آمد ما شده بودیم جن و آقا، بسم‌الله. از خواب و خوراک افتاده بودم. پدرم درآمد. بعد از سه‌چهار ماه بالاخره شیرم خشک شد. این نسترن با شیرخشک بزرگ شد.

هر بلایی را به جان می‌خریدم، الّای این سکوتش؛ این سکوت واماندہ عذابم می‌داد. هیچ‌وقت لب از لب باز نکرد که نکرد. حتی یک کلمه در مورد پسرخواستننش چیزی نگفت؛ نه به من، نه به هیچ‌کس دیگر. آن‌قدر دعا و نذر و نیاز کردم که خدا پسر به‌امان بدهد، ولی خب تو سرنوشتمان نبود.

تا می‌فهمیدم باردارم، چمدان می‌بستم می‌رفتم مشهد. حبیب که نمی‌آمد، با خواهرم و بچه‌هاش می‌رفتیم. از امام‌رضا می‌خواستم فقط هرطور شده زندگی‌مان حفظ شود.

مینا که به‌دنیا آمد روزگارم شد جهنم. مرد گنده مثل کلاغِ بچه‌مرده کز می‌کرد روی لبه‌ی حوض و می‌رفت توی خودش. می‌دیدی سه ساعت، چهار ساعت نشسته، جُم نخورده. فقط فرت‌فرت سیگار دود

می‌کرد؛ تا این‌که یک شب دیدم توی خواب دارد به خودش می‌پیچد. خیس عرق بود و هق‌هق می‌کرد، انگار که نتواند نفس بکشد.

زنگ زدیم اورژانس. آمدند یکی‌دو تا آمپول به‌اش زدند. صبح بردیمش بیمارستان. آزمایش و نوار قلب و عکس و بالاخره یک کیسه قرص و شربت. دکتر به‌اش گفت باید سیگارت را ترک کنی. ترک کرد. دیگر اگر صداش را برای یک سلام و خداحافظی می‌شنیدیم، آن هم تمام شد.

عموی خدابیامرزم دوسه بار دعوتش کرد باهاش حرف بزند که نرفت. یکی‌دو بار هم خودش آمد خانه‌مان، امّا شده بود ستاره‌ی سهیل، هیچ‌جا آفتابی نمی‌شد.

تا این‌که یک روز زنگ زدم با کاظمی صحبت کردم. به خودم گفتم با هم شریک‌اند، جیک‌وبوک‌شان یکی‌ست، حتماً حرفش را می‌خواند. به کاظمی گفتم کاری کند به حرف بیاید. اگر دهان باز می‌کرد خلاص می‌شد، یعنی هم خودش خلاص می‌شد، هم ما را از این برزخ نجات می‌داد. امّا نمی‌دانم کاظمی چه گفته بود که بین‌شان شکراب شد.

چند روزی بود که کاظمی فکر می‌کرد حبیب نشسته توی خانه، ورِ دل من؛ یعنی باورش شده بود حرف‌هاش روی حبیب اثر گذاشته. من هم فکر می‌کردم حبیب تو کارخانه پیش کاظمی‌ست. بعد که مهلت دفترچه بیمه‌ی بچه‌ها تمام شد، نسرین زنگ زد به کارخانه، فهمیدیم آن‌جا هم نیست؛ که تا همین امروز هم بالاخره نفهمیدیم آن مدت را کجا بوده.

وقتی رؤیا به‌دنیا آمد، دیگر فکر کردم همه‌چیز تمام شد. هردفعه می‌گفتم این‌بار یک فرجی می‌شود، امّا نمی‌شد که نمی‌شد.

اصلاً نمی‌خواستم از بیمارستان بیایم خانه. نمی‌دانم خجالت می‌کشیدم یا می‌ترسیدم، ولی این‌قدرها یادم هست که خودم را مقصر

می‌دانستم. فکر و خیال داشت ذره‌ذره جانم را می‌گرفت. گفتم دیگر حبیب را نخواهم دید.

یک ماه اول که ندیدمش، امّا یک شب آمد؛ چه آمدنی. خدایا خواب می‌دیدم! برای بچه‌ها کُلی خرت‌وپرت گرفته بود، برای من هم یک‌جفت گوشواره و یک سرویس آرایش همه‌جورتمام. حتی رؤیا را بغل کرد و بوسید و دیدم که لبخند هم زد.

داشتم روی ابرها سیر می‌کردم. رفتم آشپزخانه. توی شیشه‌ی پنجره خودم را دیدم، یعنی زل زدم به خودم. یک نیشگون از دستم گرفتم که اگر خوابم بیدار شوم. اگر یک نفر این کارها را تو این سریال‌ها می‌کرد به‌اش می‌خندیدم، امّا حالا خودم مثل آدم‌های خواب‌زده شده بودم. می‌گفتم نه، این من نیستم و این هم حبیب نیست.

ولی بیدار بودم. حبیب پیش من و بچه‌ها بود، بگوبخند می‌کرد، نگاه‌مان می‌کرد. مدت‌ها بود نگاهش را ندیده بودم. یادم رفته بود وقتی لبخند می‌زند یا می‌خندد صورتش چه شکلی می‌شود. اصلاً صداش از یادم رفته بود.

آن‌شب تا دیروقت بیدار بودیم. نسرین و نسترن هاج‌وواج مانده بودند چه کنند. بلندبلند حرف می‌زدند و صدای هِروکِر خنده‌ها و شوخی‌هاشان خانه را برداشته بود. حبیب هم حسابی دل به دل‌شان داده بود و چیزهایی می‌گفت و کارهایی می‌کرد که یعنی انگار می‌خواست جبران کند، می‌خواست یک‌شبه همه‌ی گذشته‌ی تلخی که برای من و بچه‌ها درست کرده بود را از دل‌مان پاک کند.

صبح زود که از خواب بیدار شدم دیدم نیست. دلم هُری ریخت. گفتم نه، خواب بودم، همه‌ی این‌ها را تو خواب دیده‌ام. مثل آدمی که خانه‌اش آتش گرفته باشد از اتاق پریدم بیرون. دیدم کلید انداخت از

در آمد تو. دستش قابلمه‌ی کله‌پاچه بود. با همه‌ی صورتش می‌خندید. انگار روی ابرها پرواز می‌کردم. بیدار بودم. دیگر حتم داشتم که بیدارم. گفت:

«بچه‌هارو صدا کن، یخ می‌کنه از دهن می‌افته.»

حرف که می‌زد دلم می‌لرزید، یک‌جور ذوق و دل‌شوره؛ انگار روی یک طناب رخت ایستاده بودم، طنابی که یک سرش باغی پر از گُل و دارودرخت بود، سر دیگرش به چاهی می‌رسید که از دهانش آتش بیرون می‌زد. نمی‌دانم این ترس از کجا می‌آمد. ذوق و شادی‌ام را می‌فهمیدم، ولی این ترس را نه.

هربار که می‌دیدمش، یا کلمه‌ای می‌گفت، تمام غم‌های عالم از دلم می‌رفت، امّا یک‌دفعه دل‌شوره‌ای می‌آمد قلبم را از جا می‌کند.

این دل‌شوره‌های وقت و بی‌وقت داشتند به من یک چیزی می‌گفتند، پیغامی داشتند که من نمی‌فهمیدم، یعنی نمی‌خواستم بفهمم.

خسته شده بودم. زیر بار بی‌محلی‌ها و دهن‌کجی‌های این چند سال، همه‌ی توانم را از دست داده بودم. به همین خاطر نمی‌خواستم بفهمم این آرامش قبل از طوفان است. نمی‌خواستم ببینم که این روی خوش و این خنده‌ها زودگذر است؛ والّا باور می‌کردم، باور می‌کردم آن‌چه را که داشت به سرم می‌آمد.

یعنی حبیب برود خواهر راننده‌ی کارخانه را عقد کند که براش پسر بیاورد؟!

حبیب می‌آمد می‌نشست پیش ما، با ما بگوبخند داشت، امّا خانه و کاشانه‌ی دیگری هم برای خودش ساخته بود، یعنی براش ساخته بودند.

همه‌اش زیر سر آن اسکندر قلچماق بود، راننده‌ی کارخانه. بعدها

فهمیدم همه‌ی جیک‌وبوک حبیب پیش او بوده. شب‌هایی که حبیب خانه نمی‌آمده و می‌مانده کارخانه، می‌خوابیده تو اتاقک او، و خب حرف وحدیثش هم پیش او بوده.

اسکندر، خواهر بیوه‌ای داشته سهیلانام، که شوهرش توی یک تصادف کشته می‌شود و اسکندر از پول بیمه‌اش یک نیسان می‌خرد تا نان خودش و سهیلا را از آن درآورد.

آن‌طور که حبیب بعدها برام گفت، اسکندر می‌گفته نسل ما اصلاً پسرزا هستند. خود سهیلا هم از شوهرش یک پسر چهارساله داشت. هربار که من دختری به‌دنیا می‌آوردم، اسکندر آتش خواهرش را برای حبیب تیـز می‌کرده و... نمی‌دانـم، حبیب همان‌وقت‌ها همین‌طور گفته‌ونگفته، چیزهایی بروز داد، من هم با این‌که اشتیاق داشتم بیش‌تر بدانم، کم‌تر پرسیدم.

یک سال بعد، خدا پسری به سهیلا می‌دهد که همین ماهی‌ست. آن‌طور که می‌گوید، یکی‌دو ماه بعد از زایمان که می‌فهمد بچه مشکل دارد، سهیلا را طلاق می‌دهد و همراه برادرش می‌فرستدش گچسر، شهر خودشان؛ بچه را هم همان اطراف کارخانه می‌سپردش دست یک زن که مثلاً بشود پرستارش.

دوباره حبیب به خانه نیامد، باز همان‌آش‌وهمان‌کاسه. کاظمی هم می‌دانست، یعنی بعد از عقد حبیب با سهیلا، موضوع را از زبان حبیب شنیده بود، امّا چیزی به من نمی‌گفت. چه بگوید؟ کاظمی قسم خورد که حتی روحش از این ماجرا خبر نداشته. راست هم می‌گفت. این چیزی نبود که حبیب بخواهد درباره‌اش با کسی حرفی بزند یا مشورت کند. او پسر می‌خواست، همین و بس.

من که این‌ها را نمی‌دانستم، فقط دیدم دوباره حبیب غیبش زده

و خانه نمی‌آید. دوسه بار رفتم کارخانه، امّا ندیدمش. با کاظمی هم حرف زدم. فهمیدم کاظمی چیزهایی می‌داند، امّا مُقر نمی‌آید. تا این‌که یک روز خودش زنگ زد و گفت زنش لیلا شام تدارک دیده و من و حبیب را دعوت کرده. همین‌که دیدم دخترها را دعوت نکرده، گفتم خبرهایی‌ست که من نمی‌دانم.

حبیب که نیامد. تا آخر شب منتظرش ماندیم. بی‌فایده بود. بالاخره کاظمی سر صحبت را باز کرد و موضوع را گفت؛ گفت که اسکندر چه دسته‌گلی به آب داده و چی شده و از این حرف‌ها. من مثل گیج‌ها، هاج‌وواج مانده بودم. فقط می‌شنیدم. اصلاً لال شده بودم. یک کلمه نتوانستم حرف بزنم. کاظمی و لیلا آخر شب مرا رساندند خانه.

کاظمی توی راه گفت:

«این بچه‌ی طفل‌معصوم‌رو گذاشته پیش یه خانومی که معلوم نیست کی هست، چی هست. ثواب داره اگر یه‌کاری بکنی. ما خواستیم بیاریمش پیش خودمون ولی به دلایلی منصرف شدیم.»

و تکه کاغذی داد دستم:

«این نشونیِ خونه‌ی اون بنده‌خداست که بچه‌رو گذاشته پیشش. شما به حبیب کاری نداشته باش. اون الآن خودش هم حیرون و سرگردونه. یه‌کاری کرده مونده توش. ولی خب اون بچه که گناهی نکرده. شما واسه خاطر خدا یه‌کاری بکن. اون بچه طفلی مریضه، گناه داره.»

یک هفته‌ی تمام قوتم برید. دخترها به زور یک لقمه می‌گذاشتند دهنم. گلوم کیپ شده بود. صدام درنمی‌آمد. دنیا خراب شده بود روی سرم. قلبم داشت از جا کنده می‌شد. وقتی یک سالِ گذشته را به یاد می‌آوردم آتش می‌گرفتم. آن خنده‌های مثلاً از ته دل، آن محبت‌هایی که پشت‌شان گول زدنِ منِ پَپه بود.

هر لحظه که می‌گذشت از حبیب بیش‌تر بدم می‌آمد. حالا، هم از او بدم می‌آمد، هم ازش می‌ترسیدم. فکر می‌کردم دیگر هیچ‌وقت نمی‌خواهم ببینمش؛ تا این‌که یک روز صبح زود از یک کابوس بیدار شدم. همه‌ی جانم خیس عرق بود. مثل بید می‌لرزیدم. تو خواب، دخترم رؤیا را دیده بودم که کوچک شده، نوزاد شده، امّا می‌گفتند این همان پسری‌ست که سهیلا برای حبیب آورده. من گریه می‌کردم. زار می‌زدم که بچه‌ی من دختر بود، امّا زنی که شبیه حبیب بود درحالی‌که مثل ابر بهار اشک می‌ریخت بچه را گرفته بود طرف من.

سراسیمه چادرم را انداختم سرم و راهی شدم. تا نیمه‌ی راهِ کارخانه رفته بودم که یادم افتاد نشانیِ زنَک را نیاورده‌ام. دوباره برگشتم و نشانی را برداشتم و رفتم درِ خانه‌اش.

زَنَک، سیاه‌سوخته‌ای کولی بود. بچه را نشانم نداد. می‌گفت بچه‌ی خودش است و نمی‌خواهد به کسی بدهدش. حرف که می‌زد هی چشمش به النگوهام بود. النگویی از مچ دستم درآوردم دادم به‌اش تا از خر شیطان بیاید پایین. بالاخره گفت دیشب حبیب آمده و بچه را برده.

بلند شدم. موقع رفتن خواستم النگو را ازش بگیرم دیدم دو تا بچه‌ی فلج تو آن اتاق روبه‌رو طاق‌باز افتاده‌اند و با دهان باز خیره‌اند به سقف.

از خانه زدم بیرون. رفتم کارخانه. حبیب بچه را گذاشته بود پیش زن سرایدار. بچه را برداشتم زدم بیرون. هنوز خیلی از کارخانه دور نشده بودم که دیدم ماشینی کنارم ترمز کرد و مردی که راننده‌ی جدید کارخانه بود گفت آقای کاظمی گفته برساندم خانه.

حبیب یک ماهی آفتابی نشد. بارها فکر می‌کردم اگر بیاید چه خواهد گفت، من چه باید بگویم؟ می‌دانستم بالاخره می‌آید. با این‌که فکر می‌کردم دیگر هیچ‌وقت نتوانم ببینمش، ولی دل‌تنگش بودم و از

این دل‌تنگی شرم داشتم. انگار دیگر دوست داشتن حبیب برام ننگ بود، جرم بود. صدای در که می‌آمد از جا می‌پریدم. هردفعه می‌گفتم این دیگر حبیب است.

بالاخره یک شب آمد. زنگ در را زد. نسترن در را به روش باز کرد. داشتم پایینِ چادرنماز نسرین را لب‌دوزی می‌کردم. چشم از چرخ‌خیاطی برنداشتم. مثل سایه‌ای آمد نشست گوشه‌ی اتاق. سلام کرد که جوابش را ندادم. همه‌اش دل‌دل می‌کردم چیزی بگوید، امّا حتی یک کلمه هم نگفت. دیدم صدای زنجموره‌ای تو اتاق پیچیده، انگار صدای بادی که از درز پنجره‌ی اتاق بزند تو. زیرچشمی نگاهش کردم. داشت گریه می‌کرد، آرام‌آرام گریه می‌کرد.

صدای گریه‌اش را تا به حال نشنیده بودم. اصلاً گریه‌اش را ندیده بودم. مثل عزیزمرده‌های غریب، بی‌صدا مویه می‌کرد. بعد از چند دقیقه بلند شد رفت تو حیاط. دخترها ساکت و حیران دوروبرش می‌پلکیدند. او هم چیزی نمی‌گفت. شکسته بود، شکسته‌تر از قبل. جمع شده بود تو خودش. انگار به پناه آمده بود.

رفت پشت‌بام. محلش نگذاشتم. تقلا می‌کردم فکرهای دیگری را توی سرم بیاورم، امّا آنی دلم لرزید، یعنی با خودم گفتم بلاملایی سرخودش نیاورد! راه پله‌ها را گرفتم رفتم بالا. گوشه‌ای ایستاده بود سیگار می‌کشید. برگشت نگاهم کرد. تو تاریک‌روشنا دیدم که لب پایینی‌اش را گاز می‌گرفت. گفتم:

«اگه بخوای بیای تو این خونه باید این سیگاررو از دست بندازی، گفته باشم!»

بعد بلافاصله رفتم پایین. هنوز یکی‌دو پله پایین نرفته بودم که آمد پشت‌سرم و صدام کرد:

«فهیمه.»

ایستادم. نه این‌که برگردم نگاهش کنم، فقط همان‌جا ایستادم، امّا چیزی نگفت. شاید یک دقیقه به همان‌حال گذشت. اصلاً فکر کردم پشت‌سرم نیست. آنی برگشتم نگاهش کردم. سرش را انداخته بود پایین و بی‌صدا اشک می‌ریخت.

حبیب دوباره رفت تو خودش. دوباره کم‌حرف و بی‌حوصله شد. بعد از مدتی شروع کرد از کاظمی و کارهاش ایراد گرفتن. هی غُر می‌زد که کاظمی کارش را بلد نیست و دارد کارخانه را می‌دهد به باد فنا. کاظمی صبوری نشان می‌داد و سربه‌سرش نمی‌گذاشت.

یک شب آمد خانه، گفت به کاظمی گفته یا سهمش را بخرد یا بفروشد. امّا با حرف‌هایی که می‌زد معلوم بود بیش‌تر فروشنده است. نه ها گفتم، نه، نه.

گذشت تا این‌که یک روز کاظمی با لیلاخانم آمدند خانه‌مان. کاظمی یک‌بند حرف زد. از شرایط کارخانه و خودش و زندگی حبیب گفت، امّا حبیب لام‌تاکام حرف نزد. قرار بود شام بمانند که نماندند، به بهانه‌ی این‌که کاظمی قرص معده‌اش را نیاورده رفتند. حبیب فردا شب آمد گفت سهمش را فروخته و خلاص شده.

دادوهوار راه انداختم، امّا بی‌فایده بود. حبیب دیگر نمی‌توانست کارخانه بماند. چک‌هایی را که از کاظمی گرفته بود گذاشت پیش روم:

«هر کاری می‌خوای باهاشون بکن.»

فرداش زنگ زدم به کاظمی. قسم خورد که اصلاً راضی به این کار نبوده و حبیب پاش را کرده تو یک کفش که سهمش را بفروشد:

«به خداوندی خدا هنوز هم حبیب‌رو عین داداشم می‌خوام، ولی حبیب دیگه دلش از این‌جا کنده شده، دیگه مال این‌جا نیست. گفتم

اگه اصرار کنم سهمش‌رو نگه داره فکر می‌کنه نقشه‌ای براش دارم. اصلاً این اواخر بدبین شده، نه فقط به من، به همه‌کس و همه‌چی بدبینه. خدا به سر شاهده هروقت اراده کنه برگرده سهمش محفوظه. بالاخره ما این کارخونه‌رو با هم عَلم کردیم، با هم خاکش‌رو خوردیم. به‌اش گفتم یکی‌دو سال صبر کن اوضاع بهتر می‌شه، ولی پاش‌رو کرده بود تو یه کفش.»

دیدم اگر پول روی زمین بماند هدر می‌رود. وادارش کردم از پول سهم کارخانه، تکه‌ای زمین بگیرد؛ بقیه‌اش را هم داد یک دهنه مغازه گرفت. مغازه چند ماهی خالی بود. می‌گفتم لااقل اجاره‌اش بده، می‌گفت:

«می‌خوام خودم راش بندازم.»

«کی؟ الآن چهار ماهه خالیه.»

«راش می‌ندازم.»

به پیشنهاد برادرم که توی میدان تره‌بار بود یخچال و دستگاه آب‌میوه‌گیری گرفت و کارش را شروع کرد، تابستان‌ها هم بستنی و فالوده می‌زد. کاروبارش بد نبود تا این‌که شب عقدکنان نسرین حالش به‌هم خورد. بردیمش دکتر. نوار قلب گرفتند و از این‌جور چیزها. گفتند وضع قلبش خراب است. ماه بعد عملش کردند. دو تا از رگ‌های قلبش گرفته بود.

چند ماهی افتاد گوشه‌ی خانه. می‌خواست مغازه را بفروشد نگذاشتم. گفت پس آن تکه زمین را بفروشیم.

هم مغازه را نگه داشتم و هم آن تکه زمین را. طلاهای خودم و دخترها را می‌فروختم و گذران می‌کردیم. بعدها، برام خرید. این‌جوری زمین و مغازه ماند برامان؛ زمینی که هروقت اراده کنی پول است. خبرش را دارم که همین حالاش هم کلی مشتری پاش خوابیده است.

سه
رقصِ توده‌ی

بی‌شکلی از مذابِ شیشه در نارنجیِ غروب

توی مترو مدام به این‌طرف و آن‌طرف چشم می‌چرخانَد و یادداشت برمی‌دارد: عینک‌های سیاه، عینک‌های هسته‌خرمایی، عینک‌های دودیِ دسته توی جیب، عینک‌های دودیِ توی کیف، سبیل‌های گربه‌ایِ لاک‌دار، سبیل‌های نازک سیاه، سبیل‌های بقچه‌ای، چاق‌های خیلی دنبه‌دارِ پیر، چاق‌های کوتاهِ پنبه‌ای، گُنده‌های بدون چاق، گوشی‌های سفید، گوشی‌های آبی، گوشی‌های...

یکی‌دو نفر که کنجکاو شده‌اند، چشم‌هاشان را ریز می‌کنند و سرک می‌کشند به یادداشت‌هاش، امّا از چیزی سردرنمی‌آورند. فهیمه به بعضی‌شان عذرخواهانه نگاه می‌کند و سرش را می‌اندازد پایین. بالاخره طاقتش طاق می‌شود:

«خسته نشدی مادر! زشته این‌قدر زل می‌زنی به مردم.»

«من که باهاشون کاری ندارم واسه خودم، نگاه! او... وه، لاک‌دار، چند تا عینک...»

و انگشتش را می‌گیرد سمت مرد عینکی‌ای که دچار چرت سنگینی‌ست و تقلا می‌کند پلک‌هاش را باز نگه دارد. فهیمه لب می‌گزد:

«مادر، دستتو بنداز، عیبه.»

ماهان دستش را پایین می‌آورد و با لبخندی بزرگ که همه‌ی صورتش را می‌پوشاند مات‌مات به فهیمه نگاه می‌کند. فهیمه خیره می‌شود به گونه‌ی کبودش.

«ببین خیرندیده چی‌کار کرد با بچه‌م.»

ماهان آرام گونه‌اش را لمس می‌کند و از درد، چهره در هم می‌کشد، امّا هنوز لبخندش کاملاً محو نشده است.

«دست نزن ماهی‌جان. اون پمادی که زدیم خوبش می‌کنه.»

«با اعصابِ خودتو‌... خراب نکن مامافهیم، خوب شد رفت پی کارم.»

از دیروز آشکارا لکنتش کم شده است:

«ببین!»

و با سرانگشت، چند ضربه‌ی آرام به گونه‌اش می‌نوازد. با هرضربه، پلک‌هاش می‌پرد. فهیمه دستش را می‌گیرد:

«نکن مادر، درد می‌گیره خب.»

«درد نمی‌کنه قربونت برم. باورت شه.»

و "باورت شه" را طوری می‌گوید که چند نفر برمی‌گردند نگاهش می‌کنند.

«داد نزن ماهی، خوب نیست.»

ماهان انگشت‌های فهیمه را در دست‌هاش می‌گیرد و به آن‌ها خیره می‌شود:

«مگه چرا، این‌قدر خوبه...»

و چشمهاش را تنگ میکند و چین میاندازد به پیشانی. هروقت این موج بازیگوش، روی ابروها و پیشانیاش میرقصد فهیمه میفهمد که به چیزی فکر میکند.

«تو فکر چیای مادر؟»

«مامافهیمه، تو میگی...»

«شما...»

«...شما، خانومخانومها، میگی، اون که مـن الهی همین الان قربونش برم، منرو دوست داره واسه خودش؟»

«کی مادرجون؟»

ماهان همچنان به انگشتهای مادر خیره است:

«پریا دیگه، قربونت برم.»

«ای وای، ماهی! خدا منرو بکشه. مگه قرار نشد از این حرفها نزنی!»

ماهان انگشتهای فهیمه را محکم در دستهای خپلش میفشرد و با چشمهایی که ذوقاذوق، دودو میزند خیره میشود به چشمهای او:

«زشته... زشته مامافهیم...»

فهیمه آه میکشد و چهرهاش در تاریکروشنای غم و شادی غرق میشود. آشکارا میبیند که از دیروز ماهیاش شکفته است. ظاهراً هیچیک از ضربهها و کتکهای بهرام را به یاد ندارد، فقط دیروز توی راه از فهیمه پرسیده است:

«مامافهیم، مگه چرا داداشِ پریاجون گفت تو منگلی؟ گفت کسی بهات زن نمیده.»

و فهیمه گفته است:

«کی گفت که من نشنیدم!»

«همون موقع که از... می‌می می‌خواست بره... یه‌جورِ ناجور گفت؛ یادت نیست؟»

فهیمه تسلاجویانه گفته است:

«شکر خورد مادرجون!»

«شکر نخورد، فحش داد... گفت یعنی من دیوونه‌ام خیر سرم.»

«اِ، باز که گفتی مادر، نگو این کلمه‌رو.»

«پریاجونم می‌گه نگو این کلمه‌رو.»

و تکرار می‌کند:

«کلمه... کلمه...»

سرش را بالا می‌کند و می‌گوید:

«خدا... خدا عاشقتم.»

«ببین مادرجون، نباید اسم دختر مردمرو همین‌جوری بیاری. اولندش که باید بگی پریاخانوم، دوماً، تو داری می‌ری کارخونه کار کنی، نباید به فکر چیز دیگه‌ای باشی. بعدش هم، ببین چندبار بهات گفتم، اگه بهرامرو دیدی، چیزی به‌اش نگی‌ها!»

«زشته آخه ماما‌فهیم، باید سلام کنم. با خودش نمی‌گه مرتیکه‌ی بی‌تربیت، لال خورده!»

«نه، منظورم اینه که از دعوای دیروز و از خواهرش هیچی به‌اش نمی‌گی، فهمیدی چی گفتم؟»

و ماهان، بی‌حوصله، دوباره چشم‌هاش را تنگ می‌کند و چین می‌اندازد به پیشانی:

«پس کی می‌رسیم ماما‌فهیم؟»

«می‌رسیم مادر. دیگه سفارش نکنم‌ها. هرچی هم آقای کاظمی به‌ات گفت، چی می‌گی؟»

ماهان انگشت‌های دو دستش را روی پلک‌هاش می‌گذارد و مثل عروسک کوکی سرش را به جلو و عقب خم می‌کند:

«چَشم... چَشم... چَشم...»

دیروز بعد از اتفاقی که جلوی درِ کارخانه می‌افتد فهیمه تمام طول راه برگشت را در بغضی گلوگیر غوطه می‌خورد. همین‌که می‌رسد خانه، به بهانه‌ی جمع کردن رخت‌ها به پشت‌بام می‌خزد و بغض می‌ترکاند. غمی زخم‌زننده قلبش را می‌سوزاند. در این بیست و هشت سال حتی تلنگر به این بچه نزده است. وقتی گونه‌ی ورم‌کرده‌ی ماهی‌اش را می‌بیند که هرلحظه کبودتر می‌شود در دلش زار می‌زند.

شب، حبیب با دیدن سروصورت ماهان چهره در هم می‌کشد و زیرلب غُرغُر می‌کند که فهیمه به جز جمله‌ی آخرش چیزی نمی‌فهمد:

«...گفتم نره، به خاطر همین‌ها بود...»

اگر کاظمی زنگ نمی‌زد تا حال ماهان را بپرسد و با حبیب صحبت نمی‌کرد، و حبیب ـ بعد از این‌که گوشی تلفن را گذاشت و لام‌تاکام حرف نزد ـ رضایت نمی‌داد، فهیمه تکلیفش را نمی‌دانست.

شبانه قرمه‌سبزی پرگوشتی بار می‌گذارد که تا صبح روی شعله‌ی کمِ اجاق‌گاز آرام‌آرام قُل‌قُل کند و جا بیفتد. مدام در گوش ماهان می‌خواند که فردا چه کند و چه نکند و مؤدب باشد و آبروی پدر و مادرش را نبرد و بلندبلند حرف نزند و...

امّا دلش شور می‌زند. آرام‌وقرار ندارد. یک دلش پیش ماهان است یک دلش پیش حبیب. با این‌که حبیب از کارهای ماهان خسته شده و بریده، امّا حضورش در مغازه ـ حتی همان یکی‌دو ساعت ـ به او آرامش می‌دهد. از متـرو که پیـاده می‌شـوند، ماهـان تمام مسـیر ایسـتگاه تا کارخانـه را بـرای فهیمـه حـرف می‌زنـد. حـرف می‌زنـد و حرف

می‌زنــد. آسمان‌ریسمان می‌بافد و فهیمـــه را از راه‌هایــــی می‌برد که دیروز پریــا یادش داده اســـت. تونلی را نشـــانش می‌دهد که معلوم نیســـت تهاش به کجا ســـر در می‌خـــورد! حتـــی باریکه‌راهـــی که به خانـــه‌ی پریــا می‌رود را از دور نشـــان مـــادر می‌دهد. لحظـــه‌ای رو به خانـــه‌ی پریا می‌ایســـتد و دست‌هاش را دور دهانش حلقـــه می‌کند و فریـــاد می‌زند:

«سلام... پریاجون...»

فهیمه سعی می‌کند خنده‌اش را پشت عصبانیتی ساختگی پنهان کند:

«چی‌کار می‌کنی مادر، نمی‌گی یکی بشنوه آبرومون می‌ره!»

«گفتم سلام. سلام که خوبه عشق من.»

به کارخانه که می‌رسند فهیمه دوباره همه‌ی سفارش‌هاش را تکرار می‌کند و در آخر می‌گوید:

«ببینم چه‌جوری آبروی مادرترو حفظ می‌کنی.»

ماهان که تمام مدت حرف‌های فهیمه را با تکان‌های عروسک‌وارِ سر و گردنش تأیید کرده، خنده‌ای می‌کند:

«من الهی قربون ماما‌فهیمِ خودم برم.»

دست‌هاش را به سینه‌اش می‌کوبد و تعظیم بلندبالایی می‌کند. روی زمین زانو می‌زند و دامنِ چادرِ فهیمه را در دست می‌گیرد و لب‌هاش را آرام روی آن می‌گذارد. فهیمه که بارها این نمایش پرشور را دیده و هربار بغض کرده و بغضش را فروخورده، سعی می‌کند لرزش صداش را در لحن آمرانه‌اش مخفی کند:

«پاشو ماهی، شلوارت خاک خالی شد!»

سر زانوهاش را می‌تکاند و ظرف غذای ظهر را می‌دهد دستش:

«ببین چی میگم بهات، آقای کاظمی گفت همونجا تو آشپزخونه گاز هست، ظهر بده یهنفر برات گرمش کنه. خودت یهوقت به گاز دست نزنی وارد نیستی!»

لحظهای به ماهان که ظرف غذا در دست، تعظیمکنان خشکش زده خیره میماند. امّا انگار یاد چیزی افتاده باشد با نگرانی سرش را تندتند تکان میدهد:

«نه، نه مادر، بذار خودم بیام آقای کاظمیرو ببینم.»

ماهان بیآنکه کمر راست کند با آن دستش که خالیست، مثل دربانِ آدابدانِ یک هتل ششستاره او را سمت در کارخانه هدایت میکند.

فهیمه لبخند میزند:

«الهی قربونت بره مامافهیم، بیا عزیزدلم.»

سـرایدار میگویـد هنوز آقـای کاظمـی نیامـده، امّـا با حوصلـه، سـفارشهای فهیمـه را میشـنود و چَشمچَشـم میگویـد. فهیمـه دوباره نگاهـی بـه قدوبـالای ماهـان میکنـد و زیرلب لاحـول میخواند و میرود.

هنوز ماهان چند قدمی به ساختمان اصلی کارخانه نزدیک نشده که سرایدار صداش میکند:

«آقاماهان.»

ماهان میایستد.

«اسمت ماهان بود دیگه، بیا اینجا.»

سـرایدار کـه پیرمـردی لاغراندام با ریـش سفید توپیسـت ماهان را بـه اتاق سرایداری هدایت میکند و مینشاندش روی یک صندلی سفید پلاستیکی.

«خب... آقاماهان، اسمت هم که خیلی قشنگه.»

لبخند بزرگی همه‌ی صورت ماهان را می‌پوشاند:

«اما فامیلیم برزگرنژاده.»

پیرمرد می‌گوید:

«به‌به، ماهان برزگرنژاد، فامیلیت هم قشنگه.»

ماهان ابروهاش را می‌دهد بالا و لحظه‌ای طولانی در همان‌حال می‌ماند. گویی اولین‌بار است اسم و فامیلی خودش را می‌شنود، کشف و ذوقی ناگهانی احاطه‌اش می‌کند:

«آره، قشنگه.»

پیرمرد توی لیوان دسته‌داری چای می‌ریزد:

«خیله‌خب عموجون، بیا یه چایی دبش بخور خستگی راه از تنت در ره.»

از آب کتری، لیوان را پر می‌کند:

«بفرما!»

ماهان لیوان را می‌گیرد می‌برد بالای سرش و با دقت زیر آن را نگاه می‌کند، بعد آن را روی میز کوچک فلزی می‌گذارد:

«نمی‌خورم.»

«تازه‌دمه عمو، بخور گرم شی.»

ماهان درحالی‌که ظرف غذاش را بغل کرده با شک و تردید لیوان چای را وارانداز می‌کند:

«تفاله نداره، نمی‌خورم.»

پیرمرد ابرو در هم می‌کشد:

«تفاله می‌خوای واسه‌چی؟»

«من چایی کیسه‌ای دوست ندارم خیر سرم.»

پیرمرد خنده‌ای می‌کند. دندان‌های سفید مصنوعی‌اش در انبوه ریش و سبیلش می‌درخشد:

«آهــان... پس داسـتان داره. بعله، من هم دوسـت نـدارم، یعنی اسـمش که می‌آد دل‌آشـوبه می‌گیرم، امّا ایـن قوریش از این‌ها داره... چیـه، همین چایی‌صاف‌کـن داره، نمـی‌ذاره تفاله‌ش بیرون بیاد.»

ماهان لیوان چای را برمی‌دارد و بو می‌کند:

«به‌به، لطفاً کشمش دارین؟»

پیرمرد لبخند می‌زند:

«نـه، این یه‌قلم‌رو نداریـم، عوضـش از ایـن شـوکولات‌ها مـی‌دم خدمت‌تـون.»

دست می‌کند از زیر کمد فلزی، قوطی کنسروی که حالا شده ظرف شکلات را بیرون می‌آورد و می‌گذارد روی میز. ماهان شکلات‌ها را زیرورو می‌کند. در همان‌حال کیسه‌ی ظرف غذاش را روی میز می‌گذارد و دفتریادداشت را از یقه‌اش بیرون می‌کشد. پیرمرد هاج‌وواج، خیره‌ی اوست:

«چی‌کار می‌کنی؟»

«آخه خیلی زیادن.»

پیرمرد می‌خندد:

«خب باشه، تو یکی‌ش‌رو بردار عمو!»

ماهان در دفترش چیزی می‌نویسد:

«چشم لطفاً.»

و یک شکلات از داخل قوطی برمی‌دارد. پیرمرد ابرو بالا می‌کشد و سری تکان می‌دهد:

«می‌بینم که شما ماشالا خیلی متین و با ادبین.»

ماهان درحالی‌که زرورق شکلات را باز می‌کند سرش را پایین می‌اندازد:

«مامانم گفتن.»

«خدا برات حفظ‌شون کنه.»

ماهان هنوز شکلات را در دهان نگذاشته که یکی از کارگران وارد اتاق می‌شود:

«سام‌علیک عمواکبر.»

«علیک‌سلام آقامنصور، حال‌احوال؟»

منصور زیرچشمی نگاهی به ماهان می‌اندازد و رو به عمواکبر چشمک می‌زند. صورتش را برمی‌گرداند سمت ماهان:

«به‌به، چشم ما به جمال شازده روشن!»

رو می‌کند به عمواکبر:

«این همون دسته‌گلیه که دیروز این‌جا ولوله به‌پا کرد؟»

عمواکبر لب ورمی‌چیند:

«لا اله الا الله...»

و قوطی شکلات را می‌گیرد سمت منصور:

«اسمش آقاماهانه، خیلی هم مشتی و آقا و باادبه.»

منصور پوزخند می‌زند:

«آقاییش که خیلی آقاس، فقط حیف که ما دیروز سعادت نداشتیم شیرین‌کاریش‌رو ببینیم.»

دستش را دراز می‌کند طرف ماهان. ماهان لبخند می‌زند. از روی صندلی بلند می‌شود با منصور دست می‌دهد و او را در آغوش می‌گیرد. منصور خودش را به زور از دست‌وبال او بیرون می‌کشد:

«ماشالا، عجب چغری هم هست، تو چهجوری از آقابهرام کتک خوردی؟!»

صدای عمواکبر بالا میرود:

«آدم که پشتسر اوساش لیچار نمیگه.»

«لیچار نمیگم به جون عمو، آخه این با این بروبازو چهجوری گذاشته...»

ماهان میدود توی حرفش:

«گ گ آخه گگ گناه داشت آقا... آقای بهرام.»

منصور پقی میزند زیرخنده. یکیدو بار با کف دست میزند روی زانوهاش و از سرِ لودگی جیغهای کوتاه و خفهای میکشد. ماهان ذوقزده ریسه میرود. به تقلید از او روی زانوهاش میکوبد و جیغ میکشد. منصور پیچوتابخوران ولو میشود روی صندلی. ناگهان پایهی صندلی از زیرش میلغزد و پخش زمین میشود، لحظهای با چشمهای ورقلمبیده خیره میشود به سقف، امّا دوباره با هیجانی مهار نشدنی شروع میکند به خندیدن، و در همانحال انگشت اشارهاش را رو به ماهان میگیرد:

«گناه داشت... اینرو نیگا...»

خنده در صورت ماهان میماسد:

«یعنی من دیوونهام؟»

منصور لحظهای خشکش میزند:

«نه والله، من دیوونهام...»

و دوباره میخندند. درحالیکه گرد و خاک شلوارش را میتکاند از زمین بلند میشود مینشیند روی صندلی. شکلات را از زرورق باز میکند میگذارد دهانش. لیوان چای ماهان را برمیدارد و یکنفس سر میکشد.

ماهان به منصور چشم دوخته و پلک نمی‌زند. عمواکبر بلافاصله چارپایه‌ی چوبی آبی‌رنگی را از پشت میز می‌آورد و پیش پای ماهان می‌گذارد:

«بشین، بشین عمو. الآن یکی دیگه برات می‌ریزم.»

سمت قوری و کتری‌ای که روی والور کوچکی قرار دارد می‌رود. به منصور چپ‌چپ نگاه می‌کند:

«مگه آزار داری بچه، چایی این طفلک بود.»

«خب براش یکی دیگه بریز، خوش‌رنگ‌تر، خوشگل‌تر.»

رو به ماهان می‌گوید:

«نه آقاماهان!»

ماهان که چشم از منصور برنمی‌دارد می‌نشیند روی چارپایه و کیسه‌ی غذاش را بغل می‌گیرد. منصور زیرچشمی می‌پایدش:

«به‌به، نهار هم که آوردی، نهارته دیگه، ها؟ حالا چی هست؟»

«قرمه‌سبزی...»

منصور بشکنی می‌زند:

«باریکلا قرمه‌سبزی!»

ماهان بسته‌ی غذا را در بغل می‌فشرد:

«مامافهیم پخته.»

منصور چایش را هورت می‌کشد:

«دستش درد نکنه. حالا ظهر با هم می‌شینیم می‌خوریم ببینیم اصلش چه‌جوری پخته.»

ماهان ذوق‌زده تقریباً جیغ می‌کشد:

«با هم می‌خوریم...»

سرش را بالا می‌برد و می‌گوید:

«خدایا... عاشقتم...»

عمواکبر که محو تماشای اوست دستی به سبیلش میکشد و لبهاش میجنبد:

«الله اکبر... این طفلک عین آب، زلاله.»

آهی میکشد و از منصور میپرسد:

«چی شد؟»

«چی، چی شد عمو؟»

«بالاخره کارگرها چیکار کردن؟»

منصور آخرین جرعهی چای را هورت میکشد:

«میگن تا حقوق دو ماه گذشتهمونرو ندین نمیریم سر کار. میگن آقاکاظمی باید بیاد بیاد تکلیفمونرو روشن کنه.»

عمواکبر لیوان چای را جلوی ماهان میگذارد:

«فکریام والله، آخه یعنی چی این بساط! قبلاً که حتی سهچهار ماه حقوقشون عقب افتاده بود اینجوری بامبول درنیاوردن، ایندفعه یه داستان دیگهای داره..»

«خب بندهخداها حقوقشونرو میخوان، گناه نکردن که.»

عمواکبر میپرسد:

«حالا تو چی میگی این وسط؟»

«من؟! من چی دارم بگم، اصلش من سر پیازم یا ته پیاز؟»

«اگه سروته پیاز نیستی، الآنه اینجا چیکار میکنی؟»

«خب تو انبار کاری نداشتم فعلاً. هفت تا کارتن، مرجوعیِ دیروز بود که صورتبرداری کردم و جاگیر پاگیرشون کردم.»

عمواکبر خندهی سردی میکند:

«پس دیگه واسه خودت یهپا انباردار شدی!»

«بالاخره آقابهرام که فعلاً قهر کرده، نمی‌شه کار بمونه رو زمین، اصلش هم دیگه من الآن سوارِ کارم، می‌دونی که چی می‌گم عمواکبر.»

«یعنی آقابهرام راست‌راستی دیگه نمی‌خواد بیاد کارخونه؟»

«الله اعلم، من چه می‌دونم.»

«تو شاگردشی، حرف‌هاتون پیش همه، اگه تو داستان‌رو ندونی من باید بدونم؟»

«حرف‌هایی می‌زنی عمواکبر، خودت داری می‌گی شاگرد، اوساجماعت می‌آد حرفش‌رو به شاگرد بزنه؟ آخه یه‌چیزی بگو بگُنجه!»

ناگهان کاظمی نفس‌نفس‌زنان با چهره‌ای برافروخته وارد اتاق می‌شود. عمواکبر و منصور می‌ایستند سلام می‌کنند. ماهان شکفته از ذوق، پیش می‌رود و کاظمی را در آغوش می‌گیرد. کاظمی او را می‌بوسد:

«به‌به، آقاماهان. پس شدی مرد نون‌درآر خونه!»

ماهان با هیجان سرش را تکان می‌دهد:

«نهار هم قرمه‌سبزی آوردم.»

منصور را نشان می‌دهد:

«می‌خوایم با این بخوریمش.»

کاظمی رو می‌کند به منصور:

«تو این‌جا چی‌کار می‌کنی؟»

«انبار کاری نداشتم آقا، اومدم یه‌سر این‌جا که... که...»

«نه دیگه، نشد، تو اگه مسئول انباری، محل کارت اون‌جاست، چه کاری داشته باشی، چه نداشته باشی.»

«چشم آقا.»

«از بهرام چه خبر؟»

«نمیدونم آقا، خبری ندارم.»

کاظمی پوزخند میزند:

«دروغ هم که میگی. کلاغها خبر آوردن صبح قبل از اینکه بیای کارخونه تشریف بردی خونهی بهرام.»

«کی گفته آقا؟»

«گفتمکه، کلاغها!»

بعد از عمواکبر میپرسد:

«چه خبر، کارگرها چی میگن؟»

عمواکبر در فنجان سفیدرنگی برای کاظمی چای میریزد:

«مثل اینکه واسه حقوق عقبافتادهشون جمع شدن آقا، معلوم نیست داستانشون چیه.»

کاظمی پا به راه رفتن میشود:

«چایی نمیخورم. به همه بگو تا دو دیقه دیگه بیان نهارخوری باهاشون کار دارم.»

رو میکند به ماهان:

«تو هم بیا با من بریم آقاجون.»

درحالیکه از در بیرون میرود به منصور میگوید:

«نیم ساعت دیگه دفتر من باش ببینم اوضاع دست کیه.»

«چشم آقا.»

***

بیرون، اولین ابرهای کبود پاییزی، محوطهی کارخانه و حیاط کوچک آن را سایه کرده است. آسمان برقی میزند و میغُرد. چند قطره باران پراکنده کف سیمانی حیاط را خالخال میکند. کارگران در نهارخوری هستند، سی و چهار مرد پیر و جوان و میانسال که از همین حاشیههای

اطراف می‌آیند. دست‌ها و صورت‌ها تفیده و برشته است و سرخاسرخِ چشم‌ها، ملتهب؛ گویی آتش کوره بیش‌تر در کار ذوب کردن آن‌ها بوده است. پیرترها از زیر ابروهای فروافتاده زل زده‌اند به کاظمی که با چهره‌ای خسته و پریشان، و صدایی گرفته دست‌وپا می‌زند تا دل‌شان را نرم کند. هیکل بزرگ و تنومند کاظمی مدام از شدت حرکات تندِ دست‌هاش به جنبش درمی‌آید و دوباره آرام می‌گیرد. ملتهب و عرق‌ریزان روی سکوی کوچکی که با آجر و سیمان ـ معلوم نیست برای چه ـ گوشه‌ی نهارخوری ساخته‌اند، ایستاده و سعی می‌کند قاطع و تأثیرگذار باشد:

«...والله من خودم شب‌ها خواب به چشمم نمی‌آد. این حقوق‌های عقب‌مونده مثل پُتک، هردقیقه یه‌بار می‌خوره تو سرم. نه فقط ما وضع‌مون این‌جوری باشه‌ها، حتی اون‌هایی هم که کوره‌ی صد تُنی دارن کارشون زاره. آقایون، دوستان! ما دو راه پیش پامونه، یا درِ این کارخونه‌رو ببندیم تعطیلش کنیم، خلاص، یا صبر کنیم تا...»

کارگر جوانی از توی جمعیت می‌گوید:

«مگه نگفتین دارین وام می‌گیرین آقای کاظمی؟ صابخونه جوابم کرده، باید پاشم، آواره می‌شیم با بچه‌ی شیرخوره.»

کاظمی با دستمال‌کاغذی مچاله‌ای که در دست دارد عرق پیشانی‌اش را می‌گیرد:

«ما برج پیش درخواست وام دادیم، کو؟ خود صنف می‌گه برو از بانک بگیر، آخه با چهارده درصد کارمزد، چه‌جوری پول‌رو برگردونیم؟ ما تو هزینه‌های یومیه‌ی خودمون موندیم... اینا‌ها، ببینین...»

دست می‌کند از جیب کتش کاغذ تاشده‌ای را بیرون می‌آورد:

«ببین آقاجون، این آخرین اخطار شرکت گازه، همین صبح شرکت

گاز بودم، میگه اگه تا هفتهی دیگه پرداختین، که خب، وگرنه قطع
میکنه. یهقروندوزار هم که نیست...»

بیرون، دانههای درشت باران روی سقف ایرانیت نهارخوری ضرب
گرفته است. یکی از کارگران قدیمی که ابروهای فلفلنمکیاش روی
چشمهای کمسوش آویخته میگوید:

«آقاکاظمی، هیشکی نمیخواد کارخونه تعطیل شه، امّا بالاخره
خدا همهی درهارو که نبسته، شما ببین چارهی کار کجاست، ما هم
گرفتاریم، خودتونرو بذارین جای ما.»

کارگر سیاهچردهای که دوسه ماهیست استخدام شده و جزو
تازهواردها به حساب میآید صداش را میاندازد توی گلوش:

«اینها اگه میخواستن خودشونرو بذارن جای ما که...»

همان کارگر پیر میپرد تو حرفش:

«باز تو حرف مفت زدی؟ حالا بذار جات گرم شه...»

و زیرلب غُرغُر میکند:

«دیر اومده میخواد زود بره..»

کارگر تازهوارد دستبردار نیست:

«حرف مفت کیلو چنده؟ همین شماهایین که طرفداريِ الکی
میکنین، حق ماهارو میخورن دیگه.»

پیرمرد هوار میکشد:

«من سن باباتمها، تربیت یادت نداده؟»

یکیدو نفر پادرمیانی میکنند:

«بیخیال، عمو...»

«تو هم خجالت بکش دیگه غلام...»

«تو چی میگی این وسط؟»

«آخه خوبیت نداره. راست می‌گه دیگه، پیرمرد جای باباشه...»

«آدم باهاس عقل داشته باشه، به سن و سال نیست.»

«گِل بگیر دیگه تو هم!»

«صلوات ختم کن.»

صدای صلوات کارگرها در صدای قطرات بارانی که سقف را می‌نوازد گره می‌خورد.

کاظمی تک‌سرفه‌ای می‌کند. صداش آن طنینِ قبل را ندارد:

«ما باز هم از این مشکلات داشتیم، همین سال گذشته، یه‌بار سه‌چهار ماه حقوق‌ها عقب افتاد، همیشه هم شماها، به‌خصوص قدیمی‌ترها، به بنده لطف داشتین، البته این‌رو هم می‌دونم که شرایط الآن خیلی سخت‌تره، ولی باید چی‌کار کرد آقاجون؟ بالاخره نباید بذاریم این‌جا تعطیل بشه.»

همان کارگر قدیمی رو به دیگران می‌گوید:

«درست می‌شه دوستان. آقاکاظمی کارش درسته، گرفتاری‌های مارو هم می‌دونه. از این تعطیلی هم هیچی عاید هیشکی نمی‌شه. یه صلوات دیگه بفرستین بریم کارگاه...»

کارگران صلوات می‌فرستند. صدای ماهان بالای همه‌ی صداهاست. او تا آن لحظه کنار پنجره ایستاده و گوش به حرف‌ها سپرده و با دهان باز زل زده به حیاط و بارانی که بوی خوشش از لای پنجره به داخل جاری‌ست. کاظمی از سکو پایین می‌آید. ماهان جلو می‌پرد و او را بغل می‌کند. فریاد می‌زند:

«برا سلامتی آقاکاظمی صلوات...»

جماعَت صلوات می‌فرستند و آرام‌آرام راه می‌افتند سمت کارگاه.

کاظمی به همرا ماهان وارد اتاقش می‌شود. منصور که روی مبل

کنفیِ کنار پنجره نشسته و با سبیل تُنکش ور میرود با دیدن او از جا برمیخیزد.

کاظمــی پشــت میز کارش مینشــیند و بــه ماهان اشاره میکند روی یکـی از مبلهـا بنشـیند. ماهان ظـرف غـذاش را روی میـز میگـذارد و مینشــیند. کاظمــی از زیـر ابروهـای سـیاهش خیـره میشـود بــه منصور:

«خب، چه خبرها آقامنصور؟»

«خبر سلامتی آقا.»

«بشین آقاجون.»

یک کشمش از قندان برمیدارد میاندازد توی دهانش:

«من وقتی با کارگرها صحبت میکردم یه سؤال پرسیدم، یادت هست چی بود؟»

منصور کمی فکر میکند:

«نه آقا، یادمون نیست.»

«گفتم ما قبلاً هم از این مشکلات داشتیم...»

زل میزند به چشمهای منصور:

«داشتیم دیگه، یادته که، هموندفعه که حقوقها حدود چهار ماه عقب افتاد؛ حالا سؤال اینجاست، به نظرت چرا ایندفعه کارگرها کارشونرو تعطیل کردن؟»

منصور که هنوز ننشسته، اینپا و آنپا میکند:

«نمیدونیم آقا.»

«ولی من میدونم. از قول من به بهرام بگو... میبینیش دیگه؟»

«نمیدونیم آقا، شاید ببینیمش.»

کاظمی شیرینیِ کشمشها را زیر زبانش مزمزه میکند:

«شاید که نه، حتماً می‌بینیش. به‌اش بگو، اگه نمی‌خواد بیاد کارخونه زودتر بگه تا یه فکری به حال مسئول انبار بکنیم، بعدش هم...»

منصور می‌دود توی حرف کاظمی:

«آقا شما فکر می‌کنین من آدم بهرامم؟ فکر می‌کنین من کارگرهارو شوروندم؟»

«بشین.»

منصور با دل‌خوری خود را در مبل می‌اندازد:

«آقا درسته اوسای ما آقابهرامه، ولی رئیس‌مون شمایید. من که هیچ‌وقت شمارو نمی‌فروشم... من‌رو بگو، داشتم چه فکرهایی می‌کردم.»

و سکوت می‌کند.

ماهان که دفترچه‌اش را درآورده و رشته‌های کنف دسته‌ی مبل را می‌شمرد با تعجب سوت می‌کشد:

«او...وه، چند تا...»

کاظمی چشم می‌دوزد به کنف‌های مبل:

«چه فکرهایی می‌کردی؟»

«فکر کردم حالا که وضع کارخونه این‌جوریه، من و آقاماشالا جنس‌هارو بار نیسان کنیم ببریم این شهرهای اطراف، خودمون مستقیم، یعنی... یعنی همین بی‌واسطه بفروشیم به شهرهای دوروبر. این‌جوری فکر کنم خیلی سریع‌تر به پول برسیم.»

کاظمی دوسه کشمش دیگر در دهان می‌اندازد:

«نمی‌شه، به این سادگی‌ها هم نیست، مگه کارخونه‌ی آقای عبادی همین کاررو نکرد! یک ساله هنوز پولش نقد نشده. بی‌چاره شب‌وروز دنبال طلب‌هاشه. بعدش هم ما فقط همین یه

آقاماشــالا و همیــن یــه نیســان‌رو داریــم، کارهــای دیگه‌مــون می‌مونــه زمین.»

لاله‌ی گوشش را می‌خاراند:

«این چرا چایی نیاورد؟»

ماهان مثل فنر از جا می‌پرد:

«من برم بگم بیاره؟»

«آره آقاجون، برو.»

ماهان در یک چشم‌به‌هم‌زدن نخ مداد و دفترش را در پیراهنش می‌اندازد و از اتاق بیرون می‌زند، امّا دوباره برمی‌گردد:

«به کی بگم بیاره؟»

کاظمی لبخند می‌زند:

«دست راستت، همین در آبیه، آقایونس، فهمیدی؟»

ماهان با هیجان سرش را تکان می‌دهد و می‌رود.

منصور می‌گوید:

«آقا فضولی نباشه، این اومده این‌جا کار کنه؟»

«کار که... خیلی کاری از دستش برنمی‌آد طفلک، گفتیم بیاد سرش گرم شه.»

«آقا، می‌خواین فعلاً بیاد تو انبار پیش خودم؟»

کاظمی خنده‌ی خشکی می‌کند:

«که قرمه‌سبزیش‌رو بالا بکشی!»

منصور سگرمه‌هاش را در هم می‌کشد و سرش را می‌اندازد پایین:

«کی قرمه‌سبزی این‌رو می‌خواد، خواستم یه‌کاری کرده باشم.»

در با سروصدای زیاد باز می‌شود و ماهان شادمانه به اتاق می‌آید:

«گفتم سه تا چایی بیاره، گفت اتفاقاً تازه‌دمه، گفت... گفت...»

کاظمی سر می‌جنباند:

«دستت درد نکنه. ببین چی می‌گم، شما فعلاً می‌ری انباری، پیش این آقامنصور، هرچی هم به‌ات گفت گوش می‌کنی، خیله خب؟»

ماهان با چشم‌هایی که هرآن درخشان‌تر می‌شود دستش را طرف منصور دراز می‌کند. منصور با لبخندی سرد دستش را پیش می‌آورد. ماهان خودش را روی مبل او رها می‌کند و در آغوشش می‌گیرد. منصور که نزدیک است از روی مبل سقوط کند خودش را جمع‌وجور می‌کند:

«اِ... چی کار می‌کنی!»

کاظمی می‌خندد و با دست بزرگش لب‌های گوشتالوش را می‌پوشاند:

«ببینم می‌تونی یه انباردارِ درست‌حسابی از این آقاماهان ما بسازی.»

منصور به زور، خودش را از زیر دست‌وپای ماهان بیرون می‌کشد و برمی‌خیزد. ماهان دست او را محکم در دست گرفته است. منصور می‌گوید:

«امری نیست آقا؟»

«مگه نمی‌خوای چایی بخوری؟»

«خیلی ممنون، انبار چایی هست.»

کاظمی کشمش‌هایی را که در دهانش خیس خورده، قورت می‌دهد:

«راستی، تا یادم نرفته دو تا سند انبار هست که من ازشون سردرنمی‌آرم، یا من قاتی کرده‌م، یا... نمی‌دونم دیگه، یه اشکالی یه جایی هست. شماره‌هاشون‌رو این‌جا نوشتم... شماره‌های...»

سررسیدی را که روی میز است باز می‌کند و از روی آن می‌خواند:

«...شماره‌های یازده، خط تیره، چهار صد و بیست و چهار، صد و بیست و دو. این‌ها مرجوعی بودن، امّا رسیدِ انبارشون‌رو ندارم.»

«آقا... آقا این رسید انبارش که... حتماً دادم بهاتون...»

«یهبار دیگه نگاه کن ببین چند تا کارتن بوده، چی بوده، به کی دادین، کِی مرجوعی شده، اصلاً کِی تحویل گرفته.»

لحظهای مکث میکند. نفس میگیرد و خسخسکنان ادامه میدهد:

«اگه بهرام نیومد، فعلاً خودت بالاسر انبار باش تا ببینم خدا چی میخواد.»

منصور منمن میکند:

«آخه... آقا... انبار که... ما...»

کاظمی که برق هیجان را در چشمهاش میبیند پوزخند میزند:

«ضمناً هوای این آقاماهان مارو هم داشته باش.»

«چشم آقا.»

و درحالیکه سعی میکند بیتفاوت و سرد باشد، دستش را سمت ماهان دراز میکند:

«بریم آقاماهان.»

ماهان بستهی نهارش را از روی میز برمیدارد و راه میافتد دنبال منصور:

«بریم.»

***

انبار، سولهایست که دیوارهاش به شکل منظمی قفسهبندی شده است. بیشتر قفسهها را کارتنهای ظروف شیشهای و حبابها و بطریهای رنگی پر کردهاند.

وقتی منصور درِ انبار را باز میکند ماهان در آستانهی در میایستد و با چشمهای از حدقه درآمده و دهان باز خیره میشود به

کارتن‌ها. منصور کلید را می‌زند. سه لامپ بزرگ بالای سرشان روشن می‌شود. منصور نگاهی به ماهان می‌اندازد و از توی بینی پوزخند می‌زند:

«بیا تو دیگه، چرا ماتت برده!»

ماهان چشم از قفسه‌ها و کارتن‌ها برنمی‌دارد. با سروصدای زیاد، ریه‌هاش را از نفسی که حبس کرده خالی می‌کند:

«وای... خدا... چه‌قدر کارتن...»

و درحالی‌که با اشاره‌ی سر، شروع به شمارش کارتن‌های یکی از قفسه‌ها کرده، در را پشت‌سرش می‌بندد و زانو می‌زند روی زمین. بسته‌ی غذاش را روی پاهاش می‌گذارد و نخ مداد و دفترش را از یقه‌ی پیراهنش بیرون می‌کشد.

«چی می‌نویسی تو این دفتر؟»

ماهان کف دستش را به علامت سکوت رو به منصور می‌گیرد. لب‌هاش مدام می‌جنبد:

«بیست و هفت... بیست و هشت... بیست و نه...»

سر برمی‌دارد و با لبخند پیروزمندانه‌ای رو به منصور تکرار می‌کند:

«بیست و نه.»

و در دفترش می‌نویسد"بیست و نه کارتن". درحالی‌که از هیجان به لکنت افتاده رو به منصور می‌گوید:

«چی‌کار کنیم منصورجون، خیلی زیاده لاکردار!»

«خب آره، زیادن دیگه، این‌جا انباره، می‌فهمی، انبار؛ همه‌ش کارتن و جنسه، افتاد؟»

ماهان لحظه‌ای مات‌مات نگاهش می‌کند و ناگهان فریادکشان هجوم می‌برد سمتش:

«افتاد.»

و منصور را در آغوش می‌گیرد. منصور به سختی خود را از چنبرەی نفس‌گیر بازوهای او خلاص می‌کند:

«بابا عجب خرزوری تو!»

ماهان خود را کنار می‌کشد:

«بی‌تربیت، یعنی من دیوونه‌ام؟»

«می‌گم یعنی زورت زیاده... بعدش هم، من اوساتم، باید به من بگی آقامنصور، افتاد؟»

منصور بارها و بارها محتویات طبقات و کارتن‌ها را برای ماهان توضیح می‌دهد، امّا نمی‌تواند بفهمد که بالاخره چیزهایی که می‌گوید را درک می‌کند یا نه، او فقط با نگاهی خالی و بی‌پرسش خیره‌اش می‌شود و چیزهای نامفهومی در دفتر کوچکش می‌نویسد. ماهان سر ظهر با شنیدن صدای اذان، وضو می‌گیرد و می‌ایستد به نماز. منصور یکی‌دو بار زیرچشمی او را می‌پاید و سر می‌جنباند.

منصور غذای ماهان را گرم می‌کند، دو سیب‌زمینی آب‌پزی که از دیشب براش مانده را می‌آورد و نهار را با هم می‌خورند. ماهان یکی از سیب‌زمینی‌ها را برمی‌دارد و غذاش را با او تقسیم می‌کند. منصور با ولع خورش را روی برنج می‌ریزد و دولپی می‌خورد.

«مگه چرا مامان تو قرمه‌سبزی برات درست نمی‌کنه؟»

منصور لقمه‌اش را می‌بلعد:

«مادر من که این‌جا نیست.»

«پس کجاست؟»

«خونه‌ی ما، یعنی اصلش شهر ما از این‌جا خیلی دوره.»

«خیلی دوره؟»

«خیلی.»

«قفقاز؟»

منصور پِقی می‌زند زیر خنده:

«قفقـازرو از کجـا آوردی؟ پدرمـادرم تربت‌حیدریـه‌ان، شـنیدی اسمش‌رو؟ تربت حیدریه.»

ماهان تکرار می‌کند:

«شنیدی اسمش‌رو... تربت حیدریه.»

و زل می‌زند به پنجه‌های چرب منصور که از لحظاتی پیش، لقمه‌ای را کف بشقاب، ورز می‌دهد.

«بخور بابا، غذات‌رو بخور یخ کرد. خیلی فکرش‌رو نکن. اصلاً یه‌بار می‌برمت تربت.»

ماهان جیغ می‌کشد:

«آخ جون.»

آرام‌تر می‌پرسد:

«قـ قـ قشنگه؟»

«لنگه‌ش تو دنیا نیست.»

و لقمه‌ی صیقل داده‌اش را با سوزِ حسرتی داغ فرو می‌دهد. ماهان دوسه قاشق دیگر از غذاش را در بشقاب منصور می‌ریزد. منصور دستش را پیش می‌آورد:

«نریز بابا، خودت سیر نمی‌شی، اون هم با این هیکل.»

و غش‌غش می‌خندند. ماهان می‌آید بگوید "یعنی من دیوونه‌ام؟" امّا به یاد حرف پریا می‌افتد و منصرف می‌شود.

بعد از غذا چای می‌خورند و روی پتوهای پلنگی قهوه‌ای‌رنگی دراز می‌کشند. منصور از تربت و باغ‌های زعفرانش می‌گوید و این‌که پدرش

یک سالی‌ست مریض شده و او را به خانه‌ی عموش که در مشهد است آورده‌اند و...

یک‌آن صدای نفس‌های منظم ماهان بلند و بلندتر می‌شود. منصور برمی‌گردد سمت او. ماهان به خواب عمیقی فرو رفته است. منصور برمی‌خیزد. پتویی روی او می‌اندازد و از کارگاه بیرون می‌زند و هولانه‌هول سمت خانه‌ی بهرام می‌رود.

***

بهرام روی پشت‌بام، کنار قفس کبوترها نشسته و نهار می‌خورد. منصور صداش می‌کند. بهرام می‌آید پایین. با پشت دست، لب‌های چربش را پاک می‌کند:

«چی‌کار کردی پس تاپاله!»

منصور سگرمه‌هاش را تو هم می‌کشد:

«سلام آقابهرام، تقصیر ما نبود، یکی از اون کارگرها، کیه، همون موقشنگه، با یه صلوات همه‌رو فرستاد سرکارشون.»

«خبرش رسید، غلام به‌ام اس داد. فکر کردیم جوهرت بیش‌تر از این‌هاست.»

لحظه‌ای هردو سکوت می‌کنند. منصور می‌پرسد:

«یعنی فردا هم نمی‌آین کارخونه؟»

بهرام با نوک زبان لای دندانش را تمیز می‌کند و در همان‌حال نگاهی سرسری به منصور می‌اندازد:

«نع. نه فردا، نه هیچ‌وقت دیگه.»

«آخه آقاکاظمی می‌خواست بدونه برمی‌گردین یا نه!»

بهرام سرش را به علامت نه، قاطع و محکم تکان می‌دهد.

«یعنی به خاطر اون عقب‌افتاده‌ه نمی‌خواین بیاین؟»

«اصلاً دیگه خسته شدیم از اون‌جا.»

به منصور خیره می‌شود:

«مگه اون منگله اومده کارخونه؟»

«آره دیگه، پس چی، تازه، فرستاده‌تش انبار، گفت پیش دست...
یعنی وردست من باشه.»

بهرام پوزخند می‌زند:

«آره، همون منگله واسه انبار خوبه.»

«کاری که نمی‌تونه بکنه، بودنش الکیه. بابا، اصلش یارو تعطیله.
آقاکاظمی فقط خواسته سرش گرم بشه.»

«تا کاظمی نیاد معذرت‌خواهی، ما برنمی‌گردیم... به گه‌خوردن
می‌ندازیم این مرتیکه‌رو.»

«اون که الآن خودش حسابی دربوداغونه، فکر نکنم حال
این‌کارهارو داشته باشه.»

دوباره سکوت می‌کنند. این‌بار طولانی‌تر. بهرام می‌پرسد:

«کسی ندید اومدی این‌جا؟»

«فکر نکنم.»

بهرام عصبی می‌توپد:

«فکر نکنی؟!»

تفی می‌اندازد روی زمین:

«مارو باش، رو دیوار کی داریم یادگاری می‌نویسیم... خیله‌خب،
برو... برو دیگه.»

منصور آرام سر تکان می‌دهد و می‌رود. هنوز چند قدمی دور نشده
که بهرام می‌غُرد:

«باید معذرت‌خواهی کنه؛ فقط! راه دیگه‌ای نداره.»

منصور میایستد و لحظهای به او نگاه میکند. بهرام وارد خانه میشود و در را پشتسرش میبندد، امّا بلافاصله در را باز میکند:

«نفهمن اومدی اینجا، شاسکول!»

منصور بـه کارخانـه برمیگـردد. دمِ در، عمواکبر بـه او تعارف میکنـد کـه بیاید چای بخـورد، منصور دسـتش را به حالت تشـکر بـالا میآورد:

«نوش، شارژ موبایلم تموم شده بود رفتم شارژ بگیرم.»

و به سرعت دور میشود. عمواکبر از اتاق سرایداری بیرون میآید:

«این آقاماشالا سراغترو میگرفت، گفتم بره انبار تا بیای.»

منصور که به انبار میرسد میبیند آقاماشاالله بالا سر ماهان ایستاده و با تعجب به او خیره شده. ماهان همچنان خواب است و خروپُفش انبار را برداشته. آقاماشاالله میپرسد:

«این بچهغوله کیه منصور؟»

«هیشکی، اسمش ماهانه.»

آقاماشاالله سر تاسش را میخاراند:

«اینجا چیکار میکنه؟»

«آقاکاظمی فرستادهتش انبار.»

آقاماشاالله همچنان سرش را میخاراند:

«کار دستمون نده؟»

منصور به آرامی سرش را به علامت نه بالا میاندازد:

«عقلمقل، ماکو.»

با سرانگشت به پیشانیاش اشاره میکند و چشمکی میزند:

«روانش پاکه.»

زیر کتری را روشن میکند:

«چه خبرها؟»

«هیچی، از صبح علاف بودم دیگه، بالاخره صفحه‌دیسک و دو تا از لنت‌هارو عوض کرد.»

«آقاکاظمی بفهمه، جوش می‌آره.»

«شنیدم حالش خرابه، اصلاً من‌رو سنَنه! خب ماشین کار می‌کنه، خراب می‌شه، باید خرجش کرد دیگه... چی می‌خواستم بگم!... آها، این یارو دوباره تماس گرفت، گفت سه کارتن دیگه از همون بطری رنگی‌ها می‌خواد، چی‌کارش کنم؟»

لب‌های منصور آرام می‌جنبد:

«فعلاً که اوضاع خرابه، آقاکاظمی می‌گفت دو تا از سندهای مرجوعی، رسید انبار نداره.»

آقاماشاالله با نرمای شست دست، ابروهای پرپشت و سیاهش را صاف می‌کند:

«تو که بلدی، یه رسید انبار بده به‌اش.»

«آخه امضای اون یارو که مرجوع کرده باید باشه یا نه؟»

«قبلی‌هارو مگه کی امضا کرده؟ تو که عارت نیست، کارِته.»

منصور زیرچشمی می‌پایدش و لب‌هاش از خنده‌ای سرد و خالی کج می‌شود:

«نبینم از ما دل‌خور باشی آق‌ماشالا!»

ماشاالله دوباره سرش را می‌خاراند:

«بالاخره من به این یارو چی بگم؟»

«بگو فعلاً دست نگه داره، اصلش بگو خودمون خبرش می‌کنیم.»

آقاماشاالله از انبار بیرون می‌زند. منصور در پی‌اش می‌رود:

«چایی گذاشتم.»

آقاماشاالله شانه بالا می‌اندازد و دور می‌شود. وقتی منصور برمی‌گردد می‌بیند ماهان نشسته و خمیازه‌کشان بدنش را کش‌وقوس می‌دهد.

«یه خورده بخواب!»

ماهان مشت‌هاش را گرمپ‌گرمپ می‌کوبد به سینه‌اش:

«سلام، صبح به خیر.»

«عافیت باشه، صبح کجا بود، ساعت یه ربع به دوئه.»

ماهان که به جایی نامعلوم خیره شده لب‌هاش تا بیخ گوشش کش می‌آید:

«خواب پریارو دیدم.»

«باریکلا، خیر باشه.»

«خواب دیدم رفتیم تربت حیدریه. این‌قدر قشنگ بود. اون‌جا عروسی کردیم.»

منصور می‌زند زیر خنده:

«حتماً شام هم سیب‌زمینی‌پخته دادین!»

ماهان می‌زند زیر آواز:

«چلو...کباب... با دوغ... گازدار...»

منصور مقابل او، روی پتو می‌نشیند:

«یعنی تو راست‌راستی می‌خوای با آبجیِ آقابهرام عروسی کنی؟»

«عاشقشم، عروسی می‌کنیم.»

«آخه اون هم باید تورو بخواد!»

«می‌خواد.»

«از کجا می‌دونی؟»

«خوخو خودش گفت، همین الآن به‌ام گفت. وقتی اومد انگشت عسلیش‌رو بذاره تو دهنم، به‌ام گفت عاشقتم.»

منصور به زور سعی می‌کند جلوی خنده‌اش را بگیرد:

«خب آقابهرام چی، اون که راضی نیست.»

«راضی می‌شه.»

صداش بغض دارد:

«دیروز به من گفت آخه منگل، کی به تو زن می‌ده!»

لب‌هاش از بغض می‌لرزد:

«به نظر تو من دیوونه‌ام خیر سرم؟»

سرش را پایین می‌اندازد و با صدایی خفیده می‌گرید. منصور سمت او می‌سُرد:

«خُل شدی مگه! واسه‌چی گریه می‌کنی؟ راضیش می‌کنیم. بَده آقادوماد گریه کنه... اِ اِ نگاه، راست‌راستی اشک‌هاش اومد... پاشو، پاشو یه چایی بخوریم، حالت جا بیاد.»

ماهان قطره‌های اشکی که روی گونه‌اش می‌غلتد را با سرآستین پاک می‌کند و دست مشت‌شده‌اش را سمت منصور می‌گیرد. زیرلب زمزمه می‌کند:

«این چند شاخه گُل تقدیم به شما.»

منصور پوزخند می‌زند:

«دیگه زد به سرت!»

ماهان می‌پرسد:

«داداش پریاجون گُل دوست داره؟»

«آره، اتفاقاً خیلی هم دوست داره، همین پشت انبار یه باغچه درست کرده کلی گُل توش کاشته، اصلش بیش‌تر وقت‌ها پای این گل‌ها بود.»

یک ساعت بعد، کاظمی به انبار سری می‌زند. این تقریباً کارِ هرروزه‌اش است که ساعات پایانی کارِ کارخانه می‌آید و خبری از اوضاع و احوال آن‌جا

می‌گیرد، امّا این‌بار بیش‌تر می‌خواهد از وضعیت ماهان باخبر شود. تا وارد انبار می‌شود ماهان که دارد در دفترش تعداد کارتن‌های آخرین قفسه‌ها را یادداشت می‌کند می‌پرد محکم در آغوش می‌گیردش:

«خدا... خدا...»

کاظمی که نفسش بند آمده، خس‌خس می‌کند:

«ماهان‌جون، قربونت برم، خفه شدم آقاجون!»

ماهان رهاش می‌کند. کاظمی نفسی می‌گیرد و می‌پرسد:

«اوضاع چه‌طوره آقاماهان، از این‌جا خوشت می‌آد؟»

ماهان زبان خیسش را روی لب‌هاش می‌چرخاند و تندتند سرش را به حالت تأیید تکان می‌دهد. منصور درحالی‌که دو کارتن خالی را دنبال خود روی زمین می‌کشد از پشت قفسه‌ای بیرون می‌آید:

«سلام آقا. از این‌جا خیلی خوشش اومده.»

«سلام آقاجون. صد دفعه گفتم کارتن‌هارو رو زمین نکش، یکی‌یکی ببر و بیارشون... چه خبر، اون دو تا سند مرجوعی انباررو پیدا کردی؟»

«هنوز نرفتم سروقتش، چَشم. امروز کارمون خیلی زیاد بود. داریم قفسه‌های پشتی‌رو جابه‌جا می‌کنیم.»

کاظمی نگاهی به ماهان می‌اندازد و لبخند می‌زند:

«حالا روزهای اول خیلی از این پهلوون کار نکش... آسه، آسه. خسته‌ش نکنی این آقاماهان‌رو.»

منصور کارتن‌ها را از پهلو روی هم می‌خواباند:

«نه آقا، حواس‌مون هست.»

کاظمی رو می‌کند به ماهان:

«کار انبار که سخت نیست برات؟»

ماهان بازوهاش را بالا می‌آورد و دست‌هاش را مشت می‌کند. اشاره می‌کند به بازوهای ورقلمبیده‌اش:

«زو زورم... زورم زیاده ماشالا.»

کاظمی می‌خندد:

«خیله‌خب، حالا خیلی زور نزن!»

و کشمشی که توی دستش دارد را پرت می‌کند ته حلقش:

«ببینم، حالا چه‌جوری می‌ری خونه، راه‌رو بلدی؟»

«بلدم، همه‌ش‌رو بلدم. اگه یادم بره، تو... تو دفتر نوشته‌م.»

کاظمی پا به راه رفتن، به منصور می‌گوید:

«من باید برم جلسه‌ی صنف. ماهان‌رو زودتر بفرست بره، یه‌وقت به تاریکی نخوره.»

منصور کاظمی را تا کنارِ درِ انبار بدرقه می‌کند:

«چشم آقا.»

ماهان می‌دود پی کاظمی:

«عموکاظمــی، شــما دوســت داریــن بــه داداشِ پریاجــون گُل بدین؟»

کاظمی چانه‌ی گوشتالوش را می‌خاراند:

«یعنی چی؟»

«یعنی به آقای بهرام گُل بدی؟»

«نمی‌فهمم منظورت چیه، یعنی من... واسه‌چی‌گُل بدم یعنی؟»

«که آشتی کنین دیگه!»

کاظمی لبخند می‌زند:

«من که با کسی قهر نیستم آقاجون. آره، گُل هم به‌اش می‌دیم، ولی باید اول برگرده کارخونه، اگه برنگرده که...»

و به ماهان خیره میشود. معلوم است چیز زیادی از حرفهای او سر درنیاورده.

«پس آشتیای دیگه؟»

کاظمی موبایلش را که زنگ میزند از جیب کتش درمیآورد و دور میشود:

«از دست تو ماهان...»

کمی بعد، ماهان با دستهگُلی در بغل، سمت خانهی پریا میرود. پنج شاخه گلی را که از باغچهی پشت انبار چیده با ذوق و دقتی ناشیانه در کاغذ لفاف بلورها پیچیده و با برگهای تروتازهی چند شاخه ریحان تزیین کرده است.

راه، همان است که صبح بود، تغییری نکرده، فقط به نظرش طولانیتر شده. وقتی میرسد، دستی به موهاش میکشد و خاک شلوارش را میگیرد و در میزند. صدای پریا را میشنود که میگوید، کیه. دوباره موهاش را صاف و مرتب میکند. صدای گردش بلبرینگ چرخهای ویلچر ضربان قلبش را بالا میبرد. لحظهای ظرف غذاش را زمین میگذارد. سرانگشتهای شست و سبابهاش را ها میکند و محکم میکشد به سبیلهاش.

در باز میشود. پریا توی آستانهی در ظاهر میشود، خطی از نور طلاییِ عصر پاییزی دور روسریاش را روشن کرده و میدرخشد. ماهان که موجی از هیجان و شادمانی در صورتش تاب میخورد سرش را پایین میاندازد:

«سـ سـ سلام.»

و دستهگُل را طرف او دراز میکند. پریا جواب سلامش را میدهد و به جای این که دستهگُل را از ماهان بگیرد با نگرانی به پشتبام اشاره

می‌کند. ماهان آرام‌آرام به بالا گردن می‌کشد. صدای کوبیدن چکش بر چوبی، چیزی می‌آید. پریا نجوا می‌کند:

«بهرام رو پشت‌بومه، اگه ببینه اومدی این‌جا...»

لبش را می‌گزد:

«چرا آخه اومدی؟»

ماهان که سعی می‌کند مثل پریا نجوا کند با لکنت شدیدی می‌گوید:

«دلم برات شده این‌قدر.»

و نوک دو ناخن شست و سبابه‌اش را به هم می‌چسباند.

نفس پریا در سینه‌اش حبس شده:

«برو... برو تا نیومده.»

لب‌های ماهان ترس‌خورده و خفیده می‌جنبد:

«آخه... آخه خدا کورم کنه، گُل آوردم برات، نمی‌رم که.»

پریا که نفهمیده او چه گفته، همه‌ی حواسش به پشت‌بام است:

«برو... تروخدا برو، جون مامان‌فهیمت برو.»

غمی تلخ، خطوط چهره‌ی ماهان را در هم می‌ریزد، لب‌هاش از بغض می‌لرزد و مثل رشته‌مرواریدی که بگسلد، فرومی‌افتد. دوزانو می‌نشیند مقابل پریا:

«برم؟»

صدای لرزان پریا از پشت دندان‌هاش شنیده می‌شود:

«پاشو آقاماهان، اگه این‌جا ببیندت... بلند شو...»

ناگهان تکه‌چوبی هوفه‌کشان از کنار شقیقه‌ی ماهان رد می‌شود و با ضرب به در می‌خورد. نگاه پریا و ماهان به بالا کشیده می‌شود. صدای بهرام گرفته و خش‌دار، بند دل پریا را پاره می‌کند:

«چه غلطی می‌کنین؟»

پریا ویلچرش را سمت موزاییک‌های شکسته و لق حیاط می‌راند و سرش را رو به بهرام می‌چرخاند:

«با تو کار داره.»

ماهان مثل فنر از جا می‌پرد و خیره می‌شود به بهرام که چکشی در دست دارد:

«سلام آقا... آقا... آقای بهرام.»

بهرام به پایین خم می‌شود و خرناس می‌کشد:

«تو مثل این‌که هنوز تنت می‌خاره!»

ماهان لبخند می‌زند:

«نه، نمی‌خاره.»

بهرام می‌غُرد:

«نه، چرا، می‌خاره. الآن درستش می‌کنیم.»

خیز برمی‌دارد سمت پله‌ها، امّا با صدای ماهان لحظه‌ای می‌ایستد:

«آقای کاظمی گفت...»

دوباره سایه‌ی دراز و تیره‌اش می‌افتـد رو صورت عرق‌کرده‌ی ماهان:

«چی گفت؟»

ماهان مات‌مات نگاهش می‌کند.

«چرا لال شدی، از تو آدم‌حسابی‌تر نبود بفرسته!»

تردید در صدای ماهان موج می‌زند:

«گفت... گفت من دیوونه نیستم.»

«هه‌هه، خندیدیم، آره، نیستی، خب بعدش؟»

قطره‌ای عرق روی شقیقه‌ی ماهان می‌غلتد و راهش را کج می‌کند و می‌آید بالای پلکش می‌ماند:

«آقای کاظمی گفت آشتی کنیم، گفت بیا کارخونه تشریف بیارین، گفت... گفت... بَده قهر کنیم که... خوب نیست...»

بهرام که نیشش باز است، زهرخندی می‌زند:

«خب، دیگه؟»

«گفت انبار بدون شما صفا نداره!»

بهرام غش‌غش می‌زند زیر خنده. ناگهان خنده اش می‌بُرد:

«ببین چی بهات می‌گیم منگل، یه‌بار دیگه طرف خونه‌ی ما پیدات شه، کاری می‌کنیم از اینی که هستی بی‌ریخت‌تر شی، حالیت شد؟»

ماهان صدای خودش را در شقیقه‌هاش می‌شنود:

«من بی‌ریخت نیستم.»

بهرام حرکت می‌کند سمت پله‌های پشت‌بام:

«نه، مثل این‌که جناب‌عالی حالیت نیست.»

پریا آشفته و پریشان درحالی‌که با دست‌هاش هوا را می‌شکافد به ماهان اشاره می‌کند:

«برو... برو...»

ماهان قدمی پس می‌رود، ولی دوباره پیش می‌آید، دسته‌گُل را می‌گیرد سمت او:

«بگیر... چهارتاش مال توئه، یه... یه... یه دونه‌ش مال آقای بهرامه.»

امّا بهرام به حیاط رسیده است. ماهان هولانه‌هول دسته‌گُل را پرت می‌کند طرف او. دسته‌گُل در بغل بهرام می‌افتد. بهرام خیز برمی‌دارد، امّا ماهان با چند گام بلند به سرعت از خانه دور می‌شود. بهرام چکشی را که در دست دارد سمت او پرت می‌کند که به او نمی‌خورد. فریاد می‌کشد:

«اگه این‌دفعه بیای درِ خونه‌ی ما آتیشت می‌زنیم.»

و با غیظ نعره می‌کشد:

«منگل، عوضی!»

با نفرت نگاهی به دسته‌گُل می‌اندازد و می‌غُرد:

«اِ اِ اِ، جونور! این‌هارو از باغچه‌ی پشت انبار کنده‌ها، بابا این چقد...»

پریا به اتاق رفته است. بهرام دوباره برمی‌گردد و به روبه‌رو چشم می‌دوزد، به جاده‌ای که ماهان در آن، دور و دورتر می‌شود.

نارنجيِ غروب، ماهان را به هیبتی گداخته تبدیل کرده است. ماهان همچون توده‌ی بی‌شکلی از مذاب شیشه در نارنجی غروب می‌دود و با ابرهایی که آن دورها آتش گرفته اند یکی می‌شود.

چهار منجّه‌های گم‌شده

در جنگلِ سیاهِ درّه‌ی راین

مرتیکه فکر کرده ما قاقیم؛ این جوجه‌منگل را فرستاده که پیغام فدایت‌شوم بیاورد. با آن هیکل فلفل‌دلمه‌ای خجالت نمی‌کشد. اموات پدرش خیلی خوب حرف می‌زند، ولی وقتی پای عمل می‌رسد می‌زاید. این کارگاه، صدقه‌ی سرِ ما و امثال ما رو پا ایستاده و شده نان‌دانی این چُلمبه. حالا اولدورم‌بولدروم می‌کند و شاخ‌وشانه می‌کشد. می‌خواهد با این منصور ما را بچزاند. آخر بگو اُزگل، ما خودمان این چت‌اوغلی را آوردیم زیر پر و بال‌مان گرفتیم تا خیر سرش شد انباردار، حالا همین شوتکس را آوردی برای ما علَمش می‌کنی!

بخشکی شانس. ما از هیچ طرف نیاوردیم، اول و آخرمان را از طالع نحس بریده‌اند.

آن از ننه‌بابا و کس‌وکارمان که یکی از یکی چلمن‌تر، آن هم از مثلاً عشق‌مان که شد زرشک.

فکر کن یک شب بروی پلاک طلای هجده عیار اسمِ او و خودت را تقدیمش کنی که بفهمی همین دیشب یک بچه‌قرتی خواستگاری‌اش کرده و او هم بله را گفته، این یعنی زرشک دیگر.

این هم از این مرتیکه، کاظمی، که ما را ول کرده شده هواخواه جوجه‌منگلی که معلوم نیست از زیر کدام بُته عمل آمده، جلوی این یارو و ننه‌اش تهدیدمان می‌کند، ما را تهدید می‌کند. جلوی کارگرها که فردا چشم‌توچشم می‌شویم و تره هم برامان خرد نمی‌کنند خطونشان می‌کشد.

اگر این دایی‌ایرجِ گردن‌شکسته توزرد از آب درنمی‌آمد و ما را از این دیوانه‌خانه به در می‌برد، غمی نداشتیم. از وقتی رفت آلمان، شب‌وروزمان شد چشم‌انتظاری. می‌گفت دکترهای آن‌جا پریا را عمل می‌کنند و خلاصش می‌کنند از این ویلچر بی‌همه‌چیز.

آن اوایل، نامه‌هاش پر از حرف‌های قلمبه‌سلمبه و مکُش‌مرگ‌ما بود. عکس می‌فرستاد از آن‌جا که در نمی‌دانم‌کجاهک و در کنار چی چی گرفته و به یاد ما و پریا بوده و از این دری‌وری‌ها.

بعدها عموکمال گفت زرت‌وپرت می‌کند و چِپش خالی‌ست، امّا راستش ما باور نکردیم، یعنی تو کَتمان نمی‌رفت که دایی، ما را اسکل کرده باشد. بالاخره نامه‌هایی که برای عموکمال فرستاده بود را دیدیم و فهمیدیم سر کارمان گذاشته و بد رکبی خورده‌ایم.

وقتی دیدیم تو نامه‌هایی که برای عموکمال فرستاده، نوشته در بیمارستان کار می‌کند و شاش‌وگه مریض‌ها را می‌شوید و خودش مریض شده و از عمو پول دستی خواسته، فهمیدیم داریم آب تو هونگ می‌کوبیم.

اصلاً همین دایی‌ایرج بود که عشق آلمان را انداخت تو کله‌ی مای

ساده. در و دیوار خانه پر شده بود از عکس؛ همهاش را حفظ بودیم، از باغوحش فرانکفورت تا کوه شیطان برلین، از سرزمین عجایب هامبورگ، تا استادیوم آلیانزِ مونیخ، از جنگل سیاه درهی راین تا مخِ گچیِ داییایرج... اَه!

جوری تو نامههاش از جاهای شاخ آلمان مینوشت که انگار مدام آنجاها پلاس است و عشقوحال میکند. آنقدر با آبوتاب از آنجاها حرف زد که کمکم فکر کردیم اصلاً خودمان چند وقتی آلمان بودهایم؛ بعد که نامههاش به عموکمال لو رفت دیگر ماستمان ریخت. عموکمال گفت اگر پول لازم نمیشد، عمراً راستش را به من هم نمیگفت.

یک روز همهی عکسهایی که رو در و پیکر کمد چسبانده بودیم را کندیم و جرواجرشان کردیم، پریا ایستاده بود و جوری هاجوواج نگاهمان میکرد که انگار مخمان تاب برداشته.

ما که عین خیالمان هم نبود، بیشتر محض خاطر پریا بود. فکر میکردیم این بچه خلاص میشود از این مصیبت. شده بود قوزبالاقوز، آینهی دق. هربار که نگاهش میکردیم دنیا را خراب میکردند رو سرمان. کی باور میکند یا اصلاً چه فایدهای دارد اگر بگوییم این دستدست کردنها، این پشت گوش انداختنهای ما که گذاشتیم مرجان را از چنگمان در بیاورند بیشترش به خاطر پریا بود.

بعد از هزار سال با خودمان فکر کردیم آخرش میخواهد چه بشود، تا کی باید صبر کنیم، بالاخره باید بداند خاطرش را میخواهیم یا نه؟ دلمان را زدیم به دریا، دادیم اسم هردویمان را رو یک تکه طلا حک کردند که... میخواستیم خیر سرمان غافلگیرش کنیم.

با اینکه شب قبلش شلوغپلوغیها و رفت و آمدشان را دیده بودیم، آن پسرهی دیلاق با آن دستهگُلِ هونگی که تو بغلش بود و خانوادهی

اتوکشیده‌اش را دیده بودیم، امّا مثل هالوپشندی‌ها خودمان را زدیم به خریت. رفتیم دمِ در اتاق‌شان و صداش کردیم. اول، عموکمال آمد دمِ در. با دیدن عمو لال شدیم، انگار سنگ قورت داده باشیم، بعد با تته‌پته گفتیم، با مرجان کار داریم...

ای‌بابا، بی‌خیال. ما هم دل‌مان خوش است؛ این حرف‌ها دیگر دوزار نمی‌ارزد. ما فقط این را می‌دانیم که تو کله‌مان چیزهایی وول می‌زد که دست و دل‌مان به این کار نمی‌آمد. مدام به خودمان می‌گفتیم اگر زن بگیریم پریا چه می‌شود؟ ما یک‌جورهایی به پریا بدهکار بودیم، یا اگر نبودیم هم، نگاه دیگران جوری بود که انگار راست‌راستی بدهکاریم. خیلی‌ها فکر می‌کردند ما مقصریم. تقصیر ما بود؟

هنوز هم شب‌ها کابوسش را می‌بینیم. می‌بینیم داریم از پشت‌بام هلش می‌دهیم پایین. می‌بینیم بین زمین و هوا دست‌های مادرِ خدابیامرزمان می‌آید و می‌گیردش، امّا دوباره سُر می‌خورد می‌افتد؛ می‌افتد تو باغچه، تو حیاط ـ یک پاش تو حیاط، بالاتنه‌اش تو باغچه ـ لعنت به ما، لعنت به آن روزِ بی‌همه‌چیز.

مگر یک بچه‌ی ده یازده ساله چه‌قدر می‌فهمد، چه‌قدر می‌داند؟ ما سرمان به کبوترها بود. از آن‌وقتی که دایی‌ایرج رفت آلمان ـ یعنی اول رفت ترکیه، چند ماهی آن‌جا ماند و بعد رفت آلمان ـ و کبوترهاش را داد به ما، دنیا برامان شد باغ زمزم.

موقع رفتن پنج تا اسکناس هزاری گذاشت کف دست‌مان. نوک سبیل‌هاش را جوید و بغل‌مان کرد. بیخ گوش‌مان گفت:

«خاطرشون‌رو می‌خوای، نه؟»

می‌دانست که می‌خواهیم.

«هوای این زبون‌بسته‌هارو داشته باش... عاشق‌شون باش بهرام.

کفتر، اول جَلدِ دل آدم می‌شه بعدش جلد پشت‌بوم، حالیت شد؟ باهاس به‌اشون دل داد.»

یک ماچ از سرمان کرد و گفت:

«تا چشم به‌هم بزنی سروسامون گرفتم و می‌آم می‌برمتون آلمان.»

وقتی کلید قفل قفس را داد، بال درآوردیم. هیچ‌کس تا به حال همچه حالی به‌امان نداده بود.

از آن به بعد، کبوترهای دایی‌ایرج شدند کبوترهای ما. سروته‌مان را می‌زدی کنار قفس‌شان بودیم. قفس‌شان را با شاگرد دایی‌ایرج آوردیم پشت‌بام، کنار همین اتاق تودرتو، جای همین حمام و دستشویی که بعدها، عمو به اصرار زنش برامان ساخت.

عموکمال مدام غُر می‌زد:

«زندگی‌مون‌رو فضله برداشته، همه‌جا بو گند گرفته، خاک تو اون سرت بهرام، آخه یه‌دیقه هم بشین سر درس و مشقت بچه... اَه، اَه، اَه، همه‌ش بوی فضله تو دماغمه، همه‌ش می‌خوام بالا بیارم.»

امّا زنش فرق می‌کرد، خانم و مهربان بود، پیِ دل آدم بالا می‌رفت، از همان‌اول مرامش این‌طوری بود.

خاله‌افسانه، هم خاله‌ی ماست، هم زنِ عموکمال. مادرمان و خاله‌افسانه دوقلو بودند، ولی خیلی شبیه هم نبودند.

وقتی مادرمان سر زاییدن پریا مُرد، خاله برامان مادری کرد. این زن مثل پروانه دور پریا می‌چرخید و تروخشکش می‌کرد. بین دخترش مرجان و پریا فرق بگذارد، ابدا.

آن‌موقع‌ها مرجان شش‌هفت سالش بود. باباجمال که اصلاً نفهمید پریا چه‌جوری بزرگ شد. گَندوپیسَش را که خاله می‌شست و زق‌وزوقش هم که مدام بیخ گوش ما بود، اصلاً تو بغل ما بزرگ شد. بچه وقتی به

زبان می‌آید اول ننه‌باباش را صدا می‌کند، امّا پریا اولین‌باری که زبان باز کرد گفت، داداش.

تازه یک هفته بود می‌گفت داداش ـ داداش که نه ـ می‌گفت دادا. وقتی می‌گفت دادا، بال‌بال می‌زدیم. صداش ما را یاد مادرمان می‌انداخت؛ نمی‌دانیم چرا، ولی یاد او می‌افتادیم.

مادرمان را خیلی یادمان نیست. دو تا عکس از او داریم که وقتی عقد کرده بود تو شاه‌عبدالعظیم کنار باباجمال گرفته بود. تو عکس جوری نگاه می‌کند که دل آدم می‌لرزد. بارها تو همین پشت‌بام، یک دستمان آن عکس‌ها بوده و یک دستمان پریا، مثل یابو زار زده‌ایم.

یک‌بار هم باباجمال آمد دید داریم گریه می‌کنیم، مثل خواب‌زده‌ها نگاه‌مان کرد و گفت:

«من کِی بیدار شدم؟»

این‌جوری که حرف می‌زد هول می‌افتاد تو دل‌مان. تو عالم بچگی فکر می‌کردیم دارد خل می‌شود. از وقتی مادر مرد، باباجمال مثل کاسه‌ای سفالی شکست و هزار تکه شد، کُرک‌وپرش ریخت که ریخت.

آن‌موقع‌ها نگهبان یک ساختمان بود. روزی آمدند گفتند تو پشت‌بام ساختمان دنبال راه خانه‌اش می‌گشته.

عموکمال بردش دکتر. مشتی دارو بهاش دادند که می‌خورد و گیج و منگ و لال می‌افتاد. همه‌اش خواب بود. یک روز عصر که داشتیم شیرخشک پریا را آماده می‌کردیم هراسان از خواب بلند شد گفت:

«افسون می‌گه نخور این آشغال‌هارو.»

اول نفهمیدیم چه می‌گوید، بعد آمد گفت:

«خالی‌شون کردم تو چاه مستراب، حیف اون همه پول که کمال داد بالای این‌ها. خره دیگه، داداش منه‌ها، ولی خره مرتیکه؛ من‌رو ورداشته

از بهارکوه آورده این‌جا زنم‌رو بکشه، بعد این آشغال‌هارو بریزه تو معده‌م.»

بعد از آن، چند وقتی غیبش زد. عموکمال به خیلی از بیمارستان‌ها سر زد و به کلانتری خبر داد، امّا آب شده بود رفته بود تو زمین، تا این‌که هفت‌هشت روز بعد، پسرخاله‌شان از بهارکوه تماس گرفت گفت "نگران نباشید، جمال این‌جاست." یکی‌دو ماهی آن‌جا ماند.

بعدها پسرخاله‌اش تعریف می‌کرد که روزها می‌رفته دشت‌های بهارکوه، پُشته‌ای گُلِ کوهی می‌چیده می‌آورده پهن می‌کرده رو پشت‌بام، فرض مثال، آلو پهن کرده باشند که خشک کنند، آن‌طور. بعد به پسرخاله‌هاش می‌گفته:

«افسون سفارش کرده تا جایی که می‌تونی گُل بچین، قراره قحطی بیاد.»

شده بود سوژه‌خنده‌ی جوان‌های علاف و عوضی بهارکوه؛ به‌اش می‌خندیدند و او گُل تو صورت‌شان می‌انداخته و گریه می‌کرده.

وقتی دوباره برگشت، بگویی‌نگویی آب رفته بود زیر پوستش. زیر چشم‌هاش ورم کرده بود. حالتی تو صورتش آمده بود که معلوم نبود قبل از گریه کردن است یا خندیدن. زل می‌زد به‌ات، جوری که دست‌وپات را گم می‌کردی.

آن روز که پریا از پشت‌بام افتاد باباجمال خواب بود. عادت داشتیم هرروز صبحانه‌اش را آماده می‌کردیم می‌آمدیم سروقت کبوترها، سری به قفس می‌زدیم و پریا را می‌گذاشتیم تو روروک و غذاش را می‌دادیم، بعد سر صبر می‌رفتیم به اوضاع کبوترها می‌رسیدیم.

آن روز اصلاً بدجوری از خواب پریدیم. شب قبلش یکی از کبوترها برنگشته بود، کبوتر حضرتی‌ای که چند تا از بچه‌های محل چشم‌شان دنبالش بود. شب با دل‌شوره خوابیده بودیم. صبح مثل مرغ سرکنده از

جا پریدیم و زدیم به پشت‌بام. دیدیم زبان‌بسته با بال زخمی افتاده لبه‌ی پشت‌بام و بیدبید می‌لرزد.

این‌که کار بچه‌ها بود یا گربه زده بودش را نفهمیدیم. جلدی صبحانه‌ی باباجمال را حاضر کردیم و پریا را گذاشتیم تو روروک و نشستیم به تیمارِ کبوتر زخمی. زیر بال راستش خونی بود، کتفش شکسته بود و یک پاش را هم جمع کرده بود بالا. با گردو و روغن کنجد و عسل پاش را بستیم.

پریا کنارمان بود و انگشت‌هاش را می‌مکید، انگار گرسنه بود. گفتیم بال این زبان‌بسته را که بستیم، می‌رویم سروقت غذای پریا.

یک‌آن فکر کردیم هاله‌ی سیاهی که جلوی چشم‌مان وول می‌خورد، محو شده. سرمان را که بالا بردیم دیدیم ای دل غافل، روروک لبه‌ی پشت‌بام است و پریا از توی آن زُل زده به ما و ذوق‌کنان دست‌هاش را به این‌طرف و آن‌طرف تکان می‌دهد؛ با چانه‌ی آب‌چکانش می‌خندید و "دادا... دادا" می‌کرد.

دنیا پیش چشمان‌مان سیاه شد. انگشت‌هامان، رو بال زخمی کبوتر ماند. عین برق‌گرفته‌ها شده بودیم، لال و گول. دو تا کبوتر که رو لبه‌ی قفس نشسته بودند پر کشیدند، پریا نگاهش با آن‌ها رفت، ذوق کرده بود و براشان دست تکان می‌داد.

روروک سُرید سمت تیغه‌ی سیمانی. به خودمان تکانی دادیم و مثل قرقی از جا پریدیم. پریا دوباره نگاهش سُر خورد طرف ما. می‌خندید. صدای غش‌وریسه‌اش دل‌مان را از جا کند. دست‌هامان را دراز کردیم سمتش. صدای خودمان را شنیدیم که می‌گوید:

«یواش... تکون نخور آبجی...»

امّا پریا غیه‌کشان دست‌وپا زد. می‌خواست بیاید طرف ما. یک‌دم با پنجه‌ی پاهاش زور آورد رو کاشی پشت‌بام. روروک تکانی خورد. چرخ

پلاستیکی از رو تیغه‌ی سیمانی رد شد. روروک کله شد سمت پایین. دست‌های ما مثل ماهی تو هوا موج خورد. باد را چنگ می‌زدیم. همه‌جا سیاه شد. کور شدیم. صدایی که سنگِ راه نفس‌مان شده بود را اول کردیم. جیغ کشیدیم. با صدای تپِ خفه‌ای که از سمت باغچه‌ی حیاط آمد، جیغ تو حنجره‌مان ماسید. نگاه‌مان از لبه‌ی پشت‌بام، زمین را سوراخ کرد. پریا پهن شده بود کف حیاط. پاهای عروسکی‌اش بیرون باغچه بود و هیکل جوجه‌اش مثل کبوتر زخمی حضرتی تو باغچه می‌لرزید. دنیا هوار شد رو سرمان. دیگر هیچ‌چیز نفهمیدیم. زیر زانوهامان خالی شد و مثل کلوخی که تو آب افتاده باشد وارفتیم.

وقتی چشم باز کردیم تو حیاط بودیم؛ ولو شده بودیم رو تخت چوبی زهواردررفته‌ای که تابستان و زمستان مثل نعش افتاده بود گوشه‌ی حیاط. هنوز خواب‌مان می‌آمد.

دخترعمومرجان کز کرده بود کنارمان و با چشم‌های خیس از اشک زل زده بود به‌امان.

باباجمال با موهای درهم‌برهم و لبخند بدهیبتی بالا سرمان نشسته بود و از قوری چینی‌ای که دستش بود مشت‌مشت آب سرد می‌پاشید به صورت‌مان. صداش خفیده بود و می‌لرزید، از بغض یا چیز دیگری که نمی‌فهمیدیم. گفت:

«هول کردی. نترس، نترس بهرام‌جون. به کمال گفتم به دکتر نگو داداشش هلش داده، گفتم اصلاً نگو داداشی به اسم بهرام داره یا نداره..»

آمدیم چیزی بگوییم که چنگه‌ی دیگری آب پاشید تو صورت‌مان. لب‌هاش را به گوش‌مان نزدیک کرد و آرام گفت:

«پریا نمی‌میره، افسون خونش‌رو داد تا پریا زنده بمونه..»

دزدکی به این‌طرف و آن‌طرفش نگاهی انداخت و انگار که بخواهد راز بزرگی را برملا کند خم شد سمت‌مان:

«تو بهارکوه لنگه نداشت. درسته که دوقلو بودن با این خاله افسانه‌ت، ولی افسون کجا، این انترخانوم کجا.»

لبخند زد و گونه‌مان را بوسید. سرش را بلند کرد و چانه‌اش را داد بالا. لب‌هاش لرزید و شروع کرد به گریه کردن.

از آن روز به بعد، این گریه کردن‌های وقت و بی‌وقت شد عادتش. همان یکی‌دو سال اولی که پریا چارچنگولی افتاده بود و تکان نمی‌خورد بارها باباجمال را می‌دیدیم که نشسته روبه‌روش و بی‌صدا اشک می‌ریزد. گاهی پاهای کوچک پریا را تو دست‌هاش می‌گرفت و یا آن‌ها را به صورتش می‌چسباند و گریه می‌کرد.

این‌ها سخت بود. این‌ها کوه را آب می‌کرد، چه برسد به ما، یک بندانگشت‌بچه. فقط همین‌ها هم نبود، نگاه پر از نیش و کنایه‌ی عمو و دروهمسایه هم بود که وقت و بی‌وقت هوار می‌شد رو سرمان.

پریا را یک هفته، ده روزی در بیمارستان نگه داشتند. شب‌ها مرجان پیش عموکمال می‌ماند و ما و خاله می‌رفتیم تا صبح می‌ماندیم بیمارستان. صبح که می‌شد برمی‌گشتیم خانه. ما را که به اتاقش راه نمی‌دادند، می‌ماندیم همان‌جا تو راهروی بیمارستان و دراز می‌کشیدیم رو نیمکت و صبح با خاله برمی‌گشتیم.

تا می‌رسیدیم خانه، رسیده و نرسیده می‌پریدیم رو پشت‌بام و سری به کبوترها می‌زدیم، آب و دانه‌شان را می‌دادیم و می‌رفتیم سروقت باباجمال.

یکی‌دو روز قبل از این‌که پریا را به خانه بیاوریم یک روز صبح مثل همیشه رفتیم سروقت کبوترها دیدیم که دَرِ قفس نیمه‌باز است و از

کبوترها هم خبری نیست. یک‌هو دل‌مان ریخت. نگاهی انداختیم به آسمان. دوباره به قفس نگاه کردیم. کیسه‌ی شاهدانه و کنجدی که می‌بستیم بالای دیرک، ولو شده بود کف قفس و مورچه‌ها دورش ریسه رفته بودند.

از همان‌بالا نگاهی به حیاط انداختیم. شتک خونی که رو پرچین آجریِ باغچه بود برق از سه‌فازمان پراند. پله‌ها را دوتایکی دویدیم پایین. خاک باغچه تازه زیرورو شده بود. نشستیم روبه‌روی پرچین آجری باغچه. انگشت کشیدیم رو شتک خون. هنوز گرم و تازه بود.

سرمای غریبی تیره‌ی پشت‌مان را فلج کرد. خاک را کنار زدیم. کبوترها غرق خون کنار هم تپیده بودند.

ولو شدیم رو زمین و مثل گندمِ رو آتش ترکیدیم. زار زدیم، زار زدیم و زار زدیم. خاله آمد بالا سرمان. او هم گریه کرد. بلندمان کرد برد نشاند رو تخت چوبی حیاط، برامان چای آورد با شکرپنیر. مرجان هم دنبالش آمد، امّا خاله فرستادش تو اتاق و خودش نشست کنارمان. حرفی نزد، حتی یک کلمه. بی‌صدا اشک ریخت و خیره شد به‌امان. هق‌هق‌کنان گفتیم:

«گناه داشتن کفترها... خدا عموکمال‌رو می‌بره جهنم.»
خاله لبش را گاز گرفت و اشک‌هاش را با گوشه‌ی روسری‌اش پاک کرد:
«می‌خواست پریشب این کاررو بکنه، نمی‌دونی چه‌قدر قسمش دادم، فکر کردم پشیمون شده...»
چای را ریخت تو نعلبکی و اشاره کرد به ظرف شکرپنیر:
«بخور، یخ کرد. غصه نخور. چند وقت که گذشت، آب‌ها که از آسیاب افتاد، باز هم قفس‌رو پر می‌کنی از کفتر، از اون خوب‌هاش، چی بود اسم‌شون؟»

«چتری... طوقی... کاکلی... حضرتی...»

دوباره بغض‌مان ترکید. صدامان به‌سختی درمی‌آمد:

«همه فقط به کفترهاشون ارزن و گندم می‌دن، من شاهدونه می‌دادم به‌اشون؛ کنجد، ماش.»

سعی کرد لبخند بزند:

«پس همه‌ی پول‌توجیبی‌هایی که ازم می‌گرفتی می‌دادی واسه‌ی کفترها؟»

مف بینی را با آستین لباس پاک کردیم و گفتیم:

«حتی اون حضرتیه‌رو که زخمی بود، بال‌شرو بسته بودم....، سرِ اون‌رو هم بریده... اگه عموکمال نرفت جهنم، حالا می‌بینی!»

یک شب که کنار باغچه چندک زده بودیم و تو کوک خاک‌های خونی باغچه بودیم و نرم‌نرمک اشک می‌ریختیم دو میخ نگاه را بالای سرمان حس کردیم. برگشتیم دیدیم باباجمال ایستاده و بِروبِر نگاه‌مان می‌کند. خم شد و مچ دستمان را گرفت و کشید سمت خودش. بلند شدیم. آن‌به‌آن مچمان را محکم‌تر تو دست استخوانی‌اش فشار می‌داد. خِرکش‌مان کرد تا پشت درِ اتاق عموکمال. ایستاد و در زد. خاله‌افسون از تو اتاق گفت:

«بله؟»

باباجمال گفت:

«بگو کمال بیاد دمِ در.»

عموکمال که زیرپیراهنی رکابی زاغارتی تنش بود در را رومان باز کرد. باباجمال ناغافل سیلی محکمی خواباند بیخ گوشش و راه افتاد سمت اتاق خودمان. یک‌آن برگشتیم دیدیم عموکمال که خداییش بدجوری گرخیده با چشم‌های گرد شده، کف دستش را می‌مالد به گونه‌اش.

باباجمال دیگر سر کارش نرفت، روزها تو محل یا حیاط خانه ولو بود و شب‌ها می‌نشست روبه‌روی پنجره و چشم می‌دوخت به تاریک‌خوله‌ی هیچ و سیگار پشت سیگار. تقریباً چیزی نمی‌خورد. تن استخوانی‌اش روزبه‌روز نحیف‌تر و سست‌تر می‌شد.

عموکمال یکی‌دو بار براش خرت‌وپرت‌هایی جور کرد و فرستادش دست‌فروشی، امّا بی‌فایده بود. هردفعه بساطش را ول می‌کرد و می‌رفت و همه‌چیز را می‌داد به باد فنا.

بعد از مدتی دوباره غیبش زد. فکر کردیم رفته بهارکوه. عموکمال با پسرخاله‌هاش تماس گرفت، آن‌ها هم بی‌خبر بودند.

یک روز یکی از اهالی بهارکوه به پسرخاله‌ی باباجمال گفته بود او را در روستای پایینِ بهارکوه دیده که کنار جاده، مشتی سنگ و کلوخ را رو شندره‌ی پلاستیکی‌ای چیده و دست‌هاش را به هم می‌کوبیده و رو به رهگذرها می‌گفته:

«بدو، بدو، حراج شد... آتیش زدم به مالم.»

امّا وقتی پسرخاله‌ها می‌روند به روستایی که گفته بودند، هیچ ردی از باباجمال پیدا نمی‌کنند.

ده‌دوازده روز بعد دیدیم نصف‌شب می‌کوبند به در. در را که باز کردیم باباجمال بود. ساک دربوداغان طوسی‌رنگی را چارچنگولی به سینه‌اش چسبانده بود و با تمام هیکل نداشته‌اش می‌خندید. اول ما و بعد عموکمال را سفت بغل کرد بوسید. گفت برای همه‌تان سوغاتی آورده‌ام. گفت دل‌تان شور نزند، من سالم و سرحالم. گفت خیلی تعریف کردنی دارد، ولی اول باید سوغاتی‌هامان را بدهد.

آمدیم نشستیم رو تخت چوبی حیاط. باران نم‌نم می‌بارید. اواسط بهار بود. باغچه پر بود از پامچال.

باباجمال با صدای بلند می‌خندید و مثل آدم‌هایی که انگار بعد از مدت‌ها از سفری دور و دراز آمده باشند خسته و رازآلود، امّا سر کیف بود. بالاخره ساک کهنه‌اش را باز کرد. به هرکدام‌مان یک بوق پلاستیکیِ دوچرخه‌ی بچه داد. هرکدام یک‌رنگ بود. یکی‌یکی امتحان‌شان می‌کرد و با صدای بوقی که ازشان بلند می‌شد، صیحه‌ای از ذوق می‌کشید و می‌دادشان دست‌مان.

مرجان از سروصدای بوق‌ها بیدار شد و در حالی‌که چشم‌هاش را می‌مالید آمد تو حیاط. خاله پرید او را برگرداند تو اتاق. عموکمال مثل برج زهرمار لال‌مونی گرفته بود و با چشم‌هایی گرد شده خیره‌ی باباجمال بود. گاهی فقط سرشانه‌های زیرپیراهنی سیرابی‌اش را صاف‌وصوف می‌کرد، انگار ناغافل به تنش تنگ شده بود.

باباجمال چند روز ماند خانه. بیش‌تر وقت‌ها بی‌سروصدا و بی‌کوچک‌ترین حرکتی خیره می‌شد به ما و پریا. پریا که روز به روز سنگین‌تر می‌شد مدام بغل‌مان بود و ضبط‌وربطش می‌کردیم. خاله غذاش را می‌داد و هفته‌ای یک‌بار می‌بردش حمام و لباس‌هاش را می‌شست و موهاش را شانه می‌کرد و می‌بافت.

امّا پریا حال خوشی نداشت. لجباز و بهانه‌گیر شده بود. مدام غذاش را از دهنش تف می‌کرد و جیغ می‌کشید.

یکی‌دو بار موقع غذا خوردن محکم کوبید تو صورت خاله‌افسون، امّا او قربان‌صدقه‌اش رفت و دوباره دلش را نرم کرد. وقتی بغلش می‌کردیم آن‌قدر خودش را پیچ‌وتاب می‌داد تا بیفتد زمین.

یک روز باباجمال کرسی کهنه‌ای که از بهارکوه آورده بود را از زیر خرت‌وپرت‌هایی که تو زیرزمین تلنبار شده بود کشید بیرون و آورد تو حیاط. با صبر و حوصله میخ‌هاش را درآورد و صاف‌شان کرد و با

چوب‌هاش یک گاری‌دستی ساخت. بعد از این‌که کارِ گاری تمام شد آن را کنار باغچه گذاشت و خیره شد به‌اش. چندبار بلند شد دورش چرخید و دوباره نشست رو زانوهاش و نگاهش کرد. انگار که به کار خودش ایول آورده باشدها، آن‌طور. شب که عموکمال آمد، به‌اش گفت:

«می‌خوای بدی‌هایی که در حق من کردی‌رو جبران کنی یا نه؟»

عموکمال چانه‌اش را داد بالا و سکوت کرد. باباجمال دوباره پرسید:

«می‌خوای؟»

عموکمال آه بلندی کشید و سرش را تکان داد که یعنی، آره. باباجمال گفت:

«خیله‌خب، فردا چهار تا چرخ می‌خری واسه این گاری. شاید خدا از سرِ تقصیراتت بگذره.»

عموکمال آمد برود که دوباره صداش کرد:

«ولی بگم‌ها، من ازت نمی‌گذرم.»

و نشست لبه‌ی گاری و پیشانی‌اش را بین انگشت‌های استخوانی‌اش گرفت و زارزار گریست.

فردا شب عموکمال دو جفت چرخ لاستیکی بلبرینگ‌دار آورد گذاشت دمِ گاری و رفت تو اتاق‌شان و در را بست.

باباجمال که از دوسه ساعت قبل، رو لبه‌ی گاری منتظرش نشسته بود تا بیاید فریاد زد:

«دِ آخه من دو سال از تو بزرگ‌ترم بی‌غیرت. سلام نمی‌دی، دوقورت‌ونیمت هم باقیه، فکر کردی چون اومدیم خونه‌ت نشستیم باید زنم‌رو بکشی، بچه‌م‌رو بکشی، خودم‌رو بکشی... بکشی... بکشی...»

و درحالی‌که مدام این کلمه را تکرار می‌کرد محکم می‌کوبید تو صورت خودش. عموکمال از اتاق پرید بیرون و دست‌هاش را گرفت در

دستش. بغلش کرد. سفت بغلش کرد، تا به حال ندیده بودیم عموکمال این‌طوری باباجمال را بغل کند. بعد زد زیر گریه. شانه‌هاش از گریه می‌لرزید. باباجمال هم گریه می‌کرد. سر رو شانه‌ی هم گذاشته بودند و گریه می‌کردند.

فـردا صبـح باباجمـال چرخ‌هـا را نصـب کـرد و گاری راه افتـاد. خرت‌وپرت‌هـای باقی‌مانده از بسـاط باباجمـال را چیدیم تـو گاری و پریا را هم نشاندیم کنار خرت‌و پرت‌ها و زدیم بیرون.

روز اول چنگی به دل نزد. بعد از کلی سگ‌دو زدن، یک شانه فروختیم و یک بسته آدامس. امّا روزهای بعد، اوضاع بهتر شد. یکی‌دو محل پایین‌تر، مدرسه‌ی دخترانه‌ای که بعداً فهمیدیم تازه ساخته‌اندش، شد پاتوق سرظهرِ هرروزمان.

مدرسه که تعطیل می‌شد بچه‌ها می‌ریختند دور گاری و خرید می‌کردند. وقتی فهمیدند پریا فلج است و نمی‌تواند راه برود وضع بهتر هم شد. خیلی‌ها، از خوراکی‌هایی که می‌خریدند به پریا هم می‌دادند. پریا شده بود سوگلی بچه‌ها؛ بغلش می‌کردند و باهاش بازی می‌کردند و خوراکی می‌گذاشتند تو دهانش. پریا هم با آن‌ها خوش بود.

تا این‌که یک روز خانم‌ناظم و فراش که گُندله‌چاقِ قدکوتاهی بود آمدند و گفتند دیگر حق نداریم موقع تعطیل شدن مدرسه آن‌جا باشیم، گفتند اگر دوباره آن‌جا ببینندمان گاری را می‌گیرند زنگ می‌زنند به پلیس.

از فردا دیگر طرف مدرسه نرفتیم. بیش‌تر وقت‌ها حاشیه‌ی جاده را می‌گرفتیم و گز می‌کردیم سمت پایین. بعضی ماشین‌ها نگه می‌داشتند و چیزی می‌خریدند و می‌رفتند، بعضی‌ها هم نیش‌ترمزی می‌زدند و پول‌خردی می‌انداختند تو گاری.

اول، یک پیکان سفیدرنگ برامان پول انداخت. راننده‌اش پیرمرد کلاه‌شاپویی ریقونه‌ای بود که کنار دستش زن جوان خپلی با هفت‌قلم آرایش نشسته بود.

زن شیشه‌ی ماشین را پایین داد و کیف زرقی‌برقی‌اش را بالا آورد و قلاب آن را باز کرد. سکه‌ای از آن بیرون آورد و گرفت طرف ما. هول شده بودیم. آمدیم بگوییم اگر چیزی می‌خواهید بخرید، که دوباره سکه را گرفت سمت‌مان:

«بگیر دیگه پسرجون.»

نگاهش افتاد به پریا، چهره در هم کشید و گفت:

«آخی... خواهرته؟»

گفتیم:

«آره، اسمش پریاست.»

گردنش را کج کرد و گفت:

«طفلک.»

زیرلب گفتیم:

«اگه چیزی می‌خواین، بخرین.»

پیرمرد کلاهش را رو سرش جابه‌جا کرد و به زن گفت:

«دیر می‌شه‌ها خانوم.»

زن جوان سکه را در گاری انداخت و ماشین گردوخاک‌کنان دور شد. سکه را برداشتیم دویدیم دنبال‌شان. پرتش کردیم سمت ماشین و فریاد کشیدیم:

«مگه ما گداییم!»

همان‌روز از تو ماشین خارجی نقره‌ای‌رنگی اسکناس تاشده‌ای برامان انداختند. دل‌مان نیامد دور بیندازیمش. از روزی که دیگر

نمی‌گذاشتند گاری را دمِ مدرسه بگذاریم درآمدمان از نصف هم کم‌تر شده بود.

شب‌ها قوطی پول‌ها را می‌گذاشتیم جلوی باباجمال. او هم بدون این‌که به آن دست بزند چند دقیقه‌ای با غرور قدوبالاش را وراندازِ می‌کرد. بعد چندبار تکانش می‌داد و خالی‌اش می‌کرد رو فرش خرسک. پول‌ها را برمی‌داشت می‌ریخت تو جوراب پشمی‌ای که براش زیب دوخته بود.

عموکمال یکی‌دو بار سعی کرده بود پول‌ها را از او بگیرد و براش نگه دارد، امّا باباجمال زیر بار نرفته بود.

یک بار که از حیاط به اتاق می‌آمد و معلوم بود دوباره برای عمو قاتی کرده، غُر زد:

«هم زنم‌رو کشته، هم به روز سیاه‌مون نشونده، هم می‌خواد پول‌مون‌رو بالا بکشه. اگه اون بچه‌ی بهارکوهه من هم بچه‌ی همون‌جام.»

ولی از روزی که درآمدمان کم‌تر شده بود شب‌ها بعد از این‌که قوطی پول‌ها را رو فرش خالی می‌کرد سرش را تکان می‌داد و زیرلب می‌گفت:

«خرج با دخل نمی‌خونه. باید به فکر چاره بود.»

پول‌ها را همان‌جا ول می‌کرد و پا می‌شد سیگاری می‌گیراند و شروع می‌کرد به قدم زدن تو اتاق. بعد سیگارش را خاموش می‌کرد و می‌نشست پول‌ها را جمع می‌کرد می‌ریخت تو جوراب و در همان‌حال آه‌های طولانی می‌کشید.

روزهای اول، گشت‌وگذار با گاری برای پریا تازگی داشت. در و دیوار و آدم‌های جورواجور را تماشا می‌کرد و دلش تازه می‌شد. امّا بالاخره کم‌کم قاط زد و دوباره شد سوهان اعصاب.

روزی چندبار تو گاری جابه‌جاش می‌کردیم تا بدنش از یک‌جاماندن کوفته نشود، امّا باز هم می‌برید و کلافه می‌شد. چشم‌هاش را می‌بست

و جیغ می‌کشید. رهگذرها برمی‌گشتند نگاهمان می‌کردند. هرکس چیزی می‌گفت. اگر کسی نان دستش بود تکه‌ای از آن را می‌کند می‌داد دستش، یک‌دم آرام می‌شد و دوباره همان‌آش‌و همان‌کاسه.

خیلی وقت‌ها تو گاری خوابش می‌برد، امّا یک‌هو با صدای بوق ماشینی، چیزی می‌پرید و صداش را می‌انداخت تو سرش و نعره می‌کشید. در عوض شب‌ها از خستگی می‌افتاد تا صبح یک‌نفس می‌خوابید.

چندبار به سرمان زد روزها که می‌رویم دست‌فروشی بگذاریمش پیش خاله‌افسون، امّا می‌دانستیم با خاله نمی‌سازد.

بالاخره یکی از روزها گذاشتیمش پیش او و خودمان تنهایی رفتیم. غروب که برگشتیم خاله پیشانی‌اش را با چسب‌زخم پوشانده بود. فهمیدیم پریا دسته‌گُل به آب داده و قاشقی چیزی پرت کرده سمتش. خود خاله هیچی نگفت، ولی می‌دانستیم کار، کار پریاست.

آخر شب، عمو صدامان کرد تو حیاط و گفت:

«غلط می‌کنی این بچه‌رو می‌ذاری پیش افسون، مگه نمی‌بینی این وحشیه، چرا با خودت نمی‌بریش توله‌سگ، می‌خوای یه‌کاری بدی دست‌مون.»

گاهی روزها در خیابان یک ساعت معطل می‌ماندیم. نمی‌گذاشت گاری حرکت کند. مدام جیغ‌وداد می‌کرد و می‌خواست بغلش کنیم. سنگین بود، سنگین و بدبار. وقتی می‌آمد بغل‌مان دیگر نمی‌نشست تو گاری. با این‌که زیرش را یک تخته ابر انداخته بودیم، باز هم تو گاری آرام‌وقرار نداشت. تکه ابر را از مبل لکنته‌ای که کنار خیابان افتاده بود جدا کرده بودیم گذاشته بودیم کف گاری.

گاری که می‌افتاد تو دست‌انداز یا لق می‌زد، چشم‌هاش گرد

می‌شد و بال‌بال‌زنان چارچنگولی لبه‌های گاری را می‌چسبید و نعره می‌کشید.

یک روز که از خیابانی رد می‌شدیم تا به بازار محلی‌ای که می‌گفتند تازه درست شده برویم، چرخ‌های جلو، گیر کرد به جدول سیمانی. یک‌هو عقب گاری بلند شد رو هوا و گوشه‌ی راستش افتاد تو جوی آب.

پریا به همراه خرت‌وپرت‌ها سُر خورد و دست‌وپازنان افتاد تو آب سیاهِ جو. گاری را رها کردیم، شیرجه زدیم سمت پریا. دستمان را دور کمرش حلقه کردیم و کشیدیمش بیرون.

یک پیرمرد بادکنک‌فروش کمک کرد گاری را از جوی آب آوردیم بیرون. امّا آب، بیش‌ترِ خرت‌وپرت‌ها را با خود برده بود.

پریا را بغل کردیم و نشستیم رو سکویی در پیاده‌رو. مثل بید می‌لرزید و عر می‌زد. لجن از سروصورتش شُره می‌کرد. پوست یکی از آرنج‌هاش ساییده شده بود و از انگشت پاش خون می‌آمد.

اوایل پاییز بود. سرما افتاده بود تو استخوان‌هامان و شانه‌هامان از رعشه می‌پرید. هرچه کردیم نتوانستیم پریا را آرام کنیم. شاگرد مغازه‌ای که رو سکوش نشسته بودیم برامان یک دبه آب آورد. دست و صورت پریا را شستیم و موهاش را تمیز کردیم، امّا ساکت نمی‌شد. بلند شدیم تا از قوطی پول‌ها که آن را کنار تشک پریا جاسازی کرده بودیم پول برداریم و برای پریا چیزی بخریم بلکه آرام شود، نه از تشک خبری بود و نه از قوطی پول‌ها. آب، همه‌چیز را برده بود.

دست‌هامان مثل چوب، خشک و بی‌حس شده بود. کف دستمان، ها کردیم. نفس‌مان بوی زنگ‌زدگی و لجن می‌داد. لت‌وپار و کلافه رو گاری خیس نشستیم و از سرما مچاله شدیم تو خودمان. مدتی همان‌طور ماندیم. بعضی از رهگذرها، جلوی پریا پول می‌انداختند.

بلند شدیم پریا را که هنوز نعره می‌کشید و گریه می‌کرد گذاشتیم رو گاری و راه افتادیم.

نمی‌دانستیم کجا می‌رویم، فقط راه افتادیم. زدیم به جاده‌ی فرعی. کمی دورتر، چند ساختمان کوتاه و بلند نیمه‌ساز مثل تنه‌های بریده‌ی درخت از زمین بیرون زده بود. بعد از ردیف ساختمان‌ها کوره‌راهی پر از سنگلاخ بود.

گاری را کشیدیم سمت کوره‌راه. چرخ‌های گاری رو قلوه‌سنگ‌ها می‌غلتید و جلو می‌رفت. پریا که تازه آرام شده بود و شانه‌هاش از هق‌هق بعد از گریه می‌پرید، با تکان‌های ریز و درشت گاری بی‌تاب شد و شروع کرد به جیغ کشیدن.

بی‌خیالِ سنگلاخ و جاده و گاری، رفتیم. با همه‌ی زورمان گاری را هل می‌دادیم و می‌رفتیم.

بالاخره قلوه‌سنگ بزرگی زیر گاری گیر کرد و گاری زمین‌گیر شد. زور زدیم، دوباره و چندباره، نشد. گاری از جا تکان نمی‌خورد. فریاد کشیدیم و نشستیم رو زانوهامان. مثل سنگِ رو آتش ترکیدیم. با صدای بلند گریه کردیم.

پریا ترسیده بود و جیک نمی‌زد. با چشم‌های گرد شده ما را می‌پایید. دست دراز کرد تا بغلش کنیم، امّا روبرگرداندیم و از گاری دور شدیم. دوباره ایستادیم و خیره شدیم به زیر پامان، به سنگلاخ جاده، به شهر که آن دورها داشت تو چنبره‌ی دود و غبار محو می‌شد.

آرام‌آرام صدای گریه‌ی ترس‌خورده‌ی پریا بلند شد. همان‌طور که رو گاری بود در آغوش گرفتیمش. هنوز لباس‌هاش نم داشت. حرف‌های بریده‌بریده و نامفهومی را لابه‌لای هق‌هقش بلغور می‌کرد. چسبیده بود به گردن‌مان و گونه‌اش را گذاشته بود رو گونه‌مان.

فکر می‌کردیم این آخرین‌باری‌ست که او را می‌بینیم. فکر می‌کردیم الآن دیگر همه‌چیز تمام می‌شود، یعنی ما تمامش می‌کنیم، یعنی باید تمامش کنیم. لحظه‌ای پلک‌هامان را رو هم فشار دادیم و سعی کردیم حلقه‌ی دست‌های پریا را از گردن‌مان جدا کنیم، امّا او با همه‌ی زورش ما را در آغوش گرفته بود و رها نمی‌کرد.

بالاخره با حرکتی ناگهانی پنجه‌ی سردش را از گردن‌مان کندیم و یکی‌دو قدم از او و گاری فاصله گرفتیم. لحظه‌ای به چشم‌هاش خیره شدیم که وحشت‌زده و اشک‌آلوده بِروبِر نگاه‌مان می‌کرد. التماسی تو چشم‌های خیسش بود که هیچ‌وقت ندیده بودیم. پاهامان سنگین شده بود. سرما تا مغز استخوان‌مان خزیده بود. لخ‌لخ‌کنان پا کشیدیم سمت سنگلاخِ جاده. قدم‌هامان را تندتر کردیم. صدای گریه‌ی پریا تو مخمان پیچید:

«داداش... داداش‌بهرام...»

دویدیم، دویدیم... می‌دویدیم و اشک‌ها از دو طرف سروصورت‌مان به هوا پخش می‌شد. آن‌قدر دویدیم تا صدای گریه‌ی پریا را دیگر نشنویم. لحظه‌ای ایستادیم و نفس تازه کردیم. به پشت‌سرمان نگاهی انداختیم، نه گاری و نه پریا، هیچ‌کدام دیده نمی‌شدند.

دوباره دویدیم. از راه سنگلاخ به حاشیه‌ی جاده‌ای پیچیدیم که شیب نسبتاً تندی داشت و پُر از تیرهای برقی بود که رو زمین خوابانده بودند. رو یکی از تیرها نشستیم و نفس‌زنان خیره شدیم به روبه‌رو. خواب‌مان می‌آمد. چشم‌هامان را بستیم و مثل پاندول ساعت آرام‌آرام این‌طرف و آن‌طرف به حرکت درآمدیم. نمی‌دانیم چه‌قدر آن‌جا بودیم. هوا گرگ‌ومیش بود که چشم‌هامان را باز کردیم.

می‌لرزیدیم. زوزه‌ی باد سردی که تو بوته‌های حاشیه‌ی جاده

می‌پیچید، با آواز جیرجیرک‌ها یکی شده بود. پارس چند سگ که از دورترها می‌آمد هول‌وولای‌مان را بیش‌تر می‌کرد. کمر راست کردیم و ایستادیم. صدای پارس سگ‌ها نفس‌مان را به شماره انداخت. سرمان را برگرداندیم سمت راهی که آمده بودیم.

تیرگیِ غروب افتاده بود رو همه‌چیز. غروب همه‌چیز را خورده بود. فقط قلوه‌سنگ‌ها مانده بودند که بالای سرمان می‌چرخیدند و می‌چرخیدند و ناگهان می‌باریدند به سرمان. نفسی گرفتیم و از جا کنده شدیم. دویدیم. دویدیم. می‌دویدیم و نعره می‌کشیدیم:

«پریا... پریا...»

صدای پارس سگ‌ها هرآن نزدیک و نزدیک‌تر می‌شد. نگاه پر از التماس پریا روی سینه‌ی ابرهایی خزیده بود که مسیر سنگلاخ را تاریک می‌کرد. چشم‌های اشک‌آلوده‌ی پریا قدِ همه‌ی بیابان، بزرگ شده بود و پهن شده بود زیر پاهامان؛ و می‌دویدیم. پاهامان از زمین کنده شده بود و هوا را لگد می‌زد. تو هوا می‌دویدیم و نعره می‌کشیدیم:

«پریا... پریا...»

صدای ضجه‌ی پریا و مویه‌ی بچه‌های دیگری که با صدای پریا یکی شده بود مدام مغزمان را خراش می‌داد. هزاران بچه در آن غروب بیابان ضجه می‌زدند. یک‌هو خودمان را مقابل توده‌ی تاریک و لرزانی دیدیم که دست‌هاش را باز کرده بود و هوا را چنگ می‌زد و ضجه می‌کشید.

کمی دورتر، سگ‌های سیاه و خاکستری دور گاری می‌چرخیدند و پارس می‌کردند و زوزه می‌کشیدند. آب از لب‌ولوچه‌شان می‌ریخت رو زمین و دم‌هاشان مثل شعله‌های سیاهی تو هوا می‌رقصید.

مثل قرقی پریا را بغل زدیم. هیچ‌وقت این‌قدر سبک نبود. هیچ‌وقت این‌قدر سرد و بی‌حس نبود.

صدای هق‌هقش می‌کوبید رو قفسه‌ی سینه‌مان و قلبش که مثل جوجه‌کبوتر می‌تپید، انگار تو دست‌هامان از تپش می‌ایستاد و می‌مرد. خس‌خس‌کنان و بریده و نیمه گفت:

«دادا... ش... بهر... بهرام...»

بوسیدیمش. سر و روش را بوسیدیم و صورتش را که مثل تکه‌ای یخ بود زیر چانه و گردن‌مان گرفتیم. زیرلب گفتیم:

«یه‌دیقه صبر کن آبجی.»

و او را لحظه‌ای در گاری گذاشتیم که دوباره ضجه‌اش بلند شد. خم شدیم چند قلوه‌سنگ برداشتیم پرت کردیم طرف سگ‌ها. دوباره دست‌مان را پر کردیم از سنگ. درست نمی‌دیدیم سنگ‌ها را به کجا پرت می‌کنیم. نعره می‌زدیم و سنگ‌ها را از هرطرف می‌انداختیم سمت‌شان.

دوسه‌تاشان زوزه‌کشان گُریختند و یکی‌دو تا که قلچماق‌تر هم بودند ماندند. دوباره دست‌مان را پر از سنگ کردیم. یکی‌شان آمد سمت گاری. جَلدی پریا را از رو گاری قاپیدیم و کنار کشیدیم. هنوز چندتایی سنگ در مشت‌مان داشتیم. با همه‌ی زورمان وسط دو چشم آن یکی که سیاه بود و دمش کنده شده بود را نشانه رفتیم. سنگ درست خورد به هدف. زوزه‌ای کشید و دمِ نداشته‌اش را گذاشت رو کولش و دفرار. امّا آن یکی که چرخ‌زنان در خاک و غبار دم تکان می‌داد و پارس می‌کرد نزدیک‌تر آمد. خم شدیم، سه سنگ دیگر برداشتیم و یکی بعد از دیگری پرت کردیم سمتش. آن هم زوزه‌کشان عقب نشست و دور شد. دیگر معطل نکردیم. گاری را چرخاندیم و راه جاده را پیش گرفتیم.

شب می‌رسید. ابرهای سیاه از ته غروب بالا می‌آمدند. هم ابرهای سیاه، هم نارنجی، هم سرخ، هم بنفش، هم آبی. انگار که آسمان آتش گرفته باشدها، آن‌طور.

پنج مراسم کوک

زدن به قلبی که توی دست می‌تپد

از آن روزی کـه پریـا گفتـه "سـیبیل بـه‌ات مـی‌آد"، ماهـان مـدام جلـوی آینـه اسـت؛ بـه سـبیلش خیـره می‌شـود و بادقـت وارسـی‌اش می‌کنـد، بارهـا بـه همـش می‌ریـزد و دوبـاره صاف‌وصوفـش می‌کنـد. اگـر می‌توانسـت، از نـو دانه‌دانه‌اش را بـه سـلیقه‌ی خـودش می‌کاشـت. حتـی یکی‌دو بـار پـای قیچـی هـم بـه میـان آمـده، امّـا نـه، دسـت بـه شـکل و انـدازه‌اش نمی‌زنـد، بـا خـود فکـر می‌کنـد پریـا گفتـه، این سـبیل بـه‌ات مـی‌آد، و اگـر انـدازه و حالتـش تغییـر کنـد، شـاید دیگـر از آن خوشـش نیاید.

از چند روز پیش همه‌چیز برای ماهان شکل دیگری پیدا کرده است، حتی وقتی آب می‌خورد جور دیگری سیراب می‌شود. فکر می‌کند آب با او حرف می‌زند، فکر می‌کند آب، سرِ ذوقش می‌آورد.

اتفاق‌های دیگری هم افتاده است. فکر می‌کند قلبش توی دستش می‌تپد و به جای آن، یک جفت چشم توی سینه‌اش دارد که مثل

تیله‌های نورانی، مثل لامپ‌های زرد و سرخِ شب‌های چراغانی، روشن است و می‌درخشد.

وقتی این را به ماما‌فهیم می‌گوید او فقط لبخند می‌زند و قربان‌صدقه‌اش می‌رود. می‌داند که ماما‌فهیم این را باور نکرده است.

تازه، چیز دیگری هم هست. فکر می‌کند شب‌ها قلبش از دست‌هاش بیرون می‌زند و می‌رود گردش. می‌رود دمِ خانه‌ی پریا و پشت درِ خانه‌شان می‌ایستد و آواز می‌خواند. امّا این را دیگر به ماما‌فهیم نمی‌گوید.

حتی این چیزها توی خوابش هم راه پیدا کرده است. خواب‌هایی که می‌بیند، پرنورتر شده. بعضی از خواب‌هاش چشمش را می‌زند. حتی یک شب با عینک آفتابی می‌خوابد؛ امّا این‌ها را به هیچ‌کس نمی‌گوید، کسی این‌ها را باور نمی‌کند.

با همه‌ی این سرخوشی‌ها خارگزنده‌ای مدام ته ذهنش را می‌خلد، گزشی تلخ که همه‌ی این شیرین‌کامی‌ها را تهدید می‌کند. آن ابر سیاه و طوفان‌زا چیزی نیست جز جمله‌ای که بهرام به او گفته است. جمله‌ی آتشینی که می‌تواند باغ خیالاتش را خاکستر کند...

"آخه منگل، کی به تو زن می‌ده؟"

یکی‌دو بار که توی آینه سبیل‌هاش را وارسی می‌کند چشم می‌دوزد به دو تیله‌ی تیره که در آغوش پلک‌هایی تنگ و ترش خیره‌خیره نگاهش می‌کنند؛ نگاه که نه، انگار می‌خواهند آینه را بشکنند و بیفتند بیرون. ماهان حالا می‌خواهد بفهمد این منگل چیست یا کیست که توی چهره‌ی او پنهان شده. فقط توی چهره‌اش پنهان شده؟

سعی می‌کند چشم‌هاش را از هم بدراند و ابروهاش را با نرمه‌ی کف دست صاف نگه دارد، نمی‌شود، دوباره همه‌چیز برمی‌گردد سر جای

اولش. امّا او باید همه‌ی تلاشش را بکند. اول از گوشی تلفن شروع می‌کند.

«ماما فیهم، دیگه از امروز باید گوشیِ من‌رو به‌ام پس بدین!»

«ول‌کن ماهی‌جون، دوباره بابات می‌فهمه، ماجرا درست می‌شه.»

«خب بفهمه، من دیگه دارم می‌رم سر کار، مردی شدم واسه‌ی خیرِ سرم.»

«آره که مرد شدی قربونت برم. بذار بابات بیاد ببینم چی می‌گه، اگه اجازه داد، چشم.»

«چشم.»

«آ قربونِ اون چشم‌گفتنت بشه مادر.»

امّا بعد از این گفت‌وگوی کوتاه می‌رود گوشی‌اش را ـ از جایی که ماه‌ها می‌داند کجاست، و هیچ‌وقت سراغش نرفته ـ برمی‌دارد می‌زند به شارژ. بعد می‌رود سراغ کارت شناسایی‌اش. مقابل آینه می‌ایستد و عکس کارت شناسایی را می‌گیرد کنار صورتش. صورتش را که هرکاری کرده نتوانسته تغییر دهد، امّا تغییرِ عکس را باید امتحان کند. می‌رود سراغ رؤیا.

«آبجی‌رؤیا، عکس من‌رو درست می‌کنی؟»

رؤیا چشم‌هاش را تنگ می‌کند:

«عکس؟ مگه عکست خرابه؟»

«آره دیگه، همین... همین‌که منگله دیگه. درستش می‌کنی؟ با همون شُتوفاب که بلدی.»

رؤیا غش‌غش می‌خندد:

«الهی قربون داداشم برم، فتوشاپ؛ چندبار بگم، فو تو شاپ.»

«همون دیگه!»

«خب، یعنی چی‌کار کنم عکسترو؟»

«می‌گم که، منگلش‌رو درست کن.»

و رؤیا را شبانه می‌نشاند پای کامپیوتر و چشم‌ها و ابرو و دهان عکس را درست می‌کند. شاید خیلی شبیه خودش نیست، امّا بهتر شده، خیلی بهتر از قبل شده است.

چهار تا از روی عکس چاپ می‌کند. یکی‌ش را می‌چسباند روی پلاستیک پرس‌شده‌ی کارت شناسایی‌اش. حالا ماهان برزگرنژاد دیگر منگل نیست. پسر باباحبیب برزگرنژاد و مامافهیم برزگرنژاد، شاخ شمشادی‌ست با چشم‌های آهویی و ابروهای کمانی.

آخر شب، قبل از این‌که خوابش ببرد رؤیا با یک بشقاب نارنگی می‌آید اتاقش. ماهان دراز کشیده و خیره شده به عکس چاپ شده‌ی روی کارت شناسایی‌اش. انگار سؤالی از آدمِ توی عکس پرسیده و حالا منتظر جواب است. بی‌آن‌که چشم از آن بردارد به رؤیا می‌گوید:

«با شُتوفاب نمی‌شه صورت من‌رو درست کرد؟ صورت خودِ خودم‌رو.»

اندوه، چشم‌های رؤیا را پر می‌کند:

«نه داداش، نه قربونت برم، آخه مگه صورت تو چشه، به این خوشگلی.»

ماهان کارت را کناری می‌اندازد:

«نه، دیوونه‌ست، منگله.»

«کی می‌گه؟ غلط کرده هرکی به داداشی من می‌گه دیوونه.»

ماهان چانه‌اش می‌لرزد:

«ولی خیر سرم به‌ام زن نمی‌دن!»

رؤیا یکی از نارنگی‌ها را از توی بشقاب برمی‌دارد:

«خیلی هم دل‌شون بخواد، مهربون، خوش‌تیپ، از همه مهم‌تر، کاسب... راستی نگفتی از کارخونه، خوبه؟ دوستش داری؟»

«آره، خیلی... عاشقشم خدا...»

بعد مکثی می‌کند و می‌پرسد:

«تو... تو بهرامرو می‌شناسی؟»

«مامان یه‌چیزهایی برام گفت. شنیدم حسابی به خدمتش رسیده. می‌گفت چنان با کیفش زده به ملاجش که هم نونش شده هم آبش.»

ماهان بعد از سکوتی طولانی می‌گوید:

«گفت، آخه منگل، کی به تو زن می‌ده.»

رؤیا نارنگی‌ای را که پوست کنده می‌دهد دست ماهان:

«غلط کرد بچه‌پررو. اصلاً محلش نذار، هرکی هرچی می‌گه که آدم نباید به خودش بگیره.»

«ولی آخه... آخه... آخه اون داداش پریاست.»

«ای داداش زرنگ خودم، شنیدم بدجوری دل این پریاخانومرو بردی.»

ماهان با همه‌ی صورتش می‌خندد. ذوق‌زده می‌پرسد:

«تورو خدا، ارواح خاک من راست می‌گی، من دلش‌رو بردم؟»

«آره دیگه، پس من؟ خب، بگو ببینم، حالا قشنگ هست این پریاخانوم؟»

ماهان هیجان‌زده فریاد می‌زند:

«ماهه، ماه...»

«یواش‌تر، بابا بیدار می‌شه.»

بعد آرام می‌گوید:

«شنیدم قرمه‌سبزیش هم خیلی خوشمزه بوده.»

ماهان نجوا می‌کند:

«خیلی لاکردار...»

و سکوت می‌کند. نارنگی را توی بشقاب می‌گذارد و چشم می‌دوزد به چشم‌های رؤیا:

«یعنی نمی‌تونی راست‌راستکی... یعنی نمی‌شه راست‌راستکی این‌جوری نباشم؟»

رؤیا نارنگی را از بشقاب برمی‌دارد و پرپر می‌کند و یکی از پرها را می‌گذارد دهانش. ماهان دوباره می‌پرسد:

«نمی‌شه؟»

رؤیا بالاخره می‌گوید:

«تو داری به یه‌چیز بی‌خود فکر می‌کنی. آخه پریا به خاطر قیافه‌ی تو نمی‌خواد زنت بشه... یعنی حالا اگه بخواد بشه.»

ماهان که مات دیوار روبه‌رو شده، زیرلب می‌گوید:

«من که همیشه سر نماز به خدا گفتم...»

دوباره سکوت می‌کند، این‌بار طولانی‌تر. ناگهان رو می‌کند به رؤیا:

«یا... یادته با مامافهیم و باباحبیب و مینا رفته بودیم مشهد، من تو حرم گریه کردم این‌قدر...»

قطره اشکی آرام‌آرام روی گونه‌اش می‌غلتد.

«الهی آبجی‌رؤیا فدات شه، غصه نخور داداشی، نبینم اشکت‌رو.»

موج غبار ابری که در چشم ماهان تاب می‌خورد برای رؤیا تازگی دارد. چیزی بیش‌تر از غم در این چشم‌ها پرسه می‌زند. این شروع اندوهی بی‌پایان است که ماهان را به دنیای دیگری پرتاب می‌کند.

ماهان صبح زود از خواب بیدار می‌شود. دیشب رؤیا با هزار و یک دلیل قانع‌کننده به او ثابت کرده که دیوانه نیست؛ امّا هنوز کار دیگری

باقی‌ست. رؤیا را از خواب بیدار می‌کند و می‌گوید می‌خواهد کت‌شلوار دامادی باباحبیب را بپوشد. هنوز خواب توی چشم‌های رؤیا وول می‌خورد و صداش کش می‌آید:

«کت‌شلوار بابا تو کمد اتاقشه، اگه برم اونجا سروصدا می‌شه، یه‌وقت بابا...»

ولی ماهان دست‌بردار نیست. رؤیا با احتیاط وارد اتاق می‌شود و بی‌آن‌که آب از آب تکان بخورد کت‌شلوار را برمی‌دارد و می‌آید.

کت‌شلوار تقریباً به تن ماهان می‌نشیند، فقط کمرش یکی‌دو سانت تنگ است و قد شلوارش کمی کوتاه به نظر می‌آید.

بااین‌همه، ماهان با شوق و ذوق فراوان لباس را می‌پوشد، لباسی که هنوز بوی نفتالین از تار و پودش به هوا می‌رود، امّا ادوکلن باباحبیب، یا تنها ادوکلن باباحبیب مشکل را حل می‌کند.

رؤیا سر تا پای کت‌شلوار را براش معطر می‌کند. حالا دو بوی غلیظِ کاملاً جداگانه با هم ترکیب شده و بوی تازه‌ای ساخته که عطر میوه‌ی کاج و بشقاب ملامین سوخته را به ذهن می‌آورد.

ماهان مقابل آینه‌ی قدی می‌ایستد. انگار به آدم دیگری نگاه می‌کند. چشم‌هاش از هیجان می‌درخشد. ابروهاش بالا می‌رود و نیشش باز می‌شود. لبش را با زبان مرطوب می‌کند و با ادا و اطوارهای جورواجور، آن دیگری را که در آینه جا خوش کرده، به شکلک درآوردن وا می‌دارد. بعد قبراق و سرحال کفشش را می‌پوشد و نوک پا و آرام‌آرام از خانه بیرون می‌زند.

رؤیا می‌دود ظرف غذاش را که جا گذاشته می‌دهد دستش. می‌ایستد و دوباره از دور، قدوبالای ماهان را وراناز می‌کند؛ البته کفش‌های ورزشی‌اش خیلی با کت‌شلوار آبی‌لاجوردی و پیراهن آجری‌رنگش

هماهنگ نیست، امّا چه اهمیتی دارد؟ فعلاً که همین وصله‌پینه‌ها برادرش را خوشحال کرده است.

ماهان با پلاستیک غذا در دست راه می‌افتد سمت مترو، امّا قبل از این‌که وارد ایستگاه شود به بیمارستانی که آن‌طرف خیابان است می‌رود.

امروز روز دیگری‌ست. ماهان باید تکلیفش را با خودش روشن کند. وارد بیمارستان می‌شود و بلافاصله سراغ دکتر را می‌گیرد. پرستار هرچه سعی می‌کند به سؤال ماهان جواب بدهد موفق نمی‌شود. ماهان فقط باید دکتر را ببیند و با او صحبت کند. حتی وقتی انترن جوانی که انگار تازه از زرورق درش آورده‌اند می‌آید و می‌پرسد:

«چیه جانم، بفرمایید.»

ماهان نه نگاهش می‌کند و نه جوابش را می‌دهد. انترن که باید به بخش اورژانس برود، آن‌جا را ترک می‌کند. ماهان دوباره پیش پرستار می‌رود و خیلی جدی دستش را روی پیشخوان ایستگاه پرستاری می‌گذارد. صداش نسبتاً پرطنین و بدون لکنت است:

«دکتر کی می‌آد؟ من باید برم، عجله دارم، غذامرو باید بذارم تو یخچال کارخونه.»

و جوری که اطوی لباسش نشکند، خیلی دقیق و حساب‌شده نوک پای چپش را کجکی کنار پای راستش قلاب می‌کند و می‌پرسد:

«لطفاً دکتر کجاست؟»

پرستار سعی می‌کند خوش‌رو و صبور باشد:

«اسم شما چیه؟»

«آقاماهان.»

پرستار لبخند می‌زند:

«آقاماهان، این آقایی که اومد و شما تحویل‌شون نگرفتی، دکتر بود.»

ماهان پوزخند می‌زند و کیسه‌ی غذاش را روی سکوی پیشخوان می‌گذارد:

«دکتر بود؟! فکر کردی من دیوونه‌ام؟ لاکردار از من هم جوون‌تر بود.»

«خب بله، انترن بود.»

ماهان با صدایی قاطع و محکم، امّا با لکنت می‌گوید:

«دکتر راست‌راستکی!»

پرستار کارتابلی را از روی پیشخوان برمی‌دارد:

«باید صبر کنی تا دکتر بخش بیاد.»

چند دقیقه بعد مرد عینکی قدبلندی وارد راهروی بخش می‌شود. با اولین اشاره‌ی پرستار، ماهان می‌فهمد این همان دکتری‌ست که منتظرش است، امّا پرستار خودش را زودتر از ماهان به او می‌رساند و با اشاره به ماهان چیزهایی به دکتر می‌گوید.

دکتر می‌آید سمت ماهان که کیسه‌ی غذاش را به سینه‌اش چسبانده و لبخند متینی بر لب دارد. ماهان سلام می‌کند. دکتر از بالای عینکش به او خیره می‌شود و دستش را دراز می‌کند طرفش. ماهان دستش را پیش می‌آورد، هم‌زمان نیشش تا بناگوش باز می‌شود، امّا خیلی زود می‌فهمد که باید جدی باشد و باوقار برخورد کند. پس بدون این‌که دکتر را در آغوش بگیرد محکم با او دست می‌دهد.

دکتر او را سمت نیمکت استیلی که کنار دیوار است راهنمایی می‌کند و تعارف می‌کند بنشیند.

«خیلی ممنون، باید غذامرو بذارم تو یخچال کارخونه، باید... باید...»

دکتر با متانت لبخند می‌زند:

«باریکلا آقاماهان، پس کار می‌کنی!»

ماهان می‌پرد دکتر را محکم بغل می‌کند و تقریباً جیغ می‌کشد:

«خدا، خدا... عاشقتم، اسم من‌رو از... از کجا می‌دونی؟»

«خانم پرستار گفت.»

بعد به زور خود را از آغوش ماهان جدا می‌کند:

«من در خدمتم.»

ماهان لحظه‌ای به چشم‌های دکتر خیره می‌شود. بعد با صبر و حوصله سر تا پای او را وراندار می‌کند:

«کاکاکار... کارت دکتریت‌رو ببینم.»

دکتر از جیب بغل، کارت شناسایی‌اش را بیرون می‌آورد نشان ماهان می‌دهد. ماهان کارت را از دست دکتر می‌قاپد و بادقت، عکسِ روی کارت را با چهره‌ی دکتر مقایسه می‌کند، بعد پیروزمندانه لبخند می‌زند:

«این‌جا سیبیل داشتی... بهتری. شما هم مثل من، با سیبیل به‌ات بیش‌تر می‌آد.»

دکتر کارت شناسایی‌اش را از ماهان می‌گیرد:

«ببین ماهان‌جان، من باید برم مریض‌های بخش‌رو ببینم، بعدش هم باید برم یه عمل خیلی مهم دارم، خواهش می‌کنم کارِت‌رو زودتر بگو که...»

ماهان صحبتش را قطع می‌کند:

«رؤیا می‌گه من دیوونه نیستم، خیلی هم خوبم، هم خوش‌تیپم، هم کاسبم.»

«رؤیاخانم کی هستن؟»

«خواهرمه، ماهه، ماه.»

«خب درست گفته خواهرت، شما خیلی هم عاقلی، خیلی هم خوبی. دیگه؟»

ماهان به گوشی‌ای که دور گردن دکتر است اشاره می‌کند:

«از این‌ها نمی‌ذاری رو قلبم؟»

«نیازی به این کار نیست، مطمئن باش، من یه پزشکم و به شما می‌گم شما خیلی هم خوب و... خوب و آقایی.»

صورت ماهان در هم می‌رود:

«بهرام می‌گه من دیوونه‌ام.»

دکتر به ساعت مچی‌اش نگاهی می‌اندازد:

«به‌اش بگو خودت دیوونه‌ای.» و بلافاصله می‌پرد توی حرف خودش:

«نه، نه، نمی‌خواد این‌رو بگی.»

مکث کوتاهی می‌کند و دستش را روی شانه‌ی ماهان می‌گذارد:

«تو باید بااراده و قوی باشی. نباید هرکس هرچی می‌گه عکس‌العمل نشون بدی. متوجه می‌شی چی می‌گم آقا... آقاماهان؟»

ماهان دوباره می‌پرد و دکتر را در آغوش می‌گیرد:

«پس نسخه بنویس.»

دکتر خود را از بین بازوهای ماهان بیرون می‌کشد:

«ولی تو نسخه نمی‌خوای، نسخه برای کسیه که مریض باشه و دارو براش تجویز بشه.»

ماهان سرش را پایین می‌اندازد و گویی پایان یک عملیات سری را اعلام می‌کند، لب‌هاش به آرامی می‌جنبد:

«تازه، باید مُهر هم بزنی.»

و ادای مُهر زدن روی نسخه را درمی‌آورد:

«تاپ، تق، چیش...»

دکتر به پرستار اشاره می‌کند که کارتابل را براش بیاورد و بعد رو می‌کند به ماهان:

«آخه شما که مریض نیستی، دارو نمی‌خوای.»

«خوشت می‌آد لجم درآد؟ آخه چه‌جوری به بهرام بگم من خوبم. من خوبم. من خوبم.»

و این آخرین کلمه را تقریباً با فریاد می‌گوید. بیمارِ سرم به‌دستی که از سرویس بیرون آمده ناگهان می‌ایستد و با چشم‌های وق‌زده بروبر نگاهش می‌کند. دکتر نوک انگشت سبابه‌اش را به علامت سکوت، روی نوک بینی براقش می‌گذارد:

«آروم باش، مریض‌ها اذیت می‌شن.»

«بنویس ماهان برزگرنژاد خوب است، مُهر بزن... تاپ... تق... چیش...»

دکتر به پرستار اشاره می‌کند. پرستار از زیر پیشخوان، دفترچه‌ای را بیرون می‌آورد که بالاش نوشته‌ای به رنگ آبی چاپ شده. دکتر یادداشتی می‌نویسد و زیرش را امضاء می‌کند. بعد مُهر را از جیب روپوشش درمی‌آورد و پای امضاء را مُهر می‌زند. برگه را از دفترچه جدا می‌کند و به ماهان می‌دهد. ماهان برگه را می‌گیرد و با تردید به آن نگاه می‌کند:

«لطفاً بخونش آقای دکتر.»

دکتر کلمه به کلمه متنی را که نوشته می‌خواند:

«آقای ماهان برزگرنژاد، جوانی خوب، مهربان، خوش‌تیپ و آقاست... امضاء و مُهرم داره.»

بعد خنده‌ای می‌کند و دستش را به علامت خداحافظی سمت ماهان دراز می‌کند:

«من باید برم، منتظرم هستن. خیلی خوشحال شدم از دیدنت ماهان‌جان، باز هم این‌طرف‌ها بیا.»

ماهان دکتر را در آغوش می‌گیرد و گونه‌اش را می‌بوسد، بعد سرش را روی شانه‌ی او می‌گذارد و آرام‌آرام می‌گرید. دکتر خود را از زیر بازوهای او بیرون می‌کشد:

«داری گریه می‌کنی؟ مرد که گریه نمی‌کنه ماهان‌خان.»

ماهان اشک‌هاش را پاک می‌کند. در سکوت با دکتر دست می‌دهد و یکی‌دو قدم دور می‌شود. دوباره لحظه‌ای برمی‌گردد. صداش آشکارا می‌لرزد:

«به خدا می‌گم چه‌قدر ماهی، به‌اش می‌گم، حالا می‌بینی!»

ماهان درحالی‌که نسخه‌ی دکتر همه‌ی هوش و حواس و نگاهش را تسخیر کرده از بیمارستان بیرون می‌زند. با شتابی که هرلحظه اوج می‌گیرد سمت ایستگاه مترو می‌رود. قدم‌های بلند برمی‌دارد و مدام به این و آن تنه می‌زند.

تمام طول راه تا ایستگاهی که پیاده می‌شود چشمش به نسخه است. ده‌ها بار کلمه‌ها را مرور می‌کند، انحناها و پیچش خطوط را از نظر می‌گذراند و با سرانگشت، شکل کلمه‌ها را در هوا نقاشی می‌کند. خط دکتر خیلی خوانا نیست، امّا بعد از این همه به راحتی می‌تواند آن‌ها را از هم تشخیص دهد و بخواندشان.

وقتی به کارخانه می‌رسد دیگر دستخط دکتر مثل تابلوی بزرگی پیش چشمش حک شده. به هرجا که نگاه می‌کند کلمه‌های آبی‌رنگی را می‌بیند که روی صفحه‌ی سفیدی می‌رقصند.

قبل از این‌که به کارخانه برسد گوشی تلفنش زنگ می‌زند. فهیمه پشت خط است:

«سلام مامافهیم.»

«سلام پسرم، این بود قولی که به من دادی! مگه قرار نشد اول من

با باحبیب صحبت کنم بعد گوشی‌رو... اصلاً ببینم، جاش‌رو، جاش از کجا می‌دونستی؟»

«مامافهیم، من دیگه بدون گوشی نمی‌تونم... من... من دیگه...»

«خیله‌خب، حالا بعداً راجع به‌اش حرف می‌زنیم. کجایی؟ کارخونه‌ای؟»

«نه هنوز، یه‌کم دیگه می‌رسم.»

«چرا این‌قدر دیر، نکنه راه‌رو گم کردی!»

«نه قربونت برم، بیمارستان بودم.»

«بیمارستان؟! خدا مرگم بده. بیمارستانِ چی؟ تو الآن کجایی؟»

«هه، نترس قربونت برم، دکتر گفت خیلی هم خوبم. هم مُهر زد، هم امضاء کرد؛ با خودکار آبی.»

«ماهی‌جان درست حرف بزن ببینم چی می‌گی، دکتر چیه، مگه... اصلاً چرا رفتی بیمارستان؟»

«به خاطر بهرام.»

«بهرام؟ مگه نگفتم کاری به کارش نداشته باش. درگیر شدین؟ مگه اون‌جا یه بزرگ‌تر... ببینم، نکنه رفتی درِ خونه‌شون.»

«نه، نرفتم که...»

«نصف عمرم کردی ماهی، درست حرف بزن ببینم چی شده!»

«دکتر نوشت من خیر سرم دیوونه نیستم، پریا باید زنم بشه.»

«چی داری می‌گی ماهی‌جان، این حرف‌ها چیه، مگه نگفتم تو فقط سرترو بنداز پایین برو سر کارِت، با هیچ‌کس هم کاری نداشته باش.»

«خب دکتر گفت، به من چه ربطی داره!»

«بلدی عکس نسخه‌ی دکتررو با تلگرام برام بفرستی؟»

«پس چی که بلدم. تازه، مهر هم زد.»

«خیله‌خب، من تلفن‌رو قطع می‌کنم، تو همین الآن عکس نسخه‌رو برام بفرست. شنیدی چی گفتم؟ همین الآن.»

«چَشم.»

ماهان تصویر نسخه‌ی دکتر را برای فهیمه می‌فرستد. فهیمه دوباره تماس می‌گیرد تا همه‌ی سفارش‌های لازم را گوشزد کند، و البته ماهان هم بعد از شنیدن هریک از آن‌ها "چشم" بلندبالایی می‌گوید، امّا فهیمه می‌داند به این چشم گفتن‌ها اعتباری نیست، پس آن جمله‌ی همیشگی را تکرار می‌کند تا کمی به خود آرامش دهد: «بالاخره کاری نکن که آبروی پدر و مادرترو ببری ماهی‌جان، فهمیدی چی می‌گم مادر؟»

و ماهان دوباره با "چشم" ی غلیظ نقطه‌ی پایانی بر این نگرانی‌های بی‌پایان می‌گذارد.

ماهان امّا به کارخانه نمی‌رود. راهش را کج می‌کند سمت خانه‌ی پریا. انگار بعد از گفت‌وگو با فهیمه نیرو و جرئتی تازه پیدا کرده است.

به سرعت خود را می‌رساند پشت درِ خانه. می‌ایستد تا نفسی تازه کند. به سرووضعش نگاهی می‌اندازد. همه‌چیز مرتب و آماده است. نسخه‌ی دکتر را از جیب درمی‌آورد. کیسه‌ی ظرف غذا را در دست راست می‌گیرد. نه، این‌طوری تسلطش به نسخه کم می‌شود. فکر می‌کند دست چپ، نسخه را از ابهت می‌اندازد. ظرف غذا را می‌دهد دست چپ و نسخه را می‌گیرد در دست راست. سینه سپر می‌کند و قبراق و همه‌جورتمام می‌ایستد. هنوز در نزده؟ باید در می‌زد، تا حالا حتماً باید در می‌زد. یعنی می‌ترسد؟ تا به حال دو بار بهرام با او درگیر شده و کتکش زده، یا خواسته بوده بزند. آخرین‌بار کنار همین در، بهرام گفته بود: "اگه این‌دفعه بیای درِ خونه‌ی ما، آتیشت می‌زنیم منگل عوضی!"

بهرام این‌ها را گفته است، امّا این‌بار، دیگر او منگل عوضی نیست. نسخه‌ی دکتر این را تأیید می‌کند. بهرام که دیگر نسخه‌ی دکتر را قبول دارد، یعنی باید قبول داشته باشد.

دستش در آستین می‌جنبد. می‌خواهد در بزند. صدایی از داخل خانه می‌آید. لحظه‌ای خوف می‌کند. قدمی عقب می‌کشد.

دوباره سر تا پای خودش را وارانداز می‌کند. از کت‌شلوار دامادی باباحبیب که هنوز خط اطوی شلوارش تیز و تازه است تا کفش ورزشی‌ای که مینا براش خریده و خیلی هم دوستش دارد. البته اگر بهرام خواست او را آتش بزند ـ یعنی با نسخه‌ی دکتر هم سر عقل نیامد ـ حتماً کتش را درخواهد آورد و...

امّا او تا آمده تا مسئله‌ی مهمی را برای بهرام روشن کند. اگر الآن جا بزند، اگر بترسد، شاید دیر شود، شاید هیچ‌وقت دوباره همچه فرصتی پیش نیاید، شاید...

در با صدای خشکی باز می‌شود. زنی زنبیل به‌دست پشت در است. زن با دیدن ماهان لحظه‌ای می‌ماند:

«بفرمایین، کاری داشتین؟»

ماهان آب دهانش را قورت می‌دهد و نسخه را پشتش پنهان می‌کند:

«سلام. من... من... من آقاماهان هستم. لطفاً نسخه آوردم.»

زن با چشم‌های شیشه‌ای و بی‌حالت به ماهان نگاه می‌کند:

«نسخه؟»

ماهان دستش را پیش می‌آورد و نسخه را نشان می‌دهد:

«نسخه.»

زن نگاهی سرسری به کاغذ می‌اندازد:

«با کی کار داشتی مادر؟»

«داداشِ پریاجون.»

زن به پیشانی‌اش چین می‌اندازد:

«بهرام؟ با بهرام کار داری؟»

«با آقای بهرام کار دارم اگه زحمتی باشه.»

لبخند می‌زند:

«شما مامانشی؟»

«من خاله‌شم.»

و سرک می‌کشد سمت جاده‌ی خاکی:

«اوناها، فکر کنم خودشه، داره می‌آد..... آره، بهرامه.»

ماهان که از نگاه کردن به پشت‌سر پرهیز می‌کند بالاخره برمی‌گردد نگاهی به جاده می‌اندازد. بهرام نان سنگک به‌دست، لخ‌لخ‌کنان پیش می‌آید.

ماهان با دیدن او بی‌جهت خم می‌شود پاچه‌ی شلوارش را می‌تکاند:

«خاله‌جان... من... ببین خاله‌جانِ بهرام...»

زن از آستانه‌ی در بیرون می‌آید. زیرلب غُر می‌زند:

«لعنت به دل سیاه شیطون. گرفتار شدیم به خدا.»

ماهان من‌من‌کنان برمی‌گردد سمت جاده و به بهرام نگاه می‌کند. بهرام که حالا آن‌قدر نزدیک شده که ماهان را بشناسد، لحظه‌ای مکث می‌کند و بعد با قدم‌هایی کوتاه و پرشتاب سمت او می‌آید. ماهان درحالی‌که چشم از بهرام برنمی‌دارد یکی‌دو قدم پس می‌رود، تا جایی که به دیوار تکیه می‌دهد. خاله زنبیلش را زمین می‌گذارد. صداش از ناامیدی و ترسی گنگ، خفیده و لرزان است:

«کاش می‌رفتی... کاش اصلاً نمی‌اومدی.»

ماهان درحالی‌که کاملاً به دیوار چسبیده سرش را پایین می‌اندازد:

«من که... من که باهاش کاری ندارم... فقط می‌خوام نسخه...»

خاله صحبتش را قطع می‌کند:

«سه روزه زندگی ما به‌هم ریخته. نباید می‌اومدی. پریا همه چی‌رو برام گفت. صلاح نبود بیای. تا دیر نشده برو... برو.»

امّا دیگر دیر شده است. بهرام سینه‌به‌سینه‌ی ماهان ایستاده:

«به‌به، پپول‌خانِ خودمون. به‌ات چی گفتیم؟»

ماهان از نگاه کردن مستقیم به بهرام پرهیز می‌کند:

«س‌ـ س‌ـ سلام.»

بهرام تکه‌ای نان می‌کَند می‌گذارد لای دندان‌های نیشش و بعد پوزه‌کشان شروع به بوییدن ماهان می‌کند:

«اه... اه! بوی عرقِ زیربغلِ سگ می‌دی. دیشب تو نفتالین خوابیده بودی؟»

«نه، نخوابیدم تا صبح خیر سرم.»

بهرام گوشه‌ی کت ماهان را بین دو انگشتش می‌گیرد. انگار می‌خواهد مرغوبیت پارچه‌اش را محک بزند:

«دیروز یادته چی به‌ات گفتیم؟»

ماهان لبخند بزرگ، امّا بی‌جانی روی صورتش حک می‌کند:

«نو... نون سنگک خاش‌خاشی...»

«نه‌خیر، خاش‌خاشی نیست.»

«چه بوی داغی هم می‌ده لاکردار.»

ماهان آرام دست می‌برد تکه‌ای از نان را بکَند که بهرام محکم می‌کوبد روی دستش:

«دست خر کوتاه!»

خاله رو به بهرام لب می‌گزد:

«مادر، عیبه به خدا، گناه داره.»

بهرام با غیظ چشم‌هاش را می‌دراند:

«این گناه داره؟ این خالتورِ منگل؟ آشغالِ...»

و دستش را بلند می‌کند تا بزند توی سر ماهان. خاله قدمی سمت بهرام برمی‌دارد:

«نزنی خاله!»

بهرام دستش را می‌اندازد و لحظه‌ای برمی‌گردد سمت خاله:

«تو مگه نمی‌خوای بری خرید، خب برو دیگه.»

زنبیل را برمی‌دارد و در دست‌های خاله می‌گذارد:

«برو، برو الآن سبزی تموم می‌شه... دِ برو دیگه، وایساده داره مارو نگاه می‌کنه.»

خاله، دودل و مستأصل پا به راه رفتن می‌شود، امّا دوباره می‌ماند.

«بهرام،... گناه داره.»

بهرام که به طرز پرمعنایی سر می‌جنباند، به خاله اشاره می‌کند برود. خاله راه می‌افتد طرف جاده، درحالی‌که یک چشم به جاده دارد و یک چشم به بهرام، بدون هیچ عجله‌ای از آن‌ها دور می‌شود.

در تمام مدت بهرام کف دستش را به دیوار، کنار سرِ ماهان گذاشته و نگاه از خاله برنمی‌دارد. بعد خیلی کند و کش‌دار سر می‌چرخاند سمت ماهان و نگاهش می‌کند. ماهان که خیره شده به زمین زیرپاش، تندتند پلک می‌زند و با دهان نیمه‌باز نفس می‌کشد. بهرام دستش را از روی دیوار برمی‌دارد. ماهان، ترس‌خورده از جا می‌جهد، ساعدش را سپرِ بالای سرش می‌کند و در همان‌حال خشکش می‌زند.

باد نسخه‌ای را که در دستش بود، مثل پرچم سفیدی تکان‌تکان می‌دهد. بهرام کاغذ را از دست ماهان بیرون می‌کشد و خیره می‌شود

به آن. خطوط کج‌ومعوج نسخه را یکی‌دو بار از نظر می‌گذراند تا بتواند بخواندش. بعد می‌زند زیر خنده، بلندبلند می‌خندد، آن‌قدر دهانش را باز می‌کند که ماهان سُرخاسرخِ زبان کوچکش را در ته حلقش می‌بیند. ماهان هم آرام‌آرام به خنده می‌افتد، یعنی سعی می‌کند بخندد، و می‌خندد، از ته دل. امروز از وقتی بیدار شده این‌جوری نخندیده است.

ناگهان بهرام سکوت می‌کند. دوباره زل می‌زند به کلمات روی کاغذ. هنوز خنده‌های ماهان به صورت هق‌هقی دردناک و ناله‌وار از بینی و خشکنای حنجره‌اش شنیده می‌شود که با نگاه تند بهرام، صداش می‌بُرد. بهرام از لای دندان‌هاش پوزخند می‌زند:

«نگفتی واسه‌چی اومدی این‌جا چتقال، اون هم با این تریپِ نفتالینت.»

لب‌های ماهان آرام می‌جنبد:

«کت‌شلوار باباحبیبه.»

و چون بهرام چیزی نمی‌گوید ادامه می‌دهد:

«مال دامادی‌شه. ببین، عطر زدم. بوش می‌آد؟»

بهرام نسخه را بین دو انگشتش بالا می‌آورد:

«می‌دونی این تو چی نوشته؟»

ماهان تندتند سرش را تکان می‌دهد که یعنی می‌داند. بهرام ماغ می‌کشد:

«خب چی نوشته؟»

ماهان که انگار می‌خواهد نشانی جای پرتی را برای غریبه‌ی راه گم‌کرده‌ای توضیح دهد آرام و شمرده حرف می‌زند:

«دکتر نسخه نوشت که من... من دیوونه نیستم.»

بهرام کاغذ را مثل سیلی، با ضرب به دیوار می‌کوبد و همان‌جا زیر پنجه نگهش می‌دارد:

«نوشته تو یه شاسکولِ دو نبشِ منگلِ بی‌همه‌چیزی که بوی پشگلِ الاغ و نفتالین می‌ده.»

چانه‌ی ماهان از بغض می‌لرزد:

«نوشته... نوشته...»

درحالی‌که از خشم به لرزه افتاده کاغذ را از زیر پنجه‌ی بهرام بیرون می‌کشد. سعی می‌کند بغضی را که در گلوش سربرآورده خاموش کند. پی‌درپی انگشت سبابه‌اش را به کلمه‌های آبی‌رنگ می‌کوبد. گویی می‌خواهد کلمات را از سطح کاغذ جدا کند و پیش چشم بهرام بگیردشان:

«نوشته آقای ماهان برزگرنژاد،... آقاست.»

بهرام به چابکی نسخه را از بین انگشت‌های چوب‌شده‌ی او بیرون می‌کشد:

«ارواي عمه‌ش، اون هم مثل تو یه شلغمِ منگل بوده.»

و کاغذ را بین دندان‌هاش می‌گذارد و آن را از وسط پاره می‌کند. ماهان که نفس‌هاش به شماره افتاده تکه کاغذِ معلق در هوا را می‌گیرد و دست می‌برد تا نیمه‌ی دیگرش را از دهان بهرام بقاپد. بهرام کاغذ را تف می‌کند و جا خالی می‌دهد. دست سنگین ماهان بین دو فک بهرام فرود می‌آید.

چهره‌ی بهرام از درد مچاله می‌شود و خون از گوشه‌ی لبش بیرون می‌زند. بهرام نان را کنار دیوار می‌گذارد. نان سُر می‌خورد می‌افتد زمین. ماهان نان را برمی‌دارد و گوشه‌اش را می‌بوسد. بهرام با غیظ نان را از دست او می‌گیرد. نان دو تکه می‌شود. تکه‌ایش در دست ماهان می‌ماند. بهرام مشت محکمی به گونه‌ی او می‌کوبد.

ماهان سرش را پایین می‌اندازد و کف دستش را روی گونه‌اش می‌گذارد:

«من که نمی‌خواستم... نمی‌خواستم بزنمت، به خدا من نزدمت، خودت کله‌ترو آوردی...»

نفسش را که در ریه‌هاش حبس شده به سرعت بیرون می‌دهد:

«برکت خدارو مگه چرا می‌ندازی؟ دیوونه‌ای آقای بهرام!»

بهرام چانه‌اش را لمس می‌کند. نگاهی به لکه‌ی خونی که روی سرانگشتش برق می‌زند می‌اندازد و نعره می‌کشد:

«خودترو زدی به مشنگ‌بازی؟ فکر کردی همه مثل خودتن، هالو!»

و دستش را بالا می‌برد، امّا در همان‌حال می‌ماند.

«چی‌کار می‌کنی آقابهرام، با این زبون‌بسته چی‌کار داری؟»

بهرام لحظه‌ای برمی‌گردد تا کسی را که مچش را در هوا نگه داشته بهتر ببیند:

«این مارموز، زبون بسته‌ست؟ ولم کن عمواکبر، بذار حالیش کنم این‌جا کجاست.»

عمواکبر همان‌طور که مچ دست بهرام را در دست دارد او را سمت خود می‌کشد:

«صلوات ختم کن. شیطون‌رو لعنت کن عمو. اِ، بابا این‌که زدن نداره.»

بهرام به لبِ خونی‌اش اشاره می‌کند:

«آره، نیگا! فکر کردی. این‌جوری نیگاش نکن، این بی‌همه‌چی از اون جونورهای آب‌ندیده‌ست.»

ماهان قد راست می‌کند:

«من نمی‌خواستم بزنمش عمو، خودش زد لاکردار.»

بهرام دندان به هم می‌ساید:

«یعنی ما خودمون زدیم تو چونه‌ی خودمون!»

«نه، می‌گم یعنی خودت... خودتون... رفتین عقب، جا خالی شدین... من دستم... خوردم... اومدم نسخه‌رو بگیرم...»

با بغض رو به عمواکبر ادامه می‌دهد:

«نسخه‌ی دکتررو... پاپاپا... پاره کرد. ببین...»

و دو تکه کاغذی را که در مشت دارد به عمواکبر نشان می‌دهد.

عمواکبر به نسخه‌ای که از وسط دو نیم شده نگاهی می‌اندازد:

«والله من نمی‌دونم داستان چیه، ولی بهرام‌جون، عموجون، تمومش کن این معرکه‌رو.»

بهرام می‌غُرد:

«ما معرکه گرفتیم یا شماها؟ آخه بگو این زگیل برا چی اومده درِ خونه‌ی ما؟»

عمواکبر از ماهان می‌پرسد:

«تو برا چی اومدی این‌جا عموجان؟»

«نسخه‌ی دکتر... آوردم آقای بهرام که...»

بهرام صحبتش را قطع می‌کند:

«بیا، تحویل بگیر.»

عمواکبر سرش را می‌خاراند:

«من که هنوز نفهمیدم داستان چیه!»

«هیچی، اومده نسخه از دکتر آورده که منگل نیست، از ما هم سالم‌تره..»

عمواکبر آهی می‌کشد:

«لا اله الا الله...»

و زیرلب زمزمه می‌کند:

«خدایا قربون حکمتت برم.»

دستی به ریشش می‌کشد و رو به بهرام لبخند می‌زند:

«عموجان، حالا چرا نمی‌پرسی داستان من چیه که اومدم این‌جا... البته خواست خدا سر بزنگاه رسیدم!»

می‌خندد و سفیدی دندان‌های مصنوعی‌اش را نشان می‌دهد. بهرام با دل‌خوری به دورترها چشم می‌دوزد:

«حتماً اومدی حال‌گیری دیگه!»

عمواکبر گره به ابروهاش می‌اندازد:

«من؟! من اومدم حال‌گیری؟ اول بپرس داستان چیه، بعد این‌رو بگو.»

و چون بهرام چیزی نمی‌گوید ادامه می‌دهد:

«آقای کاظمی گفت بیام برت‌گردونم کارخونه.»

بهرام به دیوار تکیه می‌دهد و دست‌هاش را قلاب می‌کند پشتش:

«بعد از این همه لیچاری که بار ما کرده برگردیم کارخونه؟»

«چی گفت مگه بنده‌خدا؟ دید افتادی به جون این زبون‌بسته، زور اومد به‌اش، دو تا حرف زد به‌ات، حالا طوری نشده که.»

«طوری نشده؟ جلوی اون همه کارگر سکه‌ی‌یه‌پول‌مون کرد..»

عمواکبر قدمی سمت او برمی‌دارد:

«سخت نگیر عمو. می‌بینی که، وضع کارخونه تعریفی نیست. خداوکیلی آقای کاظمی هم واسه بچه‌ها کم نذاشته. دور از مروته الآن دست‌تنهاش بذاریم.»

«آخه بیایم تو انبار بشیم همکار این؟»

و ماهان را نشان می‌دهد.

پیرمرد دستی به ریشش می‌کشد:

«چی می‌گی عمو، اصلاً می‌دونی الآن که من این‌جام، به خاطر همین شازده‌ست؟»

بهرام رو به ماهان پوزخند می‌زند و سرسری نگاهی به عمواکبر می‌اندازد. عمواکبر سرفه‌ای می‌کند:

«باور نمی‌کنی؟ به مولا، آقای کاظمی گفت دیروز این بچه جلوش‌رو گرفته گفته باهات آشتی کنه و برت‌گردونه کارخونه.»

ریزریز می‌خندد و دوباره سرش را می‌خاراند:

«تازه گفته بوده گُل هم برات بیاره.»

«آره، دیروز دیدیم چه گندی زده. گُل‌هایی‌رو که با هزار بدبختی تو اون باغچه عمل آوردیم کنده آورده واسه‌مون. حتی به ریحون‌ها هم رحم نکرده.»

عمواکبر بلندبلند می‌خندد:

«خب می‌خواسته خوشحالت کنه، خواسته از دلت درآره واسه‌ت گُل آورده، ریحون هم که خب خوش‌بوئه دیگه.»

دوباره می‌خندد و رو می‌کند به ماهان:

«نه عمو؟»

خطوط صورت ماهان کش آمده است. معلوم نیست می‌خندد یا عصبانی‌ست:

«بوش آدم‌رو گیج‌گیجه می‌زد از بس ناجور بوبوبو... بود.»

عمواکبر خیره می‌شود به بهرام. منتظر جواب است. بهرام سکوت کرده و چشم دوخته به درخت بی‌بروبرگی که کمی آن‌سوتر، الغیاث‌کنان رو به آسمان پنجه کشیده و ریشه‌های سوخته‌اش در خاک دفن شده است. هوف‌کشان هوا را می‌بلعد و لب‌هاش را روی هم فشار می‌دهد. بالاخره می‌گوید:

«شنیدیم این طفل‌معصوم اومده انبار.»

و طفل‌معصوم را طوری می‌گوید که ماهان برمی‌گردد نگاهش می‌کند. عمواکبر قدمی پیش می‌گذارد:

«خب باشـه، بیـاد. به تـو کاری نـداره. هرکی سـرش بـه کار خودشـه. منصور می‌گفـت دیروز کمک کرده قفسـه‌های پشـتی‌رو جابه‌جا کـردن... این‌جوری نیگاش نکـن این آقاماهان مارو، واسـه خـودش‌آدم کاردونیه.»

لحظه‌ای مکث می‌کند و دل‌جویانه لبخند می‌زند:

«برو، برو اون خون‌رو از لبت بشور، یه صبحونه بزن، راه بیفت بریم.»

بهرام بعد از سکوتی طولانی، دو تکه نان را برمی‌دارد و راه می‌افتد سمت خانه:

«شما برو، ما خودمون می‌آیم.»

عمواکبر لبخند می‌زند:

«این شد حرف حساب. خدا خیرت بده.»

و سمت ماهان می‌رود و آرام به کتف او می‌زند:

«خیله خب عمو، راه بیفت که خیلی دیرمون شد.»

عمواکبر و ماهان پا به راه رفتن هستند که بهرام دوباره برمی‌گردد سمت عمواکبر:

«ببین عمواکبر، به این طفل‌معصوم‌تون بگو دیگه این‌طرف‌ها پیداش نشه.»

عمواکبر کمی صداش را بالا می‌برد، طوری‌که ماهان برگردد و نگاهش کند:

«واسه‌چی بیاد؟ داستانی نداره که بخواد بیاد این‌جا.»

رو می‌کند به ماهان:

«بد می‌گم عمو؟ شما این‌جا کاری نداری. بهرام که دیگه می‌آد کارخونه و همیشه پیشته.»

بعد سر می‌چرخاند سمت بهرام:

«خاطرجمع باش.»

بهرام وارد خانه می‌شود و در را پشت‌سرش می‌بندد. عمواکبر ماهان را که به درِ بسته خیره شده هدایت می‌کند سمت جاده:

«د بجنب، دیر شد.»

هنوز چند قدمی نرفته‌اند که ماهان می‌بیند خاله با زنبیل پر از سبزی، از خم کوچه‌ای می‌پیچد:

«الآن برمی‌گردم...»

و بی‌توجه به عمواکبر که گفته است:

«کجا؟!»

سمت خاله می‌رود. خاله با دیدن ماهان می‌ایستد. طوری به او نگاه می‌کند که انگار منتظر شنیدن خبر بدی‌ست:

«چی شد خاله؟ دعواتون که نشد؟»

«شد، امّا... عمواکبر... خاله‌جون، الهی قربونت برم... این... این...»

دو پاره‌ی نسخه را سمت او می‌گیرد.

«...این‌رو بده به پریاجون.»

خاله رو برمی‌گرداند:

«لعنت خدا بر دل سیاه شیطون. اگه بهرام بفهمه که من‌رو می‌کُشه.»

«نمی‌کُشه... خاله... خاله توروخدا، تورو جون باباحبیب، این‌رو بده به پریاجون.»

و دو تکه کاغذ را می‌گذارد در دست‌های خاله. بعد کپی کارت شناسایی‌اش را از جیب بغل کتش بیرون می‌آورد و رو به او می‌گیرد، همان کارتی که عکسش را رؤیا تغییر داده:

«این‌رو هـم بـده بـه‌اش، بگـو دکتـر گفـت... بگـو... پریا موبایـل داره؟»

خاله با چشم‌های گرد شده آن‌ها را پس می‌زند و لب می‌گزد:

«وای خدا مرگم بده. من نمی‌تونم این‌هارو بدم به پریا.»

صدای ماهان لحن التماس دارد:

«ببین... ببین خاله‌جون، الهی قربونت برم، پس شماره موبایل پریاجون‌رو بده من.»

«آخه من که حفظ نیستم.»

ماهان لحظه‌ای با لبخند به خاله چشم می‌دوزد. بعد نگاهی به عمواکبر می‌اندازد که کمی دورتر ایستاده و این‌پا و آن‌پا می‌کند. شماره تلفنش را روی یکی از پاره‌های نسخه می‌نویسد. دوباره آن‌ها را رو به خاله می‌گیرد:

«سلام برسون به‌اش، بگو... بگو...»

و در همان‌حال دو پاره‌ی نسخه و کپی کارت شناسایی‌اش را در زنبیل خاله می‌گذارد. به طرف عمواکبر می‌رود، امّا هنوز چشم به خاله دارد:

«بگو... بگو دلم برات شده این‌قدر...»

و نوک انگشت شست و سبابه‌اش را به هم می‌چسباند.

ساعتی بعد بهرام به کارخانه می‌آید. ساکت و عبوس می‌نشیند توی انبار، مقابل بساط چای. مدام چای می‌خورد و سیگار پشت سیگار روشن می‌کند. هرچه منصور می‌پرسد کارتن‌های جدیدی را که به

کمک ماهان جابه‌جا کرده‌اند کجا بگذارند جوابش را نمی‌دهد، فقط خیره نگاهش می‌کند و پک‌های طولانی به سیگارش می‌زند. چندبار ماهان با لبخندهایی به پهنای صورت از مقابلش عبور می‌کند که او هردفعه نگاهش را می‌دزدد تا چشم‌درچشم نشوند. سر ظهر هم زودتر از همیشه به نهارخوری می‌رود و پشت ستونی کز می‌کند تا کم‌تر به چشم بیاید.

دو تا از کارگرهای تازه‌واردی که مربوط به بخش بسته‌بندی هستند می‌آیند می‌نشینند آن‌طرف ستون و شروع می‌کنند به حرف زدن. یکی‌شان به لهجه‌ی تند شهرستانی که بهرام نمی‌داند کجاست، حرف می‌زند و آن دیگری که صداش مثل زنبورک ارتعاش دارد با خنده‌های ریز و بی‌معنی مدام حرف‌های او را تأیید می‌کند.

حوصله‌ی بهرام سر می‌رود. بلند می‌شود تا جاش را عوض کند، امّا ناگهان کلمه‌ی "پریا"، روی صندلی میخ‌کوبش می‌کند. آن‌که با لهجه‌ی غلیظ حرف می‌زند، درباره‌ی پریا، خواهرش صحبت می‌کند. حتی این را هم می‌فهمد که می‌گوید فلج است و روی صندلی چرخ‌دار می‌نشیند. و بعد آن دیگری درباره‌ی ماهان و عشقش به پریا حرف می‌زند؛ ریز می‌خندد و وزوزکنان به صداش پیچ‌وتاب‌های مسخره می‌دهد:

«به مجنون گفته زکی.»

و هرهر می‌خندند.

آن‌دیگری چیزی می‌گوید که بهرام معنی‌اش را نمی‌فهمد، امّا کلمه‌ی "پریا" را می‌شود توی حرف‌هاش فهمید.

یک‌آن خون توی رگ‌هاش یخ می‌زند. مشت‌هاش را گره می‌کند و با ناخن‌هاش کف دستش را می‌خلد.

از روی صندلی بلند می‌شود می‌ایستد. چشم‌هاش را می‌بندد و سرش

را روی سینه‌اش می‌اندازد. رخوتی گنگ و بی‌نشان روی شانه‌هاش هوار شده است. صدای نفس‌هاش که خس‌خس‌کنان از سینه‌اش بیرون می‌آید را توی شقیقه‌اش می‌شنود. چشم باز می‌کند. درجا برمی‌گردد. هنوز صورت آن‌دو پشت ستون پنهان است. با خیز ناگهانی‌ای ستونِ را رد می‌کند. صدای میز و صندلی‌هایی که با هم برخورد کرده‌اند نگاه آن‌دو را سمت بهرام می‌کشاند. خنده روی صورت‌شان می‌ماسد. لب‌های آن‌که وزوزکنان می‌خندید، بی‌صدا، مثل آخرین پیچ‌وتاب‌های کرم بی‌جانی وول می‌خورد. بهرام دوباره سرش را روی سینه‌اش می‌اندازد. انگار خواب است. انگار در بیداری خواب می‌بیند. لحظاتی آرام و نامحسوس همچون گهواره به این‌سو و آن‌سو تاب می‌خورد. چشم که باز می‌کند از آن دو نفر خبری نیست. به سرعت از نهارخوری بیرون می‌زند. به ساختمان کوچک سرویس بهداشتی که مجاور سالن نهارخوری‌ست می‌رود. جلوی روشویی می‌ایستد و چشم می‌دوزد به آینه‌ی روبه‌رو که جیوه‌ی حاشیه‌اش زنگ زده است. خیره می‌شود به خودش که طوق عنابی‌رنگ خون، محیط نی‌نی چشم‌هاش را به رنگ جیوه‌ی زنگ‌زده درآورده. مشتی آب به صورتش می‌پاشد. چشم که باز می‌کند خطی کج‌ومعوج و معکوس روی آینه تاب می‌خورد. چشم‌هاش را تنگ و گشاد می‌کند. کلمه‌هایی که با ماژیک سیاه کهنه‌ای روی کاشی‌های روبه‌رو نوشته شده، سوار هم شده‌اند و مثل هزارپا روی سطح سرداسردِ آینه می‌لغزند و می‌روند توی چشمش که حالا دارد از حدقه درمی‌آید. رو برمی‌گرداند و خیره می‌شود به دیوار. کلمات با نیش تیغی زهردار در ته چشمانش نقش می‌بندند: "بدون پریا، هرگز."

دوباره به آینه نگاه می‌کند. با مشت می‌کوبد وسط جمله. درست روی کلمه‌ی "پریا". تکه‌ای از کاشیِ شکسته‌ی بالای درِ سرویس را می‌کَند

و با نوک آن، نوشته را خراش می‌دهد. دندان‌هاش را به هم می‌ساید و با غیظ، کاشی شکسته را روی کلمه‌های تاریکِ نوشته می‌کشد. آن‌قدر این کار را ادامه می‌دهد تا دیگر نشود جمله را خواند. بعد با عضلاتی سنگ شده، درمانده و بی‌قرار راه می‌افتد سمت انبار. با لگد، درِ انبار را باز می‌کند. منصور و ماهان تازه دست‌هاشان را شسته‌اند و نشسته‌اند نهار بخورند. هردو با دیدن بهرام، درجا خشک‌شان می‌زند.

بهرام با قدم‌هایی آرام و سنگین می‌رود می‌ایستد بالای سرشان. نگاهش گیجاگیج روی درِ و دیوار انبار و منصور و ماهان می‌چرخد. بالاخره چشمش روی ماهان می‌ماند.

ماهان با لبخندی که آرام‌آرام چهره‌اش را می‌گشاید نگاهش می‌کند. بعد لب‌هاش به حرکت در می‌آید:

«ناهار... کوفته آوردم... بفرمایید نوش جان...»

صدای تب‌دار و لرزان بهرام از ته چاه درمی‌آید:

«منصور، گم‌شو بیرون.»

منصور تکه‌نانی را که در دهان گذاشته به‌سختی قورت می‌دهد:

«آخه... ناهارم...»

«بعداً بلُمبون.»

منصور تکه نان بزرگی از سفره‌ی کوچک برمی‌دارد و بلند می‌شود. در پی او ماهان از جا برمی‌خیزد. بهرام مستقیم به چشم‌های ورقلمبیده‌ی ماهان خیره می‌شود:

«تو بشین.»

و این را طوری محکم و قاطع می‌گوید که ماهان در همان‌حال بین زمین و آسمان می‌ماند. منصور می‌رود بیرون. بهرام درحالی‌که چشم از چشم‌های ماهان برنمی‌دارد ماغ می‌کشد:

«کسی تو نیاد، افتاد؟»

صدای منصور که دور می‌شود تو انبار می‌پیچد:

«چشم آقابهرام.»

بهرام به طرف ماهان می‌رود و با پنجه‌های منقبض شده‌اش کتف او را که هنوز معلق مانده، رو به پایین هل می‌دهد. ماهان در جای خود می‌نشیند و خیره می‌شود به زمین.

سکوت، طولانی و ملال‌آور، انبار را در خود بلعیده است. صدای نفس‌های ماهان روی خالیِ هوا خط می‌اندازد.

بالاخره ماهان به گوشی تلفنش که کنار سفره است نگاهی می‌اندازد و گُل از گلش می‌شکفد. انگار بعد از سال‌ها آن را یافته است. ریه‌هاش را از هوا خالی می‌کند و با همه‌ی صورتش می‌خندد:

«خب... دددددیگه... وقت ناهار تموم شد، باید بریم سرِ کار...»

کف دست‌هاش را بالا می‌برد و ادامه می‌دهد:

«الهی شکر... دستت درد نکنه ماماففهیم.»

با سروصدای زیاد، درِ قابلمه‌ی کوچک را می‌گذارد و شروع می‌کند به جمع کردن سفره.

«تو داری پریارو ـ خواهر مارو ـ می‌کُشی.»

صدای خفیده‌ی بهرام دست ماهان را در هوا خشک می‌کند. سفره و تکه‌های نان از دستش رها می‌شود. آرام‌آرام سر بلند می‌کند و چشم می‌دوزد به بهرام. بهرام یک پاش را بلند می‌کند و می‌گذارد روی چارپایه‌ی چوبی که کنار چند کارتن خالی‌ست:

«می‌فهمی چی می‌گیم؟»

و شمرده‌شمرده تکرار می‌کند:

«تو داری پریارو می‌کُشی.»

ماهان بهت‌زده سرش را به این‌سو و آن‌سو تکان می‌دهد و لب‌های خشکش آرام‌آرام به حرکت درمی‌آید:

«من... من نمی‌کُشم پریارو... من... من دوستش دارم، عاشقشم.»

بهرام تندتند پلک می‌زند:

«وقتی آبروی یه دختررو ببری، یعنی اون دختررو کُشتی.»

«من... من آبروش‌رو نمی‌برم... من...»

بهرام مشت گره کرده‌اش را روی ران پاش می‌کوبد و از لای دندان‌هاش می‌غُرد:

«وقتی اسم یکی‌دیگه رو دختر مردم باشه، وقتی یه دختری نامزد داشته باشه، دیگه نباید طرف اون دختر رفت، نباید مزاحم خودش و خونواده‌ش شد.»

ماهان دست‌هاش را روی زانوهاش می‌گذارد و خیره می‌شود به انگشت‌های لرزانش. بهرام می‌پرسد:

«تو خودت خواهر داری؟»

ماهـان بی‌آن‌که چشـم از انگشـت‌هاش بـردارد سرش را تکان می‌دهـد، انگار صـدای بهـرام از نوک انگشـت‌هاش بیرون می‌آیـد. بهرام می‌پرسد:

«چندتا؟»

ماهان دست راستش را از روی زانوش برمی‌دارد و چهار تا از انگشت‌های لرزانش را بالا می‌آورد و نشان بهرام می‌دهد.

«دوست داری یکی از خواهرهات نامزد کنه، بعد... اصلاً می‌دونی نامزد یعنی چی؟»

ماهان درحالی‌که قوز کرده سر تکان می‌دهد. بهرام ادامه می‌دهد:

«خواهـرت نامـزد کنـه بـا یـه بابایی، بعـد یکی دیگه بیاد بخـواد ازش

خواستگاری کنه، تو چی‌کار می‌کنی؟... خب بگو دیگه، چی‌کار می‌کنی؟»

ماهان خشک و بی‌حرکت، درجا میخ‌کوب شده و آب دهانش روی لب براقش لمبر می‌خورد. بهرام آه طولانی‌ای می‌کشد:

«خب، تا حالا هرچی بوده گذشته. نمی‌دونستی، قبول، ولی حالا که فهمیدی دیگه نباید اسمش‌رو بیاری، نباید مزاحمش بشی، می‌شنوی چی می‌گیم یا نه؟»

ماهان سرش را به تأیید تکان می‌دهد و دو قطره اشک از گوشه‌ی چشمش می‌افتد روی دستش. بهرام آرام‌تر ادامه می‌دهد:

«ما هم اگه اذیتت کردیم، خب برادرشیم. دل‌مون واسه‌ش می‌سوزه. نمی‌تونیم ببینیم مردم پشت‌سر خواهرمون زر مفت می‌زنن. ما... ما نمی‌خواستیم تو از دست‌مون ناراحت شی، ولی خب چاره‌ای نداشتیم. حالیته که چی می‌گیم؟»

ماهان دوباره سرش را تکان می‌دهد. لب‌ولوچه‌اش را جمع می‌کند و از زیر ابرو نگاهی به بهرام می‌اندازد. لحن بهرام آشکارا تغییر کرده است:

«خب... حالا ببینیم دستپخت این مامافهیم چه فنتیه؟»

ماهان زیرلب و هق‌هق‌کنان می‌نالد:

«مـن... مـن... فقـط مـن می‌گـم مامافهیـم... شـما بایـد بگـی فهیمه‌خانوم.»

بهرام پای سفره‌ی نیمه‌باز می‌نشیند:

«بعله خب، همون فهیمه‌خانوم دیگه، فرقی نمی‌کنه، مادر شما مثل مادر ماست. مادر خیلی چیز خوبیه، بد می‌گیم؟»

و کوفته را بین دو انگشت می‌گیرد و دو نیم می‌کند. آلوی براق وسط

کوفته را تهِ چالهِ‌ی تاریک دهانش می‌اندازد. ابروهاش را بالا می‌کشد و ملچ‌وملوچ می‌کند:

«به‌به، دست مامافهیم درد نکنه.»

«تو... شما... باید بگی فهیمه‌خانوم.»

«آره، همون فهیمه‌خانوم.»

تکه‌ای از کوفته را به دهان می‌گذارد و پشت‌بندش هم تکه‌ای نان:

«به‌به، به‌به، ما دیگه الآن با هم رفیقیم، رفقا باید هوای همدیگه‌رو داشته باشن. مثلاً تو امروز به ما ناهار می‌دی، ما یه‌جا، یه‌جوری دیگه تلافی می‌کنیم، بالاخره دنیای رفاقت...»

«...امروز پریاجون برات غذا نیاورد؟»

لقمه در گلوی بهرام سنگ می‌شود. ناگهان خیز برمی‌دارد می‌ایستد. پلک‌هاش را می‌بندد و روی هم فشار می‌دهد. انگار چشم‌هاش را از دود سمیِ کورکننده‌ای می‌پوشاند. بعد از سکوتی طولانی پلک باز می‌کند. با صدای بلند و به‌سختی از بینی نفس می‌کشد. از زیر ابروهای فرو افتاده به ماهان که خیره‌ی اوست نگاهی می‌اندازد. لقمه را توی سفره تف می‌کند و از انبار بیرون می‌زند.

ماهان در پوست خود نمی‌گنجد. ته دلش ذوقی بی‌پایان موج می‌زند. باور نمی‌کند که حرف‌ها و نگاه‌های تیز و خصمانه‌ی بهرام عاقبتی این‌چنین خوش و شادی‌آور داشته باشد، گرچه او برای همه‌چیز آماده است.

طعم تلخ، امّا شیرین کتک‌هایی که به خاطر پریا خورده هنوز زیر پوستش می‌رقصد و او را به طمعِ دریافت ضربه‌های تازه‌تری می‌اندازد. حالا پریا تکه‌ای از جان ماهان شده که با هیچ نیشتر و تیغ خنجری از او کنده نمی‌شود.

امّا شب، سگرمه‌های در هم کشیده‌ی فهیمه، دل ماهان را به درد می‌آورد. این سنگین‌ترین غمی بود که آن روز می‌توانست همه‌ی عیشی را که از صبح داشته خاکستر کند:

«پس دیگه مامافهیم، بی‌مامافهیم، بله؟ دیگه هرکاری بخوای می‌کنی، دیگه بزرگ شدی!»

فهیمه بقچه‌ی لباس‌های گرم پاییزی و زمستانی را از کمد بیرون ریخته و بی‌آن‌که به ماهان نگاه کند کلمه‌ها را با لحن گلایه‌آمیزی از دهانش شلیک می‌کند:

«دیگه ماهیِ مامافهیم شده یه خودسر.»

یک‌آن، دست از جابه‌جا کردن بقچه‌ها می‌کشد و نگاهی به ماهان می‌اندازد:

«می‌دونی من اون کت‌شلواررو چند ساله نگهش داشتم؟ اون‌وقت تو خیلی راحت، بدون این‌که به من بگی...»

«...خب از رؤیاجون اجازه گرفتم.»

«رؤیاجون چه‌کاره‌ست! اون کت‌شلوار یادگاریه، خودت که این‌همه لباس داری.»

مینا و رؤیا که بقچه‌ی لباس‌های تابستانی خود را بغل زده‌اند وارد اتاق می‌شوند. فهیمه با دیدن رؤیا، صداش را کمی بالا می‌برد:

«ایناها، جلوی خودش می‌گم، رؤیاجون حق نداشته لباس یادگاریِ...»

رؤیا صحبت فهیمه را قطع می‌کند:

«حالا مامان تو هم چه گیری دادی به این کت‌شلوار عهد بوق. مگه تحفه‌ست که ول نمی‌کنی؟»

فهیمه رو به او بُرّاق می‌شود:

«آره مادرجون، تحفه‌ست قربونت برم. برای تو عهد بوقیه، برای من تحفه‌ست. چه‌طور دفتر مشق کلاس اول تورو نگه داشتم، این کت‌شلوار هم همون‌طور.»

مینا می‌نشیند کنار فهیمه و بقچه‌ی گلدار صورتی‌رنگی را که در دست دارد جلوی فهیمه می‌گذارد:

«باید یه‌بار شبیخون بزنیم به اون بالاخونه‌ی انباری ببینیم مامان چه چیزهایی اون‌جا قایم کرده.»

«چی قایم کردم مادر! همین خرت‌وپرت‌های شماهاست دیگه.»

نگاهی به ماهان می‌اندازد و می‌بیند حواسش به آن‌ها نیست، چشمکی به مینا می‌زند:

«باید آقاماهی بدونه که خونه قاعده و قانون داره، بزرگ‌تر داره، نباید چیزی رو که یادگاریه بپوشه و...»

رؤیا نمی‌گذارد حرف فهیمه تمام شود:

«حالا مگه چی شده مادر من؟ کت‌شلواررو یه‌روز تنش کرده، درش می‌آره می‌ذاره سرجاش.»

ماهان درحالی‌که سرش را روی سینه‌اش انداخته از زیر ابروهاش نگاهی به فهیمه و رؤیا می‌اندازد و زیرلب غُر می‌زند:

«کثیفش که نکردم خیر سرم. مال باباحبیبه.»

رؤیا دل‌جویانه می‌گوید:

«آره قربونت برم، داداشیِ تمیز و با ادبم...»

مینا رو می‌کند به فهیمه:

«مامان، ارواح خاک بابابزرگ، یه‌چیزی می‌پرسم راستش‌رو بگو.»

«مگه من تا حالا دروغ گفتم به شماها؟»

«رو لباس‌های دیگه یه دونه نایلون کشیدی، رو این کت‌شلوار دو تا،

این‌رو گذاشتی تو لباس‌های خودت، درسته که یادگاریه، خب اون‌های دیگه هم یادگاری‌ان، امّا این یه‌چیز دیگه‌ست، راستش‌رو بگو، این...»

فهیمه می‌گوید:

«خب این یادگاریِ جوونی‌های باباتونه.»

«همون موقع‌هایی که اومد خواستگاریت؟»

«آره، هم باهاش اومد خواستگاری، هم باهاش نشست سر سفره‌ی عقد.»

رؤیا می‌پرسد:

«یعنی همین همین یه‌دست کت‌شلواررو داشت؟»

فهیمه لبخند کم‌رنگی می‌زند:

«همین یه‌دست.»

مینا مشتاقانه دست فهیمه را در دست‌هاش می‌گیرد:

«خب!»

«خب به جمالت، همین دیگه، با این می‌اومد خواستگاری.»

«می‌اومد؟! مگه چندبار اومد؟»

بعد بی‌طاقت می‌گوید:

«چرا قسطی حرف می‌زنی مامان!»

فهیمه پوزخند می‌زند:

«هفت‌هشت باری اومد خواستگاریم.»

مینا و رؤیا با هم می‌پرسند:

«هفت‌هشت بار؟»

«آره، بابام خدابیامرز راضی نبود.»

مینا می‌پرسد:

«چرا؟»

«می‌خواست من‌رو بده به فامیل.»

مینا می‌پرسد:

«به کی مثلاً؟»

فهیمه بی‌حوصله دستش را از دست‌های مینا بیرون می‌کشد:

«چه می‌دونم، سؤال‌هایی می‌کنین‌ها.»

رؤیا اصرار می‌کند:

«خب بگو دیگه.»

«به پسرعموی باباش.»

مینا می‌پرسد:

«آخه چرا؟»

«خب پول‌دار بودن، زمین‌دار بودن. پسره هفت‌هشت هکتار باغ زردآلو داشت فقط.»

رؤیا می‌پرسد:

«خب چرا زنش نشدی؟»

مادر ابروهاش را بالا می‌دهد و رو برمی‌گرداند:

«هم سیگاری بود، هم سرش تاس بود.»

رؤیا می‌زند زیر خنده:

«خب بابام هم که سیگاریه، سرش هم تاسه.»

صدای فهیمه کمی بالا می‌رود:

«بابات بعداً سیگاری شد. تا همین هفت‌هشت سال پیش هم، موهاش یه خرمن بود.»

رؤیا هنوز می‌خندد:

«آره، یه خرمن! خرِ کل‌باقر تو دهات نمی‌کشیدش.»

خط اخم، بین دو ابروی فهیمه را تاریک می‌کند:

«عکس‌هاش هست. الحمدلله چشم داری‌که، بردار ببین.»

مینا طره‌ای از موی مادر را روی پیشانی‌اش مرتب می‌کند:

«پس هی رفت و اومد... هشت بار.»

فهیمه می‌خندد:

«یه‌بارش هم کتک خورد.»

دخترها می‌زنند زیر خنده. رؤیا ناگهان خنده‌اش را می‌خورد:

«الهی دستش بشکنه، کی بابامرو کتک زد؟»

فهیمه می‌غُرد:

«حیا کن دختر، آدم پشت‌سر مرده دری‌وری نمی‌گه!»

رؤیا دوباره می‌پرسد:

«کی زدش؟»

فهیمه آهی می‌کشد:

«دایی‌حشمت خدابیامرز. هرجا هست، خاک ازش نرنجه، از همون اول هم از حبیب خوشش نمی‌اومد.»

مینا می‌پرسد:

«اون دیگه چرا؟»

«چه می‌دونم، خوشش نمی‌اومد دیگه. می‌گفت زنده نیست، وارفته‌ست. تا این‌که بار سوم، چهارم که اومده بودن خواستگاری گفت اگه این‌دفعه بیان، دعوا راه می‌ندازه... که دفعه‌ی بعد یه اَلم‌شنگه‌ای درست کرد تاریخی، کت بابات هم بالای شونه‌ش جر خورد، داد خیاط رفو کرد، هنوز هم جاش هست.»

رؤیا از جا برمی‌خیزد:

«بذار برم ببینم.»

مینا با شیطنت می‌خندد:

«بیارش این‌جا من هم ببینم.»

فهیمه لحظه‌ای سر می‌چرخاند سمت رؤیا:

«زیر برنجرو خاموش کن. یه چایی هم بذار جلو بابات.»

ماهان سکوت کرده و گوش سپرده به حرف‌های آن‌ها، حرف‌هایی که دلش را گرم می‌کند و به تاریکنای ذهنش نور می‌پاشد.

صبح، زودازود فهیمه را بیدار می‌کند و بیخ گوشش می‌گوید بگذارد امروز هم کت‌شلوار باباحبیب را بپوشد. فهیمه خواب‌آلوده می‌گوید، مگر دیشب صحبت نکرده‌اند؟ مگر...

چشم‌های شعله‌ور از هیجان ماهان، او را قانع می‌کند که مهم‌ترین کار امروز پوشیدن دوباره‌ی کت‌شلوار دامادی حبیب است که مثل سرنوشتی محتوم، زندگی‌اش را تعقیب می‌کند.

امّا موضوع گوشی تلفن فرق می‌کند، فهیمه آن را پیش خود نگه می‌دارد تا از حبیب اجازه‌اش را بگیرد. ماهان هم این را خوب می‌داند، یعنی از قیافه‌اش می‌خواند. قیافه‌ی مامافهیم با صدای بلند می‌گوید که ماهان لااقل امروز باید گوشی را فراموش کند.

ماهان کت‌شلوار را تنش می‌کند و می‌ایستد مقابل آینه. حالا این لباس قدیمی معنی دیگری برای او دارد. با این‌که دیشب جای پارگی و رفوی بالای شانه‌ی کت را بادقت دیده امّا دوباره آن را از تنش درمی‌آورد و جای تعمیر را وارسی می‌کند. کوک‌های نامرئی‌ای که استادانه دو تکه‌ی پاره شده را به‌هم آورده و دوخته، می‌شمرد، دوازده یا سیزده کوک ریز و ظریف که تقریباً با تار و پودِ پارچه یکی شده است. این عدد را در دفتر یادداشتش می‌نویسد. کت را دوباره به تن می‌کند و زل می‌زند به آینه. دستی به گونه‌اش می‌کشد و جای ضربه‌ی بهرام را لمس می‌کند. حالا دیگر کاملاً خوب شده است.

آن قسمت از لبش را که روز اول خونین شده بود با سرانگشت نوازش می‌کند. هنوز با یادآوریِ طعمِ شیرین و گوارای آن خون، ذائقه‌اش طراوت می‌گیرد و دلش پر می‌کشد.

ماهان در همین صبح خلوت و پاییزی که نمی‌داند چرا بوی کاج سوخته می‌دهد، در همین صبح نسبتاً سرد که آفتاب کم‌رنگش لبه‌ی دیوارها را روشن کرده، در مقابل آینه‌ای که به درِ کمد چسبیده و قدش را کوتاه‌تر نشان می‌دهد، درست در همین‌جا، و درست قبل از این‌که قابلمه‌ی برنج و کتلتش را از یخچال بردارد و توی کیسه‌ی غذاش بگذارد، تصمیم بزرگی می‌گیرد. او می‌خواهد دوباره ناسزا بشنود، دوباره کتک بخورد و دوباره پریا را بخواهد. مگر نه این است که باباحبیب هم برای این‌که مامافهیم زنش بشود کتک خورده است؟ پس این رسمی قدیمی‌ست. همه باید از این راه دشوار امّا شیرین عبور کنند.

امروز مسیر خانه تا کارخانه بسیار کوتاه شده است ـ به قدر یک چشم‌به‌هم‌زدن ـ و ماهان در چشم‌به‌هم‌زدنی به کارخانه رسیده؛ امّا همان‌لحظه درمی‌یابد که راه را درست نیامده. آن‌قدر فکر توی سرش وول می‌خورد که حواسش پرت شده است. دوباره برمی‌گردد، برمی‌گردد سمت خانه‌ی پریا.

امروز باید از پریا خواستگاری کند. حواسش را نیم کیلو شیرینی زبانی که از قنادی خریده و بوی شهدِ وانیلی‌اش از جعبه‌ی نخ‌پیچی‌شده بیرون زده، پرت کرده است. دو شاخه گُل سرخ هم خریده و چسبانده به درِ جعبه شیرینی، که هیچ بویی ندارد. انگار پلاستیکی است، حتی بوی پلاستیک هم نمی‌دهد.

تا به خانه‌ی پریا برسد دوسه بار جعبه‌ی شیرینی را از کیسه‌ی غذا

بیرون می‌آورد و بو می‌کند و با اخم خیره می‌شود به گُل‌های سرخ بی‌بو. رسیده جلوی درِ خانه‌ی پریا. امروز با دیروز فرق می‌کند. احساس می‌کند آسمان بالاتر رفته و ابرهای پاییزی بالاتر از دیروز ایستاده‌اند، حتی فکر می‌کند قد خودش هم بلندتر شده است.

دستی به موهاش می‌کشد. ابروها و سبیلش را صاف می‌کند. جعبه‌ی شیرینی و گُل را از کیسه‌ی غذا بیرون می‌آورد و در می‌زند.

در باز می‌شود. بهرام پشت در است. ماهان سلام می‌کند، رسا و پرطنین. صورتش مثل حجم شیشه‌ای شفافی که شعله‌ای آتش در آن گُرگُر می‌کند می‌درخشد. بهرام عاصی و بی‌حوصله سرش را پایین می‌اندازد و با سروصدا نفسش را از ریه‌هاش بیرون می‌دهد و خرت‌خرت زیر چانه‌اش را می‌خاراند. درحالی‌که از زیر ابروهاش به ماهان خیره شده تنبلانه سرش را بالا می‌آورد:

«مگه دیروز برات همه‌چی‌رو نگفتیم!»

ماهان جعبه‌ی شیرینی و گُل را سمت بهرام می‌گیرد. بهرام نگاه می‌کند به اسم مغازه‌ی قنادی که به رنگ قرمز روی جعبه چاپ شده؛ "قنادی شیرین و فرهاد". انگار به نقشه‌ی شهری سوخته و ویران نگاه می‌کند. سر تکان می‌دهد:

«تو دیروز... ما مگه دیروز با هم حرف نزدیم؟»

ماهان سرش را تکان می‌دهد و چانه‌اش را می‌چسباند به سینه‌اش:

«حرف زدیم.»

«ما چی گفتیم به‌ات؟»

ماهان تکرار می‌کند:

«چی گفتیم؟»

«نگفتیم خواهر ما نامزد داره؟»

ماهان جعبه‌ی شیرینی و گُل را پایین می‌آورد و می‌پرسد:

«اسمش چیه اگه راستش‌رو می‌خوای؟»

بهرام سرسری می‌پرسد:

«کی، نامزدش؟»

ماهان سرش را تکان می‌دهد:

«نامزدش.»

بهرام دست می‌برد پسِ سرش را می‌خاراند:

«اسمش... اسمش سهرابه، آقاسهراب.»

«فامیلیش چیه؟»

«فامیلیش... فرهادی؛ آقاسهراب فرهادی.»

«کجاست؟»

«سرِ کارشه.»

ماهان دوباره می‌پرسد:

«کجاست؟»

بهرام دست‌هاش را روی سینه‌اش قلاب می‌کند:

«خب... اون، یعنی آقاسهراب، چوپانه... می‌دونی یعنی چی؟»

ماهان سرش را تکان می‌دهد. بهرام ادامه می‌دهد:

«اون‌ورِ... طرف‌های...»

از چارچوب در بیرون می‌آید و به دوردست‌ها اشاره می‌کند:

«اون‌جاها، می‌بینی؟ طرف‌های اون کوه‌ها، اون‌جاها گوسفندهارو می‌بره برای چرا... یعنی می‌بره علف بخورن.»

بازیگوشانه نگاهی به ماهان می‌اندازد:

«فهمیدی چی گفتیم؟»

ماهان سرش را تکان می‌دهد:

«خب، پریاجون کجاست؟»

بهرام قدمی سمت ماهان برمی‌دارد و دکمه‌ی کت او را بین دو انگشت می‌گیرد و بادقتی بی‌معنی، این‌طرف و آن‌طرف می‌چرخاند. انگار در پی یک ایستگاه گمشده‌ی رادیویی‌ست:

«نگفتیم خواهرِ مارو این‌جوری صدا نکن؟»

«بـ بـ ببخشید... پریا... پریاخاخا خانوم‌جون.»

بهرام لبخند می‌زند و گردوخاکی را که روی یقه‌ی کت ماهان نیست، با تلنگری می‌تکاند:

«آدمـی کـه نامـزد داره مـی‌ره کجـا؟ خـب مـی‌ره پیـش نامـزدش دیگه.»

ماهان مدتی طولانی سکوت می‌کند و خیره می‌شود به سوزن منگنه‌ی جعبه شیرینی. ناگهان سمت آستانه‌ی در می‌رود و از آن‌جا اتاق‌ها را از نظر می‌گذراند و فریاد می‌زند:

«پریاجون... پریا...»

بهرام سمت او برمی‌گردد و لب پایینی‌اش را گاز می‌گیرد:

«گفتیم که، رفته پیش نامزدش.»

ماهان بی‌توجه به بهرام، سرش را توی حیاط می‌برد و این‌بار بلندتر فریاد می‌زند:

«پریاجون... پریاجون...»

بهرام پنجه می‌اندازد و از پشت، یقه‌ی ماهان را می‌گیرد و می‌کشد سمت خودش و می‌غُرد:

«داد نزن... خوب نیست، زشته.»

ماهان دوباره فریاد می‌کشد:

«کجایی پریا... کجایی؟...»

درِ یکی از پنجره‌های بالایی باز می‌شود. خاله در چارچوب، رو به ماهان داد می‌زند:

«چیه صداترو انداختی تو سرت! پریا نیست، مگه داداشش نمی‌گه نیست؟»

بهرام رو به خاله می‌توپد:

«خاله برو تو پنجره‌رو ببند.»

خاله ادامه می‌دهد:

«آخه یعنی چی، مگه ما...»

که با تشرِ بهرام، صداش می‌بُرد:

«برو تو خاله.»

خاله پنجره را می‌بندد. بهرام درحالی‌که تندتند و صدادار از بینی نفس می‌کشد به ماهان خیره می‌شود. ماهان سرش را پایین می‌اندازد و با چهره‌ای سرد و بی‌حالت به بهرام نگاه می‌کند:

«گفتی کجاست؟»

بهرام ماغ می‌کشد:

«کی؟»

«سهراب... چوچو چوپان... همون‌که پریاجون رفته پیشش.»

بهرام آه طولانی‌ای می‌کشد و دست‌های یخ کرده‌اش را دور گردن گوشتالوی ماهان می‌اندازد و سرش را به سر او نزدیک می‌کند:

«اون‌جـارو می‌بیـنـی؟... اون کوه‌هـا... همون‌کـه پشـت اون درخت‌هاست... می‌بینی یا نه؟»

ماهان بی‌آن‌که پلک بزند به جایی که بهرام نشان می‌دهد خیره می‌شود:

«می‌بینم.»

«اون‌جاست. علف‌های بلند داره. گوسفندهاش‌رو برده بچرن.»

ماهان با صدای شکسته و لرزانی می‌پرسد:

«پریاجون هم پیش اونه؟»

بهرام سرش را تکان می‌دهد و تکرار می‌کند:

«پیش اونه.»

ماهان به زمینِ پیش پاش چشم می‌دوزد و بغض می‌کند:

«دروغ نمی‌گی؟»

بهرام تفی روی زمین می‌اندازد:

«دروغ نمی‌گیم.»

ماهان مدتی طولانی به جایی که بهرام نشانش داده نگاه می‌کند و بعد به همان سمت حرکت می‌کند. هنوز چند قدمی نرفته که صدای بهرام را می‌شنود:

«یادت نره، علف‌های بلند...»

ماهان قدم‌هاش را تندتر می‌کند. صدای خفه‌وخوارش توی بادی که زوزه‌کشان، بالای سرش شلاق کشیده، گم می‌شود:

«علف‌های بلند...»

شش در مردن

قطارِ بخت، روی ریلِ گیج گیجه

علف‌های بلند//////////// علف‌های بلند/////
///// علف‌های بلند/////////////
ب ـ بروم /// بروم/ تندتر/ مثل باد که می‌پیچد توی علف‌های بلند/
پشت آن درخت‌ها/ کنار کوه‌ها/ خسته بشوم/ باز هم بروم/ پاپا پاهام
تاول بزند/ چشمم سیاهی برود/ گرسنه‌ام بشود/ خب بشود/ کتلت و
برنج دارم/ بخورم/ نمی‌خورم/ می‌دوم طرف علف‌های بلند/ پیش پریا/
می‌نشینم پیش او/ چه نسیم خوخو خوبی/ چه هوای قشنگی/
پریا وسط علف‌های بلند/ روی ویلچر نشسته باشد و شاخه‌ای پر از گُل
صورتی پیچیده باشد دور چرخ‌های ویلچرش/ گُل‌ها تا روسری‌اش بالا
آمده باشد/ تا شانه‌هاش/ گُل‌های صورتی و قرمز و صورتی/ گُل‌های
قرمز و صورتی/ گُل‌های هم صورتی/ هم قرمز/ هم صورتی/ بایستم
روبه‌روی پریا/ سلام کنم/ او هم سلام کند و بگوید/
خوب شد اومدی/ چه بوی کتلتی/ خداجون چه‌قدر گرسنه‌مه/

بگویم/

امّا من که هنوز جعبه‌ی شیرینی و گُل‌رو به تو ندادم/ هنوز خواستگاری نکردم/

بخندد و بگوید/

گیج‌گیجه می‌زنی آقاماهان/

و گُل‌های صورتی برسند تا روی پیشانی‌اش/ فریاد بزند/

تو صد و هزار سال پیش/ از من خواستگاری کردی/ یادت رفته/

گیج‌گیجه بگیرم/ دهانم از تـ تـ تعجب باز شود و همان‌طور باز بماند/

بگویم/

پس این جعبه‌ی شیرینی و گُل چیه دست من/

بگوید/

خب برای تولد دخترهامونه دیگه/ ترگل و مه‌گل/

و تازه یادم بیفتد ما دو تا دختر داریم که مثل هم/ از دودودو دوقلوی هم/

بگویم/

پس من می‌رم/ دوباره از اول ///

بروم پشت علف‌های بلند/ بایستم پشت در/ در بزنم/ مه‌گل در را باز کند و پر بزند بنشیند روی شانه‌ی راستم و بخندد و دندان راه شیری‌اش برق‌برق‌برق‌برق بزند/ بگویم/

تو کی دندون درآوردی/

پریا قاه‌قاه بزند زیر خنده و بگوید/

چی می‌گی ماهی/ بچه‌هامون هنوز نوزادن/ دندون کجا بود/

تعجب بکنم/ خیلی/ بگویم/

پس این‌هایی که تو دهن‌شون برق می‌زنه/ چیه/

بـ بـ بگوید/

این‌ها مرواریدهایی هستن که مادرتون/ فهیمه‌خانوم برای تولد بچه‌ها آوردن/

بترسم مثل زهره‌ترک/ بگویم/

یه‌وقت این‌هارو قورت ندن/ بدبخت بشیم برای خودمون/

دوباره قاه‌قاه بخندد و بگوید/

ما که بدبخت نمی‌شیم/ کجای کاری آقاماهی/

آن‌وقت بروم بنشینم روی مبلِ علفی و علف‌ها را دوباره ببینم/ بشمرم/

گیج‌گیجه بروم/ حواسم پرت بشود/ چند هزار میلیون و صد و هزار و صد تا علف/ پریا بگوید/

دفتر یادداشتترو شُستم/ ولو کردم خشک بشه/

بدوم/ ماما ماچش کنم و بگویم/

الهی قربونت برم پریاجون/

آن‌وقت بگویم/

تشنه‌مه/ تازه از سرِ کار رسیدم/ یه چایی‌ای/ دوغی/ نوشابه‌ی گازداری/ چیزی تو این خونه پیدا می‌شه/

مه‌گل بپرد روی شانه‌ی چپم و لیوان دسته‌داری بدهد دستم و بگوید/

برو از اون گاوه شیر بدوش/ فقط نریزی روی زمین/ برکت خدا حروم می‌شه/

بروم از گاوِ علفی شیر بدوشم/ لیوان را بگیرم زیرش و مواظب باشم حتی قطره‌ای از آن روی زمین نچکد/

و پریا بخندد عین ماه و بگوید/

می‌بینی چه بچه‌هایی تربیت کردم/

و بگویم/

یادت نره بگو ماشالا/

و بگوید/

ماشالا/

و گُل‌های سرخ از لای موهاش بزند بیرون/ برود بالای سرش تاب بخورد و غنچه‌های تازه بزند و غنچه‌ها تاب بخورند/ گُل بشوند و پریا دستش را ببرد لای موهاش و یک گنجشک از لای موهاش بیرون بپرد و بگوید/

خاله پریاجون/ چه‌قدر خوشحالی/

و پریاجون بگوید/

مگه چرا خوشحال نباشم/ می‌خوام شیرینی زبون بخورم/ بعدش هم کتلت و برنج/

یک قُلپ شیر از لیوان سـ سـ سر بکشم و زیرلب بگویم/

تو از کجا می‌دونی شیرینی زبونه/

پریا مثل انار بخندد و بگوید/

بوی عطر و گلابش همه جارو برداشته/

ادا در بیاورد/

فکر کردی من دیوونه‌ام/

و هرهر بخندد/ من اخم کنم/ چرخ ویلچرش را هل بدهد و بگوید/

شوخی کردم/

و بپرد بنشیند روی سرم و مثل شانه‌به‌سر آواز بخوانم و آآ آواز بخوانم/ وقتی آواز خواندنم تمام شد پریا و ترگل و مه‌گل برام ک ک کف بزنند/ من تعظیم کنم رو به آن‌ها و بگویم/

خیلی خوشحالم که شمارو در محفل صمیمیِ خودمون می‌بینم/

پریا که برنج و کتلت را داغ کرده بگوید/

بیا غذا یخ کرد/ بچه‌ها دست‌تون‌رو بشورین بیاین سر سفره/

بخندم/ از ته دل بخندم و به پریا بگویم/

آخه بچه‌ها که دندون ندارن/ چه‌جوری برنج و کتلت بخورن/

و پریا بزند زیر خنده‌ی قاه‌قاه/ ترگل و مه‌گل هم خنده‌شان بگیرد/

آن‌قدر بخندیم که اشک از چشم‌هامان بیاید/ آن‌وقت ناهارمان را بخوریم/ علف‌های بلند به ما نگاه کنند و دهان‌شان آب بیفتد و به آن‌ها تعارف کنیم که/

بیایید یک لقمه با ما بزنید/

و آن‌ها بخندند/ جوری بخندند که اشک از چشم‌شان بیاید و بگویند/ ما که نمی‌توانیم برنج و کتلت بخوریم/ ما آب می‌خوریم/ ما کود می‌خوریم/

من خمیازه بکشم و بگویم/

دیگر هوا شب شده/ باید بـ بـ بخوابیم/ فردا هزار تا کار داریم/

از پریا بپرسم/

کت‌شلوار آبیِ دامادی من کجاست/ می‌خوام فردا بپوشم/

پریا بزند پشت دستش و بگوید/

آخ/ دادم خشکشویی/ فردا آماده می‌شه/

قاه‌قاه بزنم زیر خنده و بگویم/

تو چه‌قدر ساده‌ای/ کت‌شلوار دامادی همین‌جاست/ پوشیدمش/ به خشکشویی که ندادیمش که/

پریا ادا درآورد/

ای ناقلا/ فکر کردی من دیوونه‌ام/

و هرهر بخندد/ بخوابیم که صبح زود بیدار شویم/ دد دستم را دراز کنم از لای علف‌های بلند/ چراغ را خاموش کنم/ یک‌دفعه همه جا تاتا تاریک شود/ ترگل و مه‌گل با هم بگویند/

اَه / / / تاریک شد/ ما می‌ترسیم/

تاریکی که ترس نداره دخترها/ چشم‌هاتون‌رو ببندین خواب‌تون می‌بره/ این را پریا بگوید/ چون من خوابیده‌ام و خروپف می‌کنم و علف‌های بلند خوابیده‌اند و خروپف می‌کنند/ صدای خُروپُف/ خورشید را بیدار کند/ آفتاب بزند توی چشم‌هامان و بلند شویم از خواب و خمیازه‌های خوشحالی بکشیم و بخندیم و صبحانه شیرکاکائو بخوریم با تخم‌مرغ عسلی و آن‌وقت من با دستمالِ پیشبندم که از توی فیلم سینما خریده‌ام/ گوشه‌های دهانم را پاک کنم و بگویم/

اگر گفتی چه خبر مهمی دارم/

مه‌گل بگوید/

شیرینی زبون می‌خوریم/

بگویم/

مهم‌تر از اون/

ترگل بگوید/

موهامون‌رو دمب‌اسبی می‌بندیم/

بگویم/

از اون هم مهم‌تر/

پریا بگوید/

من بگم/

همه براش کف بزنیم/ پریا بگوید/

می‌خوایم بریم مشهد/

خیلی مـ مـ متعجب بشوم و دهانم خیلی باز بماند/ بگویم/

از کجا فهمیدی/

بگوید/

همین‌طوری حدس زدم/

و من خیلی تعجب کنم و بگویم/

پس زود پاشین چمدون‌هارو ببندین/ قطار لاکردار رأس ساعت حرکت می‌کنه/

و قطار/ رأس ساعت حرکت کند/ هوهو چی‌چی /// هوهو چی‌چی /// هوهو چی‌چی /// چیش‌ش‌ش‌ش /// قطار/ وسط علف‌های بلند ترمز کند و بگوید/

مسافرای عزیز/ برای نماز/ ده دقیقه متوقف می‌ایستیم/

و بدوبدو برویم در مسجد گلی‌ای که گنبدش نصف آبی/ و نصف سبز است نماز بخوانیم و بیاییم بنشینیم روی صندلی‌هامان/ توی قطار/ قطار ما هزار و شانصد میلیون و صد و هزار تا واگن دارد و ما در همه‌ی واگن‌ها بدویم و توی علف‌های بلند دنبال پروانه‌ها بگذاریم و بخندیم و شب را توی تخت‌های بازشونده بخوابیم و صدای قطار بپیچد لابه‌لای علف‌های بلند/ علف‌های بلند/// علف‌های بـ بـ بـ بلند ///

تا برسیم مشهد/ برویم زیارت/ من کت آبی‌ام را دربیاورم و در حرم نماز بخوانم و آن‌وقت برویم کباب بخوریم و کباب‌ها را با گوجه بخوریم و با نوشابه‌ی گاگا گازدار بخوریم/ از آن‌جا برویم مسافرخانه و عصر برویم عکاس‌خانه عکس بگیریم/ من توی عکس/ به رنگ آبی بیفتم و پریا به رنگ صورتی/ مه‌گل و ترگل به رنگ نارنجی/ برویم بازار/ سوغاتی بخریم برای باباحبیب و ماما‌فهیم و رؤیا و مینا/ و یک جفت جوراب هم بخریم برای بهرام/

بخوابیم بیدار بشویم/ بخوابیم بیدار بشویم/ بخوابیم بیدار بشویم/ بخوابیم بیدار بشویم/ چهار روز و چهار شب بیاید و برود/ دوباره سوار قطار بشویم و برگردیم/ پریا آن‌قدر خوشحال باشد که موهای مثل

آبشارش برق بزند/ مثل علف‌های بلند که وقتی آفتاب درمی‌آید برق می‌زنند/

سوغاتی‌ها را بدهیم و همه از خنده و خوشحالی بغل‌مان کنند/ ماچ‌مان کنند/ نبات و زعفران را به مامافهیم بدهیم و مامافهیم بایستد لابه‌لای علف‌ها و قدش بلند شود/ از علف‌ها بیرون بزند/ موهاش مثل زعفران بشود و باد بیاید و بابابا باد بیاید و علف‌های بلند برقصند/ علف‌های بلند بلرزند/ علف‌های بلند/// علف‌های بـ بـ بلند///

برای باباحبیب یک‌دست کت‌شلوار خریده‌ایم که سوغاتی بدهیم و ماچ‌مان بکند و بپوشد و یک سایز تنگ باشد و سر شانه‌اش پاره شود و مامافهیم براش بدوزد با نخ آبی و شیرینی بخورند به سلامتی و بابابزرگ که توی عکس/ پیر شده/ صورت باباحبیب را ماچ کند و بگوید/ از دختر من مثل شاه‌پریون مواظب باش/

و باباحبیب بگوید چَشم و بخندد/ هشت بار قسم بخورد که مامافهیم زنش بشود و علف‌های بلند بپیچند دور سرم/

باد که بیاید/ علف های بلند پیچ بخورند دور گردنم/ مامافهیم علف‌ها را بچیند و باباحبیب تاس بشود و رؤیا بخندد و بگوید/ اِ/ بابا/ تاس شدی/

باباحبیب از ذوقِ ناراحتی/ سیگار روشن کند و مینا و رؤیا یواشکی کبریتش را فوت کنند/ باباحبیب بگوید/

من که سیگاری نیستم/ الآن نیستم/ چند سال بعد می‌شوم/ وقتی علف‌های بلند را باد ببرد و آب‌میوه‌گیری‌ها تعطیل بشوند و آقای کاظمی را کارگرها صلوات بفرستند و این علف‌های بلند بپیچند دور دست‌وپام/ بوی علف‌های بلندِ بدبو بیاید/ بوی سبزی سوخته که توی ماهیتابه ته می‌گیرد/ مامافهیم بگوید/

پاشم/ پاشم/ سبزی‌قرمه سوخت/

و بوی علف‌های بلند سوخته بیاید/ بوی لجن/ بوی شیر گندیده و پوست هندوانه‌ی گندیده و آشغال‌های بلند/ بوی آشغال‌ها بپیچد توی سرم/ یک‌دفعه پایم لیز بخورد/ از بالای تپه غلت بزنم پایین/ جعبه‌ی شیرینی و گُل را سفت توی بغلم بگیرم و آشغال‌ها را بشمرم/ هزار و صد و میلیون و ششصد و سی هزار تا آشغال و پوست خربزه و علف و ///
کجاست پس این علف‌های‌بلند که آقای بهرام می‌گفت/ و گفت پشت درخت‌هاست و درخت‌ها تمام بشود و تمام درخت‌ها بروند و علف‌های بلند/// چه‌قدر علف‌های بلند که صفرهاش توی دفتر یادداشتم جا نشود و بسته شود/ بسته شود چشم‌هام روی ابرهای سیاه و کلاغ‌های سیاه که آش‌آش آشغال می‌خورند و علف‌های بلند بپیچد دور گلویم و خفه بشوم/// و آن‌قدر خفه بشوم که بمیرم/// حالا من مُردم/
به من چه آقای بهرام/ تقصیر من که نبود/

هفت تبدیل ریگـهای

مردمی حسرت به نان خامه‌ای

از بانک که می‌آید بیرون، دانه‌های عرق روی پیشانی‌اش لمبر می‌خورد. نفسش به شماره افتاده و احساس می‌کند به زودی از تشنگی و ضعف پس می‌افتد. آخرین کشمش‌های ته جیب ساعتی‌اش را می‌اندازد توی دهانش. این دومین بانکی‌ست که امروز سعی کرده راضی‌اش کند برای نجات کارخانه مبلغی وام بدهد که البته هیچ نتیجه‌ای نداشته است.

از دکه‌ی مجاور بانک، آب‌معدنی و کیک کشمشی می‌گیرد. در چشم‌به‌هم‌زدنی کیک را می‌بلعد و بطری آب را روی آن خالی می‌کند. لحظه‌ای به ستون حائل دکه تکیه می‌دهد و به روزنامه‌هایی که رنگ‌ووارنگ کنار یکدیگر قطار شده‌اند خیره می‌شود.

چشمش روی خبر گرانی دوباره‌ی حامل‌های انرژی می‌ماند. خم می‌شود تا روزنامه را بردارد که گوشی تلفنش زنگ می‌زند. عمواکبر پشت خط است و می‌گوید دو نفر، ماهان را با پاهای زخمی به کارخانه آورده‌اند.

بلافاصله بطری پلاستیکی را می‌اندازد تو سطل زباله و راه می‌افتد سمت کارخانه. تخته‌گاز و بوق‌زنان خود را می‌رساند بالای سر ماهان. او کف انبار، روی پتو دراز کشیده و منصور و دو تا از کارگرانِ بسته‌بندی هم دوروبرش هستند. کت‌شلوار آبی‌اش بوی تعفن می‌دهد. یکی از زانوهای شلوارش ساییده شده و خون خشک شده از زیرش بیرون زده و آن یکی پاش که کفش ندارد، از ساق تا مچ زخمی و خونین است.

دو نفر که می‌گویند راننده‌ی کامیون انتقال زباله هستند او را با همین وضعیت سوار کرده و آورده‌اند کارخانه. یکی‌شان می‌گوید اگر دیرتر رسیده بودند زیر زباله‌ها دفن می‌شده. دیگری می‌گوید اول فکر کرده‌اند مرده است، بعد تکانی خورده و دفتریادداشتش را به آن‌ها داده و از روی نشانی یادداشت‌ها او را به کارخانه رسانده‌اند.

کاظمی هن‌هن‌کنان از آن‌ها تشکر می‌کند و صورت‌شان را می‌بوسد و پولی می‌گذارد جیب‌شان و راهی‌شان می‌کند بروند. بعد می‌آید بالا سر ماهان که صورتش پر از لک‌وپیسِ زباله است. منصور می‌خواهد چیزی بگوید که کاظمی از کوره در می‌رود.

«چرا این لباس‌رو از تنش در نمی‌آرین؟ خفه شد تو این لباس بوگندو...»

منصور می‌گوید:

«گفتیم سرما نخوره..»

کاظمی درحالی‌که دکمه‌های پیراهن ماهان را باز می‌کند به یکی از کارگران می‌گوید:

«بپر یه‌دست لباس‌کار بیار ببینم، نمره هشت، سایز بزرگ.»

کارگر با عجله از انبار بیرون می‌زند. کاظمی سرش را نزدیک صورت ماهان می‌برد:

«چه‌طوری آقاجون؟»

ماهان سرفه‌ای می‌کند. لبخند بزرگی صورت گوشتالوی کاظمی را می‌پوشاند:

«نبینم افتاده باشی!»

با دستمال‌کاغذی آرام‌آرام شروع به تمیز کردن صورتش می‌کند و در همان‌حال از منصور می‌پرسد:

«اصلاً کجا بوده این بچه؟»

«می‌گه رفته بوده دنبال سهراب.»

«سهراب دیگه کیه؟»

ماهان با صدایی آرام می‌گوید:

«چوچو چوپانه.»

«چوپان؟! چوپانِ کی، چوپانِ چی؟»

ماهان نگاهی به منصور می‌اندازد. منصور می‌گوید:

«حتماً چوپان گوسفندهای مردم دیگه.»

کاظمی می‌پرسد:

«آخه با اون بابا چی‌کار داشته، اصلاً اون یارو کی هست؟»

منصور می‌گوید:

«کنجکاوه دیگه آقا، دیدین‌که، مدام تو این دفترش چیزمیز می‌نویسه، اصلش می‌خواد از همه چی سر درآره.»

کارگر لباس را می‌آورد. کاظمی با کمک منصور پیراهن و شلوار ماهان را عوض می‌کند و بادقت زخم‌هاش را وارسی می‌کند:

«نه آقاجون، زخم‌هات الحمدلله اساسی نیست که بخوایم ببریمت درمونگاه.»

رو می‌کند به همان کارگر:

«اون جعبه‌ی کمک‌های اولیه‌رو بیار ببینم، بدو.»

کارگر می‌دود بیرون. کاظمی از ماهان می‌پرسد:

«ببینم، مادرت‌این‌ها خبر دارن؟»

منصور می‌گوید:

«مثل این‌که امروز گوشیش‌رو نذاشتن بیاره. تا جایی که من خبر دارم کسی هم این‌جا زنگ نزده سراغش‌رو بگیره.»

کاظمی با سروصدا ریه‌هاش را از هوا خالی می‌کند:

«خب چه بهتر، اگه بفهمن هول می‌کنن بنده خداها. حالا صد هزار مرتبه شکر، طوری هم نشده خیلی.»

نگاهی دوباره به زخم زانوی ماهان می‌اندازد:

«نه، این‌جوری نمی‌شه. من می‌رم ماشین‌رو می‌آرم دمِ در انبار، تو هم زودتر آماده‌ش کن ببرمش خونه.»

منصور می‌پرسد:

«خونه‌ی خودشون آقا؟»

«نه، صلاح نیست. می‌برم خونه‌ی خودمون.»

نگاهی به ماهان می‌اندازد و شوخی‌کنان موهای او را به‌هم می‌ریزد:

«بالاخره یه شب باید مهمون ما بشه این پدرصلواتی دیگه.»

خس‌خس‌کنان می‌خندد و می‌رود. هنوز از انبار بیرون نرفته که رو می‌کند به منصور:

«از این اوسات چه خبر؟ سایه‌ش سنگین شده.»

«رفته... چیز، رفته دفترچه بیمه‌ش تموم شده، تمدید کنه. یه‌همچی چیزی گفت فکر کنم.»

کارگری که رفته بود جعبه‌ی کمک‌های اولیه را بیاورد وارد انبار می‌شود. کاظمی سر می‌چرخاند سمت او:

«نمی‌خواد، ببر بذار سر جاش.»

رو می‌کند به منصور:

«یعنی چی؟ دفترچه‌ها همه‌شون با هم می‌رن برای تمدید، هنوز اعتبارشون تموم نشده که.»

«نمی‌دونم. شاید هم یه کار دیگه داشته، شاید هم من اشتباه می‌کنم.»

کاظمی پیشانی‌اش را می‌خاراند و می‌رود بیرون. منصور به کارگر دیگری که از قسمت بسته‌بندی آمده بود می‌گوید:

«دستت درست داداشی، خیلی ممنون، برو به کارت برس.»

«نمی‌خوای کمک کنم ببریمش تو ماشین؟»

منصور قدمی سمت او برمی‌دارد و تقریباً چهره به چهره‌اش می‌ایستد:

«قربون معرفتت. اصلش خیلی آقایی، می‌برمش خودم، تو برو.»

کارگر تلنگری به بینی ماهان می‌زند:

«خب دیگه، با اجازه.»

سلانه‌سلانه دور می‌شود. منصور تا دمِ در در پی‌اش می‌رود، بعد بلافاصله برمی‌گردد سمت ماهان:

«ای‌والله، باریکلا. اگه تا آخرش همین‌جوری آقا باشی و چیزی به آقای کاظمی نگی من هم سر قولم هستم.»

صدای ماهان سرد و سنگین است:

«شـ شـ شماره‌ی پریارو همین الآن بده.»

منصور سیب گلوش را می‌خاراند و خیره می‌شود به سقف:

«حفظ نیستم که، برات گیر می‌آرم. وقتی قول دادم، یعنی برات گیر می‌آرم.»

تک‌سرفه‌ای می‌کند و ادامه می‌دهد:

«مرده و قولش.»

ماهان لبخند کم‌رنگی می‌زند و دستش را پیش می‌آورد:

«بزن قدش.»

کاظمی وارد انبار می‌شود. منصور خنده‌کنان با ماهان دست می‌دهد. ماهان هم می‌خندد. کاظمی از زیر ابروهاش نگاهی به آن‌دو می‌اندازد:

«شما هم خوب جورتون جور شده‌ها.»

رو به ماهان می‌گوید:

«چه رفیقی هم پیدا کردی این‌جا واسه خودت.»

«منصور قول داد.»

کاظمی می‌پرسد:

«قول چی داد آقاجون؟»

منصور پته‌پته می‌کند:

«قول دادم... قول دادم به‌اش که... کار بیمه‌ش‌رو... کار بیمه‌ش‌رو درست کنم.»

کاظمی درحالی‌که هنوز خیره‌ی منصور است خطاب به ماهان می‌گوید:

«اون که حله عموجون. تو دعا کن ایشالا کارخونه سر پا بمونه، همه چی درست می‌شه.»

زیر کتف ماهان را می‌گیرد و بلندش می‌کند:

«ماشالا، چقدر سنگینی هزار ماشالا... این کارگره چرا نموند کمک ما کنه؟»

منصور می‌گوید:

«کار داشت، رفت. خودم هستم آقا.»

کاظمی که دست ماهان را دور گردن خودش انداخته و سعی می‌کند حرکتش دهد نفس‌نفس می‌زند:

«بابا خودش هم... کمک می‌کنه... راه می‌آد... طوریش نشده که... ضرب‌مرب که ندیدی آقاجون؟»

منصور می‌گوید:

«نه آقا، قبلی که شما بیاین، عمواکبر حسابی معاینه‌ش کرد.»

«از کی تا حالا عمواکبر دکتر شده؟»

«آقا یه‌چیزهایی از شکسته‌بندی سردرمی‌آره، اصلش مگه اون‌دفعه دست پسر آقامحسن‌رو جا ننداخت؟»

کاظمی خس‌خس می‌کند:

«آها، آره، یادمه.»

وقتی کاظمی هیکل سنگین ماهان را روی کتف‌های منصور رها می‌کند و می‌رود تا درِ ماشین را برای ماهان باز کند، منصور بیخ گوش ماهان پچ‌پچ می‌کند:

«دمت گرم، همین‌جوری ساکت باش. خونه‌ی آقا هم هیچی نگو، به هیشکی، می‌فهمی؟ هیشکی.»

توی اتومبیل، ماهان سکوت کرده و سعی می‌کند از نگاه به آینه که مدام چشم‌های کاظمی در آن پرسه می‌زند پرهیز کند. بالاخره کاظمی به حرف می‌آید:

«خب، تعریف کن ببینم، بالاخره کجا رفتی و پیِ کی رفتی، اصلاً چه‌طور شد که این‌طوری شد؟»

ماهان نگاهی به آینه می‌اندازد و رو برمی‌گرداند. کاظمی به آینه خیره می‌شود:

«نکنه با ما قهری!»

«قهر نیستم لطفاً.»

«خب، پس بگو، سهراب کیه؟»

ماهان با کف دست، چشم‌هاش را می‌پوشاند.

«دیدم پچ‌پچه‌هاترو با این پسره منصور. خام این نشو، مسئولیت حضرت‌عالی با بنده‌ست. یعنی من باید به مادرت و حبیب جواب پس بدم. منصور و دیگران که خیال‌شون نیست.»

لحظه‌ای سکوت می‌کند و دوباره می‌گوید:

«تو چند روزه اومدی این‌جا، این‌هارو نمی‌شناسی.»

ناگهان می‌پرسد:

«منصور گفت برو پیش سهراب؟»

ماهان دستش را از روی چشمش برمی‌دارد و چانه‌اش را می‌دهد بالا:

«نوچ.»

«خب، پس اگه منصور نگفته حتمی بهرام گفته. از اول هم به‌ات گفتم، هرکس هرچی گفت زودی سرترو ننداز پایین و بگو چَشم. با من مشورت کن. تو این‌جا تازه‌واردی آقاجون. باید ملاحظه‌ی منرو هم بکنی. با این گرفتاری‌هایی که دارم بالاغیرتاً تو یکی مشکل به مشکلم اضافه نکن. گوش می‌کنی چی می‌گم یا نه؟»

ماهان نیم‌نگاهی به آینه می‌اندازد:

«گوش می‌کنم.»

«آفرین، حالا قشنگ برام از اولش تعریف کن ببینم دنیا دست کیه.»

ماهان بی‌آن‌که به آینه نگاه کند می‌پرسد:

«پریاجون نامزد داره؟»

«تا جایی که من می‌دونم، نه، حالا منظور؟»

«آقای بهرام گفت اسم نامزدش سهرابه، گفت چوپانه، رفتم بـ بـ ببینمش.»

کاظمی آه بلندی می‌کشد:

«حالا نامزد داشته باشه یا نداشته باشه، به ما چه مربوطه، به تو چه ربطی داره آقاجون؟ خب اون هم خواهرشه، بهاش برمی‌خوره، باید به اون هم حق داد. تو اومدی این‌جا کار کنی، سرترو بنداز پایین کارترو بکن. پا شدی رفتی دنبال نامزد پریاخانوم که چی؟»

«گفت دمِ اون کوه‌هاست، خیلی خیلی خیلی خیلی دور.»

«همون اول صبح؟»

ماهان تکرار می‌کند:

«همون اول صبح.»

«یعنی قبل این‌که بیای کارخونه؟»

ماهان، بریده‌بریده آهی می‌کشد:

«خیر سرم شیرینی زبون گرفته بودم با گُل.»

«اون‌وقت مادرت هم می‌دونه این چیزهارو؟»

ماهان به آینه نگاه می‌کند و ناگهان صداش اوج می‌گیرد:

«نگی بهاش عمو، اگه مامافهیم بفهمه...»

«...اگه بفهمه که دیگه نمی‌ذاره بیای این‌جا، تو همین‌رو می‌خوای؟... بگو دیگه، همین‌رو می‌خوای؟»

صدای ماهان می‌لرزد:

«این‌قدر رفتم، این‌قدر رفتم رفتم رفتم، رسیدم به آشغالی، یه عالمه آشغال، بوی گند. گفتم... گفتم پس علف‌های بلند کجاست که آقای بهرام گفت. نبود که عمو. فقط آشغال بود. اون‌وقت پام لیز خورد افتادم

پایین. با کله رفتم وسط خودم. حالم عق زدم. یه‌دفعه دستم‌رو گرفتم به یه شاخه، پُر تیغ بود، اون‌وقت... اون‌وقت شاخه کنده شد رفتم کله‌ملق. افتادم رو یه سنگ گُنده... خیلی گُنده‌ها... اون‌وقت... اون‌وقت...»

قطره‌ای اشک روی گونه‌اش می‌غلتد. مف بینی‌اش را بالا می‌کشد: «...فکر کنم خوابم برد.»

«بی‌هوش شدی پسرجون، کله‌ملت خورده جایی بی‌هوش شدی. حالا خدا رحم کرده این کارگرها دیدنت، وإلّا می‌دونی چی می‌شد؟»

ماهان سرش را تکان می‌دهد که یعنی می‌داند و دو قطره اشک از گوشه‌ی چشمش روی صندلی می‌افتد. ناله می‌کند:

«قابلمه‌ی برنج و کتلتم گم شد... شیرینی زبون.»

«فدای سرت، خدارو شکر خودت سالمی. حالا می‌ریم خونه، یه دوش می‌گیری، یه غذای مشتی هم می‌زنی، سرحال می‌آی.»

به خانه‌ی کاظمی که می‌رسند ماهان به کمک پسر بزرگ کاظمی دوش می‌گیرد و لباسش را عوض می‌کند. بنفشه، همسر کاظمی لباس‌های ماهان را توی ماشین لباس‌شویی می‌اندازد و قرار می‌شود فردا قبل از رفتن به کارخانه، کاظمی کفش هم براش بخرد.

قبل از غروب کاظمی به خانه‌ی حبیب زنگ می‌زند و با فهیمه صحبت می‌کند و می‌گوید امشب ماهان مهمان‌شان است. فهیمه می‌گوید که راضی نیست ماهان مزاحم‌شان بشود و کاظمی می‌گوید که او مراحم است و مزاحمتی برای‌شان ندارد. وقتی فهیمه می‌خواهد با ماهان صحبت کند کاظمی لحظه‌ای من‌من می‌کند و می‌گوید:

«الآن داره تلویزیون تماشا می‌کنه، می‌گم به‌اتون زنگ بزنه.»

بیست دقیقه بعد، فهیمه به خانه‌ی کاظمی زنگ می‌زند و می‌خواهد با ماهان صحبت کند. البته ماهان سعی می‌کند همه‌چیز را عادی

جلوه دهد و تا حدودی هم موفق می‌شود، و بی‌دردسر خداحافظی می‌کند، امّا چند دقیقه بعد دوباره زنگ تلفن خانه‌ی کاظمی به صدا درمی‌آید. فهیمه عذرخواهی می‌کند و می‌گوید باید با ماهان صحبت کند:

«ببینم مادر، تو گفتی کفشِ نوی چی‌چی می‌خوای بخری؟»

«آخه... آخه من نمی‌خوام بخرم که!»

«پس کی می‌خواد بخره؟»

«عموکاظمی می‌خواد برام بخره..»

«اون‌وقت به چه مناسبت؟»

«آخه اون لنگه‌ی کفشم که گم شد، عمو گفت لطفاً فردا...»

و بقیه‌ی حرفش را می‌خورد.

فهیمه می‌پرسد:

«کفشت گم شد؟! برای چی گم شد؟»

ماهان، دستپاچه می‌شود:

«نه، می‌دونی مامافهیم، من تو آشغال‌ها داشتم... یعنی افتاد تو...»

و هرچه کاظمی اشاره می‌کند که چیزی نگوید، به کله‌اش نمی‌رود.

فردا صبح، قبل از این‌که کاظمی و ماهان وارد کارخانه شوند، فهیمه پشت درِ اتاق کاظمی منتظر ایستاده است. می‌خواسته شبانه راه بیفتد برود خانه‌ی کاظمی، امّا دخترها منصرفش کرده‌اند و صبح آفتاب‌نزده راه افتاده سمت کارخانه.

با این‌که عمواکبر به کاظمی گفته که مادر ماهان منتظر است، کاظمی با دیدن فهیمه یکه می‌خورد:

«سلام فهیمه‌خانوم. صبح به این زودی؛ خیره ایشالا.»

«سلام از ماست آقای کاظمی. والله از دیشب که گفتین ماهان

مزاحم شما بوده، یه شوری افتاده تو دلم که خدا می‌دونه. گفتم آخه چی پیش اومده که این بچه مزاحم شما و بنفشه‌خانوم شده.»

کاظمی در اتاقش را باز می‌کند و فهیمه را به داخل هدایت می‌کند:

«بفرمایید... دیگه چرا دل‌تون شور بزنه، بالاخره گفتیم یه تنوعی بشه براش، این طفلی هم...»

فهیمه صحبتش را قطع می‌کند:

«آخه با این سرایدارتون که حرف زدم، گفت خدا خیلی به‌اش رحم کرده.»

آهی می‌کشد و صداش رنگ بغض می‌گیرد:

«تا ببینی دعای کی پشت‌سرمون بوده؛ می‌گه اگه کارگرها ندیده بودنش بچه‌م از دست می‌رفت. به خدا از دیشب که باهاش تلفنی حرف زدم قلبم تو مُشتمه تا ببینمش. حالا الآن ماهان کجاست بچه‌م؟»

کاظمی روی مبل کنفی ولو می‌شود:

«رفته انبار. الآن می‌گم بیاد خدمت‌تون.»

گوشی تلفن را برمی‌دارد و شماره‌ی انبار را می‌گیرد:

«سلام آقاجون، بگو ماهان بیاد دفتر من... باشه، لباسش‌رو پوشید، بگو بیاد.»

کاظمی گوشی تلفن را می‌گذارد:

«اِ، شما که هنوز وایسادین، بفرمایین بشینین.»

فهیمه می‌نشیند. کاظمی نفس عمیقی می‌کشد:

«از امروز دیگه لباس کار می‌پوشه.»

و انگار خبر بزرگی را اعلام کرده باشد کف دست‌هاش را شِپ‌شِپ به هم می‌مالد و لبخند بی‌معنی‌ای می‌زند. فهیمه روی یکی از مبل‌ها می‌نشیند:

«ببخشید، اون‌وقت شما خبر داشتین دیروز چه بلایی سر این بچه اومده؟»

کاظمی دست‌هاش را قلاب می‌کند و روی میز می‌گذارد:

«راستش، خب من دیروز...»

فهیمه نمی‌گذارد حرفش را تمام کند:

«من فکر می‌کردم بچه می‌آد این‌جا آروم و قرار پیدا می‌کنه، ولی با این وضع...»

و انگار از حرفی که زده پشیمان شده باشد سکوت می‌کند. کاظمی چشم‌هاش را به درِ قندان می‌دوزد:

«راستش من این‌روزها یه پام این کارخونه‌ست، یه پام این بانک و اون بانک. دنبال دوزار وام بانکی‌ام که کارخونه‌رو از مصیبتی که گرفتارش شده نجات بدم. تا حالا هم که هیچی، نمی‌شه که نمی‌شه... آره، عرض می‌کردم، به‌ام زنگ زدن گفتن ماهان‌رو کارگرهای حمل زباله آوردن کارخونه، من هم خودم‌رو سریع رسوندم دیدم الحمدلله یه بلای بزرگ از بیخ گوش‌مون گذشته.»

فهیمه با صدایی خشک و گرفته می‌پرسد:

«بالاخره معلوم شد این سهراب کی بوده؟»

کاظمی چانه‌اش را بالا می‌دهد:

«پس این عمواکبر سیر تا پیاز همه چی‌رو براتون گفته...»

بعد همه‌ی ماجرا را برای فهیمه تعریف می‌کند. در آخر فهیمه که چشم‌هاش دودو می‌زند آه بلندی می‌کشد:

«خدا چه رحمی کرده به‌امون. اگه ناغافل بچه سربه‌نیست می‌شد چه خاکی به سرم می‌ریختم!»

«دور از جون. راستش این بهرام یه کم کینه‌ای و بدقلق هست، امّا

بدذات نیست. البته باید بیش‌تر حواس‌مون به‌اش باشه، یعنی خودم‌رو عرض می‌کنم. یه گوشمالی هم لازم داره که اون هم به وقتش، ولی مهم‌تر از همه اینه که باید با ماهان صحبت کنیم. شما با عقل و جنمی که دارین از پسش برمی‌آین. من هم باهاش حرف می‌زنم. بالاخره شما تا این‌جای راه‌رو اومدین، حیفه بذارین...»

ماهان با لباس آبی‌رنگی وارد اتاق می‌شود و با دیدن فهیمه موجی از خنده صورتش را پر می‌کند:

«اِ، سلام مامافهیم... ببین لباس کارم‌رو...»

فهیمه سراسیمه از جا بلند می‌شود و بادقتی وسواس‌گونه سرتاپای او را وراندار می‌کند:

«سلام عزیز دلم... چه‌طوری قربونت برم... سالمی؟ طوریت نشده؟»

«نه، فقط زانوی این‌پام و... این‌جای پام زخم شده. خوبِ خوب شد. عموکاظمی بست زخمش‌رو. قابلمه‌ی برنج و کتلت... حیف. ناهار برنج و کتلت نخوردم... جعبه‌ی شیرینی زبون و گُل... نیم کیلو شیرینی زبون‌بسته افتاد تو آشغال‌ها گُم شد.»

فهیمه می‌پرسد:

«شیرینی و گُل مال تو بود؟»

«خودم خریده بودم. می‌خواستم برم خواستگاریِ پریاجون. لاکردار گُل‌هاش اصلاً بو نداشت.»

فهیمه قدمی دیگر سمت ماهان برمی‌دارد:

«مگه قرار نبود دیگه اسم پریاخانوم‌رو نیاری؟»

«نه به خدا، نَـنَـنَ می‌خواستم اسمش‌رو... یعنی... با لباس باباحبیب رفتم... من...»

و سرش را پایین می‌اندازد:

«ببخشید مامافهیم.»

«باشه، بخشیدمت، ولی دیگه دلم رضا نمی‌ده بمونی این‌جا. برو لباسترو عوض کن بریم خونه.»

ماهان وامی‌رود:

«چی؟ مامافهیم... ببین لباس کارمرو، رنگش آبیه. یه خط زرد هم داره؛ نیم‌دایره، مثل موز. قشنگه به خدا. من تو انباری... من این‌جا... من نمی‌آم خونه... نمی‌آم خونه.»

و گریه امانش نمی‌دهد.

فهیمه رو برمی‌گرداند:

«پسری که به حرف مادرش، به حرف بزرگ‌ترهاش گوش نکنه بهتره بمونه تو خونه.»

ماهان زار می‌زند:

«مامافهیم توروخدا، ارواح خاک من...»

کاظمی که لب‌هاش را می‌جود رو به ماهان می‌گوید:

«ببین چی می‌گم، شما برگرد انبار، سر راهت هم بگو چایی بیارن، تا من با مادرتون صحبت کنم...»

و نگاهی به فهیمه که قهرآلود به دیوار تکیه زده می‌اندازد:

«البته با اجازه‌ی شما.»

ماهان اشک‌هاش را با سرآستین پاک می‌کند و آرام از اتاق بیرون می‌رود. کاظمی به فهیمه تعارف می‌کند بنشیند.

فهیمه می‌نشیند و صورتش را توی دست‌هاش پنهان می‌کند. لحظه‌ای هردو ساکتند. فهیمه دستش را از روی صورتش برمی‌دارد:

«من که شرمنده‌ی شمام آقای کاظمی.»

«نفرمایید توروخدا، دشمن‌تون شرمنده.»

«شما به اندازه‌ی کافی خودتون گرفتارین، زحمت این ماهان هم افتاده گردن‌تون.»

«چه زحمتی، این طفلک که با ما کاری نداره. دوست داشتم این‌قدر درگیر نبودم که حواسم بیش‌تر به‌اش باشه، ولی‌خب مشکلات کارخونه حسابی کله‌پام کرده. حقوق‌ها عقب افتاده، مردم گرفتارن. تا همین‌جاش هم در حق‌مون لطف کردن نذاشتن چراغ این‌جا خاموش بشه.»

«خدا نکنه، شما این‌جا خیلی زحمت کشیدین.»

«مصیبت این‌جاست که جنس‌مون بازار نداره. از وقتی واردات بلورجات آسون شد، بازار ما از رمق افتاد. حالام یه‌قرون‌دوزار می‌کنیم تا این‌ماه‌رو به اون‌ماه برسونیم، گرچه هنوز وضع ما نسبت به کارخونه‌هایی که تعطیل شدن خیلی بهتره. یه کارخونه‌ای بود مال برادران تقوی، حبیب می‌شناختشون. اسم‌شون‌رو تریلی نمی‌کشید، الآن سه ماهه تعطیل افتاده اون‌جا، کارگرها همه آلاخون‌والاخون... البته این‌ها فقط محض درد و دله که خدمت‌تون عرض می‌کنم. می‌خوام بگم، تا هروقت این کارخونه سر پاست، اجازه بدین ماهان بیاد. تا اون‌جایی که من دیدم، این‌جا، با این بروبچه‌ها خوشه. خیال‌تون راحت، زیر دست‌وبال هیشکی هم نیست. این مشکلات حل می‌شه. هم شما باهاش صحبت کنین، هم من باهاش حرف می‌زنم، باید این موضوع خواهر بهرام‌رو از ذهنش بیرون کنیم، گرچه...»

ماهان سینی چای دردست وارد اتاق می‌شود.

«اِ، تو چرا زحمت کشیدی آقاجون، می‌گفتی خودِ آقایونس بیاره.»

ماهان بی‌توجه به کاظمی، مستقیم سمت فهیمه می‌رود و سینی چای را پیش روی او می‌گیرد:

«بفرمایید ماما‌فهیم.»

فهیمه به صورت اشک‌ماسیده‌ی او نگاهی می‌اندازد و قهرآلود به زمین خیره می‌شود:

«چی‌چی بفرمایید ماما‌فهیم، چه ماما‌فهیمی که به حرفم گوش نمی‌کنی!»

صدای ماهان می‌لرزد:

«اگه از این‌جا برم، می‌میرم، می‌میرم... می‌میرم ماما‌فهیم.»

و همان‌طور می‌ایستد و به فهیمه خیره می‌شود. فهیمه همچنان از نگاه او می‌گریزد. کاظمی لبخند می‌زند:

«بردارین فهیمه‌خانوم. ماهان‌جان پسر بدی نیست، حالا یه اشتباهی کرده، خدا شیطون‌رو لعنت کنه، دیگه گول شیطون‌رو نمی‌خوره. من از طرف ایشون قول می‌دم دیگه به حرف‌های شما گوش کنه.»

فهیمه نگاهی به ماهان می‌اندازد:

«قول می‌دی؟»

ماهان آرام‌آرام سرش را این‌طرف و آن‌طرف حرکت می‌دهد و زمزمه می‌کند:

«می‌میرم... می‌میرم...»

و قطره‌های اشک روی گونه‌اش می‌غلتد. فهیمه یک فنجان چای از سینی برمی‌دارد:

«خیله‌خب دیگه، چایی‌رو گذاشتی، برو یه آب بزن به صورتت...»

ماهان سینی چای را رو به کاظمی می‌گیرد. کاظمی سینی را از دست او می‌گیرد. فهیمه غُر می‌زند:

«خوبه والله، تا یه‌چیزی به‌اش می‌گی، اشکش روونه، مرد که نباید این‌قدر نازک‌نارنجی باشه.»

کاظمی قندان پر از کشمش را سمت فهیمه می‌گیرد:

«نه بابا، خیلی هم پهلوونه این رفیق ما، همکارهاش که خیلی از کارش راضی‌ان. انباردارِ آینده‌ی کارخونه‌ی ما همین آقاماهانه.»

رو به ماهان لبخند بزرگی می‌زند، جوری که همه‌ی دندان‌هاش دیده می‌شود:

«برگرد سر کارت آقاجون.»

ماهان می‌خواهد از اتاق بیرون برود که فهیمه او را صدا می‌کند:

«بالاخره باباترو راضی کردم بذاره گوشیت پیشت باشه.»

و از کیفش، گوشی تلفن ماهان را بیرون می‌آورد. ماهان که چهره‌اش از شادی شکفته، گوشی را از فهیمه می‌قاپد، آن را می‌بوسد و رو به آسمان تقریباً فریاد می‌کشد:

«خدا... خدا... عاشقتم.»

مقابل فهیمه می‌ایستد. در حالی‌که چشم‌هاش ذوق‌اذوق، دودو می‌زند لحظه‌ای در سکوت به او خیره می‌ماند. بالاخره رو به او تعظیم بلندبالایی می‌کند و از اتاق خارج می‌شود. بااین‌همه، وقتی در را پشت‌سرش می‌بندد چهره‌اش در هم می‌رود و نگرانی و غمی که هر لحظه بزرگ و بزرگ‌تر می‌شود به قلبش چنگ می‌اندازد. او فهمیده که اگر به هردلیلی نتواند به کارخانه بیاید پریا را از دست خواهد داد، چه فهیمه با آمدن او به کارخانه راضی نباشد، و چه کارخانه به علت ورشکستگی تعطیل شود. البته بالاخره دل فهیمه را نرم خواهد کرد، امّا اگر کارخانه به تعطیلی بکشد...

در انبار، بهرام که تازه از راه رسیده، پشت میزش نشسته و سرش به کار حساب‌وکتاب است. ماهان آرام سلام می‌کند و می‌گذرد. بهرام در جواب، پوزخند می‌زند و زیر گلوش را خرت‌خرت می‌خاراند. ماهان

هنوز چند قدمی از او دور نشده که بهرام با صدای خفیده‌ای مِرمِر می‌کند:

«دیروز دیدی آقاسهراب‌رو؟ باهاش حرف زدی؟»

ماهان می‌ایستد و لحظه‌ای مکث می‌کند. برمی‌گردد نگاهی به بهرام می‌اندازد، انگار به یکی از جعبه‌های انبار نگاه می‌کند که از بالای قفسه سقوط کرده و تُنگ‌های شیشه‌ای‌اش خردوخاکشیر شده است. به همین خاطر، دل‌سوزی تأسف‌باری در چشم‌هاش موج می‌زند:

«نه، نبود که... افتادم توتو تو آشغال‌ها با... با... کله‌پا.»

خنده‌ی موذیانه‌ای لب‌های بهرام را می‌جنباند.

«آشغال‌ها؟! واسه‌چی تو آشغال‌ها؟»

ماهان خیره می‌شود به زمین:

«چون پریاجون اصلاً نانا نامزد نداره لطفاً.»

بهرام نگاهش را از ماهان می‌گیرد و پلک‌هاش را محکم روی هم فشار می‌دهد، انگار ناگهان چشم‌هاش سوخته است. سبیل‌هاش را می‌جود و سر تکان می‌دهد. فریاد می‌کشد:

«ماهان!»

ماهان هول‌زده، درجا خشک می‌شود:

«بـ بـ بـ بله آقای بهرام!»

بهرام از زیر سبیل‌هاش زوزه می‌کشد:

«برو اون تِی‌رو تو توالت بشور، وردار بیار تمام کف این انباررو تِی بکش. وای به حالت اگه یه لک رو زمین ببینم!»

ماهان دو پاش را به هم می‌چسباند و مضحک و بی‌قواره، سلام نظامی می‌دهد و محکم فریاد می‌کشد:

«چَشم آقای بهرام.»

و بلافاصله از انبار بیرون می‌زند.

منصور که قفسه‌های پشتی را رها کرده و آمده به تماشا، با گردن کج به بهرام نگاه می‌کند:

«آقابهرام، این کنه‌رو یه کاریش بکنین، بدجوری داره می‌ره رو مخ.»

بهرام خودکاری را که در دست دارد با عصبانیت روی میز می‌اندازد و سیگاری گوشه‌ی لبش می‌گذارد. منصور می‌دود تا براش فندک بکشد:

«گیر داده بود شماره‌ی آبجی‌تون‌رو ازم بگیره. این‌جوری نگاش نکنین، اصلش از اون مارمولک‌هاست.»

بهرام دود سیگار را توی صورت منصور فوت می‌کند. از زیر ابروهاش نگاهی به او می‌اندازد و لخ‌لخ‌کنان راه می‌افتد سمت درِ انبار. در آستانه‌ی در می‌ایستد و خیره می‌شود به آسمان که ابرهای تیره دوره‌اش کرده‌اند. قدم می‌گذارد بیرون و می‌رود بالای سر باغچه می‌ایستد و نگاه می‌کند به همیشه بهارهایی که زرد و خشک می‌شوند. سر درنمی‌آورد، هم آب و کودشان به وقت و اندازه بوده، هم نور و سایه‌شان به راه. حالا وقت خشک شدن‌شان نیست. کوکب‌ها هم سر حال نیستند، اسطوخودوس‌ها هم... تازه یادش می‌افتد این چند روز آخر، کم‌تر به‌اشان سر زده است. برای او، این‌ها چهار تا گُل و بوته نیستند، این‌ها باباکمال و مرجان و کبوترهاش هستند که توی خاک این باغچه زندگی می‌کنند.

در سرویس بهداشتی، تا وقتی کنفِ تِی کاملاً خیس بخورد ماهان گوشی‌اش را روشن می‌کند و به آن نگاهی می‌اندازد. با دیدن پیامکی که همین یک ساعت پیش براش آمده، نفسش قطع می‌شود و چشم‌هاش به دودو می‌افتد. پیامک پریا قلبش را به پرواز درمی‌آورد:

"سلام آقاماهان. لطفاً طرف خانه ما نیا. بهرام تهدید کرده اگر بیایی این‌جا تو را می‌کشد."

پس آن روز خاله کارت و نسخه و شماره تلفن او را به پریا داده است. هوایی که در ریه‌هاش جمع شده را از بینی بیرون می‌دهد و گوشی تلفن را غرق بوسه می‌کند. دوباره پیامک را می‌خواند، دوباره و چندباره.

وقتی دسته‌ی تی را بر شانه‌اش می‌گذارد و رقص‌پاکنان سمت انبار می‌رود وزنش را روی پاهاش احساس نمی‌کند. مثل پر کاه، سبک و پروازکنان در هوا شناور می‌شود و با چند گام بلند خود را به انبار می‌رساند. درحالی‌که آواز نامفهومی را زیرلب زمزمه می‌کند تِی را روی زمین سُر می‌دهد و کاشی‌ها را یکی بعد از دیگری مثل آینه می‌کند، صاف و بی‌لک.

هر وقت مقابل میز بهرام می‌رسد لحظه‌ای می‌ایستد، خم می‌شود، تعظیم جانانه‌ای می‌کند و می‌گذرد. بهرام هربار با غیظ چشم‌غُره‌ای می‌رود و رو برمی‌گرداند. یکی‌دو بار هم که منصور سرِ راهش قرار می‌گیرد او را سفت در آغوش می‌گیرد و می‌بوسد، آبدار و ملچ‌ملوچ‌کنان. منصور با پوزخندی بی‌معنی، خود را از منگنه‌ی بازوهای چغر او بیرون می‌کشد. غُرغُرکنان مثل نعلبندی که به اسب محتضری نگاه می‌کند با تأسفی غریب سر تکان می‌دهد.

ماهان دو بار پشت‌سر هم کف انبار را نظافت می‌کند. هربار مجبور است چند دفعه به سرویس بهداشتی برود و تِی را زیر شیر آب بشوید. بار آخر که به انبار برمی‌گردد بهرام و منصور را نمی‌بیند. صدای همهمه‌ای از بیرون، توجهش را جلب می‌کند. از انبار می‌زند بیرون و نگاهی به اطراف می‌اندازد. کارگران سمت سالن نهارخوری می‌روند. تِی را کناری می‌اندازد و راه می‌افتد دنبال آن‌ها.

دوباره کارگرها دست از کار کشیده‌اند و جمع شده‌اند نزدیک

نهارخوری و با هم گفت‌وگو می‌کنند. این‌بار لحن‌شان خشک‌تر و عصبی‌تر شده است. هرکدام چیزی می‌گوید. توی حرف هم می‌پرند و با دهان‌های کف‌کرده فریاد می‌کشند.

کاظمی که ساعتی پیش به اتحادیه رفته هنوز برنگشته است. عمواکبر سعی می‌کند کارگران را آرام کند. امّا تا موج سروصداها کمی فروکش می‌کند دوسه‌تا از جوان‌ترها، دوباره آتش خشم و اعتراض را تیز می‌کنند و صداها اوج می‌گیرد و فریادها به هوا می‌رود. ناگهان صدای ماهان توجه کارگرها را به خود جلب می‌کند:

«از کارگران محترم خواهشمندیم به سالن نهارخوری... از کارگران محترم خواهشمندیم به سالن نهارخوری...»

ولوله‌ی تازه‌ای درمی‌گیرد. کارگران که نمی‌دانند برای چه باید به نهارخوری بروند از یکدیگر می‌پرسند موضوع چیست، امّا کسی چیزی نمی‌داند.

رفته‌رفته بیش‌تر کارگران در نهارخوری جمع می‌شوند. ماهان مدام این‌پا و آن‌پا می‌کند. ناگهان جستی می‌زند و روی سکوی گوشه‌ی نهارخوری می‌ایستد. عمواکبر که آمده ببیند چه خبر است با دیدن او که سینه سپر کرده و چشم درانده، در جای خود می‌ماند.

ماهان سکوت کرده و جماعتی را که با تعجب او را نگاه می‌کنند از نظر می‌گذراند. بعضی شانه بالا می‌اندازند و بعضی پوزخند می‌زنند و سر تکان می‌دهند.

ماهان با صدایی که سعی می‌کند در همه‌جای سالن شنیده شود سلام می‌کند. چند نفر جواب سلامش را می‌دهند و دیگران ابرو در هم می‌کشند و بی‌اعتنا رو برمی‌گردانند. صدای ماهان طنین تازه‌ای پیدا کرده است، طنینی که برای خودش هم غریب است:

«مـ‌من... این‌جا جمع شدیم تا به شما بگم، من نمی‌ذارم این کارخونه تعطیل بشه. ما نونِ زن و بچه‌ی شمارو از همین کارخونه درمی‌آرین، اگه این کارخونه تعطیل بشه، من به شما قولِ شـ شـ شرف می‌دم که مزدِ حقوق شمارو بدم به‌اتون...»

لحظه‌ای سکوت می‌کند و خیره می‌شود به جمعیت. آب دهانش را قورت می‌دهد و چشم‌های خیره و طعنه‌زن را از نظر می‌گذراند. بعضی افراد طوری به او نگاه می‌کنند که انگار آدمی رو به مرگ، به جای سفارش و وصیت، لطیفه‌ی بی‌مزه‌ای را تعریف می‌کند. ماهان نفسی می‌گیرد و ادامه می‌دهد:

«خدا به شما حقوق زیاد بده تا اجاره‌خونه بدین به صاحب‌خونه‌ی لاکردارِ بی‌رحم توی دور و زمونه...»

یکی از کارگرها حرفش را قطع می‌کند:

«بیا پایین بابا، فقط تو یکی‌رو کم داشتیم...»

صداهای معترض در هم گره می‌خورد:

«بابا این کارخونه صاحاب نداره مگه...»

«عجب گیری کردیم‌ها...»

«مسخره‌مون کردی؟...»

عمواکبر با غیظ ابرو در هم می‌کشد:

«بیا پایین ماهان!»

مرد میان‌سال تُپلی که سبیل‌های زردش توی صورت گردش وغ می‌زند با صدای نازکی می‌گوید:

«همه‌ش زیر سر خودشه، همین آقاکاظمی خودمون...»

«کلک جدیدشه... این‌رو فرستاده مظلوم‌نمایی کنه...»

صدای تیز و بُرّنده‌ی بهرام، همهمه‌ها را خاموش می‌کند:

«بابا بذارین حرفش‌رو بزنه طفل‌معصوم، کار ما و این کارخونه به جایی رسیده که دیگه این زبون‌بسته هم نطقش باز شده.»

رو می‌کند به ماهان:

«بفرما مهندس! حالا که فعلاً اوضاع خرتوخره، گور پدر حقوق‌های عقب‌افتاده و یه‌مشت کارگر پَپول، شما نطقت‌رو بکن.»

ماهان فریاد می‌زند:

«به افتخار آقای بهرام یه ک ک ک کفِ مرتب.»

بعضی‌ها با لودگی کف می‌زنند و هیاهو می‌کنند، یکی‌دو نفر هم از نهارخوری می‌زنند بیرون.

«آقایون، لـ لـ لطفاً توجه! این آقای بهرام هم خیلی مهربونه، هم خیلی خوش‌قلبه، آآآ آقاست. باید کاری کنیم که این کارخونه... اگه ما تعطیل بشه، من... من...»

لب‌هاش از بغض می‌لرزد:

«من می‌میرم اگه... اگه کارخونه تعطیل بشه، اگه دیگه من پریاجون‌رو نبینم، من...»

ناگهان لنگه‌کفش بهرام که سرش را هدف گرفته، با ضرب به گردنش می‌خورد. صداش قطع می‌شود. بهرام خشمگین و عربده‌جو، صندلی تاشویی را روی دست‌هاش گرفته و سمت ماهان خیز برمی‌دارد. عمواکبر و یکی‌دو نفر از کارگران، جلوش را می‌گیرند و سعی می‌کنند آرامش کنند. عمواکبر رو به ماهان می‌توپد:

«بابا بیا پایین دیگه تو هم، ببین چه داستانی درست کردی‌ها.»

بعضی از کارگران پچ‌پچ‌کنان بهرام و ماهان را با انگشت به هم نشان می‌دهند و بعضی دیگر زیرلب متلک و ناسزا می‌پرانند.

ماهان از سکو پایین می‌آید و درحالی که بغض سنگینی در حنجره‌اش

گره خورده آرام‌آرام سمت انبار می‌رود. هنوز وارد انبار نشده که دست بهرام از پشت یقه‌اش را می‌گیرد و از لای دندان‌هاش فریاد می‌زند:

«امروز باید تکلیفت‌رو روشن کنیم، این خراب‌شده یا جای ماست، یا جای توی عوضی.»

و مشتش را سمت صورت ماهان پرتاب می‌کند. امّا مشت او در دست بزرگ ماهان جا می‌گیرد. بهرام هرچه تقلا می‌کند نمی‌تواند از دست ماهان رها شود. ماهان آرام و شمرده‌شمرده حرف می‌زند، گویی به کودکی نوآموز از کلمه‌های سخت دیکته می‌گوید:

«من به شما احترام می‌می‌ذارم آقای بهرام. شما داداش پریاجون هستین. من...»

امّا لگدی که درست روی زخم ساق پاش می‌نشیند جمله‌اش را ناتمام می‌گذارد. ماهان از درد به خود می‌پیچد. خون از زیر زخم‌بند و شلوارش بیرون می‌زند. به زانو می‌افتد. ضربه‌ی دوم بهرام روی سرش می‌نشیند. بهرام درحالی‌که کف سُربی‌رنگی گوشه‌ی لبش ماسیده عربده می‌کشد:

«گم‌شو بیرون!»

ابرهای سیاه، بالای سر کارخانه ایستاده و آفتاب کم‌جان پاییزی را پشت حجمی تیره حبس کرده است.

ماهان سرش را بلند می‌کند تا زیر قطراتی که شروع به باریدن کرده، صورت گُرگرفته‌اش را خنک کند. منصور که چند قدم دورتر از آن‌ها ایستاده، پیش می‌آید و سیگاری آتش می‌زند و می‌گذارد گوشه‌ی لب بهرام. بهرام درحالی‌که به زمین چشم دوخته سیگار را گوشه‌ی لبش می‌جود. بعد آن را بین دو انگشتش می‌گیرد و با اندوه و تعجبی بی‌معنی به آن خیره می‌شود. ناگهان سیگار را در پنجه‌های لرزانش له می‌کند. لگد و تفی حواله‌ی زمین می‌کند و می‌نشیند رو زانوهاش.

ماهان اشک و خونی را که روی چانه‌اش سرازیر شده، با پشت دست پاک می‌کند و برمی‌خیزد. سمت بهرام می‌رود و دستش را طرف او دراز می‌کند. صداش ترکیبی از بغض و خنده است:

«پاپاپا پاشو آقای بهرام، امروز قیمه‌بابابا بادمجون آوردم با سـ سـ سبزی. می‌می می‌چسبه تو بابا بارون.»

باران دست ماهان را که در هوا مانده می‌شوید. صدای اذان ظهر از بلندگوی کارخانه بلند می‌شود.

ماهان انگشت سبابه‌اش را می‌بوسد و بر روی پیشانی‌اش می‌گذارد:

«من می‌رم نـ نـ نماز بخونم. تا بیای، قیمه گ گ گرم شده.»

و حرکت می‌کند سمت انبار.

امروز زیباترین روز زندگی ماهان است. هربار یاد پیامکی که پریا براش فرستاده می‌افتد دلش غنج می‌رود و از خود بی‌خود می‌شود.

دوباره در راه برگشت، توی مترو بارها پیامک را می‌خواند. به هرکلمه‌اش خیره می‌شود و چشم‌هاش ذوق‌آذوق، می‌درخشد. امّا واهمه‌ای پنهان از برملا شدن رازش، مدام ذهنش را برمی‌آشوبد. احساس می‌کند مسافران مترو هم می‌دانند پریا برای او پیامک فرستاده است، حتی فکر می‌کند می‌توانند از چشم‌هاش این را بفهمند، بنابراین از نگاه دیگران پرهیز می‌کند و اگر با کسی چشم‌درچشم شود، بلافاصله سرش را پایین می‌اندازد و وانمود می‌کند حواسش جای دیگری‌ست.

به خانه که می‌رسد مستقیم می‌رود سراغ فهیمه و مقابلش زانو می‌زند و گونه‌اش را می‌بوسد. خم می‌شود و دست او را در دست می‌گیرد و لب‌هاش را روی دست او می‌گذارد. وقتی سرش را بلند می‌کند طوق برّاق اشک، چشم‌هاش را روشن کرده است.

مادر او را در آغوش می‌گیرد:

«الهـی فـدات شـم مادرجـون، مـن هـم دلـم بـرات تنـگ شـده بـود ماهـی‌جـان. امـروز چـه خبر از کارخونه، خوش گذشـت؟ خسـته نباشـی عزیز دلـم.»

ماهان درحالی‌که سرش را پایین انداخته زمزمه می‌کند:

«اگه من نرم کارخونه... می‌میرم...»

و سرش را در دامن مادر می‌گذارد و آرام و بی‌صدا می‌گرید.

امروز برای هزارمین‌بار است که این جمله قلب فهیمه را می‌خلد؛ و حالا دوباره این جمله و کلمه‌ی آخر "می‌میرم..."

صبح همان‌روز، بعد از این‌که فهیمه کارخانه را ترک می‌کند و به سوی خانه می‌آید بارها و بارها این کلمه در ذهن و قلبش طنین می‌اندازد و هربار نیش مرگ‌بار آن را بر جگرش احساس می‌کند.

این تنها یک کلمه نیست، عصاره‌ی احساسی‌ست از قلبی بزرگ و مهربان. الفبای احساسات ماهان مثل خطوط کف دست برای فهیمه روشن و واضح است. فهیمه تک‌تکِ حروف کلماتی را که از دهان ماهان بیرون می‌آید، می‌شناسد. این تنها یک فهم مادرانه نیست ـ که بارها فهیمه در تنهایی خود، درباره‌ی جنس این مادری با خود گفت‌وگوها کرده ـ بلکه همراهی و همسرایی با جانی‌ست که نمی‌خواهد و شاید نمی‌تواند دروغ‌ها و بی‌رحمانه‌های دنیای اطرافش را باور کند و آن‌ها را به رسمیت بشناسد.

ماهان، جانِ جامانده از آخرین رودخانه‌ی زلال و مؤاجی‌ست که در سبزاسبزِ رگ‌های وجود فهیمه به سوی نور و امید جاری‌ست. او در مسیر خود، ریگ‌های مرده‌ی حسرت و اندوه‌های قدیمیِ مادر را به قطرات بلورین آب حیات تبدیل می‌کند. این تنها دلیل فهیمه است

برای طی کردن تاریکنای دهلیز تلخ و تیره‌ای که تا پایانش هنوز راه زیادی باقی‌مانده است. به همین خاطر، بعد از هر توبیخ و تنبیهی که بر ماهان روا می‌دارد، خود را در پنجه‌ی پشیمانی و محاکمه‌ای سخت و دردناک می‌بیند و مدت‌ها طول می‌کشد تا سایه‌ی سنگین آن را از جان خود دور کند.

فهیمه تصمیم گرفته این اولین درخواست جدی ماهی‌اش را بشنود و در کنار او باقی بماند.

شب، بعد از شام، برای اولین‌بار، موضوع فروش زمین سرخه‌باغ را پیش می‌کشد. حبیب تعجب می‌کند. فکرش را هم نمی‌کند که فهیمه برود سروقت زمین سرخه‌باغ:

«بفروشیم؟! برای چی؟»

«اصلاً زمین و طلا واسه‌ی همین وقت‌هاست دیگه.»

حبیب پک طولانی‌ای به سیگارش می‌زند و دودش را از بینی از بیرون می‌دهد بیرون:

«چه وقت‌هایی، مگه الآن چه‌طور شده؟»

«کارخونه‌ی کاظمی داره تعطیل می‌شه.»

«تعطیل می‌شه؟»

«پول نداره حقوق کارگرهارو بده. بنده خدا دربه‌در دنبال قرض‌وقوله از بانکه.»

حبیب آهی می‌کشد. ته‌سیگارش را در جاسیگاری خاموش می‌کند. فهیمه شمرده و آرام ادامه می‌دهد:

«الآن وقت خریدن سهامیه که سی سال پیش از دست دادی.»

«سهام کارخونه‌رو بخرم؟»

«هم کارخونه سر پا می‌مونه و کلی آدم از کار بی‌کار نمی‌شن، هم

سرمایه‌گذاری کردی. بنده‌ی خدا کارگرها چند وقته حقوق‌شون‌رو نگرفتن. بالاخره اون‌ها هم امیدشون به کارخونه‌ست دیگه، یکی‌ش مثلاً همین ماهی خودمون.»

حبیب پوزخند می‌زند:

«ماهان!؟»

«چیه، این بچه آدم نیست؟ تو هنوز فکر می‌کنی...»

حبیب از جا برمی‌خیزد:

«می‌خوام برم بخوابم.»

فهیمه با دل‌خوری نگاهش می‌کند:

«بالاخره یه وقتی باید به این بچه ثابت کنی آدمیه واسه خودش، باید...»

حبیب نمی‌گذارد حرفش را تمام کند:

«اون سند زمین، اون هم تو. الآن کی زمین می‌خره تو این بازار کساد!»

«چرا نخرن، مگه ندیدی، زمین بغلی‌مون‌رو یادت رفته؟... همون‌که یه رستوران ساخته بود؛ بنده خدا دم به ساعت برای پارکینگش زنگ می‌زد که اگه فروشنده‌اید، ما خریداریم.»

حبیب از اتاق بیرون می‌رود:

«اون مال هزار سال پیشه.»

فردا صبح فهیمه همراه ماهان راهی کارخانه می‌شود. می‌خواهد کاظمی را ببیند و خبر مهمی به او بدهد. بعد از ساعتی کاظمی خسته و کلافه از پیگیری‌های مکرر و بی‌نتیجه، خس‌خس‌کنان درِ اتاق را باز می‌کند و می‌نشیند روبه‌روی فهیمه:

«خیر باشه، اتفاقی افتاده؟ ماهان حالش خوبه؟»

کاظمی وقتی می‌شنود قرار است آن‌ها زمین‌شان را بفروشند و به زخم کارخانه بزنند مثل مذاب شیشه‌ای که در او بدمند باد می‌کند و گونه‌هاش گُل می‌اندازد و به نفس‌نفس می‌افتد. فهیمه درباره‌ی زمین سرخه‌باغ می‌گوید و این‌که مشتری پاش نشسته و همین چند دقیقه پیش با "یوسفی" نامی که مجاور زمین‌شان رستورانی ساخته ـ که فقط باید بیایی و ببینی ـ صحبت کرده است. یوسفی از این‌که بالاخره آن‌ها راضی شده‌اند زمین را بفروشند از خوشحالی بال درآورده. قرار گذاشته‌اند فردا بروند برای نوشتن قول‌نامه و گرفتن پیش‌پرداخت و از این حرف‌ها.

فهیمه از گذشته‌ها می‌گوید و این‌که هنوز این کارخانه نشانه‌هایی از شروع زندگی او و حبیب را در خود دارد، و حالا، بالاخره حبیب باید تصمیم بگیرد سهمی برای ماهان قائل شود. قرار است بخشی از این سهم را به وکالت از ماهان خریداری کنند.

وقتی فهیمه خداحافظی می‌کند و می‌رود کاظمی لحظات طولانی به عکس قدیمی سیاه و سفیدی از کارخانه که روی دیوار مقابل نصب شده خیره می‌شود. ناگهان مثل بلور نازکی که سرماگرما شده باشد می‌ترکد و می‌زند زیر گریه. دانه‌های درشت اشک روی گونه‌ی تپلش می‌غلتد و پایین می‌رود، ولی انگار ناگهان متوجه شده باشد مقابل جمعیت زیادی نشسته خود را جمع‌وجور می‌کند و اشک‌هاش را پاک می‌کند. لبخند بزرگی می‌زند، لبخندی که تا موهای شقیقه‌اش جا باز می‌کند. بلند می‌شود چند دور، هن‌هن‌کنان دور اتاق می‌چرخد. گوشی تلفن را برمی‌دارد و آقایونس را می‌فرستد پنج کیلو شیرینی خامه‌ای بگیرد. به عمواکبر هم می‌گوید به کارگرها اعلام کند رأس ساعت یازده، همه در سالن نهارخوری جمع شوند.

هنوز چند دقیقه‌ای به ساعت یازده باقی‌مانده که نهارخوری

پر می‌شود از کارگران. آن‌ها دمغ و بی‌حوصله با چهره‌هایی یخ‌زده منتظر شنیدن خبرهای تازه‌اند. هیچ‌کس چیزی نمی‌داند، امّا وقتی یکی‌دو نفر با جعبه‌های شیرینی وارد سالن می‌شوند آرام‌آرام یخ چهره‌ها باز می‌شود.

ماهان هم با جعبه‌ای نان خامه‌ای و لبخندی به پهنای صورتش وارد سالن می‌شود و می‌رود روی سکو.

به محض این‌که کارگران او را روی سکو می‌بینند موجاموجِ همهمه و اعتراض، فضای سالن را پر می‌کند.

ماهان یک نان خامه‌ای درسته در دهانش می‌گذارد و می‌بلعد. بعضی با لودگی براش کف می‌زنند، یکی‌دو نفر هم سوت‌بلبلی می‌زنند. ناگهان به سرفه می‌افتد. به‌سختی با کف دست به گُرده‌ی خودش می‌کوبد و لقمه‌اش را قورت می‌دهد و دست‌هاش را از طرفین باز می‌کند:

«امروز به افتخار سلامتی جشن، یک کف مرتب!»

تقریباً بیش‌تر کارگران کف می‌زنند، امّا بعضی ابرو در هم می‌کشند و با متلک و استهزاء عقب می‌نشینند. به سرعت جعبه‌ها از نان خامه‌ای خالی می‌شود. کارگران ملچ‌ملوچ‌کنان نوک انگشت‌هاشان را می‌لیسند و کام تلخ‌شان را به روزهای شیرین وعده می‌دهند.

عمواکبر لحظه‌ای می‌آید بالای سکو و جعبه‌ی شیرینی را از دست ماهان می‌گیرد و می‌رود پایین.

ماهان مثل شومنی که می‌خواهد نفر اول مجلس را معرفی کند با اشاره به عمواکبر صداش را توی سرش می‌اندازد:

«به افتخار عمواکبر، یه کفِ دامادی!»

کارگران می‌خندند و کف می‌زنند. ماهان گلوش را صاف می‌کند:

«به امید خدا... مـ مـ من این کارخانه‌رو نجات...»

چشمش به بهرام می‌افتد که شیرینی خامه‌ای بین دو انگشتش مانده و بی‌هیچ حرکتی از زیر ابروها بروبر نگاهش می‌کند. خیلی‌ها برمی‌گردند رو به بهرام. لحظه‌ای در سکوت می‌گذرد. هیچ‌کس چیزی نمی‌گوید. انگار همه‌کس و همه‌چیز بر سطح کاغذی قدیمی و رنگ‌ورو رفته، عکس شده است. بالاخره تلنگرِ صدای خش‌دارِ عمواکبر سکوت را می‌شکند:

«از اون‌جا بیا پایین عموجون، هردفعه که نباید معرکه بگیری داستان درست کنی. اصلاً اون‌جا که جای شما نیست، یعنی چی هی می‌گی من کارخونه‌رو نجات می‌دم، آخه عیبه عموجون...»

سرها می‌چرخد سمت درِ سالن. کاظمی وارد سالن شده و هن‌هن‌کنان و عرق‌ریزان خود را به سکو می‌رساند. ماهان دستش را می‌گیرد تا از سکو بیاید بالا. کاظمی به‌سختی نفس می‌کشد:

«اول یه کف به افتخار این جوون رعنا بزنید...»

همه کف می‌زنند. ماهان رو به جمعیت تعظیم می‌کند. کاظمی ادامه می‌دهد:

«درسته عمواکبر، آره، یه‌جورهایی درسته آقاجون. حرفی که این آقاماهان می‌زنه، پُر بی‌راه نیست. اگه همین صفا و محبت ماهان و خانواده‌ی گرامی‌شون نبود، من الآن این‌جا نبودم که این خبر خوش‌رو به شما بدم...»

نگاهش را روی جماعتی که با اشتیاق به او چشم دوخته‌اند می‌گرداند و سینه‌اش را صاف می‌کند:

«ایشالا بی‌حرف‌پیش، تا آخر همین هفته حقوق‌هاتون‌رو با عقب‌افتاده‌ها و پاداش تقدیم می‌کنم...»

همه کف می‌زنند. ماهان دوباره به جمعیت تعظیم می‌کند. کاظمی ادامه می‌دهد:

«خدای مهربون و روزی‌رسون‌رو شکر کنیم که به دل پدر و مادر این پهلوون انداخت یه بخشی از سهام کارخونه‌رو بخرن و از تعطیل شدنش جلوگیری کنن...»

ماهان فریاد می‌زند:

«به افتخار ماما‌فهیم یه کف مرتب...»

صدای کف زدن و خنده‌ی کارگران سالن را می‌ترکاند.

طعم شیرینِ خبر خوشی که کارگران را به وجد آورده با بوی بارانی که چند دقیقه‌ای‌ست روی سقف شیروانی نهارخوری رنگ گرفته قاتی می‌شود. نگاه دودوزنِ کارگران سُر می‌خورد سمت سقف نهارخوری. انگار ضربان قلب‌شان با صدای باران یکی شده است.

ماهان دست به جیب می‌برد تا دستمالش را بیرون بیاورد و دست نوچ‌شده‌اش را پاک کند. سرانگشت‌هاش گوشی تلفن را که حالا تکه‌ای از قلبش شده لمس می‌کند. دلش می‌لرزد. پروازکنان از سکو پایین می‌پرد و از سالن نهارخوری بیرون می‌زند. با گام‌های بلندی که بین زمین و آسمان معلق است، خود را کنار باغچه می‌رساند. به دیوار مرطوب روبه‌روی باغچه تکیه می‌زند و روی زانوهاش می‌نشیند. گوشی را از جیبش درمی‌آورد و برای اولین‌بار، به شماره‌ی پریا پیامک می‌زند:

«سلام پریاجان. من به خاطر تو کارخانه را نجات دادم. می‌می‌رمت.»

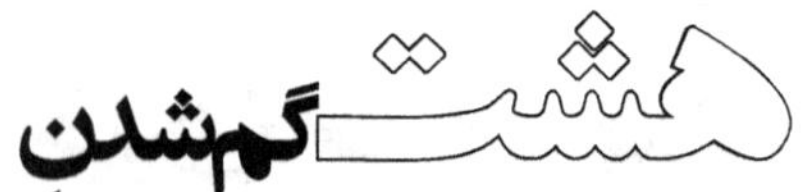

گم‌شدنِ هشت

خبری که دنیا را می‌ترکاند در پیراهنِ آبیِ نفتی

«سلام پریاجان. من به خاطر تو کارخانه را نجات دادم. می‌می‌رمت.»
وقتی این پیامک را می‌بینم، دلم هری می‌ریزد. یعنی اولش خوشحال
می‌شوم، امّا کمی بعد، غم عالم می‌ریزد تو دلم. به خودم می‌گویم چه‌قدر
زود جوابم را داد و بعد فکر می‌کنم همین حالا هم خیلی دیر شده، باید
خیلی زودتر از این‌ها پیامش می‌رسید.

این روزها همین طوری‌ام، شده‌ام کلاف سردرگم، حال خودم را
نمی‌دانم. الآن فکر می‌کنم این معجزه است که یکی پیدا شده مرا
می‌خواهد، دو ثانیه بعد می‌گویم این دیگر چه بلایی‌ست که به سرم
نازل شده.

نمی‌دانم چرا، ولی بیش‌تر از ده بار پیامک را می‌خوانم. کلماتش دلم
را می‌لرزاند. وقتی می‌گوید «پریاجان»، می‌دانم که از ته قلب می‌گوید،
و اگر می‌گوید «به خاطر تو»، می‌دانم که راست‌راستی به خاطر من این
کار را می‌کند.

امّا اصلاً چه کار می‌کند؟

بهرام که صم‌بکم، لال شده انگار. یعنی لال بود، حالا شده دیوار، از دیوار هم بدتر. این یکی‌دو روز، وقتی از کارخانه می‌آید، همه‌اش آن بالا، مثل کنده‌ی درخت می‌افتد کنار قفس کبوترهاش و خیره می‌شود به جاده‌ای که به کارخانه می‌رود. وقتی از دو متری‌ات رد می‌شود بو گند سیگار کلافه‌ات می‌کند. بیش‌تر از روزی دو پاکت دود می‌کند. از دیشب که با هم بگومگو کردیم دیگر سیگار از لای انگشت‌هاش نمی‌افتد.

به خاله می‌گویم دارد دستی‌دستی خودش را می‌کشد، امّا خاله حرفی نمی‌زند، این خاله هم که... وقتی چیزی بهاش می‌گویی، ساکت زل می‌زند تو چشم‌هات، بالاخره نمی‌فهمی حرف را قبول کرده یا نه؛ اصلاً شنیده چه گفته‌ای!

تازه، از آن روزی که نامه‌ی دکتر و کارت شناسایی ماهان را بهام داد، ساکت‌تر هم شد. انگار احساس گناه می‌کند، یک‌جور احساس پشیمانی. فکر می‌کند اصلاً نباید این‌ها را از ماهان قبول می‌کرد، یا حداقل نباید به من می‌دادشان. البته خاله که آن‌ها را به من نداد، خودم فهمیدم، خودم برداشتمشان. او رسید بالای سرم، امّا دیگر دیر شده بود.

آن‌روز وقتی از پنجره دیدم ماهان دارد چیزی به خاله می‌دهد مطمئن بودم مربوط به من است، امّا خاله هیچی به روی خودش نیاورد.

از خرید که برگشت آمدم زنبیل را از دستش بگیرم دیدم بدجوری پکر است. محلم نگذاشت، رفت تو آشپزخانه. یکی‌دو دقیقه صبر کردم دیدم نیامد، ویلچر را هل دادم و راه افتادم دنبالش. دیدم خیره شده به کاغذهایی که تو دستش بود. قیافه‌اش نشان می‌داد ترسیده. صبر کردم تا آن‌ها را گذاشت تو گلدان چینی ترک‌خورده‌ای که در کابینت آشپزخانه

بود. خاله هیچ‌چیز را دور نمی‌انداخت. زیرزمین پر است از آت‌آشغال‌های شکسته و نیم‌دار و به دردنخور. آرام رفتم تو حیاط. وقتی سینی سبزی را آورد گذاشت رو پله‌ها و سرش گرم شد به سبزی‌پاک‌کردن، بی‌صدا رفتم آشپزخانه و کاغذها را برداشتم. آن‌ها را زیر تشکچه‌ی ویلچر گذاشتم و آمدم بیرون و رفتم کمکش. نگاهش را از من می‌دزدید. گفتم:

«با کی حرف می‌زدی؟»

گفت:

«با کی حرف می‌زدم؟»

وقتی نمی‌خواهد جوابت را بدهد، سؤالت را دوباره از خودت می‌پرسد. گفتم:

«قبل از این‌که بری سبزی بگیری، تو کوچه.»

«چی می‌گی، با کی حرف زدم؟»

گفتم:

«خاله‌جان، من از پنجره دیدم.»

«پس چی چی‌رو داری می‌پرسی؟»

گفتم:

«ماهان‌رو شناختم، اون‌یکی، کی بود؟»

خاله نگاه تندی بهام انداخت:

«مگه قرار نشد دیگه اسم این پسره‌رو نیاری؟ تازه یه ساعته این خونه آروم گرفته‌ها.»

ویلچرم را هل دادم سمت حوض سنگی کوچک کنار پله و همان‌جا ماندم. گفت:

«چرا ابرو نازک می‌کنی دختر؟ مگه نمی‌بینی چند روزه این خونه شده جهنم.»

«به من چه، مگه تقصیر منه؟»

«آره پریاجون، تقصیر تو هم هست.»

«مگه چی کار کردم من؟»

«از همون اول نباید پابه‌پاش می‌شدی. تو که بهرامرو می‌شناسی.»

بهرام؛ اسمی که با شنیدنش ستون کج‌وکوله‌ی فقراتم تیر می‌کشد و خون تو رگ‌هام یخ می‌زند.

هیچ‌وقت فکر نمی‌کردم این زخم کهنه که هزار سال رو قلبم ذُق‌ذُق می‌کرد دهان باز کند و دوباره مثل روز اول بسوزاندم. یعنی خودم هم نمی‌خواستم، نمی‌خواستم دوباره این زخم را تازه کنم.

امّا این چند روز، همین روزهایی که به تعداد انگشت‌های یک دست هم نشده، دوباره چشمم به اتاق تاریک و ترسناکی افتاد که توش زندانی‌ام، سال‌هاست که زندانی‌ام. رو این صندلی چرخدار که چرخ‌هاش عُرضه‌ی بردن مرا از این اتاق تاریک ندارد پوسیده‌ام، چرخ‌هایی که رو استخوان‌هام می‌چرخد و تنم را هرروز، صد سال پیرتر می‌کند، از ریخت می‌اندازدم.

همین یک ساعت پیش که دوباره به آینه نگاه می‌کردم، به این دخترک بی‌چاره‌ای که با زنجیر به این چرخ‌های زنگ‌زده بسته شده، نشناختمش. سرم را چرخاندم سمت سقف خاکستری اتاق و دوباره به آینه نگاه کردم. این من بودم؟ این چند تکه استخوان مچاله شده‌ای که قالب این چرخ را گرفته و اضافه‌هاش از این جعبه‌ی آهنی بی‌قواره بیرون زده ، شُره کرده...

دست‌هام را آوردم بالا. از تو آینه نگاه کردم به انگشت‌هام. این‌ها انگشت‌های من نبودند. من انگشت‌هام را گم کرده بودم. این‌ها انگشت‌های آدم دیگری بودند، پریای دیگری که هنوز مادرش به دنیا

نیاورده بودش. مادرش سَرِ زا نرفته بود. هنوز پابه‌ماه بود و قرار بود او را
ـ آن بچه‌ی مثل دسته‌ی گُل را ـ در صبح بهاریِ قشنگی به دنیا بیاورد
و به سینه‌اش بچسباند و شیرش بدهد. بگوید اسمش را می‌گذارم پریا،
و زیرلب تکرار کند: پریا. از ذوق چشم‌هاش پر از اشک بشود. رو به
پریاکوچولوش بخندد. اگر گریه کرد آرام بزند پشتش. پریاش را بخواباند
رو پاهاش و براش لالایی بخواند. بزرگش کند... لباس‌های چین‌واچین
دخترانه تنش کند. ببردش گردش. براش عروسک‌های خوشگل بخرد با
موهای طلایی و پیراهن گل‌مَنگلی و دامن صورتی. دختر کوچولوش را
ببرد حمام. مواظب باشد کف‌صابون چشمش را نسوزاند. بعد که با حوله
خشکش کرد بایستد به تماشای صورت سرخ و سفیدش. همین‌طور
چشم بدوزد به دخترِ مثل پنجه‌ی آفتابش و قد بکشد، حظ کند. موهاش
را ببافد و گوشواره‌های طلایی‌ای که نگین‌های قرمز دارد آویزان کند به
گوش‌هاش.

و اگر نه، اگر هم می‌خواهد بمیرد، می‌خواهد سرِ زا برود، پریاش را
هم با خودش ببرد. آخر دختری مثل من چه‌کار کند تو این اتاق تاریک،
تو پنجه‌ی این دو حلقه چرخ که چرخیده و چرخیده تا رسیده بیخ گلوم.

سرانگشت‌هام را رو لب‌هام گذاشتم و چشم‌هام را بستم. صدای
لرزان خودم را از تو آینه شنیدم که می‌گفت، لال‌شو دختر، خدا
قهرش می‌آید. پلک‌هام را باز کردم و چشم تو چشم آینه گفتم،
نه، قهر نیست. یعنی این‌بار قهر نیست، بالاخره یکی مرا خواسته،
بالاخره یکی آمده پی‌ام و دارد برای من خودش را به آب‌وآتش
می‌زند.

هر کی بود، با همان کتک اولی که از بهرام می‌خورد دُمش را
می‌گذاشت رو کولش و می‌رفت پی زندگی‌اش؛ امّا این... این ماهان

مثل... مثل سنگ، مثل کوه، چه می‌دانم، مثل درخت ایستاده و کتک می‌خورد، کتک می‌خورد و ایستاده. این آدم چیزی دارد که من سال‌هاست حسرتش را می‌کشم. جنم‌وجوهری دارد که گمشده‌ی من است، گمشده‌ای که انگار هیچ‌وقت نداشتمش، که اگر داشتم تا حالا خاکی به سرم می‌ریختم.

مگر چه مانده از من؟ مشتی استخوان و این لباسی که اندازه‌ی تن بهرام است. پیراهنی با یقه‌ی مردانه، آبی‌نفتی، همان‌که او دوست دارد، همان‌که او می‌پوشد و اگر کهنه شد و خواست یکی دیگر بخرد، آن را که کهنه شده می‌دهد من بپوشم. البته یکی‌دو بار هم برام لباس نو خریده، امّا هردو تای آن‌ها هم مردانه، هردو تا هم آبی‌نفتی، یکی راه‌راه، یکی چهارخانه.

خاله‌افسون یکی‌دو بار برام لباس خریده، امّا مانده ته کمد. دیگر دست‌ودلم به لباس دخترانه نمی‌رود. دیگر به این شکلِ بهرام‌بودن عادت کرده‌ام. کفش و جوراب و پیراهنم، و دست‌هام؛ دست‌های ـ مثل برگ خشک ـ مچاله‌ام. یعنی هرچه مربوط به من است، هرچه که منم، هرچه که این پریاست، مچاله و کهنه است. حالا یکی آمده که این پریا را می‌خواهد. چه بگویم؟ بگویم برو بختِ خوش؟

تا همین چند سال پیش فکر می‌کردم بالاخره خلاص می‌شوم. دایی‌ایرج می‌گفت می‌برمت آلمان، عمل می‌شوی، خوب می‌شوی، از این صندلی وامانده خلاص می‌شوی. امّا وقتی عموکمال پته‌ی دایی‌ایرج را ریخت رو آب و گفت خودش آن‌جا اسیر و آلاخون‌والاخون است، امیدم قطع شد. روزی که بهرام عکس‌های آلمان را از در و دیوار اتاق می‌کند، من خیلی کوچک بودم. امّا همین‌قدر یادم هست که کز کرده بود گوشه‌ی اتاق و اشک می‌ریخت. بعدها دوباره چندتایی نامه

از دایی‌ایرج رسید. همان وعده‌وعیدها، همان حرف‌های بی‌سروته و بی‌نتیجه.

حالا بعد از سال‌ها دوباره دلم می‌لرزد. فکر می‌کنم خبری می‌شود و یا شده؛ مثل هیزمی که فکر می‌کردی خاموش شده و حالا با نسیمی دوباره، نقطه‌ای از آن سرخ می‌شود و گُل می‌اندازد.

خوب که فکر می‌کنم، از این خُل‌خُل‌بازی‌هاش خوشم می‌آید. این سادگی‌اش، این روراستی‌اش. این‌که هیچ‌چیز نمی‌تواند از پا بیندازدش. انگار تو دنیای دیگری‌ست...

...آدمی ـ که نه، فرشته یا هرچیز دیگری ـ آمده این‌جا، یعنی فرستاده‌اندش این‌جا. گم شده تو این دنیای الکی و نمی‌خواهد بیفتد به دست‌و پا زدن، نمی‌خواهد مثل من برود تو لاک سکوت، نمی‌خواهد لال باشد...

یک وقت‌هایی هم یاد آقاجون می‌اندازدم. نگاهش، آن برق‌برق زدن چشم‌هاش و لحن بی‌خیالش، با آقاجون مو نمی‌زند. این آخری‌ها چنان هوای آن صورت تکیده و پر از حرف‌های مگو را می‌کنم که می‌خواهم از دل‌تنگی بترکم.

تا همین هفت سال پیش که دیگر برود و غیبش بزند، تنها سنگ صبور من بود. بعضی وقت‌ها از ظهر تا غروب براش حرف می‌زدم. گوش می‌کرد، چشم می‌دوخت به گُل‌های قالی خرسک و گوش می‌کرد. یعنی تو صورتش می‌دیدم که دارد حرف‌ها را می‌شنود و می‌فهمد. حتی بعضی وقت‌ها برمی‌گشت زل می‌زد به‌ام و انگار که دارد زبان تازه‌ای را یاد می‌گیرد با بهت و شوق سر تکان می‌داد. گول می‌خوردم، یعنی فکر می‌کردم این‌دفعه دیگر می‌توانم نطقش را باز کنم. همان‌موقع حرفم را قطع می‌کردم و سؤالی ازش می‌پرسیدم، مثلاً می‌پرسیدم شام

چی درست کنم، دوباره برمی‌گشت با چشم‌هایی که برق می‌زد نگاهم می‌کرد و با لبخندی که پر از حیرت بود سرش را تکان می‌داد.

چندبار هم دویید تو حرفم و شروع کرد به تعریف کردنِ خاطره‌های دوران نوجوانی‌اش که در بهارکوه چوپان بوده و روستاشان راه‌های کوهستانیِ پیچ‌درپیچ داشته و چشمه‌هایی که از دل زمین بیرون می‌زده و آن‌قدر یخ بوده که سنگ را می‌ترکانده و از این‌جور چیزها. امّا یک‌دفعه ساکت می‌شد و سرش را می‌انداخت پایین و می‌خندید. یکی‌دو بار هم گریه کرد. حالا دلم ضعف می‌رود برای شنیدن همان خنده‌ها و گریه‌های نمی‌دانم چراش.

چند وقت پیش، یک روز صبح که از خواب بیدار شدم، پای سماور داشتم چای می‌ریختم که یادم افتاد دیشب خوابش را دیده‌ام. خواب دیدم تو دشت سرسبزی نشسته‌ایم که دوروبرش پر از کوه‌های بلند است. هم قشنگ بود، هم ترسناک. من از آب چشمه براش چای درست کردم و گذاشتم جلوش. آقاجون نگاهی به استکان چای انداخت و گفت:

«از مشهد هلِ درجه یک آوردم، چند تا دونه بنداز تو قوری، بذار چایی عطر بگیره.»

گریه کرد. پرسیدم:

«چرا گریه می‌کنی آقاجون؟»

سرش را بلند کرد. داشت می‌خندید. گفت:

«من که گریه نمی‌کنم پریاجون.»

مشتش را آورد جلو و گفت:

«دستت‌رو باز کن.»

و مشتی عناب ریخت کف دستم و همان‌طور که می‌خندید گفت:

«با بهرام نصفش کن.»

و دوباره خندید، با صدای بلند خندید. قاتی صدای خنده‌اش صدای بال‌بال‌زدن کبوتر و تکان خوردن پرده‌ی پنجره تو باد می‌آمد.

بعد از صبحانه رفتم جلو آینه و از تو آینه به دست‌هام نگاه کردم. سعی کردم صدای آقاجون را به یاد بیاورم، صدای خنده‌اش، صدای گریه‌اش، یک‌آن وحشت کردم. صداش را به یاد نمی‌آوردم، لحنش، حالت خندیدن و گریه کردنش را از یاد برده بودم. گریه‌ام گرفت. با کف دست‌هام اشک چشمم را پاک کردم. دست‌هام بوی گس عناب می‌داد، عناب مشهد... دریا... دریا... آخ که سال‌هاست آرزوش را دارم. یک‌بار خاله و مرجان و شوهرش می‌خواستند بروند مشهد و قرار شد مرا هم ببرند، امّا بهرام اجازه نداد.

تا وقتی عموکمال زنده بود یک‌وقت‌هایی از او حرف‌شنوی داشت، امّا بعد از مرگ عموکمال، حرفش شده بود یک‌کلام. نگذاشت بروم. می‌خواستند از راه دریا برگردند تا برویم دریا را هم ببینیم، امّا پاهاش را کرد تو یک کفش که: نع.

اتفاقاً همین دیروز با مرجان حرف مشهد آن‌سال شد. مرجان چند روزی آمده پیش خاله. می‌گوید آمده مهمانی، امّا حال‌وروزش چیز دیگری می‌گوید. فکر می‌کنم کارش با سعید بیخ پیدا کرده. وقتی حرف مشهد شد، گفت:

«همون بهتر که نیومدی، سعید تو اون سفر روزگارمون‌رو سیاه کرد..»

و انگار که از حرفش پشیمان شده باشد ساکت شد.

تا قبل از این‌که موضوع بهرام را بداند و بفهمد که زمانی او را می‌خواسته، از زندگی‌اش چیزهایی می‌گفت، امّا بعد از آن دیگر درباره‌ی زندگی‌اش با سعید سکوت کرد. فقط هردفعه که می‌آمد دیدن خاله، رنگ‌پریده‌تر و تراشیده‌تر شده بود.

یکی‌دو ماه پیش هم آمد دوسه هفته‌ای پیش خاله ماند؛ تک‌وتنها. قبلاً خاله می‌گفت سعید بچه‌دار نشدن‌شان را انداخته گردن مرجان. با این‌که دکتر هم رفته بودند و دکتر گفته بود مشکل از سعید است، امّا سعید کوتاه نمی‌آمد.

همان‌روزهایی که مرجان این‌جا بود، یک روز، ده‌یازده صبح، در زدند. در را باز کردم دیدم دختر بیست و یکی‌دو ساله‌ای پشت در است، با آرایشی غلیظ و لباس‌های چیتان‌پیتان. گفت می‌خواهد با مرجان‌خانم صحبت کند. مرجان را صدا کردم، آمد دمِ در. با هم پچ‌پچی کردند و دیدم مرجان رنگش پریده. رفتند بیرون با هم صحبت کردند. یک ساعت بعد مرجان برگشت. چند سال پیرتر شده بود. عصر همان‌روز رفت زیر سِرُم، تب و چه حالی.

امّا این‌دفعه، تو لاک خودش است. یکی‌دو بار بیش‌تر ندیدمش. گوشه‌ی اتاق کز کرده و بیرون نمی‌آید. چندباری سراغش را از خاله گرفتم، هردفعه شانه بالا می‌اندازد و می‌گوید:

«چی بگم خاله‌جون!»

من مرجان را مثل خواهر نداشته‌ام دوست دارم. همین مرجان، خواندن و نوشتن را به من یاد داد. اصلاً همین گوشی تلفن یادگاری اوست که اگر هرکس غیر از مرجان این را بهام داده بود بهرام می‌زد خردش می‌کرد. تا قبل از این‌که مرجان برود خانه‌ی شوهر، خیلی از حرف‌هامان پیش هم بود. دفعه‌ی اولی که از اختلافش با سعید گفت، دهن‌لقی کردم و گفتم بهرام تو را می‌خواسته. حتی خبر نداشت که یک‌بار او را از عموکمال خدابیامرز خواستگاری کرده و عمو بهاش گفته:

«مگه از رو نعش من رد شی با مرجان عروسی کنی!»

امّـــا وقتـی بـــراش تعریف کردم که یـــک روز بالاخـــره تصمیم گرفته خودش بـــه‌ات بگوید دوستت دارد و می‌خواهد زنش بشــوی، و رفته پلاک طلا بـــرات خریــــده و از این‌حرف‌ها، دیدم کـــه چهره‌اش جمع شـــد؛ چیزی نگفت، ولی فهمیدم اشـــتباه کـــرده‌ام و نبایـــد این‌ها را بـــه‌اش می‌گفتم.

از وقتی رفت خانه‌ی شوهر، دیوار بلندی کشیده شد بین ما، دیواری که دیده نمی‌شد، امّا بود و حتی خاطرات‌مان هم نمی‌توانست خرابش کند.

پیش از این‌ها هروقت می‌آمد دیدن خاله، می‌نشستیم و از بچگی‌هامان می‌گفتیم. او مثل خاله مهربان و دلسوز بود، مثل خاله که هرچه برای مرجان می‌خرید، لنگه‌اش را هم برای من می‌گرفت. امّا بهرام از وقتی رفت کارخانه، دیگر نگذاشت خاله چیزی برام بگیرد. خودش خرج می‌کرد، خودش انتخاب می‌کرد و خودش می‌خرید.

همین دیشب بعد از بگومگوی سختی که با بهرام داشتم، رفتم تو اتاق کوچک پشتی و نشستم به بدبختی خودم اشک ریختم. مثل دیوانه‌ها رفتم توری عروسی بچگی‌هام را از ته کمد آوردم و انداختم رو سرم و نشستم جلو آینه.

حدود بیست سال است که این توری را نگه داشته‌ام.

عروس شده بودم. قاسم، پسر همسایه‌ی خانه‌ی پشتی هم شده بود داماد. پاپیون گنده‌ای گردنش را خفت کرده بود؛ پاپیون مشکی‌ای که یادم نیست مال کی بود. مدام کف دستش را می‌کشید به فکلِ براقِ آب‌شانه‌شده‌اش. مرا هم عروس کرده بودند. همین توری رو سرم بود. ویلچرم را با گُل‌های گلدان مصنوعیِ ملوک‌خانمِ همسایه تزیین کرده بودند و بوقِ دوچرخه‌ی برادرِ قاسم را هم به دسته‌ی ویلچر

بسته بودند که مثلاً آخر شب عروس را ببرند تو خیابان‌ها و بوق‌زنان بچرخانند.

همین مرجان گونه‌هام را با بستنی شاتوتی قرمز کرده بود و یک‌جفت از گوشواره‌های بدلش را انداخته بود گوشم.

بهرام سر کار بود، فکرش را هم نمی‌کردیم بیاید، امّا نمی‌دانم چه‌طور مثل اجل معلق سروکله‌اش پیدا شد. دادوفریاد راه انداخت که چرا لپ من سرخ است و چرا ویلچر را گُل زده‌اند و چرا بوق به‌اش وصل کرده‌اند و از این‌جور حرف‌ها.

دیشب دوباره توری را انداخته بودم رو سرم و نشسته بودم جلو آینه، یک‌دفعه در باز شد، دیدم مرجان است. هردو خشک‌مان زد. سرش را پایین انداخت و رفت بیرون. از خجالت آب شدم. حتماً صدای بگومگومان را شنیده بود و آمده بود دل‌جویی، چه می‌دانم، تا وقتی بخوابم، هروقت یادم می‌افتاد می‌مردم از خجالت.

دیشب وقتی بهرام آمد داشتم شامش را آماده می‌کردم، نشست سیگارش را روشن کرد:

«پس کو این جاسیگاری؟ تو این خراب‌شده چندبار باید یه حرفی‌رو زد؟»

گفتم:

«شُستم گذاشتم جلوت. حتماً رفته زیر دُشکچه، نمی‌بینیش؟»

صداش را بلند کرد:

«یعنی ما کوریم؟»

جوابش را ندادم. آمد بالا سرم:

«یعنی ما کوریم؟»

به دشکچه اشاره کردم:

«زیر دشکچه‌ست.»

گفت:

«نه، بگو کوری، خجالت نکش. درسته، کور بودیم، کور بودیم که ندیدیم داریم مار تو آستین‌مون پرورش می‌دیم. آره، ما کوریم، ولی تو، تو دیگه کور نباش. ببین! ببین که سی ساله جوونی و عمرمون‌رو حرومت کردیم، مثل سگ پاسوخته دنبالت بودیم، تروخشکت کردیم، تو بغل‌مون و رو دوش‌مون و رو سرمون کشیدیمت تا از آب‌و‌گِل دربیای و گند بزنی به حال‌ورورزمون.»

«مگه من چی گفتم؟»

«دِ همین دیگه، هیچی نگفتی، هیچی نمی‌گی، همین خودش هزارتا حرفه. اگه به زبون بیای، یه چیزی بگی، می‌فهمیم حرف حسابت چیه، ولی وقتی خفه‌خون می‌گیری و لال می‌شی، گیج‌مون می‌کنی، دست‌وپامون‌رو گم می‌کنیم، قاتی می‌کنیم، دیگه زبونت که مثل پاهات چلاق...»

حرفش را خورد و رفت در پنجره را بست. وقتی سربرگرداند، روبه‌روش بودم. گفتم:

«بگو، داشتی می‌گفتی... چرا، اتفاقاً زبونم هم چلاقه، زبونم‌رو هم چلاق کردی. لالم کردی، فقط پاهام تو این صندلی نیست، الآن مدتیه که زبونم هم گیر کرده لای پره‌های این چرخ.»

انگشت سبابه‌اش را آورد تو صورتم:

«ببین، باز داری تو دعوا نرخ تعیین می‌کنی؛ قبلاً گفتیم، یه‌بار دیگه به‌ات می‌گیم، افتادن تو به ما ربطی نداشته، فقط بدبختیش افتاد گردن ما. آره تو افتادی، امّا انگار مارو هم با خودت کشوندی پایین، مارو هم فلج کردی. بگو بینیم، چه خیری از این زندگی لجن دیدیم؟ کجا خوش بودیم، با کی، با چی خوش بودیم؟ اگه ما می‌خواستیم...»

حرفش را بریدم:

«تو یه آدم خودخواهی. فکر می‌کنی آسمون سوراخ شده فقط تو افتادی زمین. به جز خودت هیشکی‌رو نمی‌بینی... من؟! منی وجود نداره. پریایی وجود نداره. همه‌ش بهرامه.»

پنجه به پیراهنم انداختم:

«ببین، این پیراهن بهرامه، این شلوار و جوراب بهرامه، این...»

«بد کردیم؟ بد کردیم مثل نوکر دست‌به‌سینه بودیم برات. برو ببین کدوم برادری این‌کاررو می‌کنه، برو ببین...»

«...برو ببین کدوم برادری خواهرش‌رو از رو پشت‌بوم...»

حرفم را خوردم و رفتم سمت درِ اتاق. پرید جلوی ویلچر و خم شد تو صورتم:

«بگو، بگو... چرا لال‌مونی گرفتی، ما انداختیمت پایین؟ ما؟!»

محکم زد تو سر خودش:

«خاک بر سرت بهرام. بشکنه این دست که نمک نداره.»

رفت نشست گوشه‌ی اتاق. سیگارش را تو نعلبکی چایش خاموش کرد و سیگار دیگری روشن کرد. دودش را با سروصدا از بینی بیرون داد. آرام‌آرام آمدم سمتش. دست‌هام را گرفتم پیش چشمش. انگار صدام از ته چاه درمی‌آمد:

«نگاه کن بهرام، ببین داداشی، این دست‌های منه، یه‌مشت استخوون بدریخت، مثل یه شاخه‌ی خشک. خوب به‌ام نگاه کن، چی ازم مونده؟ تو... تو آدمرو هول می‌کنی، آدمرو کلافه می‌کنی، من کی گفتم تو من‌رو انداختی، کی گفتم تقصیر توئه؟ من فقط می‌گم تو زندگیت‌رو بکن، بذار من هم زندگیم‌رو بکنم، ارواح خاک مامان، چیز زیادی ازت می‌خوام؟»

بلند شد ایستاد روبه‌روی پنجره‌ی بسته و زل زد به بیرون. انگار صداش از کوچه می‌آمد:

«نیست که ما همه چی داریم، به همه چی رسیدیم!»

و خاموش شد.

گفتم:

«تو خودت نخواستی. کی باور می‌کنه، بیست سال یه دختری‌رو بخوای، به‌اش نگی، بذاری درست بعد از شبی که یکی دیگه داره ازش خواستگاری می‌کنه، به‌اش بگی... تو داری من‌رو هم مثل خودت پابند یه زندگی کوفتی می‌کنی، می‌خوای من هم مثل خودت...»

«...پس بگو، دلت لک زده که بری بشی زن یه خل‌وچل. داری گند می‌زنی به روح و روان ما که مثلاً خوش‌بخت بشی خیر سرت!»

«ببینم، مگه تو نمی‌گی یه عمر اسیر من بودی، مگه نمی‌گی جوونیت‌رو به پای من گذاشتی، خب خلاص شو، برو پی زندگیت...»

فریاد کشید:

«کدوم زندگی؟!»

از اتاق زد بیرون و در را محکم کوبید به هم.

از وقتی پیغام ماهان را دیده‌ام، انگار توی دلم چراغ روشن کرده‌اند. هربار که می‌بینمش قلبم تندتند می‌زند، انگار خبری را که مربوط به من است، تو صفحه‌ی اول همه‌ی روزنامه‌های دنیا چاپ کرده‌اند، خبر مهمی که دنیا را می‌ترکاند. وقتی به آن چیزی که دقیقاً نمی‌دانم چیست فکر می‌کنم، دلم هری می‌ریزد. آن‌وقت بیش‌تر مطمئن می‌شوم که باید از این لاکِ لعنتی بیرون بیایم و این زنجیرهای استخوانی را از دست‌وپام باز کنم و فریاد بکشم؛ فریادی که سال‌ها تو این اتاق، تو تاروپود پوسیده‌ی اسفنج‌های کف و پشتی این صندلیِ کثافت دفن شده است.

وقتی خاله موقع دیدن کاغذهایی که از ماهان گرفته بود و پنهان‌شان کرده بود غافلگیرم کرد و یک‌دفعه بالای سرم سبز شد، هول نشدم، نترسیدم. می‌دانستم که این‌ها مال من است، پیغامی برای من.

عکس روی کارت شناسایی، عکس آدمی بود که می‌خواست از خودش بیرون بزند. عکس، دست‌کاری شده بود؛ چشم‌هاش، لب‌هاش، امّا هنوز شبیه خود ماهان بود.

هنوز آن آتشی که در چشم‌هاش می‌درخشید دست‌نخورده باقی‌مانده بود. شماره‌ی تلفنش را ناشیانه، امّا ساده و بی‌شیله‌پیله تو نسخه، کنار امضای دکتر جاسازی کرده بود:

«ضمناً شماره تلفن ماهان این است...»

این‌ها مال من بود. پیغامی برای من، برای پریا، برای دختر چلاقی که یک نفر با چشم‌های تنگ و مهربان، یک دل نه، صد دل عاشقش بود.

نه

مراحل سنگ شدگی

در تالار دلهره‌های ناشناخته

تمام شب باران باریده بود. شهر لااقل برای چند ساعت هم که شده از چنگاچنگِ دیو سیاه دود و خفگی خلاص می‌شد.

بهرام با موهای باران‌خورده و پلیور چهارخانه‌ی مرطوبی که تا روی جیب‌های شلوارش پایین آمده بر بلندیِ تپه‌ای ایستاده و خیره شده به نقطه‌ای که اولین اشعه‌های آفتاب از آن‌جا طلوع می‌کند. ابرهای سوسنی آرام‌آرام روی شکم می‌خزند و کنار می‌روند. گنجشک‌ها قیل‌وقال‌کنان در آغوش بی‌بروبرگِ تنها درخت روی تپه، از این شاخه به آن شاخه می‌پرند، گویی در تقلای تصاحب جایی هستند که لحظه‌ای بعد ترکش خواهند کرد.

بهرام تمام شب را راه رفته، امّا خسته نیست. از جاده‌های فرعی و کوره‌راه‌های محلی گذر کرده و حالا مقابل این منظره‌ی صبحگاهی ایستاده و با خود فکر می‌کند بارها می‌تواند همین راه را برود و برگردد. نفسی تازه می‌کند. چشم‌هاش را تنگ می‌کند و شهر را می‌پاید؛ شهری

که رنگ و روی تازه‌ای پیدا کرده است. لبخندی لرزان و عجول، لب‌هاش را می‌جنباند:

«یه‌جورهایی رنگش عوض شده این دنیای نادَخ.»

از همان غروب دیشب که سعید آمده درِ خانه‌ی خاله و قشقرق به‌پا کرده، هوا ابری‌ست.

بهرام روبه‌روی تلویزیون دراز کشیده بود و چرت می‌زد. تلویزیون گزارشی از دادگاه چند مفسد اقتصادی پخش می‌کرد. متهمی که رو به رئیس دادگاه ایستاده بود و تصویرش از پشت‌سر نشان داده می‌شد با صدایی خالی از هیجان می‌گفت:

«نفرمایید آقای قاضی، این‌ها همه سند داره، کار ما کاملاً قانونی بوده...»

ناگهان نعره‌ی سعید، صدای متهم را بلعید و بهرام را از جا پراند.

سعید، لاغرویی‌ست سیاه و دیلاق با سبیلی دسته‌موتوری و موهایی روغن‌چکان که همیشه‌ی خدا رو به بالا شانه شده است. لباس‌های گران‌قیمت می‌پوشد و بوی عطر تندش از یک متری مغز آدم را می‌سوزاند.

بعد از عروسی با مرجان، اوایلش، هفته‌ای یکی‌دو بار به خانه‌ی پدر و مادر مرجان سر می‌زدند، به‌خصوص وقتی بابای مرجان هنوز زنده بود. این چند سال آخر، شاید هرچندماه یک‌بار به دیدن خاله می‌آمدند، امّا خود مرجان ماهی یکی‌دو بار به دیدن مادرش می‌آمد، دوسه بار هم آمده بود سه‌چهار روز مانده بود و یک‌بار هم، دو هفته.

صدای سعید که بلند شد بهرام دوید دمِ پنجره و دید سعید کنار پراید قرمزرنگش که مقابل در پارک کرده ایستاده و دادوهوار راه انداخته. اول خاله را دید که آمد دمِ در و با او حرف زد، بعد مرجان آمد توی حیاط.

بیرون نرفت، از همان‌جا یکی‌دو جمله پراند و دوباره رفت توی اتاق.

سعید صداش را توی گلو انداخت:

«این یعنی دزدی تو روز روشن. بابا ایهاالناس، من زیر بار قرضم، باید پول مردمرو بدم...»

خاله گفت:

«خب آقاسعید، چرا به نامش کردین ماشین‌رو؟»

«به خاطر این‌که همه‌ش می‌گفت پول‌هاترو می‌بری خرجِ نمی‌دونم چی چی می‌کنی.»

«چرا خجالت می‌کشی خب، بگو خرج چی می‌کردی؟»

سعید نعره کشید:

«بابــا ایهاالنـــاس، جــرم کــه نکــردم کــه، حلال‌وزلالـــم بـوده. اصلاً...»

سرش را کرد توی حیاط:

«...چرا فرار کردی مرجان‌خانوم. بیا به مامان‌جون‌تون بگو من بچه می‌خواستم.»

رو کرد به خاله:

«من بچه بخوام، جرمه؟ بخوام پدر بشم، جرمه؟»

خاله گفت:

«چه ربطی به مرجان داشت، مگه دکتر نگفت مشکل از خود شماست! مرجان که گفت بریم یه بچه بیاریم، از اون... از اون بچه‌های بی‌سرپرست...»

سعید گفت:

«می‌خواستم بچه‌ی خودم باشه، جرمه؟ بابا، مادر من، حالا هم که طوری نشده، طلاق دادیم که دادیم، می‌ریم دوباره عقد می‌کنیم... بابا

ایهاالناس، اصلاً من که نگفتم طلاق، مرجان‌تون هی گفت اگه طلاقم‌رو ندی، اله می‌کنم و بله می‌کنم.»

مرجان دوباره به حیاط آمد و رفت سمت در حیاط. پاکت نخودی‌رنگی را که در دست داشت پرت کرد تو صورت سعید:

«بفرما، این هم سند اون ماشین کوفتی. کی ماشین تورو می‌خواد!»

صدای سعید نرم شد:

«بابا، همه‌ی ماشین‌های دنیا فدای یه تار موت، تو بیا برگرد، می‌ریم دوباره محضر...»

مرجان توپید:

«مگه این‌که تو خواب ببینی برگردم. طلاق گرفتیم تموم شده. اگه دوباره مزاحم بشی، زنگ می‌زنم صدوده.»

بعد از آن‌که سعید رفت، بهرام پشت پنجره ایستاد و زل زد به حیاط خالی که باران، نم‌نمک صورتش را می‌شست. ناگهان خود را در حیاط و بعد در کوچه دید. یادش نیست کی از خانه بیرون زده و چند ساعت راه آمده و از چه راه‌هایی آمده. حالا ایستاده زیر اولین اشعه‌های کم‌جانِ صبح پاییزی که آرام‌آرام گرمش می‌کند، در خود غرقش می‌کند.

پیش از این احساس می‌کرد درونش سرد شده است، سرمایی که سال‌ها آرام‌آرام منجمدش کرده بود. حالا این یخ سنگین و سخت، قطره‌قطره آب می‌شد.

از تپه پایین می‌آید. برمی‌گردد طرف کارخانه، با قدم‌هایی سبک و بلند، گویی از زمین فاصله گرفته است. در بین راه، وارد بقالی کوچکی می‌شود و زیر نگاه متعجب پیرمرد بقال، سه شیشه شیرکاکائو در معده‌اش خالی می‌کند و یک کیک کشمشی را درسته می‌بلعد و بیرون می‌زند. پیرمرد بقال صداش می‌کند:

«البته قابل‌دار نیست‌ها، ولی فکر کنم...»

و می‌خندد و دندان‌های زردش را نشان می‌دهد. بهـرام، شرمنده سـری تکان می‌دهد و پـول کیک و شیرکاکائوها را روی پیشـخوان می‌گذارد و بیرون می‌رود.

وقتی به کارخانه می‌رسد فهیمه را می‌بیند که توی اتاق عمواکبر ایستاده و با او صحبت می‌کند. با خود فکر می‌کند، "خب، اروای باباش سهام‌دار جدیده دیگه..." و پوزخند می‌زند و می‌گذرد.

درست یک دقیقه بعد، فهیمه از اتاق عمواکبر بیرون می‌آید. گوشه‌ی چادرش را به دندان می‌گیرد و سمت اتاق کاظمی می‌رود.

فهیمه قبل از این‌که به کارخانه بیاید، همان اول صبح رفته و پریا را دیده و با او حرف زده است. مینا و رؤیا چیزهایی گفته‌اند و شور به دلش انداخته‌اند. آن‌ها، به‌خصوص رؤیا، چیزهایی می‌دانند که او نمی‌داند و همین بی‌خبری او را ترسانده. باید پریا را می‌دید و از رفتار پسرش عذرخواهی می‌کرد؛ از شروشوری که راه انداخته، از مزاحمت‌هایی که برای پریا درست کرده است.

پریا او را به خانه دعوت کرده و براش چای آورده با شیرینی خانگی که گفته خودش درست کرده، با همین اجاق فکسنی و توی همین ماهیتابه‌ی دودزده.

فهیمـه نمی‌دانسـته از کجـا بایـد شـروع کنـد، حـرف زدن در این‌بـاره بـراش سـخت بـوده، امّـا پریـا خـودش سـر صحبـت را بـاز کرده:

«ماهان‌خان خیلی از شما تعریف می‌کنه.»

"تعریف می‌کنه؟" یعنی همین دیروز یا مثلاً پریروز از او تعریف کرده؟

پس آن‌ها همدیگر را ملاقات می‌کنند. فهیمه گفته:

«خیلی ممنون مادر، شما لطف دارین. من به خدا خیلی شرمنده‌ی شمام.»

«دشمن‌تون شرمنده. من باید شرمنده باشم که اون‌روز دمِ کارخونه این‌همه اذیت شدین.»

«نه، اون که گذشت. بالاخره خیلی‌ها نمی‌دونن با این بچه باید چه‌جوری برخورد کنن، یعنی...»

پریا لبخندی زده و نگذاشته صحبتش را تمام کند:

«ماشالا ماهان‌خان دیگه واسه خودش مردی شده، بچه کدومه!»

و سرخ شده و سرش را پایین انداخته. فهیمه گفته:

«والله... یعنی بیش‌تر به خاطر وضعیت این طفلک می‌گم. خیلی‌ها فکر می‌کنن از رو بدجنسیش این کارهارو می‌کنه، ولی خدا می‌دونه چه قلب پاکی داره، مثل آب روونه.»

«قشنگ معلومه بی‌شیله‌پیله‌ست، هرچی هست همینه. کاش همه‌مون همین‌جوری بودیم.»

«خب بعله، فقط... من...»

فهیمه یک‌آن گیج شده، امّا به خود نهیب زده: "خودت‌رو جمع‌وجور کن زن!"

«راستش من اومدم از شما عذرخواهی کنم. تورو خدا حلال‌مون کنین اگه مزاحم‌تون شده، اگه براتون دردسر درست کرده؛ چون خواهرش می‌گفت...»

«رؤیاجون؟»

«...آره... رؤیا می‌گفت مزاحم شما شده و...»

«نه، چه مزاحمتی، اون بنده خدا با کسی کاری نداره. اگه کسی اذیتش نکنه، سربه‌سرش نذاره که...، نه، تازه، خیلی‌ام... خیلی‌ام...»

هرچه کرده نتوانسته کلمه‌ی مناسبی پیدا کند:

«...بفرمایید، چایی‌تون یخ کرد... از این شیرینی هم میل کنین. ببخشید دیگه.»

از وقتی فهیمه از خانه‌ی پریا بیرون زده و سمت کارخانه آمده، هزار سؤال بی‌جواب ذهنش را پریشان کرده است. اگر این‌طور است که او فهمیده، اگر این حرف‌ها احساسات واقعی پریاست، پس نگرانی‌های وقت و بی‌وقت فهیمه بی‌جهت نیست. اگر این‌طور است که پریا گفته، پس حالا مشکل دو تا شده.

با چهره‌ای مشوش وارد اتاق کاظمی می‌شود. سلام می‌کند. کاظمی جا خورده، تعارف می‌کند بنشیند. می‌پرسد:

«اتفاقی افتاده؟»

«اتفاق؟...‌ نه‌والله، چی بگم آقای‌کاظمی، راستش این چک‌رو براتون آوردم.»

پاکتی را روی میز کاظمی می‌گذارد. کاظمی پاکت را باز می‌کند و چک را از آن بیرون می‌آورد. به آن نگاه می‌کند و سر تکان می‌دهد:

«دست شما درد نکنه. خدا ایشالا به زندگی‌تون برکت بده. رمزدار هم هست، راحت و آسوده. من که نمی‌دونم چه‌جوری ازتون تشکر کنم. درسته شما دارین سهام می‌خرین و بالاخره یه‌جور سرمایه‌گذاری می‌کنین، امّا این کارتون خیلی باارزشه. خدا به‌اتون سلامتی بده. باز هم این کارخونه سرپا وامیسه و چهار نفر و نصفی که دارن ازش نون می‌برن، آلاخون‌والاخون نمی‌شن.»

از کشوی میزش چند برگه‌ی تایپ شده بیرون می‌آورد و به فهیمه می‌دهد:

«بفرمایین، این هم قرارداد فروش سهام کارخونه؛ ببرید قشنگ

مطالعه کنید، اگه مشکلی ندیدین هر دو نسخه‌شرو امضا کنین. بالاخره حق به حق‌دار رسید. دوباره پای آقاحبیب به این کارخونه باز شد؛ جایی که زمانی خودش شریک نصف سرمایه‌ش بود... الحمدلله... الحمدلله.»

ظرف شیرینی برنجی را رو به فهیمه می‌گیرد:

«بفرمایید دهن‌تون‌رو شیرین کنین تا چایی هم بگم بیارن.»

فهیمه یک گُل شیرینی برمی‌دارد:

«دست شما درد نکنه. دیگه مزاحم‌تون نمی‌شم، شما هم به کارتون برسین. خدا شاهده وقتی دیشب ماهان گفت تو این دوسه روزه دوازده کارتن جنس فروختین انگار دنیارو به‌ام دادن. گفتم، خب پس اگه...»

کاظمی با تعجب صحبت فهیمه را قطع می‌کند:

«کی گفت دوازده کارتن جنس فروختیم؟»

«دیدین‌که، این ماهان تو یه دفترچه یادداشت که مدام به گردنشه همه چی‌رو می‌نویسه، مثلاً...»

«...ماهان تو دفترش نوشته ما دوازده کارتن جنس فروختیم؟»

«والله شبها که می‌آد هرچی تو دفترش نوشته برای من می‌خونه؛ نه حالاها، از همون اول این‌کاررو می‌کرد. شده عادتش. دفترش‌رو می‌ده من به صبح به صبح براش تاریخ می‌زنم می‌دم به‌اش. تقریباً هریه‌ماه یه‌بار، یه دفتر یادداشت نو به‌اش می‌دم. این بچه هم دلش به این خوشه دیگه.»

کاظمی بلندبلند نفس می‌کشد:

«یعنی الآن هم اون چیزهایی که برای شما گفته تو دفترچه‌ش هست؟»

«آره دیگه، دفترچه جدیدش که هنوز پر نشده. دو تا کشو از این دفترها داره. مثل چی هم مواظب‌شونه.»

کاظمی گوشی تلفن را برمی‌دارد و شماره‌ای می‌گیرد:

«سلام آقاجون، بگو آقاماهان بیاد دفتر من، یه چندتا چایی هم بفرست این‌جا.»

فهیمه می‌پرسد:

«طوری شده آقای کاظمی؟ نکنه بچه خبط کرده، یعنی اسرار کارخونه‌رو تو دفترش نوشته؟»

«اتفاقاً خیلی هم کار خوبی کرده. راستش ما این‌جا گرفتاری‌هامون یکی‌دو تا نیست که.»

دو تا کشمش می‌اندازد توی دهانش:

«عرض می‌شود اگه ما هر دوسه روز، ده‌دوازده کارتن از جنس‌هامون فروش می‌رفت که کلاه‌مون‌رو می‌نداختیم هوا، ما اگه...»

ماهان نفس‌زنان وارد اتاق می‌شود و با دیدن فهیمه گُل از گُلش می‌شکفد:

«اِ، مامافهیم سلام. چه عجب از این‌طرف؟»

اول می‌خندد، امّا با دیدن چهره‌ی گرفته‌ی فهیمه، آرام‌آرام وامی‌رود:

«قهری مامافهیم؟»

کاظمی برمی‌خیزد. شانه‌های ماهان را در دست‌های گوشتالوش می‌گیرد و او را سمت مبل کنارِ صندلیِ خود می‌آورد:

«بشین این‌جا ببینم آقاجون.»

ماهان بی‌آن‌که چشم از فهیمه بردارد می‌نشیند.

«نترس مادرجون، ببین قربونت برم، دیشب برای من گفتی که...»

کاظمی انگشت اشاره‌اش را سمت فهیمه می‌گیرد و لحظه‌ای در همان‌حال می‌ماند. نیم نگاهی به او می‌اندازد:

«ببخشید حاج‌خانوم، یه‌دیقه...»

پلک‌هاش را روی هم می‌گذارد، بعد گویی از خوابی طولانی بیدار شده، آرام‌آرام رو به ماهان بازشان می‌کند:

«نترس آقاجون، می‌خوایم با هم حرف بزنیم.»

ماهان دوباره لبش به خنده باز می‌شود:

«حرف بزنیم.»

کاظمی نفس می‌گیرد:

«شما به مادرتون... یعنی دیشب گفتین ما تو این چند روزه، دوازده کارتن جنس فروختیم، می‌خوام بدونم رو چه حسابی این‌رو گفتی.»

ماهان با نگرانی می‌پرسد:

«اشتباهی الکی گفتم؟!»

«نه، می‌خوام بدونم بر اساس چی، رو چه حسابی این حرف‌رو زدی، به قول خودت آمارت از کجاست؟»

ماهان بلافاصله دفتر یادداشتش را از یقه‌ی پیراهن بیرون می‌کشد و از روی آن می‌خواند:

«کتلت، دوشنبه، سیزده... تاس‌کباب، سه‌شنبه، نه... ماکارونی...»

کاظمی که پوست لب‌هاش را می‌جود صحبتش را قطع می‌کند:

«نمی‌فهمم، این‌جوری نمی‌فهمم آقاجون... یعنی‌چی؟ کتلت چیه این وسط؟ یعنی...»

فهیمه می‌گوید:

«آخه این ناهار هرروزش‌رو هم می‌نویسه، به خاطر...»

کاظمی اجازه نمی‌دهد فهیمه جمله‌اش را تمام کند:

«ببخشید، یه‌دیقه...»

و دوباره پلک‌هاش را روی هم می‌گذارد و تقریباً زمانی طولانی در همان‌وضع می‌ماند. می‌چرخد رو به ماهان و ریه‌هاش را پر از هوا می‌کند:

«خب، حالا فهمیدم.»

و پلک‌هاش را باز می‌کند:

«یه‌بار دیگه از اول برام بخون آقاجون.»

ماهان دوباره از روی دفترچه می‌خواند:

«کتلت، دوشنبه، سیزده... تاس‌کباب، سه‌شنبه، هشت... ماکارونی، چهارشنبه، پنج...»

در اتاق باز می‌شود و آقایونس با سینی چای می‌آید تو. سلام می‌کند و چای‌ها را می‌گذارد و می‌رود. کاظمی که به جایی نامعلوم خیره است و متوجه آقایونس نشده از ماهان می‌پرسد:

«خب، حالا این‌هایی که گفتی یعنی چی؟ کتلت، دوشنبه... تاس‌کباب...»

«یعنی خب عمو،... یعنی دوشنبه کتلت بود ناهارم، سه‌شنبه تاس‌کباب.»

«نه، منظورم اینه که این‌ها چه ربطی به کارتن‌های انبار داره؟»

«آها... خب دوشنبه ردیف تهِ انبار، سیزده تا کارتن بوده، سه‌شنبه هشت تا، یعنی...»

با انگشت‌هاش حساب می‌کند:

«یعنی پنج‌تاش کم شده... بعد، سه‌شنبه هم پنج‌تا دیگه‌ش کم شده.»

کاظمی تمام نفسش را از ریه بیرون می‌دهد:

«لعنت بر شیطون.»

هیجان‌ها و اتفاق‌های چند روز گذشته ذهن کاظمی را از موضوع انبار و رسیدهای مشکوکی که در دست داشت دور کرده بود. حالا با این شواهد تازه یقین پیدا می‌کند که بدون آگاهی او بخشی از تولیدات کارخانه از انبار خارج می‌شود، بی‌آن‌که در جایی ثبت شده و یا نشانه‌ای از آن باقی‌مانده باشد.

کاظمی بهرام را می‌شناسد. او بددهن و بدخیال و بداخلاق هست، امّا دزد نیست. این را طی سال‌ها دیده است. می‌ماند منصور، که خب، فعلاً در باره‌ی او نظری ندارد. نمی‌تواند بی‌گدار به آب بزند. حالا که کارخانه جانِ تازه‌ای گرفته و اوضاع سروسامان پیدا می‌کند نباید اجازه دهد آرامشی که سخت به دست آمده با جنجال جدیدی به‌هم بریزد. امّا به هرحال باید تکلیف انبار روشن شود. باید موجودیِ انبار دوباره شمارش شود. باید رسیدهای خروجی و رسیدهای مرجوعی دوباره بررسی شوند. به‌خصوص وقتی ماهان گفته است آخر وقتِ روز گذشته، که ظرف غذاش را جا گذاشته و برگشته تا آن را از انبار بردارد، دیده آقاماشاالله وانتش را کنار انبار پارک کرده و داشته چند کارتن را در انبار جابه‌جا می‌کرده. حتم دارد اتفاق‌هایی افتاده که او از آن‌ها بی‌خبر است.

مصطفا، یکی از کارگران بسته‌بندی، بهترین آدمی است که می‌تواند در این کار به کاظمی کمک کند. او جوان لایق و هوشیاری است. با این‌که بعضی روزها دیر می‌آید و کمی هم کج‌خلق است، امّا با سرعت‌عمل و پشتکاری که دارد می‌تواند در کم‌ترین زمان، به حساب‌وکتاب انبار رسیدگی کند.

ورودِ مصطفا به انبار، قبل از هرکس، توجه منصور را جلب می‌کند:

«داری می‌شمری این‌هارو آقامصطفا؟»

مصطفا از کاغذ بلندبالایی که در دست دارد چشم برنمی‌دارد:

«آره.»

منصور چانه‌اش را می‌خاراند:

«اصلش ما که شب‌وروز این‌جا کارمون همینه، شما دیگه واسه‌چی زحمت می‌کشی!»

مصطفا همچنان ردیف کارتن‌ها را می‌شمرد و روی کاغذ چیزهایی یادداشت می‌کند. منصور یکی‌دو قدم از او دور می‌شود و دوباره برمی‌گردد سمتش:

«یعنی آمار سالانه‌ست؟»

مصطفا نگاهی سرسری به منصور می‌اندزد:

«حتماً دیگه.»

«خب آمار سالانه‌رو هم ما خودمون می‌دیم؛ حالا که نه، آخر سال. حالا کو تا آخر سال!»

مصطفا شانه بالا می‌اندازد و سمت ردیف‌های پشتی کارتن‌ها می‌رود.

منصور آرام‌آرام به او نزدیک‌تر می‌شود:

«اصلش می‌خوام بدونم چرا این‌قدر کم‌حرف شدی تازگی‌ها!»

مصطفا لحظه‌ای سر از کاغذ بر می‌دارد و نگاهی به منصور می‌اندازد.

منصور می‌پرسد:

«حتماً آقاکاظمی گفته دیگه، درسته؟»

«چی؟»

«همین دیگه، همین‌که موجودی انباررو دربیاری!»

«حتماً دیگه!»

این سکوت و کم‌حرفیِ مصطفا، منصور را می‌ترساند. از انبار بیرون

می‌آید و زنگ می‌زند به بهرام که توی نهارخوری روی صندلی ولو شده و پاهاش را انداخته روی میز و چرت می‌زند. بهرام با اولین زنگ از جا می‌پرد. پیغام منصور را که می‌گیرد راه می‌افتد سمت انبار.

مصطفا با دیدن بهرام لحظه‌ای مکث می‌کند. سلامی می‌کند و به کار خود ادامه می‌دهد. بهرام بی‌آن‌که جواب سلامش را بدهد ابرو در هم می‌کشد. انگار با محصول جدیدی از تولیدات کارخانه رو به رو شده باشد او را وارانداز می‌کند:

«این‌طرف‌ها مصطفا، از بسته‌بندی انداختنت بیرون؟»

مصطفا لب‌هاش می‌جنبد و خودکار را بین انگشت‌هاش جابه‌جا می‌کند و عددی را روی کاغذ می‌نویسد، می‌خواهد سمت ردیف بعدی برود که بهرام سینه به سینه‌اش می‌ایستد:

«گل لقد نمی‌کنیم‌ها، چایی‌شیرین! یه سؤال ازت پرسیدیم.»

مصطفا صاف توی چشم‌های او نگاه می‌کند:

«من فقط به آقای کاظمی جواب‌گوام، برو از خودش بپرس.»

«یعنی آقای کاظمی بهات گفته کار و زندگیترو ول کنی بیای کارتن‌های مارو بشمری؟»

مصطفا آرام او را کنار می‌زند و می‌رود سمت کارتن‌هایی که روی آن‌ها نوشته شده "رنگی"، و شروع به شمردن‌شان می‌کند. بهرام بی‌حرکت می‌ماند، حتی سربرنمی‌گرداند:

«خیلی به‌امون برمی‌خوره یکی حرف‌مون‌رو تحویل نمی‌گیره.»

برمی‌گردد سمت مصطفا:

«کپک! این‌جا هم مثل همون بسته‌بندیه، لقمه‌ی چرب‌تری گیرت نمی‌آد.»

ماهان درحالی‌که با دو بسته‌ی بزرگ فشرده از کارتن‌های خالیِ

طناب‌پیچ‌شده وارد انبار شده، آوازخوان سمت قفسه‌های پشتی می‌رود. با دیدن آن‌ها بسته را زمین می‌گذارد:

«اِ، سلام... سلام بر انسان‌های با عشق!»

فقط مصطفا جواب او را می‌دهد. ماهان سمت او می‌رود:

«این‌ها شونزده‌تان، اون بغلی‌هاشون دوازده‌تا...»

لب‌های مرطوبش را می‌لیسد:

«این‌هـارو نشـمر، مـن خیـر سـرم دقیق‌تـر از خـودم شمردم‌شـون... مومو مو لا درزش نمی‌رم.»

و در همان‌حال، دستش را سمت یقه‌اش می‌برد و دفتریادداشتش را بیرون می‌آورد و آن را رو به مصطفا می‌گیرد:

«ببین... دقیق، عین عین کاکا کامپیوتر.»

مصطفا نگاهی به دفترچه می‌اندازد و دوباره مشغول شمردن کارتن‌های باقی‌مانده می‌شود. بهرام از زیر ابروهاش خیره می‌شود به ماهان:

«نکنه این‌ها همه‌ش از گور تو بلند می‌شه!»

منصور پوزخند می‌زند:

«اصلش غیر این هم نیست؛ یا خودش، یا مادرش. مگه ندیدی آقابهرام، دوباره مادرش این‌جا بود. حالا هرروز ما یه مکافاتی داریم از دست این‌ها.»

ماهان رو به منصور بُراق می‌شود:

«اگه راست می‌گی، مگه چرا امروز ظرف‌های ناهاررو نشستی، نوبت خودت بود تنبل‌خور!»

منصور شانه بالا می‌اندازد:

«برو بابا!»

بهرام پر سروصدا آه می‌کشد:

«این‌جوری نمی‌شه، بالاخره ما باید تکلیف خودمون‌رو تو این دیوونه‌خونه بدونیم.»

و با قدم‌هایی کوتاه و سریع از انبار بیرون می‌زند. منصور و در پی او، ماهان از انبار بیرون می‌روند.

یک‌آن منصور رو می‌کند به ماهان:

«تو کجا می‌آی، برو پیش آقامصطفا کمک‌دستش.»

ماهان پا می‌چسباند و سلام می‌دهد:

«چشم قربان.»

و لبخند می‌زند و به انبار برمی‌گردد.

منصور پا تیز می‌کند تا به بهرام برسد:

«آقابهرام، اگه الآن جلوشون درنیای، دیگه بعداً حریف‌شون نیستی. اصلش وقتی این یارو مصطفا گفت می‌خواد جای شمارو بگیره خواستم با سر برم تو صورتش.»

بهرام قدم‌هاش را کُند می‌کند:

«همین‌جوری گفت؟ یعنی گفت قراره بیاد جای ما؟»

«این‌ها خیلی نامردن، چشم به‌هم بذارین، یه‌دفعه زیر پاتون‌رو خالی می‌کنن.»

بهرام زیرلب مِرمِر نامفهومی می‌کند و سبیل‌هاش را می‌جود. منصور شانه به شانه‌ی بهرام می‌رود:

«اصلش اگه شما نباشی من یه‌دیقه هم تو انبار نمی‌مونم، گفته باشم.»

به اتاق کاظمی رسیده‌اند. بهرام به منصور اشاره می‌کند بیرون اتاق منتظر بماند. خودش در می‌زند و وارد اتاق می‌شود:

«آقای کاظمی، ما مگه خودمون با پاهای خودمون از این کارخونه نرفته بودیم؟»

کاظمی لیوان چایش را از روی میز برمی‌دارد. سعی می‌کند لحن آرامی داشته باشد:

«باز چی شده بهرام؟»

«می‌گم هی پیغام‌پسغام دادین دوباره برگردیم کارخونه تا حال‌مون‌رو بگیرین؟»

کاظمی کشمشی توی دهانش می‌اندازد:

«تو می‌دونی حساب‌کتاب‌های انبار به‌هم ریخته؟»

«یعنی چی؟ یعنی ما از انبار دزدیدیم؟»

«چرا حرف بی‌خودی می‌زنی آقاجـون، این فقط یه حسابرسی ساده‌ست.»

«نکنه اون خل‌وچل گفته ما دزدیم!»

«هیشکی به هیشکی نگفته دزد، گفتم‌که، این فقط یه...»

«...نه‌خیـر، هرچی مـا سـرمون تو لاک خودمونه، شـماها داریـن زیرپاکشـی می‌کنیـن. یعنـی فکر کردین ما این‌قدر زاغارت شدیم که این گُنده‌باقالی‌رو واسه‌مون شاخ کردین.»

«گنده‌باقالی دیگه کیه؟»

«همین مصطفا دیگه.»

کاظمی کشمشی را که گوشه لُپش بود، قورت می‌دهد:

«به جای این گردوخاک راه انداختن‌ها، به منصور که پشت در فال‌گوش وایساده، بگو بِره رسیدهای شیش‌ماه پیش تا حالارو ورداره بیاره.»

بهرام برمی‌گردد با حرکتی سریع در را باز می‌کند و به منصور که با باز شدن در یکه خورده است می‌گوید:

«بپر برو زونکن قبض‌هارو بیار...»

لحن صدای کاظمی لبریز از کلافگی‌ست:

«از شیش‌ماه پیش تا حالا؛ هم سفارشات، هم مرجوعی‌ها.»

بهرام رو به منصور خرناس می‌کشد:

«شنیدی؟»

چشم‌های گرد شده‌ی منصور دودو می‌زند:

«آره آقا، همین الآن.»

و با عجله سمت انبار می‌رود.

بهرام به اتاق بازمی‌گردد و سرش را پایین می‌اندازد و با چهره‌ای برافروخته از بینی نفس می‌کشد. کاظمی ظرف کشمش را سمت او می‌گیرد:

«بردار... بردار، تو دزد نیستی. من آدم خودمرو می‌شناسم. این‌هارو هم تو آسیاب سفید نکردم... بردار کامترو شیرین کن.»

بهرام که یک کشمش از ظرف برداشته، دوباره آن را در ظرف می‌اندازد:

«بابا چه کامی، چه شیرینی‌ای، از روزی که این منگله اومده این‌جا، زندگی مارو دَمر کرده؛ هرروز یه بساط، هرروز یه بامبول.»

کاظمی ظرف کشمش را روی میز می‌گذارد:

«این‌رو هم بگو که یه‌جورهایی قدمش خیر بوده.»

«خیلی جون عمه‌ش.»

«این بچه وسیله‌ای شد که کارخونه درش بسته نشه، بَده؟ بده که یه‌مشت کارگر، یکی‌ش خودت، آواره نشدن؟»

جرعه‌ای چای می‌نوشد و از کشوی میز، زونکن کوچکی را بیرون می‌آورد و مقابل او می‌گذارد:

«بفرما، الآن یه هفته‌ست به منصور گفتم این چند تا سند تکلیفش روشن نیست. این‌ها مرجوعی بودن، ولی رسید انبارشون‌رو ندارم. اصلاً نمی‌دونم جنس، چی بوده، به کی دادیم، چه تاریخی مرجوعی شده، اصلاً امضاء مسئول انباررو نداره.»

بهرام زونکن را برمی‌دارد و گویی تکه‌شیشه‌های شکسته و بُرنده‌ای را جابه‌جا می‌کند آرام و مردد، برگه‌های داخل آن را وارسی می‌کند:

«یه بندانگشت بچه، داره من‌رو سر می‌دوئونه. هی امروزفردا می‌کنه.»

بهرام چشم از کاغذها برنمی‌دارد:

«این‌ها که همه‌ش کارِ خود منصوره. تحویل و مرجوعی و همه‌ی این‌هارو خودش می‌زنه.»

«خودش هم امضاء می‌کنه، ها؟ اون‌وقت مسئول انبار کیه؟ آقابهرام.»

«آخه ما که دیگه نباید...»

کاظمی نمی‌گذارد حرفش را تمام کند:

«اون‌که نباید هم خودش جنس‌هارو تحویل بده و تحویل بگیره، هم خودش کارهای خودش‌رو امضاء کنه. این‌جوری سنگ‌روسنگ بند نمی‌شه آقاجون، یعنی نتیجه‌ش می‌شه همین اوضاعی که می‌بینی.»

بهرام مشکوک و ناباور، همچنان سر در کاغذها فرو برده است:

«ما که قاتی کردیم، آخه یعنی چی؟!»

کاظمی سعی می‌کند آرام باشد:

«یعنی این‌که بالاغیرتاً شلوغ‌بازی درنیار، بذار حساب‌کتاب‌مون‌رو روشن کنیم؛ به‌خصوص الآن که دیگه اوضاع فرق کرده. این بنده‌خداها به ما اعتماد کردن سرمایه زندگی‌شون‌رو آوردن این‌جا دودستی تقدیم کردن به ما، باید حساب‌کتاب‌مون دقیق باشه، ریال به ریال.»

بهرام انگشت‌هاش را به نرمه‌ی کف دست فشار می‌دهد و با ترق‌وتروق خشکی قولنج مفصل انگشت‌هاش را می‌شکند. بی‌اراده ازجا بلند می‌شود و مثل مشت‌زن قهرمانی که ناگهان پس از سال‌ها مجبور است شکستش را قبول کند ناباورانه سر می‌جنباند و پابه‌پا می‌شود. لبش مثل کرم باغچه پیچ‌وتاب می‌خورد و صدای نامفهومی از حلقومش بیرون می‌دهد. یک‌آن دو گوشه‌ی لبش مثل تیک عصبی، دو طرف صورتش کش می‌آید. کاظمی از زیر ابروها نگاهش می‌کند:

«آره... خنده هم داره.»

بهرام، نیش‌خورده، از جا برمی‌خیزد:

«نخندیدیم.»

و از اتاق بیرون می‌زند.

درست همان‌وقت که مصطفا مشغول وارسی موجودیِ انبار است و آن‌ها را با صورت‌حساب‌ها و اسناد مربوطه مقابله می‌کند، کاظمی سروقتِ راننده‌ی کارخانه می‌رود. با توجه به چیزهایی که ماهان گفته، باید ماشاالله حرف‌های زیادی برای گفتن داشته باشد. ماشاالله ظاهراً مردی گوشه‌گیر و کم‌حرف است، امّا این‌بار باید حرف بزند.

کاظمی او را در اتاق عمواکبر پیدا می‌کند. هروقت عمواکبر کاری دارد و جایی می‌رود، ماشاالله به جای او در اتاق سرایداری می‌ماند.

«خسته نباشی آقاماشالا.»

ماشاالله از جا بلند می‌شود.

«سلام آقا.»

«سلام به روی ماهت، کم‌پیدایی.»

ماشاالله با نرمای شست دستش ابروهاش را صاف می‌کند:

«زیر سایه‌ی شماییم آقا.»

«ایشالا زیر سایه‌ی حق.»

«آقا تبریک می‌گم، بالاخره کارخونه دوباره افتاد رو ریل خودش.»

«الحمدلله. اگه خدا بخواد از فردا پس‌فردا راننده‌ی جدید هم می‌آد.»

ماشاالله لحظه‌ای مکث می‌کند. صداش مردد است:

«یعنی یه‌دفعه این‌قدر کار زیاد شده؟ ما که خودمون فعلاً همه‌ش تو استراحتیم.»

پوزخند می‌زند و بی‌دلیل خیره می‌شود به سقف:

«از بی‌کاری شدیم شاگردبپای عمواکبر.»

کاظمی بی‌این‌که حرفی بزند به ابروهای سیاه و پرپشت او که مثل دو فرچه‌ی کهنه بالای چشم‌هاش لق می‌خورد خیره شده است. ماشاالله که انگار سنگاسنگِ نگاه کاظمی را روی ابروهاش احساس کرده دوباره با نرمای شست دستش آن‌ها را صاف می‌کند:

«کاری باشه خودم هستم، مگه این‌که یه‌دفعه، تو چند روز، ایشالا معجزه شده باشه.»

دست‌هاش را قلاب می‌کند و دوباره خیره می‌شود به سقف، گویی توی ترک‌های ریز سقف چیزی را می‌جورد.

کاظمی به جایی که او در سقف خیره مانده نگاه می‌کند:

«نه، قراره راننده‌ی جدید به جای شما بیاد.»

ماشاالله ابروهاش را بالا می‌دهد. چشم‌هاش دودو می‌زند:

«متوجه نشدم آقا.»

«یعنی شما می‌ری استراحت.»

ماشاالله قد راست می‌کند:

«آخه... خلافی از ما سر زده آقا؟»

کاظمی بازیگوشانه درِ قندانِ روی میز را برمی‌دارد و حبه‌ای قند می‌گذارد گوشه‌ی لپش.

«مثلاً چه خلافی؟»

«منظورتون‌رو نمی‌فهمیم آقا؟»

کاظمی حبه قند را نوک زبانش می‌چرخاند و شیرینی‌اش را قورت می‌دهد:

«یکی از آدم‌هایی که از انبار براش جنس‌های کارخونه‌رو می‌بردی زنگ زد و یه‌چیزهایی گفت، که،...»

نگاهش را به چهره‌ی منتظر ماشاالله می‌پاشد:

«...یه‌چیزهایی که حالم‌رو بد کرد.»

و سکوت می‌کند. ماشاءالله دست می‌برد سمت ابروهاش، امّا دستش در هوا می‌ماند. با همان‌دست، پوستِ چرم‌نمای گلوش را بین دو انگشت می‌چلاند. صدای کاظمی ابروهاش را از جا می‌پراند:

«حالم بد شده ماشالا، حالم بده آقاجون، می‌فهمی؟»

این‌بار، سکوت طولانی می‌شود. صدای سوت ممتد و خفیده‌ی کتری، سکوت را سنگین‌تر کرده است. بالاخره ماشاالله لب باز می‌کند:

«یعنی هر کی هر دروغی بگه شما باور می‌کنین؟»

«بستگی داره.»

«به چی بستگی داره آقا، تا حالا دیدین ما دست‌ازپا خطا کنیم؟»

«بستگی داره به این‌که اون دروغ‌رو کی بگه، چه‌جوری بگه، با مدرک بگه یا بی‌مدرک بگه، صورت جنس‌هایی‌رو که براش بردی‌رو برام بفرسته یا نفرسته.»

سمت ماشاالله بُراق می‌شود:

«اقاجون، من اگر نتونم به تو اعتماد کنم که تو نمی‌تونی این‌جا کار

کنی. اولش که آوردمت کارخونه، سوئیچ این ماشین‌رو دادم دستت، یادته؟ گفتم چی؟ گفتم تو این‌جا فقط یه راننده نیستی، تو امین مایی.»

دست‌هاش را می‌کند توی جیب شلوارش و زل می‌زند به قندان:

«گفتم ماشالا حلال‌خوره، سرش تو کار خودشه، حالا می‌بینم... استغفرالله...»

ماشاالله که نرمای شست دستش را برای صاف کردن ابروهاش بالا آورده کلافه و بی‌حوصله دستش را می‌اندازد:

«یعنی یکی مدرک آورده که من دزدم، شما هم باور کردین؟»

«ببین آقاماشالا، من نه می‌خوام پای این و اون‌رو وسط بکشم، نه پای پلیس و صدوده و این‌جور چیزها، می‌خوام مث دو تا مرد با هم حرف بزنیم. آقاجون مرد و مردونه. خب یه‌کاری کردی، باید پاش وایستی یا نه!»

«یعنی من بیام به کارِ نکرده اعتراف کنم که حرف اون یارو که راپرت داده درست از آب در بیاد؟»

«نه، کی می‌گه این‌رو، من می‌گم بین خودمون... گوش‌کن، دارم می‌گم بین خودمون، بی‌دخالت پلیس و این‌ها، کارِت‌رو گردن بگیر و پاش وایسا؛ واِلّا کاری نداره که، بیا، سه تا شماره‌س دیگه، بگیرم بیان این‌جا جلو کارگرها آبروریزی درست شه؟ این‌رو می‌خوای؟»

ماشاالله می‌شکند. وقاری را که سعی می‌کرد تو چهره‌اش حکاکی کند شکل می‌بازد. دهانش را می‌بندد و تندتند از بینی نفس می‌کشد. دستش را مشت می‌کند و تکان می‌دهد، گویی می‌خواهد مگسی را که در مشت دارد تنبیه کند و بعد با همان مشت به پیشانی بَراقش می‌کوبد:

«هع، به من می‌گن هیزم بی‌مزد و مواجب جهنم.»

انگشت اشاره‌اش را سمت قندان می‌گیرد:

«به این شیرین‌کام، اگه یک ریال به من رسیده باشه. سه تا بچه‌مرو کفن کنم اگه دروغ بگم.»

با سروصدای زیاد نفسش را از ریه بیرون می‌دهد. جمله‌ی آخر را از لای دندان‌هاش می‌گوید:

«شدم چوب دوسر خلا.»

کاظمی سمت کتری و قوری چای می‌آید و چای پررنگی می‌ریزد می‌گذارد جلوی ماشاالله:

«آخه چه‌جوری می‌شه، خودت حرف خودت‌رو باور می‌کنی؟ یعنی یه ریالش هم به تو نرسه؟ معلوم هست چی می‌گی آقاجون؟»

ماشاالله، متشنج و کلافه سرش را تکان می‌دهد:

«به‌خدا دوست داشتم زمین دهن وا کنه قورتم بده یه‌همچین روزی‌رو نبینم.»

کاظمی دستش را روی شانه‌ی ماشاالله می‌گذارد:

«به من گوش کن! می‌گم تو، راه رضای خدا که این کاررو نکردی، ها؟ بالاخره یه‌قرون دوزارش هم به خودت رسیده دیگه؛ ماشالا، نگو نه، که باز حالم بد می‌شه‌ها.»

ماشاالله آرام‌آرام سرش را بالا می‌آورد:

«آقا این بچه، باباش مریضه.»

کاظمی بی‌حوصله می‌پرسد:

«بچه کدومه؟»

«همین منصور. ماهی یه‌آمپول می‌گیرن برا باباش، هشتصد و پنجاه هزار تومن. اگرم نزنه، می‌میره.»

«خب آره، این‌هارو که می‌دونم. همین... کی بود... همین پنج‌شیش

ماه پیش فرستادمش پیش یکی از رفقا، قرار شد کمکش کنن. ماه اولش هم زنگ زدم به اون بنده خدا گفت دارن کمکش می‌کنن.»

صدای ماشاالله می‌لرزد:

«با همین چشم‌های کورشده‌ی خودم دیدم ماه به ماه پونصدشیشصد تومن می‌ریزه به حساب عموش که...»

«...اون‌وقت، بهرام این وسط چه‌کاره‌ست؟»

«اون بدبخت روحش هم خبر نداره از این حرف‌ها.»

کاظمی دستش را می‌سراند تو جیب کتش:

«حالا چند ماهی هست دارین گند می‌زنین؟»

ماشاالله دوباره سرش را پایین می‌اندازد:

«سه... نه، چهار ماهه.»

کاظمی دو تا آبنبات کوچک کاغذپیچ‌شده از جیبش بیرون می‌آورد و انگار به پرنده‌ی سخنگویی که بعد از مدت‌ها به حرف آمده جایزه می‌دهد، یکی از آن‌ها را می‌گذارد کنار لیوان چای ماشاالله:

«بیا چاییترو با این بخور، می‌چسبه، پرتقالیه.»

زیرچشمی نگاهی به او می‌اندازد:

«پس شدی رابین‌هوت! دیدی کارتونش‌رو دیگه؟ البته اون مادرمرده چیزی واسه خودش ورنمی‌داشت... حالا؛ تو کارتونش این‌جوری می‌گفت.»

«آقا به جان بچه‌هام اگه...»

کاظمی کف دستش را بالا می‌آورد:

«خیله‌خب، خیله‌خب، حالا اون بماند. ولی گلی به گوشه‌ی جمال‌تون. ما داریم واسه پرداخت قبض‌مبض‌های کارخونه جلو این بانک و اون بانک عربی می‌رقصیم، بعد شماها... استغفروالله.»

ماشاالله با کف دو دستش محکم می‌کوبد روی سر تاسش و ناله می‌کند:

«خاک تو سر من الاغ.»

کاظمی ابروهاش را بالا می‌کشد و نفسش را از زیر سبیل‌هاش بیرون می‌دهد:

«چاییت‌رو بخور، سوئیچ و کارت ماشین‌رو بذار، فعلاً برو تا ببینم چی می‌شه.»

ماشاالله با صدای خفیده‌ای ناله می‌کند:

«یعنی اخراج دیگه آقا!»

«فعلاً این‌جا نباش، تا ببینم خدا چی می‌خواد.»

ماشاالله با نرمای انگشت شست، ابروهاش را صاف می‌کند. آب‌نبات کاغذپیچ‌شده را از روی میز برمی‌دارد و با طمأنینه کاغذ آن را باز می‌کند و آب‌نبات را در دهانش می‌گذارد. زرورق نارنجی‌رنگش را صاف‌وصوف می‌کند و به آن خیره می‌شود. گویی به خبر بدی که همین الآن به دستش رسیده نگاه می‌کند. کارت و سوئیچ را روی میز می‌گذارد و از اتاق سرایداری بیرون می‌خزد.

کاظمی حتی فرصت نمی‌دهد ماشاالله از کارخانه خارج شود و احتمالاً با منصور تماس بگیرد و صحبت‌هایی که بین‌شان ردوبدل شده را به گوش او برساند. زنگ می‌زند به انبار و از منصور می‌خواهد بی‌معطلی به اتاقش بیاید.

منصور از همان‌وقت که مصطفا را در انبار دیده بود می‌دانست باید خود را برای حوادث جدیدی آماده کند. وقتی به اتاق کاظمی می‌آید در چهره‌اش آرامش و سردی خاصی را نقاشی کرده است. کاظمی می‌خواهد همان‌اول، حرف آخر را بزند، امّا با خود فکر می‌کند

"با این بچـه بایـد حواسـم جمـع باشـه". به همیـن خاطـر کمـی مکـث می‌کند.

تا قبل از این‌که منصور به اتاق بیاید می‌داند که چه باید بگوید. همه‌ی جمله‌هاش را هم کلمه به کلمه آماده کرده است، امّا حالا با دیدن این آرامش و سرداسردِ این چهره‌ی بی‌خیال باید از جای دیگری شروع کند:

«از بابات چه خبر، هیچ خبر داری ازش؟»

منصور از جا می‌پرد:

«چی شده آقا، توروخدا بگین، خبری از آقام دارین؟»

«چی می‌گی آقاجون، هول نشو، من دارم حالش‌رو از تو می‌پرسم، چرا بی‌خودی شلوغش می‌کنی؟»

«ترسیدیم آقا، دست خودمون نیست که، اصلش ما همین یه بابارو داریم.»

کاظمی لبخند می‌زند:

«مگه همه چند تا بابا دارن؟»

منصور لبخند تلخی می‌زند و خاموش می‌شود. کاظمی کشوی میز را لحظه‌ای باز می‌کند و به داخل آن نگاه می‌کند. انگار با کوتوله‌ای که گوشه‌ی کشو نشسته حرف می‌زند:

«این رفیق ما، حاج‌آقاخسروی می‌گفت نرفتی، یا... چه می‌دونم، نمی‌ری داروی باباترو بگیری، آره؟»

چهره‌ی منصور تلخ می‌شود. واهمه‌ای خاموش و موذی زیر پوستش می‌خزد، امّا سینه‌اش را صاف می‌کند و چشم در چشم کاظمی می‌دوزد:

«چرا آقا، هرماه می‌رم دفترشون، بنده‌خدا لطف می‌کنه می‌نویسه، دارورو تحویل می‌گیرم می‌فرستم برا آقام.»

کاظمی هنوز چشمش چیزی را که در کشو نیست، می‌جورد:

«چقدی می‌دی؟»

منصور پابه‌پا می‌شود. پلک چپش شروع می‌کند به کوفتن، انگار پتکی‌ست که بر مغزش می‌کوبد، پچ‌پچه‌ای کش‌دار و لرزان در ذهنش ولوله می‌کند، "نترس الاغ! خودت‌رو جمع‌وجور کن، داره خالی می‌بنده، جفت پوچه." احساس می‌کند صداش از پلک‌هاش بیرون می‌آید:

«به خودش که پول نمی‌دم، یه برگه می‌نویسه، می‌برم حسابداری قبض صادر می‌کنه، می‌ریزم به حساب‌شون.»

کاظمی آرام‌آرام دَرِ کشو را می‌بندد. سر برمی‌دارد و صاف نگاه می‌کند تو چشم‌های منصور:

«حالا چقدی می‌ریزی به حساب‌شون؟»

«پنجاه هزار تومن. خدا خیرش بده. اصلش بیرون هشتصد و پنجاه هزار تومن پولشه.»

کاظمی کشمشی از قندان برمی‌دارد و بین دو انگشت ورزَش می‌دهد، آن را کف دستش می‌اندازد و وراندار می‌کند، انگار که از کشمش می‌پرسد:

«اون‌وقت می‌دونی اگه آدم به اسم باباش کار خلاف بکنه، دو تا چوب می‌خوره؟»

منصور ناخودآگاه و بی‌دلیل تکرار می‌کند:

«دو تا چوب می‌خوره...»

مات‌مات به کاظمی نگاه می‌کند:

«یعنی چی آقا؟»

کاظمی فوت صداداری به کشمش می‌کند و می‌اندازدش ته حلقش. صاف نگاه می‌کند تو چشم‌های منصور:

«یعنی اگه آدم به اسمِ پول داروی باباش از انبار کارخونه، جنس رد کنه و پولش‌رو به جیب بزنه، باید دو تا چوب بخوره.»

منصور ابروهاش را بالا می‌دهد و پیشانی‌اش را می‌خاراند. او که امیدوار است صداش رنگ ترسِ درونش را نشان ندهد، زیرلب پته‌پته می‌کند:

«ما که حسابی قاتی کردیم آقا... ببخشیدها، می‌شه یه‌جوری بگین ما هم بفهمیم.»

«یعنی تو واقعاً نمی‌فهمی من چی می‌گم!؟»

منصور نگاهش را از کاظمی می‌گیرد و به زمین خیره می‌شود:

«آقا ببخشید، ما سواد درست‌حسابی نداریم که...»

و ناگهان نگاه تیز و جسورانه‌اش را به چشم‌های کاظمی می‌دوزد:

«آقا مرض نداریم بفهمیم، بگیم نفهمیدیم که.»

کاظمی که چشم از او برنمی‌دارد و خساخس نفس‌هاش، مثل ساعت عجیبی، هریک ثانیه سکوت را یک ساعت نشان می‌دهد، کشمشی را که ته گلوش نرم شده، می‌بلعد و مثل معلمی که مسئله‌ی ساده‌ای را به دانش‌آموز خنگی تفهیم می‌کند می‌گوید:

«پس باید یه‌جور دیگه حالیت کنم.»

صداش را بالا می‌برد:

«به من نگاه کن ببینم... تو از انبار کارخونه جنس نبردی بیرون؟»

«چی؟! ما؟ ما جنسِ ببریم آقا؟»

«بفروشی.»

«ما آقا؟!»

«بعدش هم به بهانه‌ی جور کردن پول داروی بابات یکی‌دیگه‌رم بندازی تو هچل، بشه شریک جرمت.»

«ما بندازیم تو هچل؟ آقا به ارواح خاک مادرمون...»

صدای کاظمی به خرخر می‌افتد:

«بسه، قسم دروغی نخور بچه. فکر کردی این‌جا هرکی‌هرکیه که هرغلطی خواستی بکنی!»

«آقا، ما اگه می‌خواستیم...»

«...یه کلمه حرف اضافه نزن منصور، فقط جواب من‌رو بده. اینه مزد خوبی‌های من؟ از غربت بیای، به‌ات جا بدم، کار بدم، بعد به‌ام خیانت کنی!»

منصور پوست پلک چپش را بین دو انگشت می‌چلاند:

«آقا شما که نمی‌ذارین ما حرف بزنیم.»

«چی می‌خوای بگی جز دروغ؟ اگه حرف حساب داری، بسم الله، بگو... دِ بگو دیگه!»

منصور زیرلب مِرمِر می‌کند:

«آقا اصلش کی گفته ما از انبار جنس برداشتیم؟»

«حالا هرکی گفته. البته اگه بخوای روبه‌رو می‌کنم. اونی که گفته نمرده که، حی و حاضره..»

«آقا ما این‌جا کلی دشمن داریم.»

«اون‌وقت چرا؟ مگه تخم دوزرده می‌ذاری؟»

«نه آقا، ما از بچگی همین‌جوری بودیم. آدم‌ها باهامون حسودی می‌کنن. یه‌جورهایی می‌خوان سایه‌مون‌رو با تیر بزنن. کاری هم به‌اشون نداریم‌ها، به‌اشون بدی هم نکردیم‌ها، ولی خب...»

«...ببین، قصه‌ی حسین‌کردشبستری برای من تعریف نکن. کاری کردی که یه‌الف‌بچه، هنوز دو روز نیست اومده این‌جا، زیروروی مارو درآورده، فهمیده جناب‌عالی از انبار جنس می‌بری بیرون، ماشالا برات بار می‌زنه، اون یکی...»

«...یعنی همین ماهان گفته؟»

«حالا هرکی، چه فرقی می‌کنه؟»

منصور خرناس‌کشان پوزخند می‌زند:

«آخه اون که عقل درست‌حسابی نداره آقا.»

«اتفاقاً خیلی هم عقلش خوب کار می‌کنه.»

«اون همه‌ش تو خواب و خیالاته، من شب‌وروز باهاشم، این هم یکی از خیالاتشه.»

«این‌ها حرف مفته، خودت هم خوب می‌دونی. همین امروز خرت‌وپرت‌هات‌رو جمع می‌کنی، حساب‌کتاب می‌کنیم و خداحافظ شما.»

منصور وا می‌رود:

«آقا کجا برم، اصلش کجارو دارم تو این شهر غریب! آقا دمتون گرم، با ما این‌کاررو نکنین.»

«خدا به آدم نعمت می‌ده، آدم باید لیاقت داشته باشه حفظش کنه. می‌فهمی آقاجون، نگهش داره، نه این‌که نمک بخوره، نمکدون بشکنه. خوش اومدی. برو اسباب‌اثاثیه‌ترو جمع کن.»

صدای منصور به بغض نشسته است:

«آقا، یه‌روزه که نمی‌تونم.»

«باشه، تا سه روز دیگه، یعنی روز چهارم این‌جا نبینمت؛ تا تکلیفم رو با اوسات هم روشن کنم، بهرامی که جناب‌عالی دست‌پرورده‌شی.»

منصور با چشم‌هایی دریده که طوق اشک در آن لمبر می‌خورد به کاظمی خیره است.

«برو خدارو شکر کن به پلیس زنگ نمی‌زنم، فقط صدقه سر بابای مریضت، همین و بس.»

منصور که خون به چهره‌اش دویده با شتاب از اتاق بیرون می‌زند. کاظمی لحظاتی طولانی دست‌هاش را قلاب می‌کند و می‌گذارد زیر چانه‌اش و بی‌هیچ حرکتی در جای خود می‌نشیند و خیره می‌شود به روبه‌رو. یک‌دفعه خس‌خس‌کنان از جا می‌پرد. ته‌مانده‌ی فنجان چای را که کاملاً سرد شده سر می‌کشد. مشت کوچکی کشمش در دهانش خالی می‌کند و راه می‌افتد طرف انبار. هنوز به انبار نرسیده که صدای ماهان می‌پیچد تو گوشش. ماهان آواز می‌خواند. آوازی که انگار هیچ‌وقت تمام نمی‌شود؛ ناله‌ای شوریده و ممتد که گمان می‌کنی از کوبیدن پتک بر سینه‌ی تخته‌سنگی افتاده بر رودی هزارساله برمی‌خیزد. صدایی گنگ و غریبه که هوش‌وحواست را می‌برد و از خودت می‌پرسی" خدایا، قبلاً کجا شنیده‌م این‌رو؟"

وقتی کاظمی وارد انبار می‌شود بهرام سر در زونکنی برده که پر از اوراق و مدارک قدیمی انبار است. با اشاره به صدای ماهان غُر می‌زند:

«می‌بینی آقا چه‌جوری رو مخه؟»

کاظمی کشمش‌ها را زیر زبانش ورز می‌دهد:

«چه‌کارش داری، بذار بخونه.»

بهرام رو به قفسه‌های پشتی تقریباً فریاد می‌زند:

«یه‌کم یواش‌تر!»

صدای ماهان از پشت قفسه‌ها شنیده می‌شود:

چشم قربان، ماماما ماهان معذرت می‌خواد.»

بهرام زیرلب غُری می‌زند و رو به کاظمی می‌گوید:

«چه خبرها آقای کاظمی، منصور کو؟»

کاظمی کشمش‌ها را می‌جود و قورت می‌دهد. نفس عمیقی می‌کشد:

«بالا بری، پایین بیای، من تورو مسئول انبار می‌دونم.»

«خب آره، ما مسئول انباریم، حالا که چی! فرض کن یه عوضی بیاد این‌جا سرِ یه بابایی‌رو بِبُره بذاره تو دامنش...»

«خب باز هم تو مسئولی آقاجون.»

«ببین آقای کاظمی، ما الآن یه ساعته داریم زونکن سندهای یکی‌دو سال پیش‌رو زیرورو می‌کنیم، حتی یه کارتن بالاپایین نشده، هرچی هست...»

«...درسته، هرچی هست، مال چهارپنج ماه پیش به این‌وره.»

«پس شما همه‌چی‌رو می‌دونین!»

کاظمی چشم‌هاش را تنگ می‌کند:

«همه‌چی‌رو.»

«حتماً این‌رو هم می‌دونین که ما تو این کار دست نداشتیم.»

«گفتم که آقاجون، مسئول انبار شمایی...»

ماهان با دو کارتن بزرگ از پشت ردیف کارتن‌ها بیرون می‌آید:

«سلام عموکاظمی.»

کاظمی می‌چرخد سمت او، سعی می‌کند چهره‌ای آرام به خود بگیرد:

«بَه، سلام آقاماهان. خسته نباشی.»

ماهان کارتن‌ها را پیش پاش بر زمین می‌گذارد:

«عمو، یه کارتن شیشه پشت قفسه‌ها افتاده شـ شـ شکسته.»

یک‌آن بهرام به او بُراق می‌شود. وقتی می‌بیند زیر نگاه کاظمی‌ست، سرش را پایین می‌اندازد. کاظمی رو می‌کند به ماهان:

«خیله‌خب آقاجون، فعلاً برو سر کارت، من دارم با آقابهرام حرف می‌زنم.»

ماهان محکم پا می‌چسباند و با لبخندی بزرگ سلام نظامی می‌دهد:

«چشم قربان.»

کارتن‌ها را دوباره برمی‌دارد و سمت قفسه‌های پشتی می‌رود. صدای بهرام فرومرده‌تر از قبل است:

«یعنـی شـما بـرات فرقـی نمی‌کنـه کـه مـا شریک‌شـون بودیـم یـا نه؟»

«چرا، خیلی هم فرق می‌کنه، ولی شما مسئول انبار بودی.»

و کلمه‌ی "شما" را مثل گلوله‌ی یخزده‌ی برفی به صورت بهرام می‌کوبد:

«اصلاً من به خاطر این‌که جناب‌عالی هوای انباررو داری این‌جارو ول کردم و سرم گرم کارهای دیگه‌ست.»

نرمه‌ی گوشش را می‌خاراند و زل می‌زند توی چشم‌های بهرام. انگار به یک جفت دکمه که به تکه نخی بر روی پیراهنی کهنه آویزان است نگاه می‌کند:

«یک‌کلام، ختم‌کلام، شما به درد انبار نمی‌خوری.»

«یعنی داری مارو بعد این‌همه جون‌کندن از این‌جا می‌ندازی بیرون؟»

و برای گفتن این جمله نفس کم می‌آورد.

کاظمی دست‌هاش را فرو می‌کند تو جیب شلوارش:

«قدر همه‌ی زحمت‌هات‌رو می‌دونم، ولی مسئولیت‌پذیر نیستی؛ نیستی دیگه، قبول کن آقاجون.»

بهرام ماغ می‌کشد:

«نمی‌ذاریم سکه‌ی‌یه‌پول‌مون کنین که وقتی از این‌جا رفتیم، بگین دزد بوده.»

«نه، هیچ‌کس حق نداره این حرف رو...»

«مـ مـ من نمی‌ذارم آقای بهرام رو بـ بـ بره از کارخونه.»

کاظمی رو می‌کند به ماهان که از پشت قفسه‌ها بیرون آمده و مثل عروسک‌های سخنگو، سیخ و بی‌حرکت قد علم کرده:

«گفتم که عموجون، شما برو سر کارت، دارم با آقابهرام صحبت می‌کنم.»

ماهان عرق پیشانی‌اش را با پر آستین می‌گیرد:

«می‌دونم، من هم دارم صحبت می‌کنم دیگه عموجون. شـ شـ شما نباید آقای بهرام... اصلاً مـ مـ من نمی‌ذارم داداش پریاجون از کارخونه... کارخونه بره.»

کاظمی لبخند بزرگی می‌زند و لحظه‌ای در همان‌حال می‌ماند، بعد، گویی ناگهان یاد قرار ملاقاتِ فراموش‌شده‌ای افتاده باشد با عجله قدمی سمت ماهان برمی‌دارد:

«این کار شما خوب نیست آقاجون، اسمش دخالت کردن تو کار دیگرانه.»

ماهان دوباره محکم پا می‌چسباند و سلام نظامی می‌دهد. صداش از بغض می‌لرزد:

«چشم قربان. پس مـ مـ من هم باید از کارخونه برم.»

تعظیم می‌کند و از در انبار بیرون می‌زند. کاظمی دو قدم به سوی او برمی‌دارد:

«کجا؟!»

زیرلب آه می‌کشد:

«استغفرواللّه...»

و در پی‌اش از انبار بیرون می‌زند. امّا قبل از آن، نیم نگاهی به سوی بهرام

می‌اندازد که مثل قوچی باران خورده، در خود کز کرده و مجسمانه شده است.

کاظمی بهرام را می‌شناسد. او آدمی نیست که غرور و آبروش را مفت از چنگ بدهد. برای اثبات خودش سخت خواهد جنگید. امّا از طرفی باید درست‌وحسابی گوش‌مالی‌اش بدهد تا حواسش جمع کار و مسئولیتش شود.

بهرام که غوغای هزار سؤال بی‌جواب ذهنش را در هم پیچیده، به دنبال راه فرار از این مخمصه است. او باید با منصور حرف بزند، باید وادارش کند به اعتراف.

بعد از رفتن کاظمی، دوسه بار با گوشی منصور تماس می‌گیرد، امّا بی‌جواب می‌ماند.

منصور بعد از ترک اتاق کاظمی، از کارخانه بیرون زده و آمده سمت تونل خرابه. در راه، دوسه بار گوشی‌اش زنگ می‌خورد، امّا جواب نمی‌دهد.

او گریزان و هولانه‌هول، در جاده‌ی خاکی پیش رو قدم برمی‌دارد، گویی از شخص یا اشخاصی که در پی اویند می‌گریزد. به دنبال جایی‌ست تا خاک‌وخل آواری را که ناگهان بر سرش خراب شده، از سروجانش بتکاند. سمت تونل خرابه کشیده می‌شود، جایی که هروقت دلش برای خانه و محله و شهرشان تنگ می‌شود می‌رود می‌نشیند کنار سنگ‌های عجیب‌وغریبش، و آن درخت بادام خشک که این چند سال، همان‌طور بی‌حاصل و چنگ‌زده به آسمان، در خاک فرو رفته است.

هیچ‌وقت جرئت نکرده وارد تونل شود. قصه‌هایی که سر زبان اهالی‌ست، از رفتن به داخل تونل می‌ترساندش.

کنار درخت خشک بادام می‌نشیند و دل می‌دهد به روزهایی که پدرش، درخت‌های بادامِ پشت زعفران‌زار را هرس می‌کرد؛ شاخه‌های نرک و خشک شده‌شان را می‌چید می‌ریخت زمین. بعد آن‌ها را می‌سوزاندند و در سرخاسرخِ زغال‌هاش که تو نسیم عصرگاهی دل‌دل می‌کرد، سیب‌زمینی می‌گذاشتند تا کباب شود.

امّا این سنگ‌ها... سنگ‌هایی که در اطراف دهانه‌ی تونل پراکنده‌اند، سنگ‌هایی که انگار دستی نامرئی از تونل بیرون‌شان ریخته است، دستی که هیچ‌کس آن را ندیده، بااین‌همه، هنوز گرمای آن را می‌شود روی سرداسردِ پوست‌شان حس کرد؛ و این او را می‌ترساند.

آرام می‌نشیند کنار یکی از سنگ‌ها و دستش را می‌گذارد روی خطوط درهم‌برهمش. سرمای قلب سنگ، تیره‌ی پشتش را می‌لرزاند. می‌زند زیر گریه، گریه‌ای بی‌وقت و غریبانه. صداش توی دهانه‌ی تونل می‌پیچد و مثل زوزه‌ی خفه‌ای بازمی‌گردد. اشک‌هاش روی گونه‌اش سُر می‌خورد و با قطره‌های گیجاویجِ بارانی که تازه شروع شده یکی می‌شود. دست‌هاش را می‌گیرد زیر باران. به سرانگشت‌های لرزانش خیره می‌شود و می‌گرید. انگار همین چهار روز پیش است؛ پدر ایستاده کنار خشکه‌خاکی داغمه‌بسته که زمانی زعفران‌زار بود. دست در گردن پسرش انداخته و خشاخشِ صداش، تن باد را می‌خراشد:

«منصور، فقط یادت باشه، تو داری سالم می‌ری، می‌خوام سالم برگردی.»

جمله‌ای که بارها به آن فکر کرده و هنوز لحن و تازگی‌اش را در خاطر نگه داشته است. دلش به درد می‌آید. انگشت‌هاش را می‌بندد و فشار می‌دهد کف دستش، جوری که جای ناخن‌ها پوستش را سرخ می‌کند.

برمی‌خیزد. با آستین، اشک‌هاش را پاک می‌کند و زیرلب می‌غُرد:

«آشغال عوضی... ماهان، نفسترو می‌گیرم!»

راه می‌افتد سمت کارخانه. بین راه، گروهی از محققان ژاپنی را می‌بیند که با کلاه ایمنی و ماسک و چراغ‌قوه‌هایی که به پیشانی‌شان بسته‌اند سمت تونل می‌روند. قبلاً هم یکی‌دو بار آن‌ها را نزدیک تونل دیده است.

قبل از این‌که به کارخانه برسد به ماشاالله زنگ می‌زند:

«چه‌طوری آقاماشالا.»

صدای ماشاالله زخمی و پریشان است:

«تو خجالت نمی‌کشی موسمار؟»

«چی شده مگه؟»

«چی می‌خواستی بشه، مگه نگفتی پول‌رو برای داروی بابات می‌خوای، اون فیش‌های واریزی به حساب عموت چی بود پس؟»

«کاظمی با تو حرف زد؟»

«تو بی‌چاره‌م کردی بچه‌زرنگ، آبرومرو کوبیدی سینه‌ی دیوار.»

«تو هم همه‌چی‌رو گذاشتی کف دستش، هان؟»

«منصور، خیلی نامردی. تو هم خودترو بی‌چاره کردی، هم من‌رو. صبر کن حالا، دارم برات...»

منصور گوشی را قطع می‌کند:

«برو بابا عوضی!»

کمی بعد، ماهان را می‌بیند که کنار خانه‌ی بهرام با پریا صحبت می‌کند. لحظه‌ای می‌ایستد به تماشای آن‌دو. پوزخندی می‌زند و می‌گذرد. وارد کارخانه که می‌شود عمواکبر زیر قرنیز باران‌گیرِ اتاق سرایداری ایستاده و درحالی‌که سر تکان می‌دهد خیره‌خیره نگاهش می‌کند. منصور چشم از او می‌گیرد. تفی روی زمین می‌اندازد و می‌گذرد.

به انبار که می‌رسد می‌ماند. بهرام جلوی در انبار زیر باران ایستاده و دست‌هاش را روی سینه‌اش گره زده و با چشم‌هایی خون‌چکان به زمین خیره است. آرام سر بلند می‌کند و از زیر ابروها نگاهش می‌کند. راه می‌دهد تا وارد انبار شود. ناگهان سیلی محکمی می‌خواباند بیخ گوشش:

«از مادر زاییده نشده کسی که بخواد با آبروی ما یه‌قل‌دوقل بازی کنه.»

منصور مثل توله‌سگی تیپاخورده زوزه می‌کشد:

«واسه‌چی می‌زنی آقابهرام؟»

«حالا که نزدیم که. بچه‌مُزلَّف، از انبار ما دزدی می‌کنی!»

«کی گفته، چرا تهمت می‌زنین.»

«ببین چلغوز، صدات‌رو واسه ما بالا نبر، یعنی ببند گاله‌رو. همین‌جا می‌زنیم که بالا بیاری، استخون‌هات‌رو هم کادوپیچ می‌فرستیم تربت واسه بابات که یه دزد زاییده.»

«چرا به بابام بد می‌گی، خوبه من هم به باباتون...»

نعره‌ی بهرام منصور را خاموش می‌کند:

«گفتیم ببند گاله رو. نذار نعشت‌رو بندازیم این‌جا.»

«غریب گیر آوردین. هیشکی ندیده، همه دارن واسه‌م می‌زنن.»

پنجه‌های کرخ شده‌اش را به سرش می‌کوبد:

«خاک تو سرت منصور! یعنی باید این‌قدر تِرکمون زده باشی که حرفت بیفته سر زبون یه خل‌مشنگ؟»

«خوب گوش کن ببین چی می‌گیم، یا همین الآن با پاهای خودت می‌آی می‌ریم دفتر، به کاظمی می‌گی ما قاتیِ گندکاری‌هاتون نبودیم، یا نعشت‌رو خِرکش می‌بریم.»

«همه‌تون دارین به حرف یه دیوونه گوش می‌کنین. به جای این که بزنی تو گوش من، برو هوای خواهرترو داشته باش، همین الآن که می‌اومدم داشتن با هم گُل می‌گفتن و گُل می‌شنفتن.»

تف خون‌آلودی روی زمین می‌اندازد:

«نترس، من فرار نمی‌کنم. تا هروقت بخوای همین‌جا وامیستم.»

یک‌آن دست یخ‌زده‌ی بهرام را در دست می‌گیرد:

«این‌رو باید بخوابونی تو گوش اون، نه من.»

صداش در زاری و زوزه‌ای گوش‌خراش می‌ماسد:

«برو ببین چی داشتن پشت‌سرت می‌گفتن همسایه‌ها. منِ الاغ، یه‌آن خواستم با کله برم تو صورت‌شون. خاک بر سر منِ...»

صداها می‌رود. سکوت می‌آید. سکوتی تیز و ممتد که مثل مته‌ای نامرئی جمجمه‌ی بهرام را سوراخ می‌کند. نگاه مرده‌اش، گیجاویج، همه‌جا و هیچ‌کجا را می‌کاود. پوست شقیقه‌اش زیر سنگاسنگِ سرانگشت‌هاش جمع می‌شود. زمان مثل حجمی لغزان بالای سرش یخ زده و ذره‌ذره قلبش را منجمد می‌کند. قلبش به تکه یخی بدل می‌شود که هرگز دوباره نخواهد تپید. زمان می‌گذرد و نمی‌گذرد. هزار سال. هزار ثانیه. یک پلک بر هم زدن...

آرام‌آرام دوباره صداها برمی‌گردند. صدای برخورد دانه‌های باران با برگ‌های زرد و نارنجی. صدای نفس‌نفس‌زدن‌های منصور. منصور را می‌بیند که سرش را رو به بالا گرفته تا خون بینی‌اش بند بیاید. بهرام بریده‌بریده نفسش را از ریه‌ها بیرون می‌فرستد و تکانی به خود می‌دهد. کاپشن آبی‌نفتی‌اش را از پشتی صندلی برمی‌دارد و از کارگاه بیرون می‌زند. با قدم‌هایی کوتاه و سریع راه می‌افتد سمت خانه.

امّا آن‌جا، کنار آن درِ آبی‌رنگ، ماهان ایستاده زیر بارش قطرات سرد بارانی که گونه‌های گُرگرفته‌اش را سوزن‌سوزن می‌کند. زبانه‌های آتش از منافذ پوستش تنوره می‌کشد و رقص‌کنان در نسیم خنک پاییزی به هوا می‌رود. انگار همان‌هاست که باران می‌شود و می‌بارد. آتش روی آتش می‌افتد. از پوست به استخوان می‌رسد و همه‌چیز را به خاکستر بدل می‌کند. ماهان دوباره از دل خاکستر برمی‌خیزد و نفس چاق می‌کند.

پریا نیز بی‌محابا از بارانی که هرلحظه تندتر می‌بارد چهره‌اش را به ذره‌های شعله‌وری سپرده که از ابرهای آبستنِ رؤیا می‌بارد. او غرق در دنیایی‌ست که شادی و غمش را نمی‌فهمد. چشم‌هاش بر هرچه بود و نبود بسته می‌شود و آب و آتش را یکی می‌بیند.

پریا دیرزمانی‌ست که از خودش بیرون آمده و به تماشای خودش ایستاده است. نگاه می‌کند به دخترکی مچاله شده بر صندلی چرخدار؛ چرخ‌هایی که سال‌ها روی استخوان‌های نحیفش قیقاج رفته است. حالا، آن چوبِ گردوی هزارساله که از زیر چرم مصنوعیِ دستگیره‌های صندلی بیرون زده، قرار است دوباره جوانه بزند؟

ماهان، واله، پرحرارت و بدون‌وقفه حرف می‌زند و با حرکات تندِ دستش هوا را می‌شکافد و قطره‌های باران را تکثیر می‌کند:

«وقتی دلم می‌گیره برات، می‌خوام بیام پیشت یه‌دفعه. دیشب از از از خواب پریدم لاکردار، گفتم گوش شیطون کر، بلندشم برم درِ خونه‌ی پریاجون.»

چشم‌های پریا گرد می‌شود:

«نه... نکنی یه‌وقت این‌کاررو؟»

«آخه مگه چرا؟»

«خب نصف شب اگه بیـای در خونه‌مـون،... فکـرش‌رو بکـن،... بهـرام...»

ماهان می‌دود توی حرفش:

«دلم برای آقای بهرام می‌سوزه اگه راستش‌رو می‌خوای، خیلی.»

«چرا؟»

«عموکاظمی می‌خواد اخراجش کنه.»

«به خاطر همون‌که گفتی تو انبار...»

«...آره، خیلی هم عصبانی بود. از اون ناجورهاش. بادکرده بود یه عالمه. امّا من گفتم نمی‌ذارم عمو اخراجش کنه.»

«به کی گفتی؟»

«به عموکاظمی گفتم دیگه.»

«بهرام چی گفت؟»

«حرف که اصلنِ اصلاً نمی‌زنه آقای بهرام به من؛ از صد تا فحش بدتر شدم.»

«یعنی باهات قهره؟»

ماهان سکوت می‌کند. ناگهان جلوی ویلچر زانو می‌زند:

«اگه زن من شدی، برای آقای بهرام هم غذا می‌پزی؟»

«می‌خوای بپزم؟»

ماهان با حرارت سرش را تکان می‌دهد:

«آره، می‌خوام، می‌خوام به ارواح خاک خودم.»

هاله‌ای از اندوه چشم‌های پریا را می‌پوشاند. ماهان که یاد چیزی افتاده، فریاد می‌زند:

«راستی...»

گوشی تلفنش را از جیب درمی‌آورد:

«سه تا لباس عروس. ببین.»

و عکس‌هایی را نشانش می‌دهد:

«اگه راستش‌رو می‌خوای، کدومش قشنگ‌تره از همه؟»

پریا به عکس‌ها خیره می‌شود. انگشت استخوانی‌اش را روی آن که منجوق‌دوزی شده و مرواریدهای دور یقه‌اش برق‌برق می‌زند می‌گذارد و به ماهان نگاه می‌کند. چشم‌های ماهان از ذوق می‌درخشد:

«آفرین... آفرین پریاجون. سلیقه‌ت مو نمی‌زنه.»

دست‌هاش را رو به آسمان می‌گیرد:

«عاشقتم خدا...»

رو به پریا می‌گوید:

«من هم همین‌رو، به جون مامافهیم من هم همین‌رو.»

پریا در ذوق و حسرت غوطه می‌خورد:

«اما خیلی گرونه.»

ماهان فریاد می‌زند:

«فدای سرم.»

و غش‌غش می‌خندد و دست‌هاش را به هم می‌کوبد. گوشی را از دست پریا می‌قاپد و با دکمه‌های آن ور می‌رود:

«بگو کدومش...»

از روی صفحه‌ی نمایشگر گوشی می‌خواند:

«تالار خوش‌بختی... شاشا شامل میوه، شیرینی، عکاسی و فیلم‌برداری، اتاق عقد، شامل گل‌آرایی، موسیقی، شامل ش ش شمع‌آرایی و نقطه نقطه نقطه، و شامل حق سرویس... و شامل ارزش افزوده و...»

«این‌ها چیه می‌خونی؟»

ماهان بی‌توجه، ادامه می‌دهد:

«...و شامل هرنفر... سه مدل غذا... شامل مـ مـ منوی انتخابی و نورپردازی ویوی ویژه...»

دلهره‌ای ناشناخته در خطوط صورت پریا می‌دود:

«این‌ها خیلی گرونه.»

ماهان دسته‌های ویلچر را می‌گیرد و برمی‌خیزد:

«می‌خوای لجم درآد؟ باشه، عوضش ماه‌عسل می‌برمت مشهد. با اتوبوس نه‌ها، دوره. با هواپیما می‌ریم. تازه، چایی‌شیرینی هم می‌دن تو هواپیما... از اون کیک گنده‌ها هم. می‌خوریم می‌ریم مشهد. خیلی خوش می‌گذره تو هتل.»

خاله از چارچوب پنجره پریا را صدا می‌کند:

«پریاجون بسه دیگه، بیا تو مادر. خیس شدی زیر بارون، سرما می‌خوری خاله‌جون.»

پریا لحظه‌ای برمی‌گردد سمت خاله:

«الآن می‌آم.»

و مرجان را می‌بیند که گوشه‌ی پنجره، کنار پرده‌ی توری ایستاده و به او و ماهان نگاه می‌کند.

ماهان رو به خاله لبخند می‌زند:

«سلام خاله‌جون، الآن می‌گم بیاد تو. نمی‌ذارم سرما بخوره برای خودش.»

و پیراهن کارش را از تن درمی‌آورد و می‌گیرد روی سر پریا. پریا آن را پس می‌زند:

«بکن تنت، سرما می‌خوری، این چه کاریه!»

«سرما نمی‌خورم.»

نگاهش می‌افتد به تعدادی کارت‌دعوت عروسی که به پرِ کمربندش گیر داده. چشم‌هاش از شادی برق می‌زند:

«تازه،... این‌هارو ندیدی پریاجون...»

پیراهن را روی سر پریا می‌اندازد و بسته‌ی کارت‌ها را از پرِ کمربندش بیرون می‌کشد:

«این‌ها کاکاکا کارت‌های عروسی‌ان. عین خودت، یکی از یکی ماه‌تر، ببین...»

پریا، پیراهن ماهان را از روی سرش کنار می‌زند و با چهره‌ای شکفته، کارت‌ها را وراندار می‌کند:

«از کجا آوردی این‌هارو؟»

«آبجی‌رؤیا برام جمع کرده، هرکدومش خوشگله بگو. من به آبجی‌رؤیا گفتم برای هر مهمون یه‌جور کارت بفرستیم، گفت گرون می‌شه خیر سرم.»

پریا با نگرانی به کارتی که گل‌هایی به رنگ آبی‌نفتی دارد خیره می‌شود:

«آره، خیلی گرون می‌شه.»

مرجان لحظه‌ای از پنجره سرک می‌کشد و مثل پرنده‌ای که در تور صیاد گرفتار شده باشد جیغ فروخورده‌ای سر می‌دهد:

«پریا، بهرام!»

و درحالی‌که چشم از روبه‌رو برنمی‌دارد به دورترها اشاره می‌کند. پریا یک‌آن خم می‌شود و بهرام را می‌بیند که در جاده‌ی رو به خانه پیش می‌آید. کارت‌ها را به ماهان می‌دهد:

«بیا، این‌هارو بردار، زود از این‌جا برو.»

و سپس پیراهن کار را از روی سرش برمی‌دارد و به او می‌دهد:

«بیا، این‌رو بپوش... زودباش ماهان، برو...»

ماهان کارت‌ها را روی زانوی او می‌گذارد:

«این‌ها پیشت باشه پریاجون، یکی خوشگلاش‌رو انتخاب کن، باشه؟»

«پریا کارت‌ها را به او برمی‌گرداند، دوسه‌تا از آن‌ها روی زمین می‌افتد، ماهان خم می‌شود برشان می‌دارد. پریا که ویلچرش را داخل حیاط هدایت کرده لحظه‌ای می‌چرخد سمت ماهان:

«برو دیگه... اومد.»

و درِ حیاط را پشت‌سرش می‌بندد. ماهان در همان‌حال که رو به زمین خم شده، از بین دو پاش می‌بیند که بهرام نزدیک و نزدیک‌تر می‌شود. آخرین کارت را هم برمی‌دارد و گِلش را با سرآستین پاک می‌کند و در پر کمربند جاشان می‌دهد. پیراهنش را روی دوش می‌اندازد و یک دستش را در آستین پیراهن فرو می‌برد. می‌چرخد رو به جاده. حرکت می‌کند. دستش را بالا می‌آورد تا آستین دوم را بپوشد و هم‌زمان می‌پیچد سمت راست، مخالفِ راهِ بهرام. اولین دکمه‌ی پیراهنش را می‌اندازد و دست می‌برد برای بستن دکمه‌ی روی سینه، امّا دست بهرام پیش‌دستی می‌کند، پنجه می‌اندازد کارت‌ها را از کمرش بیرون می‌کشد.

ماهان دستش روی دکمه و پیراهن خشک می‌شود و مات‌مات بهرام را نگاه می‌کند. بهرام چند تا از کارت‌ها را باز می‌کند و خیره‌شان می‌شود. ناگهان برمی‌گردد سمت ماهان و تیغ نگاهش را به چشم‌های او که حالا نرم‌نرمک زیر قطره‌های باران شسته می‌شود می‌دوزد. هیچ‌کدام حرف نمی‌زنند. صدای باران و ریزش آب از ناودانی که بالای دیوار است گوش ماهان را پر کرده است. ماهان چشم از بهرام می‌گیرد و به ناودان بالای

سرش نگاه می‌کند. آسمان برق می‌زند. عکس تیز و نورانیِ آذرخش می‌افتد تو شیشه‌ی پنجره‌ی خانه. ماهان به پنجره نگاه می‌کند. مرجان که تقریباً صورتش را به شیشه چسبانده بود لحظه‌ای از جلوی پنجره کنار می‌کشد. باران تندتر می‌شود. بهرام تقریباً ناله می‌کند:

«مبارک باشه.»

ماهان ناباورانه به چهره‌ی ملتهب او خیره می‌شود. آرام‌آرام دستش را که روی دکمه‌ی پیراهن مانده بود پایین می‌آورد. آب دهانش را قورت می‌دهد و لب‌های خیس از بارانش را می‌لیسد. چهره‌اش باز می‌شود:

«ایش‌ایش ایشالا دامادی شما ایشالا.»

بهرام تلخندی را که با نوک چاقو در چهره‌اش حجاری کرده به صورت ماهان می‌پاشد و قدمی به او نزدیک می‌شود. ماهان می‌خندد و بی‌دلیل سر تکان می‌دهد و دست می‌برد تا یکی دیگر از دکمه‌های پیراهنش را ببندد که سیلیِ پرطنین بهرام روی صورت خیسش می‌نشیند. خنده روی لب‌های ماهان یخ می‌زند. صورتش می‌سوزد، امّا دست نمی‌برد به گونه‌اش. در همان‌حال، آخرین دکمه‌ی پیراهنش را می‌بندد. باران، صورتش را که شبیه عروسک‌های براق چینی شده می‌شوید. خاله پنجره را باز می‌کند:

«بهرام، گناه داره..»

بهرام دست مشت‌شده‌اش را روی سر ماهان بالا می‌آورد. امّا صدای مرجان دستش را در هوا خشک می‌کند:

«ولش کن بهرام.»

بهرام برمی‌گردد رو به مرجان که از پنجره سرک کشیده و خیره‌ی اوست. دستش را پایین می‌آورد. قدمی پس می‌رود. دوباره نگاهی به کارت‌ها می‌اندازد. دست می‌برد تا بریزدشان زمین. لحظه‌ای می‌ماند. می‌تپاندشان در جیب کاپشنش و می‌رود سمت خانه. کلید می‌اندازد

در را باز می‌کند. قبل از این‌که وارد خانه شود از زیر ابروهاش نگاهی به ماهان می‌اندازد. ماهان سرش را روی شانه انداخته و با هیکلی خمیده، خیره مانده به زمین. قد راست می‌کند و نگاهی به بهرام می‌اندازد. تبسمی توی صورتش وول می‌خورد. حتی لب‌هاش می‌جنبد تا چیزی بگوید، امّا زیر نگاه زهرآلود بهرام، دوباره سرش را پایین می‌اندازد. بهرام تک‌سرفه‌ی خفه‌ای می‌کند. وارد خانه می‌شود و در را می‌بندد. مستقیم می‌رود سمت اتاق. ردِ خیسِ چرخ‌های ویلچر تا اتاقک کشیده شده. پس پریا در اتاقک است. پرده را کنار می‌زند و وارد می‌شود. پریا خیره به دیوار مغزپسته‌ای‌رنگ اتاقک، بی‌حرکت، سنگ شده است. بهرام می‌نشیند روی چارپایه‌ی کهنه‌ای که کنار خرت‌وپرت‌هاست. کارت‌ها را از جیب کاپشنش بیرون می‌آورد. به هرکدام که نگاه می‌کند پوزخند می‌زند و صدایی از لای دندان‌هاش خارج می‌کند، انگار لولای خشک دری را باز و بسته می‌کنند. آرام‌آرام پوزخندها و صداها به اطورای مسخره و نمایشی تبدیل می‌شود. لرزالرزِ خفیفی مثل نواری نامرئی صداش را احاطه کرده، که از ترکیب این‌ها، ملغمه‌ای گنگ و خنده‌دار و گاه رعب‌آور شنیده می‌شود. این‌هیاهوی موذی، هی‌های نفس‌های پریا را که حالا به خس‌خسی خفه تبدیل شده، می‌بلعد.

بهرام خاموش می‌شود. سیگاری گوشه‌ی لبش می‌گذارد. کبریت می‌کشد. نمی‌گیرد. دوباره. باز هم نمی‌گیرد. سیگار را گوشه‌ی لبش جابه‌جا می‌کند. خم می‌شود و یکی از کارت‌دعوت‌ها را مقابل پریا، که کاملاً پشت به او، و رو به دیوار است می‌گیرد. در همان‌حال، بقیه‌ی آن‌ها را در جیب خود می‌گذارد:

« ما با این حال می‌کنیم... بدک نیست، قشنگه، رنگ‌ولعاب داره.. »

پریا سکوت کرده است؛ بی‌هیچ حرکتی.

«تو هم می‌پسندیش؟ بالاخره اصل‌کار تویی.»

دستش را پس می‌کشد.

«اگه عروس‌خانوم بپسنده دیگه تمومه. اون طفل‌معصوم که حرفی نداره.»

و طفل‌معصوم را طوری ادا می‌کند که انگار تف بزرگی روی زمین می‌اندازد. چرخی به سیگار گوشه‌ی لبش می‌دهد و دوباره کبریت می‌کشد. گوگرد آبی‌رنگ چوب‌کبریت فسی می‌کند و فرومی‌میرد. بوی گوگرد نیم‌سوز ریه‌های اتاقک را پر می‌کند.

«حالا می‌خوای چندتایی مهمون دعوت کنی؟»

و انگار که یاد چیزی افتاده باشد نفسش را به آرامی از ریه بیرون می‌دهد:

«ها...، کارمون دراومد؛ باید یه سر هم تا بهارکوه بریم. کلی کارت باید اون‌جا پخش کنیم. خدارو چه دیدی، یه‌وقت تو همین کارت پخش‌کردن‌ها، باباجمال‌رو هم پیدا کردیم. تمام چوپون‌ها و خرک‌چی‌ها و یول‌شاسکول‌های بهارکوه‌رو هم دعوت می‌کنیم. به اون آبادی‌های قلعه‌موش و تنگاب و چارچنار هم باید سر بزنیم. نترس، تنظیماتش با من. ایکی‌ثانیه ترتیبش‌رو می‌دم. راستی یادته، می‌گفتن یه‌بار باباجمال‌رو تو چارچنار دیدن که یه گوسفند آورده به‌اشون بفروشه. یکی از پسرعموهاش هم می‌گفت تنگابی‌ها می‌گفتن تو تپه‌های دوروبرِ آبادی‌شون دیده بودنش که داشته واسه خودش های‌های می‌خونده. یعنی اگه پیداش کنیم و هنوز هم صداش همون‌جوری صاف و تمیز باشه، می‌گیم تو عروسیت بخونه؛ ها، خوبه دیگه؟ حتماً که نباید دی‌جی‌موزیک باشه با این خرج سنگین.»

عصبی می‌خندد و ناگهان خاموش می‌شود. چشم می‌دوزد به جایی که هیچ‌جا نیست:

«پیرمرد بدبخت چه‌قدر خوشحال می‌شه. بالاخره دخترش عروس شده، چرا نباشه. همه که مثل ما یُبس و گاگول نیستن.»

سکوت می‌کند. تو قوطیِ‌کبریت، دنبال چوب‌کبریت خشک می‌گردد. صدای خشاخشِ برخورد چوب‌کبریت‌ها با قوطی مقوایی، روی صدای باران که بر شیشه‌های پنجره می‌کوبد خش می‌اندازد. بالاخره کبریت دیگری می‌کشد، گوگردِ سر چوب‌کبریت مثل بذری پوک، خاک می‌شود و می‌ریزد. با عصبانیت قوطیِ کبریت را مچاله می‌کند و می‌کوبد به دیوار. چوب‌کبریت‌های نم‌کشیده جلوی پای پریا پخش‌وپلا می‌شود. بهرام بلندبلند از بینی نفس می‌کشد. پریا هرمِ نفس‌هاش را در پشت‌سرش احساس می‌کند. این‌بار صدای بهرام می‌لرزد:

«بالاخره اگه رفتی، نرو که حاجی‌حاجی‌مکه، مرام داشته باش. یه‌وقت‌هایی هم به ما سری بزن، هرچی نباشه، تو که بری، ما دوباره یتیم می‌شیم، یه‌بار بعد از باباجمال، یه‌بار هم... اهه... حواس‌رو می‌بینی، یعنی اصلاً یادمون رفت چی می‌گفتیم. داشتیم می‌گفتیم اگه باباجمال‌رو پیدا کنیم، یعنی زنده پیداش کنیم، می‌گیم تو عروسیت بخونه...»

با سرانگشت‌هاش به لبه‌ی چارپایه‌ای که روش نشسته می‌زند و در حالی‌که سیگار خاموش، گوشه‌ی لبش لنگ‌لنگان می‌رقصد، می‌خواند:

«...ماهان یکی‌یه‌دونه، مُنگلک دیوونه، این‌که دامادمونه، ای یار مبارک بادا، ایشالا مبارک...»

یک‌آن پریا با تمام زوری که دارد، چرخ‌های ویلچر را درجا می‌چرخاند و سیلی محکمی به گوش بهرام می‌زند. سیگار از گوشه‌ی لب بهرام

سمت دیوار پرت می‌شود. دست‌های بهرام بی‌هیچ تکانی روی چارپایه می‌ماند. پریا از لای دندان‌هاش نفس می‌کشد و صداش از بغض و گریه‌ای فروخورده می‌لرزد:

«از این به بعد، هردفعه که ماهان‌رو بزنی،... می‌زنمت.»

بهرام که با هر نفس، شانه‌اش بالا و پایین می‌رود با پلک‌هایی چوب شده خیره‌ی سیگاری‌ست که روی زمین افتاده. آرام‌آرام از روی چارپایه کنده می‌شود و با شانه‌هایی فروافتاده چشم می‌دوزد به سماور کهنه‌ای که توی خرت‌وپرت‌هاست. دسته‌ی شیر سماور، شکسته و تلق سوخته و کدرش مثل چشمی که آب‌مروارید آورده مات و بی‌نور است. حالا پلکش می‌پرد؛ نامنظم و بی‌قاعده. مات و بی‌صدا از اتاق بیرون می‌زند. به حیاط می‌خزد. در را باز می‌کند و به کوچه می‌رود. در را پشت‌سرش می‌بندد.

صدای بسته شدن درِ حیاط، پریا را از جا می‌پراند. پریا انگار خواب دیده باشد به اطراف خود نگاه می‌کند. چشم‌های مرطوبش روی چوب‌کبریت‌ها و سیگاری که پیش پاش افتاده می‌چرخد. چند دقیقه‌ای‌ست باران قطع شده و اتاقک در سکوت رخوتناکی فرو رفته است. همه چیز خواب و سنگین و یخزده است. صورتش را در دست‌هاش پنهان می‌کند. می‌گرید. زار می‌زند. لحظه‌ای می‌ماند. دست لرزانی که با آن به صورت بهرام سیلی زده را پیش چشم‌هاش می‌گیرد. با همان دست به صورت خود می‌کوبد. می‌کوبد. سیلی می‌زند و اشک می‌ریزد. اشک‌هایی که روی پوست صورتش می‌غلتد و شوریِ سوزانش را تا استخوان احساس می‌کند.

✱✱✱

صدای پارس سگ‌های ولگرد باران‌خورده در فضای بیابان و جاده‌ی

منتهی به کارخانه طنین انداخته است. باران قطع شده و زمین پر از حوضچه‌هایی است که عکس بی‌جان ماه را تکرار می‌کند.

قبل از این‌که سپیده بزند، بهرام به درِ بزرگ کارخانه می‌رسد. او تمام شب را در تپه‌ها و بیابان‌های اطراف پرسه زده، ساعتی در اتاقک زنگ‌زده‌ی مینی‌بوسی اسقاطی توقف کرده و از پنجره‌ی لختش به بارانی که زمین و آسمان را به هم می‌دوخته خیره شده و دوباره بی‌هدف، راه افتاده به هرطرف.

از دیروز که خانه را ترک کرده تا حالا، هزار بار سیلیِ پریا را بر گونه که نه، بر جان خود احساس کرده؛ بارها استخوان‌های صورتش از دردی بی‌تمام آتش گرفته و سوخته است.

دیواری که سال‌ها آن‌دو را با فاصله‌ای تعریف شده و مرزی مشخص نگه می‌داشت فروریخته بود. بهرام با یک سیلی، ویران شده بود. سیلی‌ای که طنین نحس آن، پیله‌ی کینه‌ای هزارساله را می‌شکافت. فریادی نهفته که او را زیر آوار مرگ‌آور خود دفن می‌کرد.

امّا این انصاف نبود. پریا نمی‌توانست ناگهان همه‌چیز را فراموش کند. او حق نداشت آدمی را که کودکی و جوانی‌اش را به پاش گذاشته این‌طور زیر پا بگذارد. به نظرش پریا نهالی بود که حالا باید ثمر می‌داد. باید همه‌چیز را جبران می‌کرد. باید مزد او را با خدمت و اطاعت تقدیمش می‌کرد.

بهرام مقابل درِ بسته‌ی کارخانه می‌ایستد. نگاهی به کفش‌های گل‌آلوده و پاچه‌های شلوار غرق در آبش می‌اندازد.

این را می‌داند که عمواکبر سحرخیز است، امّا حالا حتی اذان صبح را هم نداده‌اند که بخواهد برای نماز بیدار شده باشد. بااین‌همه، سرپنجه‌اش را که از رطوبت و سرما خشک شده، به در می‌کوبد. چند

لحظه بعد صدای باز شدن درِ اتاق سرایداری را می‌شنود، و در پی آن، صدای خفیده و گرفته‌ی پیرمرد:

«کیه؟... اومدم.»

عمواکبر قبل از باز کردن در، لحظه‌ای مکث می‌کند:

«کیه؟»

«ماییم عمواکبر، باز کن.»

عمواکبر در را باز می‌کند و با دیدن بهرام ابروهاش را بالا می‌دهد:

«تویی بهرام، سلام عمو، این چه سر و ریختیه؟»

بهرام به اتاق عمواکبر می‌آید. عمواکبر براش چای می‌ریزد. بهرام سرانگشت‌هاش را به لیوان داغ می‌چسباند:

«دمت گرم عمواکبر، چاییت همیشه به‌راهه.»

«خواب که ندارم، من و این کتری و این چایی و این یه قوطی‌کبریت تلویزیون، تا صبح با همیم.»

دوباره نگاهی به سر تا پای بهرام می‌اندازد:

«داستان تو چیه عمو، همچی پریشونی.»

بهرام جرعه‌ای چای می‌نوشد. یک‌آن لرز می‌افتد تو مهره‌های پشتش:

«می‌بینی که، خرابیم عمو، خراب.»

عمواکبر از کمد فلزی گوشه‌ی اتاق، ژاکت کاموایی خاکستری‌رنگی بیرون می‌آورد و می‌اندازد روی زانوی بهرام:

«چاییت‌رو خوردی، لباست‌رو درآر، این‌رو بپوش نچای.»

«چاییدن که چاییدیم. قربون دستت. شلوارملوارم داری تو بساطت؟ اینی که پامونه خیس خالیه بدمصب.»

عمواکبر دوباره سمت کمد می‌رود:

«آره. خیس چاره داره، یعنی آدم خیس، چی؟ خشک می‌شه، ولی آبروی رفته سخت می‌آد سر جاش. حالیته چی می‌گم؟»

شلوار گُردی قهوه‌ای‌رنگی را سمت او می‌گیرد:

«پاشو برو پشت اون تخت لباس‌هاترو عوض کن.»

بهرام جرعه‌ی دیگری چای می‌نوشد. لیوان را روی میز می‌گذارد و برمی‌خیزد:

«آبرومون‌رو دادیم دست یه بچه‌ریقو، گند زد به‌اش رفت.»

«اون بچه بود عمو، تو چرا بچگی کردی؟»

«یعنی باید چی‌کار می‌کردیم؟»

«باید چشم‌وچالت‌رو وا می‌کردی. تو مسئول انباری، خب همه‌چی‌رو پای تو می‌نویسن.»

یک جفت جوراب سمت او می‌گیرد:

«بیا، بکن پات. هنوز هم دیر نشده. یه‌جوری این بچه‌رو زبون بگیر، رامش کن بیاد بگه تو کاره‌ای نبودی تو این قائله.»

گویی رازی را با او در میان می‌گذارد، سرش را به جلو خم می‌کند:

«تو کارخونه چه داستان‌ها که واسه‌ت درست نکرده‌ن.»

بهرام که یک لنگه جوراب را پاش کرده، لحظه‌ای می‌ماند:

«چی زرتوپورت می‌کنن مثلاً؟»

«می‌گن دیگه، حرف مفت که کنتور نمی‌ندازه، ولی تو باید...»

بهرام از جا برمی‌خیزد:

«منصور انباره؟»

«آره، دیشب آخر وقت اومد. پرسیدم کجا بودی، اصلاً نفهمیدم چی گفت. یه رودِه‌ی راست که تو شیکم این بچه نیست.»

بهرام لباس‌هاش را برمی‌دارد و سمت در می‌رود:

«دستت درد نکنه عمواکبر، جبران می‌کنم.»

«می‌موندی چاییت‌رو تموم می‌کردی، هنوز یخت وانشده که، ببین چی می‌گم...»

امّا بهرام از اتاق بیرون رفته است. عمواکبر هول می‌افتد به دلش:

«گوش کن، اون که الآن خوابه، بیا گرم شو، بعداً...»

بهرام بی‌آن‌که رو به عمواکبر برگردد می‌غُرد:

«تا همین حالاش هم خیلی خوابیده!»

عمواکبر دستی به ریش توپی‌اش می‌کشد و راه می‌افتد پی‌اش:

«داستان درست نکنی بهرام، فقط حرف بزن باهاش، ببین... بهرام...»

بهرام یک‌آن سمت او می‌چرخد. عمواکبر شمرده و آرام حرف می‌زند:

«باهاش حرف بزن، با زبون خوش. حالیت شد؟»

بهرام سر تکان می‌دهد و دور می‌شود. به انبار که می‌رسد کلید می‌اندازد، امّا دَرِ انبار از داخل قفل است. در می‌زند. صدای خروپف منصور از داخل شنیده می‌شود. بهرام دوباره به در می‌کوبد. صدای خروپف قطع می‌شود. صدای منصور، تودماغی و خواب‌آلوده است:

«کیه؟»

«ماییم، بیا دررو باز کن.»

منصور قفل در را از داخل باز می‌کند:

«ساعت چنده مگه؟ سلام آقابهرام.»

چشم‌هاش را می‌مالد:

«هنوز صبح نشده که...»

تندتند پلک می‌زند و سعی می‌کند چشم‌هاش را باز نگه دارد:

«خونه نبودین؟»

به سرووضع بهرام نگاهی می‌اندازد:

«خب نبودین دیگه، چه سؤال‌هایی می‌پرسم.»

و از جلوی در کنار می‌رود. بهرام داخل می‌شود و درِ انبار را می‌بندد. لباس‌های خیسش را پهن می‌کند کنار بخاری و می‌نشیند روی صندلی پلاستیکی‌ای که کنار بساط چای است. صدای منصور، کش می‌آید:

«چاییه هنوز داغه، اصلش خیلی تازه نیست، ولی... بریزم یکی براتون؟»

بهرام که دست‌هاش را حائل بخاری کرده چیزی نمی‌گوید. منصور خمیازه‌ی کش‌داری می‌کشد:

«اگه می‌خواین بخوابین، من می‌رم رو اون کارتن‌ها می‌خوابم. شما بخوابین این‌جا که گرم‌تره.»

بهرام خرناس می‌کشد:

«خواب؟»

«نمی‌خوابین؟ چشم‌تون خون افتاده.»

«مگه آدمی که به‌اش بگن دزد، می‌تونه بخوابه؟»

نگاه می‌کند به منصور که پشت گردنش را می‌خاراند و سرش را پایین می‌اندازد.

«اصلش شما هم مثل من گرفتار شدین. من هم همین... شاید،... کو این ساعته؟»

سر بلند می‌کند و با چشم‌هایی خمار، در و دیوار را در پی ساعتی که نیست می‌جورد. بی‌دلیل چشم می‌دوزد به ناخن‌های چرک و سیاهش، انگار عددهای ساعت روی ناخن‌هاش نقش شده:

«شاید نیم ساعته که خوابم برده، خواب که نه، همه‌ش کابوس. زهرمارم شد. تو کارخونه یه‌جوری به‌ام نگاه می‌کنن انگار آدم کشتم.»

بهرام زل می‌زند به چشم‌هاش:

«نکشتی؟»

ابروهای منصور بالا می‌رود:

«چی آقا؟!»

«آدمرو چه آبروش‌رو ببری، چه بکشیش؛ غیر اینه؟»

«ما غلط می‌کنیم آبروی شمارو ببریم آقابهرام.»

بهرام بی‌حوصله خیره می‌شود به ناخن‌های منصور که حالا با نرمای شست دست، صیقل‌شان می‌دهد:

«وقتی مسئول انبار ما باشیم، تو انبار دزدی شه، آبروی کی می‌ره؟»

«اصلش این‌ها همه‌ش توهمات اون خل‌وچله که پدر همه‌مونرو درآورده.»

بهرام برای خود چای می‌ریزد:

«منصور، تو اول که اومدی این‌جا، کی آوردت انبار؟»

«خب شما آقا.»

«کی زیر بال‌وپرترو گرفت، به‌ات کار یاد داد؟»

صدای منصور می‌لرزد. مثل دانش‌آموزی که از روی کاغذِ تقلب می‌خواند:

«اصلش ما به همه گفتیم تا آخر عمر مدیون شماییم.»

بهرام لبش را از تلخی چای خیس می‌کند:

«دروغ می‌گی منصور، عینهو سگ دروغ می‌گی.»

«آقابهرام، اصلش من، دزد، خوبه؟ دزد دیگه. آره، من دزدیدم؛ ولی این پسره با همین سادگی و دیوونه‌بازی‌هاش داره پدر ماهارو درمی‌آره. ببین... صبر کن...»

و از روی یکی از کارتن‌ها، کاغذی را می‌آورد پیش روی بهرام می‌گیرد:

«قراره امروز براش جشن تولد بگیرن، تو همین کارخونه. بعله، آقادیوونه این‌قدر مهم شده. کارگرها می‌خوان براش کیک بگیرن و جشن و... او... وه، چه شود! برای چی؟ چون باباننه‌ش پول دادن براش سهم از کارخونه خریدن. اون‌وقت من چی؟ سه ماه بود حقوق نگرفته بودم. باید می‌ذاشتم بابای مریضم بمیره؟ پول آمپولش‌رو باید از کجا می‌آوردم؟ اصلش خودتون‌رو بذارین جای من، آره من دزدیدم، ولی از شیر مادر هم حلال‌تره. چون خواستم بابام‌رو نجات بدم.»

بغضی سرکش در صداش لمبر می‌خورد:

«اصلاً شما می‌دونی من دیروز رفته بودم کجا؟ نمی‌دونی دیگه آقابهرام، رفته بودم تونل‌خرابه، همین... تونل عزیزآهو؛ که چی‌کار کنم؟ می‌دونی، می‌خواستم بزنم به دل تونل، می‌خواستم خودم‌رو سربه‌نیست کنم. خلاص شم از این همه بدبختی که بیخ خِرم‌رو گرفته. یه‌دفعه به خودم اومدم، گفتم اوهوی مرتیکه خر، این‌جوری نعشت هم نمی‌افته دست بابات، می‌خوای آخر عمریه دق‌مرگش کنی؟ می‌خوای زودتر از سرطان بکشیش؟»

چانه‌اش می‌لرزد و لب‌هاش مثل دم مارمولکی که از بدنش کنده شده، وول می‌خورد. در حالی‌که به‌سختی کلمه‌ها را کنار هم می‌چیند، ناله می‌کند:

«اون‌وقت من به این مرتیکه کاظمی می‌گم بذار بریم با ماشالا جنس‌هارو بفروشیم قبول نمی‌کنه، می‌ترسه کلاس کارخونه‌ش بیاد پایین.»

هق‌هقایی سرد و خفه، حرفش را می‌بلعد. شانه‌هاش از گریه می‌لرزد.

پس از لحظه‌ای پِر استینش را به چشم‌هاش می‌کشد:

«از ما گفتن بود آقابهرام، اول و آخرش ماهان می‌شه مسئول انبار. حالا ببین، اگه نشد، بزن تو دهنم... اصلاً هرکاری دوست داشتی بکن...»

لحظه‌ای خاموش می‌ماند. مف بینی‌اش را بالا می‌کشد:

«این‌که مصطفا اومده انبار و از این‌جور چیزها، همه‌ش فیلمه. یعنی انباری که این‌قدر شما بالاش خون جگر خوردین ـ اصلش من هیچی، من نوکر شما بودم و هستم ـ ولی این کاظمی می‌خواد انباررو بده دست یه عوضی که آب دهنش‌رو هم نمی‌تونه جمع کنه.»

از جیبش دستمال‌کاغذی آبی‌رنگی بیرون می‌آورد و در آن فین می‌کند. سرفه‌ای می‌کند و خلط سینه‌اش را می‌بلعد:

«حالا شما بگو فضولی می‌کنی، ولی من این حرف‌ها حالیم نیست، نون‌ونمک‌تون‌رو خوردم، اوسامی، آقامی، نمی‌تونم ببینم...»

صـداش می‌بُرد. بعد از مکث کوتاهـی، گنـگ و خامـوش زمزمـه می‌کند:

«ببخشید. اصلش... این زِرزِرها به ما نیومده.»

بهرام می‌غُرد:

«بنال!»

منصور با سروصدا آب دهانش را قورت می‌دهد:

«این منگله داره... یعنی من می‌گم اصلش من دلم برا شما و خواهرتون هم می‌سوزه. این زندگیِ همه‌مون‌رو خراب کرده.»

دوباره صداش بالا می‌رود:

«اِ اِ اِ، جونور صبر می‌کنه وقتی شما اومدی انبار، سرت به کار گرم شد، جیم می‌شه می‌ره در خونه‌تون مزاحم خواهرتون می‌شه. حالا بزنین تو دهنم که تو مگه فضولی؛ باشه، دست‌تون‌رو هم ماچ می‌کنم،

ولی همین پریروز دمِ ظهر، نون‌سنگک خریده بود، برد داد درِ خونه‌تون. اصلش من می‌دونم، شما گرفتاری‌تون یکی‌دو تا که نیست، چون مرجان‌خانوم...»

و با سرپنجه‌اش می‌کوبد رو لب‌هاش:

«ببخشید... اصلاً غلط کردم...»

بهرام، خیره شده به چای تیره‌رنگی که در لیوان، اسیر چرخشی بی‌پایان است. موج‌های کوچک مثل گردابی حول محور دایره‌ای پیچاپیچ، گیج می‌خورد و محو می‌شود. ناگهان از زیر ابروهای فروافتاده‌اش نگاه می‌کند به منصور:

«آدم یه غلطی‌رو که شروع می‌کنه، تا آخرش میره. بنال بینیم مرجان‌خانوم چی؟»

«مرجان‌خانوم... خاله، نه فقط خاله‌خانوم‌ها، این کاظمی، همه‌شون، اصلاً همه‌شون آخرش یه‌کاری می‌کنن دست شمارو بذارن تو پوست‌گردو. خاله... استغفرالله، هروقت ماهان داره با خواهرتون حرف می‌زنه، خاله براشون بستنی‌ای، نمی‌دونم چیپسی، چیزی می‌بره که مثلاً، اصلش... خیلی زر زدم. ببخشید.»

و ساکت می‌شود. بهرام چای داخل لیوان را که حالا کاملاً سرد شده یک نفس سر می‌کشد. چشم‌هاش را می‌بندد و پلک‌هاش را روی هم می‌فشارد.

سنگاسنگِ سکوتی کش‌دار، مثل ابری سیاه بالای پلک‌هاش، هوای انبار را می‌جود. با صدای دو تقه‌ی پی‌درپی که به در می‌زنند پلک‌هاش می‌پرد. عمواکبر با سینی غذا وارد انبار می‌شود:

«یاالله... سام‌علیک. بیا بهرام‌جون، از دیشب این نصفه کوفته مونده، گرمش کردم، گفتم یه لقمه بزنی.»

نگاهی سرسری به منصور می‌اندازد و با لبخندی بزرگ دندان‌های مصنوعی‌اش را نشان می‌دهد:

«چه‌طوری منصور، ساعت خواب.»

منصور شانه بالا می‌اندازد:

«خواب کدومه عمو!»

عمواکبر رو می‌کند به بهرام:

«لقمه‌ترو که خوردی، برو نمازخونه، یه دوسه ساعتی بیفت که حسابی خواب‌لازمی.»

بعد به منصور اخم می‌کند و صداش را می‌برد بالا:

«اون میزه‌رو بکش زیر دستش سینی‌رو بذاره روش دیگه، داره من‌رو نگاه می‌کنه!»

***

بین خواب و بیداری غوطه می‌خورد. صداهایی می‌آیند و می‌روند. می‌شنود و نمی‌شنود. اول فکر می‌کند صداها واقعی نیستند. واقعی نیستند؟ پس خواب است. تصمیم می‌گیرد چشم باز کند و بلند شود. برود انبار. کارتن جنس‌ها را جابه‌جا کند. لیست‌ها را مرور کند. ثبت کند. خط بزند و دوباره صورت‌برداری کند. امّا نه، قبل از همه باید برود با کاظمی صحبت کند. باید منصور را ببرد همه‌چیز را روبه‌رو کند. بگوید. شهادت بدهد که او همدست‌شان نبوده. باید زنگ بزند به ماشاالله. قبل از خواب یکی‌دو بار با او تماس گرفته، امّا جواب نداده، شاید خواب بوده، باید دوباره تماس بگیرد. با پلک‌های نیمه‌باز، چشم می‌چرخاند. چشمش روی تابلوی "جهت قبله" می‌ماند. پس بیدار است. در نمازخانه است. ساعت چند است؟ چه اهمیتی دارد؟ دوباره پلک‌ش را روی هم می‌گذارد. تازه یادش می‌افتد داشته خواب می‌دیده.

تا همین چند لحظه پیش توی بیابانی خشک و تاریک بوده. بیابان نبوده. عکس بیابان بوده و او توی عکس بوده. حبس شده بود توی عکس خاکستری‌رنگی که... امّا نه، عکس نبود، آب بود. عکس بیابان افتاده بود توی آب، توی آب یک کاسه، و او توی بیابانی که تو کاسه‌ی آب گم شده بود غوطه می‌خورد. صدای زمزمه‌ی عجیبی شنیده بود. انگار کسی آواز می‌خواند. یک ماهیگیر بود. نشسته بود قلاب انداخته بود توی آب. نه، کنار آب ایستاده بود. کنار کاسه‌ی آب ایستاده بود. قلاب انداخته بود توی...

باید بلند شود. عضله‌های کمرش خشک شده‌اند. با این که کنار بخاری خوابیده امّا هنوز سرما توی استخوان‌هاش پرسه می‌زند. پیشانی‌اش می‌سوزد. گلوش مثل چوب‌کبریت خشک است. باید بلند شود. یک‌آن نیم‌خیز می‌شود. می‌نشیند. حالا سروصداها را بهتر می‌شنود. ساعت نزدیک ده صبح است. از نمازخانه بیرون می‌زند.

درِ ورودی سالن نهارخوری که مجاور نمازخانه قرار دارد چارطاق باز است. دو تا از کارگرها نردبان بزرگی را به سالن می‌برند. خم می‌شود سرک می‌کشد. چند تا از کارگرها مشغول تزیین سالن هستند. یکی از آن‌ها متوجه‌ی او می‌شود:

«آقابهرام، شرمنده... سروصدا کردیم نذاشتیم بخوابی.»

دیگری که مشغول باد کردن بادکنکی زردرنگ است لحظه‌ای لب‌های قلوه‌ای‌اش را از دهان بادکنک برمی‌دارد:

«دیگه یه کارخونه‌ست و یه آقاماهان، یه‌جورهایی باید از خجالتش دربیایم. بفرما باد!»

می‌خندد و بادِ لپ‌های ورقلمبیده‌اش را در شکم بادکنک خالی می‌کند.

یکی دیگر از کارگران که آوازخواندنش را قطع کرده، می‌چرخد سمت آن که بادکنک باد می‌کند:

«چلوکباب باشه، این‌جوری تعارف می‌کنی؟»

و بی‌مزه می‌خندند.

آن دو نفر که نردبان را آورده‌اند، می‌گذارندش زیر قلاب آهنی‌ای که مثل زخمی کهنه از سقف بیرون زده. یکی‌شان رو به بهرام می‌گوید:

«ایشالا تولد شما آقابهرام.»

و آن دیگری با دندان‌های زردش می‌خندد:

«بگو ایشالا عروسیش.»

آن که در بادکنک می‌دمد، لخلخ می‌کند:

«دیگه این‌جا همه‌ش تولد و عقدکنون و عروسی و ...شاعر می‌گه، گذشت روزگار تلخِ ...»

رو می‌کند به آن‌دیگری و می‌پرسد:

«چی بود این شعره... اصلاً مُخ‌مَلان، داغان.»

و همه می‌خندند. بهرام تلخ و عبوس راه می‌افتد سمت انبار. لباس‌هاش را که کنار بخاری پهن کرده بود برمی‌دارد می‌پوشد. صدای آوازخوانیِ نامفهومِ ماهان از پشت کارتن‌ها مثل مار توی گوشش می‌خزد. یک نفر از سمت قفسه‌ی شیشه‌های رنگی، با دو کارتن بزرگ که روی هم گذاشته، بیرون می‌آید و از کنارش عبور می‌کند. اول فکر می‌کند منصور است، امّا قلچماق‌تر به نظر می‌رسد. وقتی کارتن‌ها را زمین می‌گذارد، چهره‌ی مصطفا را می‌بیند. مصطفا سلام می‌کند. بهرام به جای جواب، با ابروهایی گره‌کرده خیره‌خیره نگاهش می‌کند:

«مگه تو کارت تموم نشد مصطفا، باز هم که این‌جا وک و ولویی!»

«دستور آقای کاظمیه.»

«یعنی چی، چه دستوری؟»

«گفتن بیام انبار، یعنی جامرو با شما عوض کنم، شما فعلاً بری بسته‌بندی.»

بهرام از انبار بیرون می‌زند و می‌رود سمت دفتر کاظمی. در بین راه دو نفر از کارگران در حالی‌که کیک بزرگی را حمل می‌کنند می‌روند طرف سالن نهارخوری. روی سطح کیک، تصویر خندانی از ماهان نقش بسته است.

وقتی بهرام وارد اتاق کاظمی می‌شود او مشغول صحبت با تلفن است. ظاهراً با قنادی صحبت می‌کند. می‌گوید کیک را دیده و کلی خوشش آمده. می‌خندد و می‌گوید جبران می‌کند. بهرام منتظر می‌ماند تا صحبتش تمام شود. کاظمی گوشی را می‌گذارد:

«ساعت خواب. شبگرد شدی آقاجون!»

بهرام نوک سبیل‌هاش را می‌جود:

«آقاکاظمی، هنوز که مصطفا تو انباره..»

کاظمی ظرف کشمش را سمت بهرام می‌گیرد:

«می‌خواستی کجا باشه؟»

«آقا، آخرش‌رو اول بگو، می‌خوای با ما چی کار کنی؟»

کاظمی به کشمش‌ها اشاره می‌کند:

«بردار، آفتاب‌خشکه!»

بهرام رو برمی‌گرداند. کاظمی ظرف کشمش را می‌گذارد روی میز:

«مگه مصطفا نگفت بری بسته‌بندی؟»

«چرا جواب مارو نمی‌دی آقاکاظمی؟ می‌خوای مارو بچزونی، می‌خوای حال‌مون‌رو بگیری؟»

«پس خوب نخوابیدی!»

صدای بهرام به وضوح می‌لرزد:

«آخه این مصطفا کیه واسه ما شاخش کردی؟»

کاظمی سعی می‌کند آرام صحبت کند:

«موضوع ربطی به مصطفا نداره. تو فعلاً برو بسته‌بندی، تا بعد ببینم چی می‌شه.»

«اگه این پسره منصوررو بیاریم شهادت بده ما هیچ‌کاره بودیم ـ تو دزدی این‌ها ـ دست از سرمون ورمی‌دارین؟»

«تو همه‌کاره بودی.»

بهرام از کوره درمی‌رود:

«یعنی...»

«نه تو دزدی‌شون، ولی مسئول انبار تو بودی. اگه تو دزد بودی که الآن این‌جا نبودی پسر خوب.»

بهرام لحظه‌ای سکوت می‌کند، کف دستش را با نرمای شست محکم می‌مالد. انگار می‌خواهد خطوط درهم‌برهمش را پاک کند:

«یعنی این آقاماهانِ شما گند زده به روزگار ما.»

«اشتباه نکن، اگه الآن این‌جایی، یعنی هنوز هم تو کارخونه‌ای، به خاطر پادرمیونی و اصرار همین ماهانه.»

بهرام از زیر ابروهاش به کاظمی خیره می‌شود. درحالی‌که از بینی نفس می‌کشد، سیگاری گوشه‌ی لبش می‌گذارد و از اتاق می‌زند بیرون. می‌خواهد برود انبار، امّا لحظه‌ای مکث می‌کند. سیگارش را آتش می‌زند و می‌رود طرف درِ خروجی کارخانه. عمواکبر از اتاق سرایداری بیرون می‌آید و صداش می‌کند، امّا بهرام بی‌توجه به او، با قدم‌هایی که هرلحظه شتاب بیش‌تری می‌گیرد از کارخانه بیرون می‌زند.

هنوز از باران دیشب، زمین گِل‌وشُل است. خورشید، سرداسرد و

یخ‌زده بالای سرش می‌لرزد. هرچند قدم می‌ایستد و به اطرافش نگاه می‌کند. هنوز نمی‌داند می‌خواهد کجا برود. پاهای سرگردانش به هرسو کشیده می‌شود. پس از ساعتی خود را کنار تونل‌خرابه می‌بیند. درست نمی‌داند چرا این‌جاست، امّا چیزی در اعماق وجودش او را به این‌سو کشانده است. جایی که زمانی براش نشانه‌ی موهبتی بزرگ بود؛ عشق به مرجان.

هنوز کنار سنگ‌های خزه‌بسته‌ی دیواره‌ی تونل، روی یکی از سنگ‌های تیره، از زیر خط‌خطی‌هایی که با نوک چاقو بر آن خراش‌های متعدد انداخته، می‌شود اسمِ مرجان و بهرام را دید. هنوز صدای چاقویی که روی سنگ کشیده می‌شود و این دو اسم را نقش می‌زند، جانش را نوازش می‌دهد و همچنان خِرخِرِ چاقویی که با هیجانی آشوبگر، این دو اسم را مخدوش و محو می‌کند، استخوان‌هاش را می‌خلد.

از این قصه چند سال گذشته است، امّا هنوز خطوخشمی که اسم‌ها را پوشانده پررنگ و پرطنین است.

حالا مقابل دهانه‌ی تونل ایستاده و دل به رؤیایی داده که دیگر در او فرومرده است و جانی برای سر برآوردن ندارد.

تا همین چند شب پیش وقتی فهمیده بود مرجان از همسرش جدا شده دوباره چیزی در ته قلبش برق زده بود، مثل تکه شیشه‌ای برّنده در ته جوی آبی. دوباره نجوایی را می‌شنید که او را به خیالی تازه می‌بُرد.

حالا دیگر آن دوران سخت جدایی و پریشانی تمام شده است یا می‌تواند تمام شده باشد. می‌تواند بی‌سایه‌ی سنگین عموکمال و نگاه‌های پر از کینه‌ی او، خود را در آغوش سعادتی که سال‌ها گمش کرده بود رها کند. امّا نجواهایی گنگ و موذی زیر پوست جمجمه‌اش ول

می‌خورد، پچ‌پچه‌هایی فروخورده و خاموش که آرام‌آرام استخوان‌هاش را می‌جود و چشم و دلش را از سایه‌ی سنگین وحشتی غریب، سیاه می‌کند.

"برای چه این‌جاست؟"

می‌خواهد وارد تونل شود و سرانگشت‌هاش را روی خطوخش آن دو اسم بگذارد و...

نه، دوباره از خود می‌پرسد:

"برای چه این‌جاست؟ چرا این پاها او را به این‌جا کشانده است؟"

برای چندمین‌بار در اطراف تونل چشم می‌گرداند. احساس می‌کند سنگ‌ها جان گرفته‌اند و او را می‌پایند. سنگ‌هایی با شکل‌های عجیب‌غریب، که هرکدام صورت آدمی هستند کنده شده روی اجسامی سخت. دستی آن‌ها را حجاری نکرده، تیشه‌ی هیچ سنگ‌تراشی این سردیس‌ها را نتراشیده، بلکه باد و باران، زمان و زمانه، رفته‌رفته آن حجم‌های بی‌شکل را به این صورتک‌های هزارشکل تبدیل کرده است. صورتک‌هایی که وقتی چشم می‌دوزی به‌اشان، گویی لب‌هاشان به جنبش درمی‌آید؛ می‌خواهند حرف بزنند و از رازهایی بگویند که سال‌ها در سینه‌ها و سرهای سنگی‌شان نگه داشته‌اند. سنگ‌هایی که همه‌ی رنگ‌های دنیا را در خود جمع کرده‌اند، امّا به هیچ رنگی که تو می‌شناسی نیستند. نه آبی‌اند، نه زرد، نه بنفش، نه سیاه و نه سفید. سنگ‌هایی که از دنیای دیگری آمده‌اند و سکوت کرده‌اند، و سکوت خواهند کرد تا دوباره دست باد و باران و زمان و زمانه آن‌ها را به دنیای دیگری بغلتاند.

درست مقابل دهانه‌ی تونل ایستاده است؛ دهان اژدهایی بلعنده که هرم آتشی کینه‌توز از پوزه‌اش تنوره می‌کشد. نگاهی به داخل تونل می‌اندازد. روشنایی فقط تا چند متریِ دهانه‌ی تونل مجال

زندگی دارد، و بعد، تاریکی. انتهای تونل مثل چشمی بزرگ، چشمی اغواگر و بزرگ، در مقابلش پلک گشوده و او را به خود دعوت می‌کند. دوباره هوس می‌کند برود و مقابل آن دو اسم مخدوش بایستد و دستش را بر سطح آن سنگ خوش‌بخت بکشد. امّا نه، او برای این‌که پوست سرانگشتش آرزوهای نهفته‌ای را لمس کند و رؤیایی تازه ببافد این‌جا نیست. هنوز چیزی مثل چرکی که به پاشنه‌ی پا می‌چسبد به روح او چسبیده و نمی‌گذارد رؤیای تازه‌ای جان بگیرد.

به دیواره‌ی کنار دهانه‌ی تونل تکیه می‌دهد. خون در شقیقه‌هاش می‌تپد. کمی خم می‌شود و دست‌هاش را در طرفین می‌آویزد. با چشم‌هایی تهی و بی‌نور به جایی نامعلوم خیره می‌شود. خطوط صورتش در هم پیچیده و عبوس است و دست‌های آویخته‌اش، شل‌ولول تاب می‌خورند؛ مثل نوسان شوم و یک‌نواخت پاندول ساعتی که معلوم نیست به جلو حرکت می‌کند یا به عقب. مدتی نامعلوم در این وضعیت می‌ماند. کمر راست می‌کند و می‌ایستد. نفسش را که حبس شده با سروصدا از بینی و لای سبیل‌هاش بیرون می‌دهد. خیره می‌شود به صورتک‌های سنگی که حالا با اشاره‌ی چشم، به یکدیگر نشانش می‌دهند. به تونل پشت می‌کند. چشم‌هاش از برقی که چندان خالی از جنون نیست می‌درخشد. راه می‌افتد سمت خانه. اول قدم‌هاش روی زمین کشیده می‌شود، امّا بعد آرام‌آرام با قدم‌هایی مطنطن و سنگین گام برمی‌دارد. به خانه نمی‌رود. در پسِ کوچه‌ای کمین می‌ایستد و چشم می‌دوزد به جاده‌ای که از کارخانه می‌آید.

هنوز ساعتی نگذشته، سایه‌ی خاکستری ماهان در جاده نمایان می‌شود. با ظرف کوچکی در بغل به طرف خانه می‌آید. بهرام از کوچه بیرون می‌خزد و سر راهش می‌ایستد:

«به‌به، سلام آقاماهان.»

ماهان، با شنیدن صدای تبدار و لرزان بهرام پس می‌کشد:

«سـ سـ سلام.»

بهرام یک‌آن خنده‌ی بزرگی را روی صورتش نقش می‌زند. چهره‌ی ترس‌خورده‌ی ماهان رفته‌رفته باز می‌شود، امّا هنوز از نزدیک شدن به بهرام دوری می‌کند. این اولین‌بار است که او را چنین قبراق و سرحال می‌بیند. بهرام دست دراز می‌کند سمتش:

«تولدت مبارک، هزارساله بشی، حالا چند سالت شد؟»

ماهان با تردید قدمی پیش می‌گذارد و با او دست می‌دهد. بهرام او را در آغوش می‌کشد. ماهان اول صورتش را عقب می‌کشد، امّا بالاخره بهرام را بغل می‌کند و می‌بوسد. ذوق و هیجان در صداش موج می‌زند:

«بیست و هشت سال...»

می‌خندد و دندان‌هاش برق می‌زند:

«یه‌دونه شمعِ دو، یه‌دونه شمعِ هشت، فوت کردم. خودم فوفو فوت کردم.»

«باریکلا به آقاماهان.»

با اشاره به ظرف کیک می‌پرسد:

«حالا این کیک‌رو داری کجا می‌بری؟»

«برای... برای... برای...»

سکوت می‌کند و سرش را پایین می‌اندازد. صدای بهرام هنوز می‌لرزد:

«داشتی می‌اومدی طرف خونه‌ی ما، درسته؟»

ماهان دوباره می‌خندد و لب‌های مرطوبش در طرفین صورتش کش می‌آید:

«داشتم... می‌می می‌خواستم... اگه پریا خانوم‌جون، آخه...آخه...»

«خب، پس آوردی برای ما.»

«شـ شـ شما، نه.»

«نه؟! یعنی ما دسته‌بیلیم؟ ما دل نداریم کیک تولد رفیق‌مون‌رو بخوریم؟»

«نه... سهم شما... تو... گذاشتم تو یخچال گذاشتم.»

«حالا نمی‌خوای یه تعارف کنی یه‌کم ازش برداریم؟»

ماهان ظرف کیک را سمت بهرام می‌گیرد:

«بفرمایین!»

بهرام تکه کوچکی از کیک برمی‌دارد به دهان می‌گذارد. با سروصدا کیک را می‌بلعد:

«بابا عجب خوشمزه‌ست، مزه‌ی موز و گردو می‌ده، درسته؟»

ماهان با چشم‌هایی که از ذوق دودو می‌زند به بهرام خیره است. رو به آسمان فریاد می‌کشد:

«ای خدا... عاشقتم خدا...»

رو می‌کند به بهرام:

«پس من برم این کیک‌رو بدم به پریاجون؟»

«پس چی، بالاخره کی بخوره بهتر از پریا!»

ماهان لحظه‌ای سکوت می‌کند. می‌پرسد:

«آقای بهرام، دیگه ما... ما با هم دوست شدیم، نه؟»

«چرا دوست نباشیم؟ تازه می‌خواستیم بگیم چه‌قدر از سلیقه‌ت خوش‌مون اومده. خیلی باکلاسی پسر!»

ماهان تکرار می‌کند:

«سلیقه‌م خوشم اومد... یعنی سلیقه‌ی چی؟»

«بگو سلیقه‌ی کی؟»

«سلیقه‌ی کی؟»

بهرام دستش را دور گردن ماهان می‌اندازد:

«سلیقه‌ی تو دیگه عشقی. خیلی حال کردیم. اون کارت خوشگله بود که زمینه‌ش آبی بود با گل‌های طلایی، خیلی از اون خوش‌مون اومد.»

ماهان سرش را روی شانه‌اش می‌چرخاند و ناگهان گونه‌ی بهرام را می‌بوسد. صداش از شوق می‌لرزد:

«کارت عروسی؟»

«کارت عروسی دیگه، پس چی؟»

ماهان درحالی‌که تمام هیکلش به وجد آمده به در آبی‌رنگ خانه نگاهی می‌اندازد:

«پس، من این کیک‌رو بدم به پریاجون و بیام.»

قدمی سمت خانه برمی‌دارد. بهرام بازیگوشانه دست او را در دست می‌گیرد:

«عجله نکن، فعلاً بده ما اون‌رو.»

ماهان دودل، ظرف کیک را به بهرام می‌دهد. بهرام سمت یکی از خانه‌ها می‌رود و آن را روی پله‌ی شکسته‌ای که مثل تبخالی سیمانی از دل دیوار برآمده می‌گذارد:

«دیر نمی‌شه. می‌خوایم دو کلمه با هم حرف بزنیم.»

ماهان ابروهاش را بالا می‌دهد:

«حرف‌های مهم‌مهم؟»

بهرام خرخرکنان می‌خندد:

«خیلی مهم.»

ماهان با نگرانی به کیک خیره می‌شود:

«ولی اون...»

بهرام بازوش را می‌گیرد و می‌بردش سمت جاده:

«نترس، طوری نمی‌شه، همسایه‌ها هواش‌رو دارن.»

و ماهان را سمت خود می‌کشد و در جاده حرکت می‌کند. ماهان که همچنان چشمش به کیک است تقریباً به دنبال او کشیده می‌شود.

بهرام سرش را به صورت او نزدیک می‌کند:

«خوب گوش کن ببین چی می‌گیم ماهان‌جون. ما خیلی فکر کردیم. با خودمون گفتیم کی بهتر از ماهان، هم جوونِ خوبیه، هم کاری و باهمته.»

ماهان بالاخره چشم از پله‌ی‌شکسته و ظرف کیک برمی‌دارد و با ولع می‌پرسد:

«من؟»

«آره دیگه، پس کی؟ فکر کردم هم آدم باصفایی هستی، هم بامزه‌ای، هم همه‌جورتمومی. فقط... فقط یه اشکالی وجود داره.»

ماهان با دهان باز چشم دوخته به دهان بهرام:

«چه اشکالی؟»

«همین دیگه، همین مشکلی که تو داری دیگه.»

ماهان دستش را از دست بهرام بیرون می‌کشد:

«یعنی دیوونه‌ام؟»

بهرام دوباره دست ماهان را در دست‌هاش می‌گیرد:

«کی گفت دیوونه‌ای، اتفاقاً خیلی هم عاقلی. مشکل، یعنی... یعنی همین مریضیت دیگه، که... که اون هم راهش‌رو پیدا کردیم.»

ماهان تقریباً جیغ می‌کشد:

«پیدا کردی؟!»

«پس چی آقاماهان، همه‌چی راه علاج داره، اِلّای مرگ.»

ماهان سفت گونه‌ی بهرام را می‌بوسد:

«دور از جون.»

بهرام قدم‌هاش را تندتر می‌کند:

«یه‌خورده تیزتر بیای، اوضاع بهتر هم می‌شه.»

«تیزتر می‌آم خیر سرم. کجا می‌ریم آقای بهرام؟»

«صبر کن ماهان‌جون، اون‌رو هم می‌فهمی. ما که تورو جای بد نمی‌بریم؛ می‌بریم؟»

«نمی‌بریم.»

و می‌خندند. بهرام هم می‌خندد. بی‌آن‌که چیزی بگویند شانه‌به‌شانه‌ی هم قدم برمی‌دارند. کمی بعد، بهرام می‌بیند ماهان به هق‌هق افتاده، یک‌جور هق‌هق ریز و خفه که انگار آخرین نفس‌های بیماری بدحال است. به صورت ماهان نگاه می‌کند. گونه‌هاش خیس اشک است.

«واسه‌چی گریه می‌کنی؟»

ماهان لحظه‌ای می‌ایستد. چانه‌اش را می‌دهد بالا و به دوردست‌های آسمان خیره می‌شود. پاهاش را به هم می‌چسباند و رو به ابرها سلام نظامی می‌دهد:

«قربان، خدایا، قربونت برم.»

سمت بهرام می‌رود و دست‌های او را در دست می‌گیرد:

«همیشه ماما‌فهیم می‌گه فرشته‌ها منتظرن که حرف ماهارو ببرن برا خدا. خدا، خدا...»

و با صدایی لرزالرز از گریه رو به آسمان فریاد می‌زند:

«خدا... خدا... عاشقتم خدا.»

رو می‌کند به بهرام:
«اگه مامافهیم بفهمه من خوب شدم از خوشحالی دق می‌کنه.»
بهرام یخ می‌خندد. بازوش را می‌گیرد و می‌کشدش دنبال خودش:
«بیا... دق نمی‌کنه‌که مشنگ، ذوق می‌کنه.»
ماهان دوباره لحظه‌ای می‌ایستد و با نگاهی سرشار از قدردانی به
بهرام خیره می‌شود:
«یعنی الآن دیگه شما من‌رو دوست داری آقای بهرام؟»
بهرام دوباره او را به حرکت وامی‌دارد:
«ما همیشه تورو دوست داشتیم، ولی خب باید به ما حق بدی،
بالاخره ما باید حواس‌مون باشه خواهرمون می‌خواد با کی ازدواج کنه.»
ماهان ذوق زده می‌پرسد:
«با کی؟»
بهرام خنده‌ی کوتاهی می‌کند؛ بیش‌تر شبیه پوزخندی که کش
آمده است:
«خب تو دیگه، به خاطر همین هم کلی گشتیم و گشتیم تا یه راه
حلی پیدا کردیم؛ که هم تو خوب شی، هم خواهرمون با یه آدمی مثل
تو ازدواج نکنه.»
ماهان با ابروهایی در هم کشیده به او نگاه می‌کند:
«یعنی چی؟»
«یعنی وقتی خوب بشی، اوضاع ردیف می‌شه دیگه، می‌شی...
می‌شی مهندس‌ماهان.»
«آخه... آخه چه‌جوری؟»
«بیا تا به‌ات بگیم.»
دسته‌ای کلاغ غارغارکنان از بالای سرشان بال می‌کشند سمت تونل

متروکه و نگاه آن‌دو را با خود به همان‌طرف می‌برند. بهرام که نفس‌نفس می‌زند، کنار تونل می‌ایستد و چانه‌اش را خرت‌خرت می‌خاراند. ماهان دست در جیب می‌کند:

«عروسی‌ای براش بگیرم که... ببین... شـ شـ شصت و دو تا سالن عروسی، عکس‌شون تو تلگرامه. آبجی رؤیا برام پـ پـ پیدا کرده، می‌خوای ببینی؟»

و گوشی را از جیب درمی‌آورد و عکس‌ها را باز می‌کند. بهرام گوشی را از او می‌گیرد. ماهان با نگاهی پر از سؤال به او چشم می‌دوزد:

«به‌ام می‌گی چه‌جوری خوب بشم؟»

بهرام نگاهی سرسری به عکس‌ها می‌اندازد و به تونل اشاره می‌کند:

«می‌دونی این‌جا کجاست؟»

«آره، کجاست؟»

«خب بگو اگه می‌دونی.»

ماهان ابروهاش را بالا می‌دهد و لبخند می‌زند:

«خب تو اول بگو.»

«به این‌جا می‌گن تونل عزیزآهو.»

ماهان دفتر یادداشتش را از یقه‌ی پیراهن بیرون می‌کشد. اسم تونل را در آن یادداشت می‌کند و در همان‌حال، زیرلب تکرار می‌کند:

«تونل عزیزآهو... آره، پریاخانوم‌جون به‌ام گفته بود اسمش‌رو.»

بهرام سنگ کوچکی را مدام زیر پاش می‌غلتاند، انگار آن را صیقل می‌دهد:

«اون‌وقت پریاخانوم‌جون داستانش‌رو هم برات گفته؟»

ماهان شانه بالا می‌اندازد.

«یادته گفتی مامانت چی گفت، گفت فرشته‌ها چی؟»

«فرشته‌ها حرف‌های مارو می‌برن برا خدا.»

«می‌گیم تو باهوشی، واسه اینه دیگه.»

سنگ را از زیر پاش شوت می‌کند لای بوته‌های خیس از باران، سرش را سمت صورت ماهان می‌برد و آرام نجوا می‌کند، گویی از راز بزرگی پرده برمی‌دارد:

«رئیس کل همه‌ی فرشته‌ها تو همین تونل عزیزآهوئه.»

بهرام لحظه‌ای ساکت می‌ماند و به چهره‌ی مبهوت ماهان خیره می‌شود. ماهان سمت دهانه‌ی تونل خم می‌شود. به داخل آن سرک می‌کشد و با انگشت، تاریکنای تونل را نشان می‌دهد:

«این‌جا؟»

«بعله...»

چشم‌هاش را تنگ می‌کند:

«البته این‌جای این‌جا هم که نه، یعنی...»

لحظه‌ای می‌ماند. چشم‌هاش از هیجانی غریب برق می‌زند:

«ببینـم ماهان‌جـون، تـو اگـه بـا خواهـر مـا عروسـی کنـی، کجـا می‌بریش؟»

«مشهـد، سـی‌سی سینـما، پـارک، پـل سی‌سی‌سـی سی‌وسه‌پـل، دیگـه... امامـزاده‌داوود. دیگـه... دیگـه، لالالا لاهیجـان، دیگه، آبشار نیاگاگاگاگارا.»

بهرام پوزخند می‌زند:

«نه، منظورم اینه که کدوم خونه، کجا؟»

«آها، صَبر کن.»

از روی دفتر یادداشتش می‌خواند:

«اکازیون...»

بهرام بی‌حوصله حرفش را قطع می‌کند:

«خیله‌خب، فهمیدیم، دمت گرم، فقط می‌خواستیم خیال‌مون راحت شه.»

نگاهی به داخل دهانه‌ی تونل می‌اندازد:

«خب، نپرسیدی رئیس کل فرشته‌ها تو این تونل چی‌کار می‌کنه.»

ماهان با اشتیاق تکرار می‌کند:

«چی‌کار می‌کنه؟»

«آها، چی‌کار می‌کنه... اون تهِ این تونل وایساده و آرزوی آدم‌هارو برآورده می‌کنه.»

چشم‌های ماهان گشاد می‌شود:

«یعنی من خوب می‌شم؟»

«شک نکن. اون فرشته‌هه کارش همینه. فقط یه‌چیزی‌رو نباید یادت بره ـ خوب شد یادمون افتاد ـ فقط یه آرزو، می‌شنوی؟ فقط می‌تونی یه آرزو بکنی. یعنی فقط یه آرزوی آدم‌هارو برآورده می‌کنه، نه بیش‌تر. دوزاریت افتاد؟»

ماهان پا می‌چسباند و سلام نظامی می‌دهد:

«چشم قربان!»

«وقتی رسیدی باید قشنگ عین آقاها سلام کنی، خیلی مؤدب، بعد به‌اش بگی چی؟»

ناگهان ماهان به یاد چیزی می‌افتد:

«آها... حالا فهمیدم، قصه‌ی این‌رو مامافهیم برام گفته، او... وَه، خیلی وقت پیش‌ها.»

«قصه نیست که، راسته، راستِ راست.»

ماهان مف بینی‌اش را بالا می‌کشد:

«خیلـی آقایـی آقـای بهـرام. مامافهیـم می‌گـه قصه‌هـا مثـل راست‌راستکی‌آن، فقط اونـا قصه‌ان، راست‌راستکی‌ها، راست‌راستی‌ان.»

«دمش گرم، درست می‌گه مامانت. پس چی شد؟»

«چی شد؟»

«فقط یه‌دونه آرزو؛ دو تا آرزو نکنی که خیلی به‌اش برمی‌خوره. یعنی اگه دو تا آرزو کنی اصلاً همون اولیش‌رو هم برآورده نمی‌کنه، شنیدی چی گفتیم؟»

ماهان با چشم‌هایی ورقلمبیده، خیره مانده به سیاهی گلوی تونل و سر تکان می‌دهد:

«آره... آره.»

ماهان چشم از تونل می‌گیرد. بهرام را بغل می‌کند و سخت می‌فشارد. سرش را می‌گذارد روی شانه‌اش. لب‌های تب‌دار و لرزان بهرام، کنار گوش او به جنبش درمی‌آید:

«این کارها چیه می‌کنی؟ سه‌سوته می‌ری، می‌آی. زود بیا که با هم برگردیم. برو، برو که داره بارون می‌گیره، بدو بینیم.»

ماهان از او جدا می‌شود:

«وقتی برگردم خوب شدم؟»

«آره دیگه.»

«یعنی چه‌جوری می‌شم؟»

بهرام لحظه‌ای به چشم‌های خیس از اشک ماهان نگاه می‌کند و رو برمی‌گرداند:

«برو تا بارون نگرفته.»

ماهان وارد تونل می‌شود. یکی‌دو قدم می‌رود و دوباره برمی‌گردد. دستش را سمت بهرام دراز می‌کند:

«گوشیم‌رو بده آقای بهرام.»

«گوشیت پیش ما باشه. تا برگردی می‌خوایم عکس سالن‌های عروسی‌رو ببینیم که زودتر یکی‌ش‌رو انتخاب کنیم، برو دیگه.»

ماهان قدمی پیش می‌رود و دوباره می‌ایستد:

«کیک تولدم!»

«کیک همون‌جاست دیگه، خیالت راحت. کسی به‌اش دست نمی‌زنه. وقتی از تونل برگشتی با هم می‌ریم برش‌می‌داریم می‌بریم واسه... واسه پریاجون... تو باید بری از اون فرشته بخوای کارت‌رو درست کنه... تو باید به من حق بدی، باید...»

آرام‌آرام رگــه‌ی پنهانــی از هــول‌وولا روی صــدای بهــرام خــش می‌اندازد:

«تو... تو باید... باید بفهمی... باید... بری... باید بری...»

به دیوار جانبی تونل تکیه می‌دهد و آرام و در خود، تکرار می‌کند:

«تو باید بری... تو باید به ما حق بدی... یعنی پریا... هیشکی حق نداره پریارو از ما بگیره...»

قطره‌ای باران مثل سوزنی زهرآگین می‌خورد به نی‌نی چشمش. بی‌اراده، پلک‌هاش را می‌بندد و سفت فشار می‌دهد. وقتی چشم باز می‌کند پرهیب خاکستری ماهان آرام‌آرام در گلوی تونل محو می‌شود. انگار تونل ذره‌ذره او را می‌بلعد. بهرام چندبار تندتند پلک می‌زند. پشت دست مرطوبش را که مثل تکه‌ای یخ، خشک و بی‌حس است روی چشم‌هاش می‌مالد. وقتی دستش را پایین می‌آورد سرمای خشکی به تیره‌ی پشتش چنگ می‌اندازد. بی‌پلک‌زدنی، خیره است به دهان

بلعنده‌ی تونل. خاموش و بی‌اراده فقط تماشا می‌کند؛ فلج‌شده و بی‌هیچ حرکتی.

.

.

.

.

.

نمی‌داند از کی ساکت شده است. طنین بی‌روح آخرین کلمه‌ها، روی استخوان‌های جمجمه‌اش ماسیده است:

«...هیشکی حق نداره پریارو از ما بگیره...»

ماهان این‌ها را نشنیده است. آن‌وقت که بهرام این‌ها را می‌گفت، ماهان قدم به تونل گذاشته بود. فرشته‌ی فرشته‌ها او را صدا می‌کرد...

«تو حالِ مارو نمی‌فهمی. آخه تو چی حالیته؟ یه خل‌وچل چی می‌فهمه از این حرف‌ها؟ تو باید بری همون‌جایی که باید بری؛ پیش رئیس کل فرشته‌ها. های های های... ای دل غافل. همه‌ی عوضی‌های آشغال، آخر داستان‌شون همین‌جوریه. درست روز تولدش... آخه چرا نمی‌فهمی، پریا لقمه‌ی دهن تو نیست عوضی. ما واسه‌ش جون کندیم، مثل یه جوونه‌ی گندم مواظبش بودیم، شب‌وروز، تا شده اینی که هست. اون دربست مال ماست. دهن هیچ گرگی هم نمی‌دیمش... تو هم برو پیش فرشته‌ی مامان‌جونت حالش‌رو ببر...»

چشم‌هاش را که به سیاهی تونل دوخته پایین می‌اندازد. در دست‌های خیس و لرزانش سنگی‌ست با چهره‌ای سرد و چشم‌هایی بی‌روح. این سنگ را چه وقت از زمین برداشته است؟ به یاد ندارد. سنگ با چشم‌هایی ورم‌کرده و شوم زل‌زل نگاهش می‌کند. انگار سال‌ها

گریه کرده، انگار سال‌ها خون گریه کرده. رگه‌هایی از رنگ‌های سرخ مایل به نارنجی، زیر پلک‌هاش، رد کم‌رنگی گذاشته است. انگشت‌های یخ‌زده‌ی بهرام از هم وامی‌رود. سنگ را روی زمین می‌اندازد. تازه متوجه می‌شود دوزانو نشسته روی زمین، کنار سنگ‌هایی که با سماجت به او خیره‌اند، به هیکل لرزانش که زیر باران خمیده است، به دست‌های چوب‌شده‌اش که رعشه گرفته و دچار پرش‌های ناگهانی شده است.

بالاخره تکانی به خود می‌دهد. هم‌زمان با او، سنگ‌ها یک‌آن به جنبش درمی‌آیند. یکی‌شان سمتش می‌غلتد. هول‌زده، چشم‌هاش را می‌بندد و باز می‌کند. شاید این‌ها، زمانی آدم‌هایی مثل خود او بوده‌اند و کسانی را به دهان این تونل مرگ فرستاده‌اند، و از نفرین قربانیانِ خود، خشک شده‌اند، سنگ شده‌اند. احساس می‌کند رفته‌رفته بدنش بی‌حس می‌شود. فشار سنگینی شقیقه‌هاش را در هم می‌کوبد. نفسی را که انگار سال‌هاست در ریه‌اش حبس شده از سوراخ‌های گشاد شده‌ی بینی به بیرون پرت می‌کند و هم‌زمان، لب‌هاش را گاز می‌گیرد. خیز برمی‌دارد و از زمین کنده می‌شود. حالا سنگ‌های بیش‌تری سمتش می‌غلتند. به خود تشر می‌زند:

«اون تن لشترو تکون بده... راه بیفت مرتیکه!»

مثل سنگی که از فلاخن رها شود می‌دود. می‌دود. بی‌آن‌که به پشت‌سرش نگاه کند می‌دود، و سایه‌ی سنگین و خیسش، مثل سگ نیمه‌جانی، افتان و خیزان به دنبالش پوزه می‌ساید.

مرواریددوزی برای ۵۰

لباسِ فرشته‌ی شانه‌ی راست

سـ سـ سلام تونل/ چه‌قدر بابابا باریکی/ چه‌قدر تاتاتا تاریکی/ اگر از احوالات من خواسته باشی/// چـ چـ چه‌قدر تـ تـ ترسناکی/ نه/ نه/ نه/ از اول/

سـ سـ سلام فرشته/ سلام فرشته‌ی آرزوها/ چه‌قدر قـ قـ قشنگی/// چه قدوبالایی/ چه‌قدر این رنگی به شما می‌آید/ مثل آفتابی در این تونل که تمام نشود/ باید مواظب باشم/ باید سروووضعم مرتب باشد/ باید مؤدب باشم/ اول سلام کنم باید/

سـ سـ سلام/ الهی خدا کوکو کورم کند/ اصلاً حواسم نبود/ باید کیک می‌آوردم برای‌تان/ کی بخورد بهتر از شما/ باید یک بادکنک هم می‌آوردم بترکانیم این‌جا/ صداش بپیچد/ از خنده روده‌بُر شویم/ عمواکبر دوتاش را بترکاند/ عموکاظمی یکی‌ش را بترکاند/ همه بخندند/ موزی بخندند/ گردویی بخندند/ آقایونس سرفه‌اش بگیرد/ کیک را قورت ندهد/ بخواند/ بیا شمع‌هارو فوت کن که صد سال زنده/// سرفه‌اش

بگیرد/ همه بخندند و پریا نباشد که بخندد/

برام اس‌ام‌اس بزند که/ کادو خریده برام/ براش اس‌ام‌اس بزنم که مگر چرا زحمت کشیدی خانم‌خانم‌ها/ و برام اس‌ام‌اس بزند/ من نمی‌توانم بیایم/ تو برام کیک تولدت را بیاور و براش اس‌ام‌اس بزنم/ منتظرم باش/ و منتظرم باشد که بیایم/ و بیایم خانه و ببینم ترگل و مه‌گل سورپلیزم کرده‌اند و برام کیک دوطبقه پخته‌اند/ کیک خانگی پخته‌اند/ بگویم وروجک‌ها شما کیک خانگی از کجا بلدید/

ترگل بگوید/

اولندش ما وروجک‌ها نیستیم/ الآن برای خودمون خانومی شدیم/ دو تا شاخ پنبه‌ای روی سرم در بیاورم و بگویم/

شوشو شوخی کردم باباجون/ خودم می‌دونم الآن دیگه وقت شوشو شوهرکردن شماهاست/

و هردوتاشان س ـ س ـ سرخ شوند/ سرشان را بیندازند پایین/ آب شوند از خجالت/ پریا لب‌هاش را گاز بگیرد و با چشم و ابرو به‌ام بگوید بروم بیرون/ من هم بروم بیرون توی حیاط/

پریا بگوید/

فردا شب بهرام می‌آد خونه‌مون/ شام چی درست کنم/

بگویم/

چلوکباب با سماق اضافه/

بگوید/

من نگران توام/ می‌ترسم به تو بی‌محلی کنه/

بگویم/

نه/ مگه چرا بی‌محلی کنه/ من و آقای بهرام دیگه با هم دوست شدیم/ من‌رو بغلم کرد/ ماما ماچم کرد/

و یک‌دفعه از ذوق چشم‌هاش مثل چراغ‌قوه روشن بشود و بگوید/

تورو خدا/ ارواح خاک من راست می‌گی/

بگویم/

دروغم چیه زن/

آن‌وقت پریا ویلچرش را هل بدهد و بیاید مقابل من و بگوید/

بیا جلو ببینمت ماهان/

و من بیایم جلو و مرا از تعجب ببیند و بگوید/

جلوتر/

و من جلوتر بروم و بگوید/

اصلاً باورم نمی‌شه/ یعنی خودتی/

و بگویم/

آره دیگه/ من/ منم دیگه/

و پقی بزنم زیر خنده/ بخندم و بخندم تا اشک بیاید از چشم‌هام و بگویم/

مـن فکـر کـردم همـون اول می‌فهمـی/ آخـه مگـه چرا این‌قـدر دیر خانوم‌خانوم‌ها/

بگوید/

آخه باورم نمی‌شه/ یعنی تو ماهان منی/

و من براش بگویم که آقای بهرام مرا بغل کرد/ مرا ماچ کرد و گفت بروم تونل و فرشته را ببینم و آرزویم را بگویم و رفتم و دیدم و گفتم/ و حالا خوب شده‌ام/ و پریا گریه کند/ من بگویم خوشحال باشد/ امّا او باز هم گریه کند/ بگویم/

باید خدارو شکر کنیم/

و او گریه کند/ من هم گریه کنم/ آن‌وقت دست‌ورومان را کنار حوض بشوییم و من بگویم/

تو برو تو اتاق/ من الآن می‌آم/

و پریا بگوید/

چشم/

و برود توی اتاق و من بنشینم پای حوض و عکس خودم را در آب ببینم/
عکس ماه هم کنار من بیفتد توی حوض و خیلی خوشگل باشیم/ هم
من/ هم ماه/ آن‌وقت من بخندم/ آن‌وقت ماه بخندد/ آن‌قدر بخندیم
که آب حوض موج بخورد دایره‌دایره/ و من دایره‌ها را بشمرم/ صد و
شیش صد و نود و هزار دایره و آن‌ها را بردارم بیندازم روی طناب رخت
و بروم توی اتاق و ببینم ما خوش‌بختانه نشسته‌ایم کنار سفره‌ی شام و
ما چه‌قدر خوشحالیم و دخترهای دوقلوی ما مثل شیشه‌های توی کوره
برق‌برق بزنند از خوشگلی/ و حوض حیاط خانه‌مان خوشحال باشد
و دمپایی توی حمام بخندد/ قوری چای بخندد و گل‌های محمدی
چادرنماز مامافهیم بخندند و آن‌وقت همین‌طوری برویم با آقای سالن
صحبت کنیم/ آقای بهرام بگوید سالن باید شیک باشد که وقتی
خواهرم عروس می‌شود/ خوش‌بخت شود/ سالن باید ظرفیت داشته
باشد/ هزار و هشتصد و نه هزار و دویست و هشتاد تا مهمان بیایند
با کت‌شلوار به صرف میوه و شیرینی و باقالی‌پلو و زرشک‌پلو با مرغ و
ته‌چین و جوجه‌کباب و ماهی سوخاری و فسنجون و شیرین‌پلو و ماست
به اضافه‌ی سالاد و نوشابه‌ی گازدار و مخمان سوت بکشد از این همه
پول شام/

آقای سالن بگوید/

منوی ارزون‌تر هم هست/ با دوجور غذا/ ژله‌ی آناناسی و دوغ بدون گاز
فقط/

وقتی بگوید فقط/ چال بیفتد گوشه‌ی لپُش و آن‌وقت بیایم خانه/ خسته

و خراب از کارخانه بیایم و بگویم امروز توی انبار خیلی کارم زیاد بوده و همه‌ی کاکا کارتن‌ها را شمردیم و دیدیم هرچه می‌شمریم باز هم کم می‌آید و هرچه کم بیاید باید آقای بهرام را از انبار اخراج کنند و من به عموکاکا کاظمی بگویم گناه دارد برادر پریاجون و او بیاید مرا برساند تا ددد دمِ تونل و ماما ماچم کند و بگوید ما با هم دوستیم و بگوید به فرشته بگو/ مؤدبانه بگو و فقط یک آرزویت را بگو/

و من راه بیفتم کورمال‌کورمال مثلاً/ چون خیلی سنگ دارد جلوی پات می‌آید و باید قوی باشم/ باید کیک را جایی می‌گذاشتیم که آب باران روی آن نریزد و اگر خیس شود و از دهن بیفتد برکت خدا حرام می‌شود و آن‌وقت پریا بگوید/

این مثلاً کیک تولدته/

و اخم کند و بگوید/

این‌که خیس آبه/

و بگویم/

خب آب‌داره دیگه/ مثل هندونه/

بخندد و بخندم و ظرف کیک را بگذاریم کنار پنجره و نسیم بیاید و بوی کیک را بیاورد توی اتاق/ توی خانه/ توی حیاط و برویم لباس عروسی ببینیم/ از پشت ویترین/ مجسمه‌ها که لباس سفید توی تن‌شان کرده‌اند به ما بخندند ولی پلک نزنند/ آقای لباس‌عروس‌فروشی بگوید/ بفرمایید تو/ مغازه متعلق به خودتون داره/

و من عینک دودی‌ام را بدهم روی پیشانی‌ام و بگویم لطفاً یک لباس مرواریددوز/ مال آخرین مزونِ دو هزار و هزار/ بپیچید بدهید بخریم ببریم/

و آقای فروشنده درِ گوشم بگوید/

ببخشید/ شما عمل کردید صورت‌تون‌رو/

و من درِ گوشش بگویم/

نه/ به فرشته گفتم/ خودش عمل کرد/

آن‌وقت لبخند بزند و یواشکی بپرسد/

کجا/

و یواشکی بـ بـ بگویم/

تونل عزیزآهو/

و تخفیف بدهد صد و چهل و هزار و شانصد تومان تخفیف/ و با مترو بیاییم خانه و برویم سالن دوباره به آقای سالن بگوییم/

آقا/ ته‌دیگ برنج نسوزه لطفاً/ چون ما مهمون‌هامون از راه‌های دور و نزدیک می‌آن/

و آقای سالن بگوید/

خیال‌تون راحت/ ما تضمین می‌کنیم/

و با خیال راحت برویم بلیط بگیریم برای ماه عسل/ که برویم مشهد/ با هواپیما برویم مشهد/ مهمان‌دار بیاید و بگوید اگر درِ هواپیما خراب شد از این‌طرف/ آن‌طرف و آن‌یکی‌طرف بروید و ما دل‌مان هُری بریزد که یک‌وقت درِ هواپیما خراب نشود و آن‌وقت از پنجره ابرها را تماشا کنیم و ابرها بیایند پشت شیشه و ما از تعجب چشم‌مان گرد شود و پریا بگوید لطفاً یک ساندویچ اسکیت بیاورید و پریا ساندویچ را با من نصف کند و از باباحبیب دو تا لیوان آب‌هویج بگیریم و ساندویچ‌مان را با آب‌هویج بخوریم و خاصیتش را ببریم/

آن‌وقت من سرم را تکیه بدهم به بالای صندلی و یک چرت مشتی بزنم و آن‌وقت بیدار شوم و خمیازه بکشم و به پریا بگویم/

یه چایی مشتی بده ما بزنیم حال‌مون جا بیاد/

و او مهمان‌دار را صدا کند/

لطفاً یه چایی/

و مهمان‌دار بگوید/

با طعمِ لیمو یا احمدِ دو غزال/

و من بگویم/

خیلی ممنون اگر اجازه بدید ما پیاده می‌شیم/

و خلبان بیاید و بگوید/

عذر می‌خوام/ هنوز نرسیدیم/

و من لبخند بزنم تا برسیم و آن‌وقت از دور به گنبد آقا سلام بدهیم و
یک‌راست برویم زیارت و من که حالا خوب شده‌ام صورتم را بچسبانم به
ضریح و گریه‌ام بگیرد و آقا بگوید/

برخیز/ گریه نکن/

و من گریه نکنم و راه بیفتم سمت دیوار و تکیه بدهم به دیوار توتو تونل/
چون فکر می‌کنم سرم گیج گیجه می‌رود/ و کمی بنشینم کنار دیوار و
تونل تاریک‌تر باشد/ خیلی تاریک‌تر/ دستم را بگذارم روی پیشانی‌ام
خیس عرق بشود دستم و بگویم مگر چرا عرق کرده‌ام/ و از تعجب
خیلی/// نفس نمی‌توانم بکشم باید/// باید بلند شوم باید/ باید بروم
باید/ باید فرشته را ببینم باید/ مامافهیم بگوید فرشته‌ها مواظب ما
هستند/ نگهبان ما هستند/ دست ما را بگیرند/ پای ما را راه ببرند/
چشم ما را پـ پـ پلک بزنند/ گوش ما را بشنوند/ مامافهیم بگوید اگر ما
بیفتیم ما را بگیرند/ نگه دارند که زز زمین نخوریم/ از جایی پرت نشویم/
زز زیر ماشین نرویم/ دستمان نسوزد/ پاپا پامان پیچ نخورد/ سرمان
نشکند/ مامافهیم بگوید ما هم باید مواظب باشیم کار بد نکنیم/ دد
دروغ نگوییم/ دد دل کسی را نشکنیم/ حرف زشت نزنیم/ روی حرف

پدرمان حرف نزنیم/ پوست تخمه‌کدو زیر مبل نریزیم/ قهر نکنیم/ دد دزدی نکنیم/ وگرنه فرشته‌ها می‌روند/ ما را می‌گذارند به حال خودمان/ تـ تـ تنهای تـ تـ تنها/ آن‌وقت ما می‌ترسیم/ از تاریکی/ از پِخّی که یک‌دفعه توی صورت‌مان بکنند/ فرشته‌ها کارهای ما را می‌نویسند/ فرشته‌ی روی شانه‌ی راست/ فرشته‌ی روی شانه‌ی چپ/ هزار و ده هزار و میلیون و سیصد و هزار تا کار هم که بکنیم توی دفترشان بنویسند/ خوش‌خط بنویسند/ روی خط بنویسند/ از خط بالا و پایین نزنند/ الفش یک‌طرف نرود دالش یک‌طرف/ خط‌خطی نکنند/ دفترچه را کثیف نکنند/ فرشته‌ی شانه‌ی راستِ مامافهیم این‌قدر می‌نویسد که انگشت‌هاش خشک بشود طفلک/ امّا فرشته‌ی شانه‌ی چپش همین‌جور می‌نشیند و بِرّوبِرّ فرشته‌ی شانه‌ی راست را نگاه می‌کند/ از روی بی‌کاری دیگر/ می‌گویم خوش به حالت مامافهیم که آروزیت را خدا می‌شنود/ خب آرزویش را خدا شنید که من را زایید دیگر/ خودش هزار و هزار و هزار بار به خودم با همین گوش‌هایم گفته/ خدا دفترچه‌ی مامافهیم را که ببیند کیف می‌کند و می‌گوید ای‌والله مادرِ ماهان/ خیلی دوستت دارم/ آن‌وقت به فرشته‌ها می‌گوید سر دست بلندش کنند/ مامافهیم خیلی سبک است/ مثل پَر مرغ/ اگر پر را بگذاریم لای کتاب/ بچه‌دار می‌شود/ می‌شود دو تا/ می‌شود سه تا/ اگر گُل بگذاری لای کتاب/ قرمزیِ گُل می‌افتد توی صفحه/ بوی عطر از کتاب می‌آید/ کتاب گُلی می‌شود/ می‌شود آن را زیر آفتاب گذاشت/ آن‌وقت گُل‌هاش زیاد بشود/ می‌شود گلدان بشود/ با برگ‌های فراوان/ می‌خورد بر بام خانه/ با غنچه‌هایی که پشت‌سر هم وا بشوند/ گُل بشوند/ می‌شود آن را تقدیم کرد به پریا/ می‌شود پریا را خوشحال کرد/ اگر توی دفتر/ فرشته بنویسد پریا را خوشحال شده/ یک پرِ دیگر به دفتر اضافه می‌شود و

می‌رود بالا/ بالا/ بالا/ بالاتر/ بالاتر/ بالاتر/
حالا سرم گیج‌گیجه برود/ چشمم جایی را نبیند/ گوشم جایی را
نشنود/ سرم را برگردانم/ فقط تاریکی ببینم/ عرق مثل اشک از
پیشانی‌ام بریزد/ انگار سرم گریه کند/ سرم درد کند/ اگر گوشی را به
آقای بهرام نداده بودم/ چراغ‌قوه‌اش را روشن می‌کردم/ نور می‌آمد/
دلم باز می‌شد/ چشمم باز می‌شد/ دیگر عرق نمی‌ریختم/ دیگر سرم
گیج‌گیجه نمی‌رفت/ دست‌هام شُل نمی‌شد/ نمی‌افتادم یک‌جا/ مثل
سنگ نمی‌افتادم این‌جا که نتوانم تکان بخورم/ که نتوانم بلند شوم/
مثل پریا/ که همیشه توی ویلچر است/ افتاده یک‌جا و نـ نـ نمی‌تواند
نـ نـ نـ نمی‌تواند/ نـ نـ نمی‌تواند /// نـ نـ نـ نمی‌تواند /// پریا نـ نـ نـ
نمی‌تواند ///

خدای مهربان/ بالای سرم /// این‌جا/ همین الآن/ یک‌دفعه ببینم
فرشته ایستاده باشد/ بالای سر من ایستاده باشد/ لبخند بزند/ از
تعجب زبانم بند بیاید/ آقای بهرام راست گفت/ باید مؤدب باشم/ باید
بلند شوم بایستم/ باید سلام کنم/ امّا نمی‌توانم بلند شوم/ مؤدبانه
سلام کنم/
سلام /
مثل آقاها/ مثل یک ماهانی سنگِ تمام/ فرشته لبخند بزند و بگوید/
سلام ماهان/
اسم من را هم بداند/ صداش بپیچد توی تونل/ صداش گوشم را قلقلک
بدهد/ دلم را گرم کند/ چـ چـ چشمم را روشن کند/ خیلی ممنون
آقای بهرام/ خیلی دوستت دارم آقای بهرام/ اصلاً عیبی ندارد گوشی
ندارم/ چراغ‌قوه ندارم/ اصلاً زبانم بند بیاید از خوشحالی/ فرشته
بگوید/

بلند شو ماهان/

بگویم/

نـ نـ نـ نمی‌تونم/

فرشته لبخند بزند و پلک‌هام هِی بسته شوند و من هی آن‌ها را باز کنم/
چند قطره عرق بریزد توی چشم‌هام/ چشم‌هام بسوزد/ حتی نتوانم
دستم را بالا بیاورم و چشمم را پاک کنم/ بگویم/

بابابا باورم نمی‌شه شـ شـ شـ شما این‌جا بابا باشید/

صدام کش بیاید/ انگار خوابم بیاید/ نه/ نباید بخوابم/ باید به فرشته
بگویم/ فقط یک آرزو/ فقط یکی/ کاش بیش‌تر بشود/ ولی آقای بهرام
گفت/ فقط یکی/ می‌خواهم از فرشته بپرسم/ می‌شود دو تا/ امّا
خجالت می‌کشم/ آدم باید ادب داشته باشد/ این‌جاست که باید آبروی
مامافهیم را حفظ کنم و بی‌شخصیت‌بازی درنیاورم/ باید مثل آقاها
فقط /// فقط /// یک /// یک آرزو ///

صدای فرشته مثل آهنگ فیلم محمد رسول الله دلم را هُری بریزد/

پلک‌هام باز شود/ بگوید/

آرزویت را بگو/

و من بپرسم/

فقط یکی/

و به خودم بگویم/ دیدی خراب کـ کـ کردی آقای ماهانِ بی‌شخصیت/
مگر قرار نشد خـ خـ خفه بشوی و حرف نزنی/ چانه نزنی/ آبروی مامافهیم
را حفظ کردی مثلاً ارواح خاکم/ دستِ گلت درد نکند بی‌جنبه/

فرشته بگوید/

بله/ فقط یَک آرزو/

و پلک باز کنم/ دوباره عرق شور بریزد توی چشم‌هام و بگویم/

فرشته‌ی عزیز/ از شما خواهش می‌کنم حالِ پ‌ پ‌ پریا را خوب کنی/ پاش را خوب کنی/ خوبِ خوبِ خوب/
و پلک‌هام روی هم بیفتد و فرشته را نشنوم/ صداش را نشنوم/ آن‌قدر سبک بشوم که فکر کنم شده‌ام پَرِ لای کتاب/ انگار بالا می‌روم/ بالا/// بالا/// بالاتر/// بالاتر/// آن‌قدر که تونل نباشد/ کارخانه نباشد/ پریا نباشد/ مامافهیم نباشد/ آقای بهرام نباشد/ هیچ‌چیز نباشد/

یازده طعمِ بی‌شماری

باران، زیر دندانِ پسته‌شکن

بهرام در بیابانی بی‌سروته رها شده است، در مسیر بوته‌خارهایی که باد به هرسو می‌کشاندشان، امّا نه، این بیابان نیست، این عکس رنگ و رو رفته‌ای از یک بیابان است و او توی عکس حبس شده، گم شده است. کاسه‌ای آب در دست دارد. عکس بیابان در کاسه‌ی آب افتاده. آب موج می‌خورد و از کاسه سرریز می‌شود. ماهی کوچکی به رنگ آبی‌نفتی روی خاک می‌افتد. ماهی بال‌بال می‌زند. دخترکی بازی‌کنان طوق زنگ‌زده‌ی چرخی را روی زمین می‌غلتاند و از پیش چشمش عبور می‌کند. صدای دخترک بیخ گوشش نجوا می‌شود:

«دادا... دادا...»

و صدا آرام‌آرام، لرزان و پیر می‌شود؛ انگار هشتاد سال در هشت ثانیه...

«دادا... دادا...»

بهرام در پی دخترک می‌دود. دخترک وارد اتاقی می‌شود. خاک کف

اتاق نرم است. دخترک به همراه طوق چرخ در خاک فرو می‌رود، امّا بهرام هنوز نجوای خاموش او را در جمجمه‌اش می‌شنود:

«دادا...دادا...»

بهرام سر برمی‌دارد و اتاق را از نظر می‌گذراند. دیوارها تا کمر، مغزپسته‌ای‌رنگ است. نقش اسلیمی‌ها و ختایی‌های فرش در جرز ترک‌های دیوار، کپک زده است. کف اتاق، خاک باغچه پهن شده. تنهاپنجره‌اش چوبی‌ست. شیشه‌هاش شکسته؛ روزنامه چسبانده‌اند به جای شیشه‌های شکسته. عکس دایی‌ایرج توی روزنامه چاپ شده. متن روزنامه به زبان آلمانی‌ست. دایی‌ایرج موهاش را آلمانی زده و دارد به زبان آلمانی صحبت می‌کند. بهرام سمت روزنامه می‌رود. عکس سیاه‌وسفید دایی رنگی می‌شود. دایيِ رنگی به زبان آلمانی با او حرف می‌زند. پیرزن موبوری روی تخت بیمارستان دراز کشیده که توی عکس نیست، توی اتاق است، روی تختی که پایه‌هاش در خاک باغچه فرو رفته است. زن که رنگ‌وروش مثل گچ سفید است حرف‌های دایی را ترجمه می‌کند:

«سلام دایی‌جون، از کفترها چه حال‌وخبر؟»

پیرزن موبور به بهرام نگاه می‌کند. منتظر جواب است. بهرام می‌خندد و به شقیقه‌های کم‌مو و براق دایی نگاه می‌کند. پیرزن جیغ می‌کشد. دایی وارد اتاق می‌شود. لگن سفید لعابی در دست دارد. پیرزن را نیم‌خیز می‌کند و لگن را می‌گذارد زیرش. پیرزن می‌خندد. لثه‌های بی‌دندانش برق می‌زند. آرام‌آرام خاک باغچه می‌جنبد. مثل تَلِ چای خشک که دست بندازی زیرش و بالا بیاوری‌اش، خاک بالا می‌آید. تا زانوهای بهرام بالا می‌آید. جوانه‌های سفیدرنگی از خاک بیرون می‌زند. در یک چشم‌به‌هم‌زدن رشد می‌کند و می‌شود چند شاخه، شاخه‌هایی پر از برگ‌های سفید. باد به پنجره می‌کوبد. یکی از روزنامه‌ها پاره

می‌شود. حروف روزنامه مثل براده‌های سرب در فضا غوطه می‌خورد. باد زوزه‌کشان می‌آید توی اتاق. برگ‌های سفید درخت می‌خشکد، پرپر می‌شود، امّا روی زمین نمی‌ریزد، مثل حروف روزنامه، توی هوا معلق می‌ماند. دایی‌ایرج توی عکس موهاش را روغن می‌زند و شانه می‌کند و با تیغی از جنس پنبه‌ی فشرده، خط ریشش را صاف‌وصوف می‌کند. با لُنگ کهنه‌ای مف بینی‌اش را می‌گیرد. چشم‌هاش گرد می‌شود، به زمین خیره است که چشم‌هاش گرد می‌شود. از زمین پاهای چند کبوتر بیرون می‌زند. پاها تکان‌تکان می‌خورد. به هوا چنگ می‌زند. تمام سطح خاک را پاها پر می‌کند...

«بهرام... بهرام!»

بهرام دنبال صدا می‌گردد. صدا از سمت پنجره می‌آید، امّا پشت پنجره کسی نیست. پنجره شیشه دارد. شیشه‌ها از تمیزی برق می‌زنند. لامپ خاموشی که از سقف آویزان است می‌ترکد. اتاق تاریک می‌شود. هوای اتاق گرم می‌شود. بهرام کتش را از تنش درمی‌آورد می‌اندازد روی دستش. هوای اتاق گرم‌تر می‌شود. کبوتر سفیدی می‌آید می‌نشیند روی کت بهرام. صدای دایی‌ایرج از بلندگو پخش می‌شود:

«کفتر، اول، جلدِ دل آدم می‌شه، بعد جلدِ پشت‌بوم، حالیت شد؟»

صدای جیغ پیرزن از بیرون اتاق شنیده می‌شود. آن بیرون، باران می‌گیرد. بهرام از گرما کلافه می‌شود. پنجره را باز می‌کند. عموکمال وسط حیاط ایستاده و می‌خندد. دستش را پشتش نگه داشته. سرش را با دستمال سفیدی بسته. دستمال خونی‌ست. لکه‌ی بزرگی از خون به رنگ آبی‌نفتی روی دستمال نقش بسته. در می‌زنند. عموکمال در حیاط را باز می‌کند. چند نفر مطرب می‌آیند تو و شروع می‌کنند به ساز زدن. باران بند می‌آید. عموکمال دستمال را از سرش باز می‌کند و توی

هوا می‌چرخاند و می‌رقصد. مطرب‌ها خسته می‌شوند. از ساززدن دست می‌کشند و می‌ایستند به تماشای عموکمال. هنوز صدای ساز مطرب‌ها شنیده می‌شود. هنوز عموکمال می‌رقصد. مطرب‌ها تشویقش می‌کنند، براش کف می‌زنند. عموکمال براشان شعبده‌بازی می‌کند، از دستمال کبوتر بیرون می‌آورد و پرواز می‌دهد. کبوترها با لحن صدای دایی‌ایرج بغ‌بغو می‌کنند. بهرام از پنجره بیرون می‌رود و زخم سر عموکمال را با گردو و روغن کنجد و عسل می‌بندد. وقتی دوباره به او نگاه می‌کند، می‌بیند ماهان با پیشانی خونی دارد به شمع‌های کیک بزرگی فوت می‌کند. پریا که موها و ابروهاش سفید است از پشت‌بام می‌افتد توی باغچه. بلند می‌شود. لباسش را می‌تکاند. چاقویی از غلاف کمرش بیرون می‌کشد. درحالی‌که رقص چاقو می‌کند سمت ماهان می‌رود و چاقو را به او می‌دهد. در تمام مدتی که پریا می‌رقصد، مطرب‌ها گریه می‌کنند. ماهان کیکش را با چاقویی که از پریا گرفته دو نیم می‌کند. باران می‌گیرد. پریا مقابل بهرام می‌ایستد و به او نگاه می‌کند. سیلی‌ای به گوش او می‌زند و از حیاط بیرون می‌رود. صدای مرجان توی حیاط می‌پیچد:

«بهرام... بهرام...»

بهرام می‌دود سمت درِ حیاط. جمعیتی از زن و مرد که همه با لباس مهمانی هستند می‌آیند توی حیاط و نقل می‌ریزند روی سر بهرام. باباجمال از توی جمعیت بیرون می‌آید و بهرام را در آغوش می‌گیرد. جعبه‌ی طلایی‌رنگی به او می‌دهد. بهرام جعبه را باز می‌کند، یک دوچرخه‌ی کوکی از آن بیرون می‌آورد. جمعیتی که حیاط و اتاق‌ها را پر کرده‌اند جیغ می‌کشند، بارها بهرام را روی دست بلند می‌کنند و پرتش می‌کنند هوا. هربار که بهرام پایین می‌آید، زیر پاش از جمعیت خالی و

خالی‌تر می‌شود. بار آخر هیچ‌کس توی حیاط نیست، و او روی روروک زهواردررفته‌ای سقوط می‌کند. صدای پریا از تونل عزیزآهو شنیده می‌شود:

«دادا... دادا...»

بهرام سیگاری می‌گذارد گوشه‌ی لبش. دست چاق و بزرگِ مشت‌شده‌ای پیش می‌آید و جلوی صورتش باز می‌شود. دست پر از کشمش است. صدای کاظمی از بلندگو پخش می‌شود:

«سیگار نکش، کشمش بخور... اگر... اگر...»

صدای کاظمی قطع می‌شود. منصور درحالی‌که بوق بلندگو را روی سرش گذاشته، از سقف سقوط می‌کند و سرِ سیمِ قطع شده‌ی بلندگو را نشانِ بهرام می‌دهد. بهرام می‌خندد و کیک می‌خورد. لای کیک پوست گردوست، گیر می‌کند به دندانِ نیشش. دندانش کنده می‌شود. به جای خالی دندانش توی آینه نگاه می‌کند. توی آینه، ماهان سلام نظامی می‌دهد:

«چـ چـ چـ چشم قربان!»

پیچاپیچِ صدای ماهان توی اتاق تکرار می‌شود:

«چـ چـ چـ چشم قربان... چـ چـ چـ چشم قربان... چـ چـ چـ چشم قربان...»

«بهرام... بیدار شو بهرام...»

پلک‌های سنگین و چسبانِ بهرام دل‌دل می‌کند. مردمکش در کاسه‌ی چشم، زیر پوستِ تاریک پلک، در پی ذره‌ای نور، می‌چرخد و می‌چرخد. هنوز این صدا مثل نواری تکرارشونده و ممتد در گوشش زنگ می‌زند:

«بهرام... بیدار شو بهرام...»

صدا از کجاست؟ صدای کیست؟ شبیه صدای خودش است. امّا لب‌هاش حرکتی نمی‌کند. صدا در ذهنش است. گویی خود، به نجات خود آمده. صیحه‌ای می‌زند و چشم باز می‌کند. پلک‌هاش مثل دو لب داغمه‌بسته از تشنگی، نور عصرگاهی اتاق را فرومی‌بلعد. نیم‌خیز می‌شود و می‌نشیند. چه مدت خواب بوده؟ کی خوابیده است؟

تازه یادش می‌آید. دراز کشیده بود. از تونل آمده بود و دراز کشیده بود. پتو رویش بود. بااین‌همه، لرز افتاده توی تنش. سرش گیج و منگ است. برمی‌خیزد. سمت تنگ آب می‌رود. خالی‌ست. شانه‌هاش تیر می‌کشد. سیگاری می‌گیراند. پک اول مثل زهرمار تلخ است. دودش را از ریه خارج می‌کند. سیگار را از فیلتر روشن کرده. آتش آن را توی خاک گلدانِ گُل مصنوعی‌ای که سال‌هاست توی اتاق است خفه می‌کند. به گلدان خیره می‌شود. فکر می‌کند این گلدان را تا به حال ندیده. ظاهراً زمانی گُل داشته، یاس بوده، از این یاس‌های سفید پنج پر. خشک شده، شاید دوسه سال پیش، و پریا توش گُل مصنوعی گذاشته. گُل مصنوعی توی خاک بوده. چشم می‌دوزد به گُل مصنوعی. به زانو می‌افتد. صورتش را در دست‌هاش می‌گیرد. بی‌صدا می‌گرید. چانه‌اش می‌لرزد و می‌گرید. اشک بی‌وقفه گونه‌هاش را می‌شوید. برمی‌خیزد. روبه‌روی آینه می‌ایستد. لب پایینی‌اش را بین دندان‌هاش می‌گیرد و می‌فشارد. انگشت‌هاش گزگز می‌کند. صدای خودش را از شقیقه‌هاش می‌شنود:

«بچه‌ی مردمرو به کشتن دادی!»

دوباره با صدایی فرومرده می‌گرید. انگار یکی صداش می‌کند. لحظه‌ای سربرمی‌دارد و هولانه‌هول از اتاق بیرون می‌زند. به طرف پله‌ها می‌رود، امّا لحظه‌ای توقف می‌کند. در اتاق دیگر، پریا، مقابل پنجره،

روی ویلچر نشسته و چشم به جاده دارد. گوشه‌ی جعبه‌ای که با کاغذ کادویی صورتی‌رنگی بسته شده از پشت جسم نحیفش دیده می‌شود. آرام‌آرام سمت او می‌آید. جعبه‌ی کادوپیچ‌شده را از زیر دستش بیرون می‌کشد و کاغذ کادوی آن را پاره می‌کند. پیراهن مردانه‌ی چهارخانه‌ای را که در جعبه است بیرون می‌آورد و جلوی صورت پریا می‌گیرد. صداش مثل آدمی که دندان‌هاش از سرما کلید شده، یخ‌زده و لرزان است:

«این مال کیه؟»

پریا که تا این لحظه بی‌هیچ حرکتی فقط نگاهش کرده، سکوت می‌کند.

«این‌رو برای کی خریدی؟»

پریا برمی‌گردد رو به پنجره. بهرام در یک چشم‌به‌هم‌زدن ویلچرش را می‌چرخاند سمت خودش:

«می‌خوای هم این‌رو، هم تورو، هم خودمون‌رو آتیش بزنیم؟... لال شدی، ها؟... کی این‌رو برات خریده؟ تو که خودت چلاقی و افتادی یه...»

حرفش را می‌خورد. دهانش را می‌بندد. لب‌هاش را روی هم می‌فشارد و با خشم از بینی نفس می‌کشد. پیراهن را توی صورت پریا پرت می‌کند. پریا حرکتی نمی‌کند. پیراهن روی زانوهاش می‌افتد، امّا آستینش گیر می‌کند به دسته‌های ویلچر و همان‌جا می‌ماند. پریا به بهرام خیره می‌شود. طوقی از اشک در محیط مردمک‌هاش لمبر می‌خورد و پایین نمی‌آید. سرش را پایین می‌اندازد. سه قطره اشک روی پیراهن می‌چکد. آرام‌آرام پیراهن را برمی‌دارد و شروع می‌کند به مرتب کردنش. بهرام همه‌ی نفسی را که در ریه دارد از لای سبیل‌هاش

به بیرون شلیک می‌کند و می‌چرخد سمت درِ اتاق. همان‌جا بی‌حرکت می‌ایستد. بی‌آن‌که سمت پریا برگردد از لای دندان‌هاش می‌غُرد:

«کی این‌رو برات خریده؟»

فریاد می‌زند:

«کی این‌رو برات خریده؟... خاله؟»

درِ اتاق باز می‌شود. مرجان در آستانه‌ی در ایستاده است:

«من خریدم.»

مرجان به اتاق می‌آید. جعبه‌ی پیراهن را برمی‌دارد و روی زانوی پریا می‌گذارد. لحظه‌ای بیرون می‌رود و بلافاصله با کاغذ کادو و حلقه‌ای چسب برمی‌گردد. از کنار بهرام که مجسمانه شده عبور می‌کند و کاغذ و حلقه‌ی چسب را به پریا می‌دهد. پریا ویلچرش را سمت درِ اتاق می‌راند. از اتاق بیرون می‌رود. مرجان درِ اتاق را می‌بندد.

«اگه چلاق نبود که این‌جوری نمی‌افتاد زیر دست تو.»

بهرام سرش را پایین انداخته و به گل‌های قالی خرسک خیره است. مرجان کوتاه نمی‌آید:

«شاید هم از خداته که این‌جوری باشه!»

بهرام انگار که کسی صداش کرده باشد سربلند می‌کند، گویی مرجان را تازه دیده است. خاموش نگاهش می‌کند. صدای مرجان لرزالرز از خشم است:

«بیا، بیا من‌رو هم بزن. هشت ساله یکی مثل تو مدام زده تو گوشم، دیگه عادت کردم.»

صداش به هق‌هقی ریز می‌ماند:

«ولی حق نداری دست روی این طفل‌معصوم بلند کنی، هم این، هم اون ماهان.»

صدای بهرام انگار از ته چاه درمی‌آید:

«پس تو به‌اش یاد دادی بزنه تو گوش ما!»

«نه‌خیر، خودت به‌اش یاد دادی.»

«یعنی تو می‌گی بره زن یه منگل عقب‌افتاده شه؟»

مرجان برمی‌گردد سمت پنجره و چشم می‌دوزد به جاده‌ی خاکی. انگار با آدمی که توی جاده نیست حرف می‌زند:

«خوب واسه خودت می‌بُری و می‌دوزی. کی گفته عقب‌افتاده‌ست؟ بعدش هم، نترس، اون‌ها خودشون بلدن چی‌کار کنن، اگر هم بلد نباشن یاد می‌گیرن. تو به فکر خودت باش که زدی همه‌چی‌رو خراب کردی.»

بهرام سرش به دوران افتاده است. خون توی رگ‌های شقیقه‌اش می‌تپد:

«فقط ما می‌تونیم با پریا کنار بیایم، ما درد و بدبختیش‌رو می‌شناسیم. آخه اون یارو آب‌دهن خودش‌رو هم نمی‌تونه جمع کنه.»

«تو فقط می‌خوای صاحب پریا باشی!»

خون به چهره‌ی بهرام هجوم می‌آورد. دهان باز می‌کند تا چیزی بگوید امّا مرجان پیش‌دستی می‌کند:

«فکر کردی همین‌که یه لقمه نون به‌اش دادی و دو تیکه از لباس‌کهنه‌هات‌رو انداختی جلوش، یعنی شناختیش؟»

و به طرز پرمعنایی سر می‌جنباند:

«اون آدمه.»

صداش را بالا می‌برد:

«یه دختره.»

و بعد، لب‌هاش آرام و لرزان به جنبش درمی‌آید:

«گرچه، تو حواست به هیشکی نبوده و نیست، حتی به خودت...»

نجوا می‌کند:

«...به من.»

سرش را پایین می‌اندازد. بعد از مکثی طولانی برمی‌گردد رو به بهرام:

«نمی‌دونم چی تو سرت می‌گذره، فقط این‌رو می‌دونم که باعث شدی زندگی‌ای‌رو انتخاب کنم که هشت سال تموم تو آتیشش بسوزم.»

صدای بهرام، شکسته و لرزان از بین لب‌هاش سر می‌خورد:

«یعنی این هم تقصیر ماست؟»

«آره، آره، آره، آره...»

و درحالی‌که از گریه‌ای خاموش، بال‌های بینی‌اش پرپر می‌زند، دوباره سمت پنجره برمی‌گردد. بهرام چشم می‌دوزد به سرانگشتان لرزانش. صداش مثل نوار کهنه‌ای کش می‌آید:

«بابای خدابیامرزت دو بار مارو کشت؛ یه‌بار وقتی کبوترهامون‌رو سر برید و چال‌شون کرد تو باغچه، یه‌بار هم وقتی گفت، مگه از رو نعش من رد شی با مرجان عروسی کنی.»

«ولی تو پای حرفت نموندی؛ جا زدی. فرق تو با ماهان اینه که اون مونده. کتک خورده، مونده. پدرش‌رو درآوردی، مونده. ولی تو جا زدی.»

«داری مارو با یه خل‌وچل یکی می‌کنی؟»

مرجان گویی این حرف بهرام را نشنیده است:

«شـــدی عین عموکمالت؛ حرف، حــرف خودته. اجـازه نمی‌دی پریـا خودش انتخاب کنـه. یه‌چیزهایی تو ســرته که فکـر می‌کنی خیلی درسته.»

آرام‌آرام سمت بهرام برمی‌گردد و صاف نگاه می‌کند تو چشم‌هاش:

«هم داری این طفل‌معصوم‌رو می‌کشی، هم اون بچه‌رو.»

آخرین جمله‌ی مرجان، مثل پتکی بین دو چشمِ بهرام فرود می‌آید. سرمایی خشک و کشنده در استخوان‌هاش می‌دود. صورتش می‌سوزد. با چشم‌هایی شعله‌ور به نقطه‌ای نامعلوم خیره می‌شود. دهانش می‌جنبد، امّا حرفی از آن بیرون نمی‌آید. سمتِ درِ اتاق خیز برمی‌دارد و بیرون می‌زند. مرجانِ متعجب و پریشان در جای خود می‌ماند. از پنجره به بیرون خیره می‌شود. بهرام را می‌بیند که از حیاط، سمتِ درِ خروجی می‌رود. پریا درحالی‌که هدیه‌اش را روی زانو گذاشته، از درِ نیمه‌بازِ آبی‌رنگ، چشم به جاده دارد. بهرام در آستانه‌ی در می‌ایستد. نگاهی به پریا می‌اندازد و بیرون می‌رود. می‌خواهد در را ببندد، امّا دوباره آن را به همان حالت نیمه‌باز رها می‌کند و به کوچه می‌رود. باد سردی بلند می‌شود و دانه‌های سرگردان باران را به شیشه‌های پنجره می‌کوبد. بهرام یک‌آن سربلند می‌کند و نگاهی به پنجره می‌اندازد. مرجان پشت پنجره ایستاده و خیره به جاده‌ای‌ست که او در آن قدم گذاشته است.

٭٭٭

می‌دود. از نوک پا تا مغز سرش می‌سوزد. می‌دود. پاهاش با هرضربه به زمین، گل‌ولای چسبنده را به سویی می‌پراکند. می‌دود. نفسش از آتشگاه دهان و بینی تنوره می‌کشد و سرد می‌شود. به تونل می‌رسد. در آستانه‌ی ورود به تونل می‌ماند. لختی نفس می‌گیرد. دهان باز می‌کند:

«ما...»

نفس کم می‌آورد. اسم ماهان در خلأ ذوب می‌شود. چشم می‌دوزد به تاریکنای تونل. چشمِ تونل تاریک‌تر از چشم او نیست، تیره‌تر از خیال او نیست که حالا به هرسو کشیده می‌شود؛ هزار راه می‌رود، هزار رؤیا می‌بافد که همه‌ی هزارتاش زنده بودنِ ماهان است.

در تمام راه خانه تا تونل عزیزآهو، حرف‌های مرجان مثل بارانی از تیغ به جان و تنش باریده است. رفته‌رفته گیجی و منگیِ خواب بعد از فاجعه از سرش پریده است. دوباره خراب کرده، دوباره سرش به چیزی گرم شده است. دوباره باعث شده کسی از پشت‌بام سقوط کند. دوباره کسی را در گاری چوبی، در حلقه‌ی سگ‌های وحشی و گرسنه رها کرده و رفته است...

البته نه، همه‌ی ماجرا این نبود، او بالاخره برگشته بود طرف گاری، سگ‌ها را تارانده بود و پریا، تنها خواهرش را از آن‌جا دور کرده بود.

حالا دوباره تصویر ترسناک و تاریکی را ساخته است که می‌بایست سال‌های باقی‌مانده‌ی عمرش صرف زدودن آن از روح زخمی‌اش شود. می‌داند که با همه‌ی قدرت و هیبتش توان تحمل مصیبتی دوباره را ندارد. باید از این دوالپایی که روی گُرده‌اش نشسته و آرام‌آرام زیر پوستش می‌خزد، خلاص شود. باید خود را نجات دهد. باید پریا را نجات دهد. باید ماهان را نجات دهد.

حالا مقابل تونل ایستاده و خیره است به چشم ناپیدایی که زل‌زل نگاهش می‌کند. دوباره نفس می‌گیرد. دوباره نعره می‌زند:

«ماهان...»

صداش در گلوی تشنه‌ی تونل، هوفه‌کشان تکرار می‌شود. تونل، صداها را می‌بلعد. نگاه‌ها را می‌بلعد. آدم‌ها را می‌بلعد. همان‌طور که سال‌ها پیش، آن دختر و پسر را بلعید. عزیز و آهو، همان دو جوان که یکدیگر را می‌خواستند و به خاطر فرار از حکم پدر که قصد داشت دختر را به خانه‌ی زمین‌دارِ پول‌دارِ نامداری بفرستد، پناه آوردند به این تونل؛ و این دهلیزِ بی‌بازگشت آن‌ها را بلعید. هیچ خبر و نشانی از آن‌دو نماند، جز قصه‌ای که سال‌ها شد نقل پرغصه‌ی دلدادگانی که با شنیدنش آه

از نهادشان برمی‌آمد و آب به چشم‌شان می‌نشست... و حالا، ماهان... بهرام مقابل دهانه‌ی تونل ایستاده و دهانش مثل ماهیِ به‌خشکی‌افتاده‌ای باز و بسته می‌شود:

«تو کشتیش... تو فرستادیش تو این تونل مرگ... تو کشتیش.»

نمی‌داند این کلمه‌ها از دهانش در آمده یا فقط صداهای باقی‌مانده از هیاهوی ذهنش است. سرش را رو به آسمان می‌گیرد. قطره‌های باران روی پوست گُرگرفته‌اش پنجه می‌کشد. نگاه می‌کند به قطرهایی که مثل نیزه در نی‌نی چشم‌هاش می‌نشیند. خیره می‌شود به تصویر خیساخیس ابرهایی که نمی‌تواند ببیندشان. رو به ابرها زار می‌زند:

«اگه زنده باشه، هرچی تو بگی!»

قدم به داخل تونل می‌گذارد. دوباره می‌ایستد. نگاهی به پشت‌سر می‌اندازد. وحشت از چشم‌هاش می‌بارد. سنگ‌های آدم‌نما، صورتک‌های سنگیِ خیس از باران، با چشم‌هایی گشاده خیره به اویند. بهرام مثل گوی آتشینی که از فلاخن رها شده باشد به دل سیاه تونل می‌زند. با قدم‌هایی تیز و بلند، تاریکی را می‌شکافد و پیش می‌رود. حالا حتی نیم‌سایه‌هایی که روی دیوار و طاق افتاده بود می‌میرد، هرچه هست، تاریکی‌ست. می‌دود. سنگ‌خاره‌ای بیرون‌زده از خاک مانعش می‌شود. سعی می‌کند از این تله‌ی تاریک بگریزد، امّا تعادلش را از دست می‌دهد و روی زمین می‌غلتد. کتفش می‌سوزد. بلند می‌شود. دوباره حرکت می‌کند. صدای بم و خفیده‌ی قدم‌هاش به دیوارهای تونل می‌کوبد و منعکس می‌شود. قدم‌هاش را بلندتر برمی‌دارد. لحظه‌ای به پشت‌سر نگاه می‌کند. چشم‌های تشنه‌اش آخرین نقطه‌ی نوری را که به زودی ناپدید می‌شود، با ولع می‌نوشد. وقتی سر برمی‌گرداند، پاش در گره‌ی کورِ مفتولی زنگ‌زده گیر می‌افتد. از پهلو به زمین می‌غلتد. مچ پاش از

دردی گزنده تیر می‌کشد. پنجه می‌اندازد در انبوه مفتولی که گرفتارش کرده. نیش سرگردانِ مفتول فلزی، کف دستش را سوراخ می‌کند.

لحظه‌ای انگشت شستش را روی زخم سوزان می‌گذارد و فشار می‌دهد. پوست انگشتش روی خون گرم و لزج سُر می‌خورد. دوباره پنجه در مفتول‌ها می‌اندازد. گره، کورتر از آن است که فکر می‌کرد. یک‌آن دستش در هوا، چوب می‌شود. صدای سیرسیر یک موش ذهنش را می‌آشوبد. حالا برق چشم‌های موش را در تاریک‌خوله‌ی پیش رو می‌بیند. موش نه، موش‌ها؛ ظاهراً دو تا هستند. با چشم‌هایی درشت، درشت‌تر از آن‌چه به تصور آید. با حرکتی ناگهانی، حلقه‌های درهم‌پیچیده را از پاش بیرون می‌کشد. کفش از پاش بیرون می‌آید. تیزیِ خشن و زنگ‌زده‌ی مفتول‌ها نرمه‌ی پاشنه‌اش را می‌خلد. برمی‌خیزد. می‌خواهد پاش را در کفش بگذارد، امّا کفش را پیدا نمی‌کند. دوباره نیم‌خیز می‌شود و کورمال‌کورمال کفش را می‌جورد و پاش را در دهان خیس آن جا می‌دهد. برمی‌خیزد. این‌بار سعی می‌کند قدم‌هاش را مطمئن‌تر بردارد، امّا این باعث نمی‌شود که از سرعتش بکاهد. مدام صدای تیز و چندش‌آور موش‌ها مثل نوار خش‌دارِ بی‌پایانی در ذهنش تکرار می‌شود. یک‌دفعه به یاد گوشی تلفنش می‌افتد. گوشی را از جیب بیرون می‌آورد و چراغ‌قوه‌اش را روشن می‌کند. نور را جلوی پاش می‌اندازد و در حالی‌که جانی دوباره گرفته می‌دود. کف تونل پر از قلوه‌سنگ‌هایی‌ست که خزه بسته‌اند و مرطوب و لیز شده‌اند. سعی می‌کند پاهاش را روی خاک سفت کنار سنگ‌ها بگذارد و بگذرد. آرام‌آرام حس می‌کند سینه‌اش سنگین می‌شود. نفسش به شماره می‌افتد. لحظه‌ای می‌ایستد. دست می‌کشد به پیشانی. پوست دستش خیس از عرق سرد می‌شود. فریاد می‌زند:

«ماهان... ماهان...»

به سرفه می‌افتد. به دیوار تکیه می‌دهد و نور چراغ قوه را می‌اندازد کف دستش. هنوز خون از جای زخم جاری‌ست. دستمال مرطوبی را از جیبش بیرون می‌آورد و روی زخم فشار می‌دهد. مغزش مدام روی مثلثی از درد و سوزش کف دست و کتف و پاشنه‌ی پاش می‌چرخد و حتی لحظه‌ای رهاش نمی‌کند. عزمش را جزم می‌کند تا دوباره شروع به دویدن کند. نور چراغ‌قوه را روی دورترین نقطه می‌اندازد و چهره‌ی طاعون‌زده‌ی تونل را از نظر می‌گذارند. دورتَرک، ناگهان دیوار تمام شده و تونل، سمت دیگری پیچیده است. نفس می‌گیرد و می‌دود. فریاد می‌زند:

«ماهان... ماهان کجایی... ماهان!...»

درست در همان نقطه‌ای که دیوار تمام می‌شود سه‌چهار سنگ بزرگ تیره روی هم افتاده است. سعی می‌کند با احتیاط از آن‌ها عبور کند، امّا یک‌آن پای راستش روی یکی از سنگ‌های خزه بسته سُر می‌خورد، مچ پاش می‌پیچد و با کمر روی سنگ‌های مرطوب می‌غلتد. سنگ وسطی، که از همه بزرگ‌تر است از جای خود حرکت می‌کند و سنگ رویی را به ارتعاش درمی‌آورد. همه‌ی این‌ها در چشم‌به‌هم‌زدنی اتفاق می‌افتد. سعی می‌کند دستش را به جایی حائل کند. پنجه‌هاش بیهوده هوا را چنگ می‌زند. نور چراغ‌قوه در تاریکی، دیوانه‌وار می‌رقصد و در جایی دورتر، بی‌حرکت، متوقف می‌شود. جسم لرزان بهرام کف تونل می‌افتد. صدایی مثل جیغ زیر و ریز پرنده‌ای که سرش را می‌برند، روی تاریکی، خط می‌اندازد. سنگاسنگِ سکوت، روی قفسه‌ی سینه‌ی بهرام می‌افتد و استخوان‌هاش را می‌فشارد. نفس‌نفس می‌زند. هنوز نمی‌داند دقیقاً درد از کجای بدنش منتشر می‌شود. تکانی به خود می‌دهد. بالاتنه‌اش

حرکت می‌کند و ستون فقراتش هم، امّا پای راستش نه، یعنی پای راستش را خیلی احساس نمی‌کند. با نگاهی پرسنده به تاریکی زل می‌زند. سعی می‌کند زانوش را جمع کند، امّا دردی طاقت‌فرسا در استخوان ساق پاش فریاد می‌کند. کمی به جلو خم می‌شود. سرانگشت‌هاش جِرم سیاه هوا را می‌شکافد. دستش به سطح سنگ سرد بزرگی برخورد می‌کند که از وسط، روی مچ پاش افتاده و زمین‌گیرش کرده است. سعی می‌کند تکانی به سنگ بدهد، امّا دردی کشنده، تیره‌ی پشتش را فلج می‌کند. زمین‌گیر می‌شود. زبان چوب‌شده‌اش را در دهان خشک و تلخش می‌گرداند. عرق سردی که شیارهای پیشانی‌اش را پر کرده راه می‌گیرد روی شقیقه‌اش. لحظه‌ای به نور چراغ‌قوه‌ی گوشی خیره می‌شود که کمی دورتر، یه‌وری روی زمین افتاده و بر قسمتی از سنگ خزه‌بسته‌ای تابیده است. ناامیدانه دستش را دراز می‌کند طرف گوشی، بی‌فایده است. دستش نمی‌رسد. یک‌آن صدای سیرسیر موش‌ها نگاهش را می‌پراند. با نفسی سنگ‌شده و چشم‌هایی دریده از وحشت، خیره می‌شود به تاریکی. زمانی طولانی به همین‌حال می‌گذرد. دست می‌برد تا گوشی ماهان را از جیبش درآورد، امّا گوشی زیر لَش پای زخمی‌اش در جیبی تنگ و چفت، جا خوش کرده است. با خود فکر می‌کند، حالا موش‌ها چه جشنی بگیرند، چه غذایی به چنگ‌شان افتاده، مفت و بی‌دردسر. صدای خود را می‌شنود که پوزخند می‌زند:

«زکی، فکر کردین!»

و با حرکتی ناگهانی سعی می‌کند نیم‌خیز شود، امّا درد امانش را می‌برد و از لای دندان‌های چفت شده‌اش جیغ می‌زند. عرقِ روی پیشانی‌اش راه می‌گیرد تو کاسه‌ی چشم‌هاش. پلک‌هاش را جمع می‌کند و روی هم می‌فشارد. دست می‌برد به چشمش، امّا خاک و

شنی که روی پوست دستش مانده چشم‌هاش را سوزن‌سوزن می‌کند. بی‌حوصله و با تنفر هق‌هقایی خفیده را از ریه‌هاش بیرون می‌دهد و سبیل‌هاش را می‌جود.

لحظه‌ای طولانی بی‌حرکت می‌ماند. دست می‌برد چشم‌هاش را پاک می‌کند؛ آهسته و از سر صبر این کار را انجام می‌دهد، گویی می‌خواهد خود را سرگرم کند تا صداهای درونش را نشنود. صداهایی که بلندتر از سیرسیر موش‌ها، اندرونه و مغزش را شخم می‌زند و می‌جود. یکی از آن‌ها، صدای ماهان است، صدایی شکسته و الکن که بی‌وقفه در گردبادی از غرش و هیجان شلیک می‌شود، امّا بااین‌همه، حسی از آرامش و اطمینان با خود دارد، و امید و شادیِ غریبی که او هیچ‌گاه معنی‌اش را نفهمیده است؛ و قدرت، قدرتی که هیچ‌وقت آن را به نمایش نگذاشته و همین، بهرام را می‌ترساند. ترسی تحقیرآمیز و پنهانی که با تمام نیرو مهارش کرده است. امّا فقط این هول‌ووْلا نیست که زیر غبار نخوت و خودبینیِ بهرام پنهان شده، چیز دیگری هم هست، یک نیاز یا یک آرزو، آرزویی مرموز و رازآلود که بهرام را خوارتر و پایین‌تر از او ـ که دیوانه می‌خواندش ـ نگه می‌دارد. آرزوی بهرام این بود که یکی مثل او باشد؛ بی‌محابا و جسور، خالص و بی‌هیچ مانعی که به او اجازه‌ی پریدن بدهد. بپرد، از خودش و از همه‌ی آن چیزهایی که دست‌وپاش را در بند کرده بود، بپرد ـ که البته همه‌ی این‌ها را پشت نقاب تندخویی و قلدری و بزن‌بهادریِ پرسروصداش پنهان می‌کرد ـ و صدای پریا، بلندتر از هروقت دیگر، صدایی که ناگهان مثل صوراسرافیل، چرت سال‌های دیر و دورش را پرانده بود. هیچ‌گاه فکر نمی‌کرد طنین تهدیدکننده‌اش او را پریشان کند. و در آخر، صدای مرجان، صدایی که دوباره او را فراخوانده بود، دوباره او را به خودش نشان داده بود، صدایی که سال‌ها در پی شنیدنش بود و از

او دریغ شده بود، صدایی که لحنِ گم‌شده‌ی مادرش را داشت و طعمی عاشقانه از آن می‌چشید، امّا... امّا حالا صدای سیرسیرِ موش‌ها همه‌ی صداهای دیگر را می‌جود؛ موش‌هایی که با چشم‌های هیز و پوزه‌های مرطوب دورو‌برش می‌پلکند و قرار است او را به مغاک پایانی تاریک و تلخ ببرند.

انگار از خوابی به خوابی دیگر می‌غلتد. غم‌های کهنه‌اش زنده می‌شود و مثل زهر به جانش می‌ریزد. یک‌باره پوسته‌ی قلبش می‌ترکد و ناله می‌کند. آرام‌آرام ناله‌اش به گریه‌ای غریب و بی‌صدا ختم می‌شود. تونل مثل ننوی بچه تکان می‌خورد. صدای لالایی مادرش می‌آید. دیگر از هیولای سیاهی که در تونل لمیده است و می‌غُرد، هول برش نمی‌دارد. دیگر از تونلی که آهسته‌آهسته او را در خود هضم می‌کند هراسی ندارد. صدای موش‌ها آزارش نمی‌دهد. این‌همه را حق خود می‌داند. درحالی‌که نفسش به شماره افتاده و عرق سرد، بدنش را به مورمور انداخته، به تهی‌نای اطرافش خیره می‌شود و صدای خودش را می‌شنود که می‌گوید:

«شرمنده‌ایم، ما که جلوی تو رومون سیاه‌ست. حتی یه‌بار هم سرمون به مُهر نرفت، غیر اون بچگی‌ها که به عشق اون خدابیامرز می‌خوندیم. ولی...»

به سرفه می‌افتد:

«...ولی الآن می‌خواستیم... می‌خواستیم خودمون بخونیم... به خاطر خودت، به خاطر خودمون.»

تلخ می‌خندد:

«می‌بینی، ما همیشه دیر می‌رسیم، یعنی هروقت می‌رسیم قطار رفته.»

و گریه امانش نمی‌دهد. هق‌هق‌های خفه‌اش در ژرفاژرفِ تاریکی، طنین خشک و رقت‌آوری دارد. آرام‌آرام خاموش می‌شود، مثل چراغی که سوختش تمام شده و آتش سبزآبیِ بی‌جانی روی فتیله‌ی سوخته‌اش رقصِ مرگ می‌کند. حالا فقط صدای خس‌خسِ نفس‌هاش را می‌شنود. سعی می‌کند حرکتی به خود بدهد. می‌خواهد دوباره دستش را سمت جیب ببرد و گوشی ماهان را بیرون بیاورد. امّا بازوهاش، بی‌حس و حرکت کنارش می‌افتد. خستگی و خواب، پلک‌هاش را سنگین کرده. باید بخوابد. آرام‌آرام پلک‌هاش روی هم می‌افتد و چیزی مثل سکوت و عدم، تنوره‌کشان از جسم خسته‌اش بیرون می‌رود و همچون ابری بالای سرش می‌ایستد؛ ابری سنگین که رفته‌رفته منجمد می‌شود و مانند تکه‌ی بزرگی از یخ در ارتفاع کمی از پلک‌هاش می‌ماند. سرمای این یخ را روی پوست صورتش احساس می‌کند. به رعشه می‌افتد. زمان از حرکت می‌ایستد. اجزای بدنش مثل عقربه‌هایی که قصد دارند به جای زمان مرده، نقطه‌چین‌های خالی را پر کنند به جنبش درمی‌آیند. همه‌چیز سمت تاریکی می‌گریزد، سمت آخرین قطعات بازمانده از زمان، و بی‌زمانی؛ امّا یک‌آن گلوله‌ی نوری ـ شاید ـ یا هرچیز دیگر، از سمتی که نمی‌داند کجاست، به قلب ابر منجمد شلیک می‌شود. گلوله‌ی نور، دیوار سخت یخ را می‌ترکاند و از پشت پلک‌هاش روزنه‌ای به درونش باز می‌کند و با تکان‌های ریز و درشتش روی پلک‌هاش می‌رقصد. اول خیال می‌کند خیال کرده، ولی تکرار این رفت‌وآمدِ نوازشگرانه، پلک‌هاش را از هم باز می‌کند. صدایی در گوشش می‌پیچد که موج آشنای آن، برای لحظه‌ای رخوت خواب‌آلودگی را از تنش دور می‌کندَ. صدایی آوازخوان که گویی از تنگی بلورین بیرون می‌زند و البته چیزی از آن فهمیده نمی‌شود. صدا قطع می‌شود. گلوله‌ی نور

همچنان پشت پلک‌های بسته‌ی بهرام می‌رقصد. صدا گوش تونل را پر می‌کند:

«سـ سـ سلام آقای بهرام. چی شده؟ چـ چـ چـ چشم‌هات‌رو باز کن. توروخدا!»

و موج گریه صدا را می‌برد. بهرام لحظه‌ای چشم باز می‌کند و ماهان را می‌شناسد. چراغ‌قوه‌ای روی پیشانی‌اش وصل شده و ماسکی بر چهره دارد. ماهان همچنان می‌گرید:

«الهی قربونت برم آقای بهرام، بیدار شو...»

چشمش به سنگی که روی پای اوست می‌افتد:

«وای... این از کـ کـ کجا اومده؟»

و سعی می‌کند سنگ را از روی پای او بردارد. بهرام از درد ناله‌ی ضعیفی می‌کند و خاموش می‌شود. ماهان دو دستش را زیر سنگ قلاب می‌کند:

«علی... یا علی... یا... علی...»

امّا سنگ از جاش تکان نمی‌خورد.

«این‌جـ جـ جوری نمی‌شه خیر سرم.»

می‌نشیند روی خاک سفت و سرد تونل. کمرش را می‌دهد به سنگ. پاشنه‌ی پاش را حائل می‌کند به قلوه‌سنگ‌ها. با تمام توان به سنگ زور می‌آورد. یکی‌دو بار پاشنه‌ی پاش از روی قلوه‌سنگ‌های مرطوب سُر می‌خورد، امّا بالاخره سنگ از جای خود تکان می‌خورد و کنار می‌رود. ماهان برمی‌گردد سمت بهرام، ذوق‌ذوقِ صداش سقف سنگی تونل را می‌شکافد:

«خدا... خدا عاشقتم...»

امّا با دیدن پای بهرام می‌کوبد به سرش:

«یا اباالفضل...»

و دوباره گریه را سر می‌دهد. نگاهی به بهرام می‌اندازد و خودش را جمع‌وجور می‌کند:

«بـ‌بـ بیا رو کولم، بـ‌بـ باید زود بریم. آقاهه گفت... گفت بابا باید زود...»

و در همان‌حال سعی می‌کند بهرام را روی گُرده‌ی خود جا بدهد:

«گـ‌گـ گردن مَن‌ رو سفت بگیر. فقط مواظب باش گـ‌گـ گردنم نشکنه.»

و بغضش را قورت می‌دهد و زورکی می‌خندد.

امّا بازوهای بهرام در طرفینش آویزان است:

«نـ‌نـ نمی‌گیری؟ خیله‌خب.»

بیش‌تر خم می‌شود، طوری‌که هیکل لَخت و سنگین بهرام کاملاً روی کمر گوشتالوش جا بگیرد:

«بـ‌بـ بگو یا علی.»

و از جا کنده می‌شود و به طرف دهانه‌ی تونل حرکت می‌کند. نوری که از چراغ‌قوه‌ی روی پیشانی‌اش می‌تابد، پیش پای‌شان را کاملاً روشن می‌کند. ماهان با قدم‌هایی بلند گام برمی‌دارد:

«مـ‌مـ من شـ‌ـرمنده‌ام آقای بهـ‌ـرام... خیلی طولـش دادم. معطل شـدی. ددد دلواپس شـدی، اومـدی دنبالم... آدم این‌جا نفسـش تنـگ مـی‌آد... یه‌جورِ ناجـور... بـه خدا خـ‌خـ خیلـی ماهی... بـ‌بـ بیرون بارون می‌آد؟»

بهرام جوابی نمی‌دهد. ماهان دوباره می‌پرسد:

«بیرون...»

لحظه‌ای می‌ایستد:

«آقای بهـرام... آقای...»

به سرعت او را روی زمین می‌گذارد. صداش از بغض می‌لرزد:

«آقای بهرام، نـ نـ نخواب. آقاهه گفت نه بشین، نه بخواب، نه... آقای بهرام...»

زار می‌زند:

«چشم‌هات‌رو باز کن... می‌گم باز کن چشم‌هات‌رو لاکردار...»

سگک کمربند ماسک را در پس سرش شل می‌کند و آن را از سرش بیرون می‌آورد و روی صورت بهرام می‌گذارد. در تمام این مدت می‌گرید و آواز نامفهومی را زیرلب زمزمه می‌کند. بهرام لحظه‌ای چشم باز می‌کند:

«این‌رو از کجا آوردی؟»

ماهان یک‌دفعه گریه‌اش قطع می‌شود و لبخند بزرگی صورتش را پر می‌کند:

«الهی مادر قـ قـ قـ قربون اون صدات بره.»

در حالی‌که دوباره بهرام را روی گُرده‌اش می‌گذارد می‌گوید:

«یه آقایی، خدا پدرش‌رو رحمت کنه براش، این‌رو با این چراغ‌قوه بهام داد. به قول عمواکبر، دادا داستان داره.»

سرش را به طرفین می‌جنباند:

«نیگا، کمربند هم داره، خوشگله، نه؟»

می‌خندد:

«آدم خیال می‌کنه کـ کـ کله‌ش برق داره. ببندم به سرت چـ چـ چراغونی بشی؟»

«نه، برو... نمی‌تونم نفس بکشم.... فقط برو...»

ماهان فریاد می‌کشد:

«چشم قربان.»

و طنین صداش روی دیوارهای تونل لیسه می‌کشد. صدای خساخس

نفس‌های نامنظم بهرام از مشبک ماسکی که بیخ گوش ماهان است شنیده می‌شود. ماهان قدم‌هاش را تند می‌کند:

«پرسید این‌جا چه‌کار می‌کنی؟ اون آقاهه که رئیس‌شون بود پرسید. گفتم با فـ فـ فـ فرشته قرار داشتم. این‌قدر خندیدن که مردن. چهار نفر بودن. یکی‌شون ژاپنی بود. چشماش مثل خود من، این‌قدر خوشگل بود. یکی‌شون چاق بود، کپل‌تپه. سرش تاس بود. پیراهنش خط‌خط بود. چهار تا خط؛ قرمز، آبی، سبز، زرد. گوگو گوشِت با منه آقای بهرام؟»

بهرام به‌سختی ناله می‌کند:

«برو...»

«پات خیلی ددد درد می‌کنه؟»

«نه، بگو...»

«هیچی دیگه، اون کپل‌تپه این ماسک‌رو به‌ام داد، این چراغ‌رو هم داد ببندم به سرم، گفت تو برو خودت‌رو زود برسون بیرون. خیلی بامرام بود. دید دارم خفه می‌شم، گفت مثلاً یه‌وقت خـ خـ خفه نشم خیر سرم. خفه نمی‌شم‌ها، اون فکر کرد خفه می‌شم. مردونگی همینه دیگه. تو فیلم محمد رسول الله که آن‌آن آنتونی کوپین...»

نمی‌تواند جمله‌اش را تمام کند. نفس‌بریده به خس‌خس می‌افتد. امّا خود را جمع‌وجور می‌کند. گویی در یک مسابقه‌ی حبس نفس شرکت کرده و نتیجه‌ی آن بسیار حیاتی‌ست:

«اون آقاهه... خیلی... آقای بهرام، حالت خوبه؟ دیگه چیزی نمونده. رسیدیم. فقط... فقط سنگ‌هاش لیزه... لیزه... آدم باید بپاد یه‌وقت... یه‌وقت نخوره زمین... فکر کنم در رفته باشه پات. خیلی شرمنده‌م... خیلی... خیلی حرف می‌زنم، نه؟»

بهرام سرش را از روی کتف ماهان برمی‌دارد و ماسک را از صورتش کنار می‌زند:

«بیا، اینو خودت بزن به صورتت.»

«نه، نمی‌خوام. خوشت می‌آد لجم درآد؟»

«آخه... ما حالاحالاها... با تو کار داریم.»

ماهان می‌خنـدد، یا گریـه می‌کند. صـداش موجاموجـی در هم‌آمیخته از چنـد حس متفـاوت است. امّا باین‌همـه، لحـن پیروزمندانـه‌ای دارد:

«پریاجـون خـوب می‌شـه، خوش‌بخـت می‌شـه. بگو ایشالا آقای بهرام.»

صدای بهرام به‌سختی شنیده می‌شود:

«خوش‌بخت می‌شین با هم.»

«من به درد شما نمی‌خورم... کار من دیگه ددد درست نمی‌شه. اگه فرشته دو تا آرزورو برآورده می‌کرد، یه‌چیزی، ولی حالا... ماسک‌رو بزن به صورتت.»

بغضی خاموش صدای بهرام را می‌لرزاند:

«چی می‌گی واسه خودت؟ پریا منتظرته، وایساده زیر بارون که... براش کیک تولدت‌رو ببری.»

«آخه من به فرشته گفتم...»

«فرشته‌رو بی‌خیال. ما یه‌چیزی گفتیم. تو همین‌جوریش هم حرف نداری.»

«ولی آقای بهرام شما گفتی...»

«می‌خوای مارو به غلط‌کردن بندازی؟»

ماسک را از روی صورتش برمی‌دارد:

«بیا این ماسک‌رو بزن به صورتت، من حالم خوبه.»

«دیگه رسیدیم آقای بهرام. ببین چه روشنه اون‌جا، درِ تونله دیگه، پس می‌خواستی کجا باشه قربونت برم.»

تلوتلوخوران یله می‌شود سمت دیوار تونل. پهلو می‌دهد به دیوار و آرام‌آرام در خود جمع می‌شود. امّا دوباره با صدای بهرام، کمر راست می‌کند:

«چی‌کار می‌کنی ماهان، برو این چند قدم‌رو.»

نور و نسیم باران‌خورده همچون سیلیِ شوخ و رقصانی صورت ماهان را می‌نوازد. آتشی را که زیر پوستش هُرهُر می‌کند، می‌میراند و به جای آن، خنکای دلنشینی را مثل باران در زمینی خشک و داغمه‌بسته می‌باراند. این سردیِ گرما بخش رفته‌رفته تمام بدنش را تسخیر می‌کند، می‌دود توی رگ‌هاش. پوست صورتش گُل می‌اندازد. سرخاسرخِ گونه‌هاش، خون‌چکان شعله می‌کشد. گیج و گنگ، سرما و گرما را هوفه‌کشان، یک‌جا در خود می‌بلعد. این گیجی و منگی که به طرز عجیبی او را سرحال و هوشیار می‌کند با آن گیجی و منگی که او سراغ دارد فرق می‌کند. او حالا با حواس کامل درمی‌یابد که سفر تمام شده و باید دوباره به خودش برگردد. درست مثل وقت‌هایی که جلوی آینه می‌ایستاد و با شکلک درآوردن سعی می‌کرد مثل آدم‌های دیگر باشد و لحظاتی بعد به آینه می‌گفت:

«دی‌دی‌دی دیگه تموم شد آقاماهان، باید برگردی.»

و عضلات صورتش را رها می‌کرد تا دوباره به شکل خودش برگردد. به شکل ماهان. دوباره به خودش خیره می‌شد و خیره می‌ماند. او ماهان بود، با همان چشم‌های تنگ و بینیِ کوفته‌ای و لپ‌های فروافتاده. این‌ها بود، امّا ماهان بود، خودش بود. این را می‌فهمید، این را می‌دانست،

و هربار این را جلوی آینه برای خودش تکرار می‌کرد. شبیه حرفی که مامافهیم می‌زد:

«تو ماهان منی، خودِ خود ماهان.»

قبل از این‌که بهرام را در تونل ببیند و اصلاً قبل از این‌که به آن گروه محقق بربخورد، حسی مثل جرقه‌ای ناگهانی در ذهنش وول می‌خورد که چرا همان یک آرزو را از فرشته برای خودش نخواسته است. امّا این حسرت، ماندگار نبود. به همان سرعتی که می‌آمد، در تاریکنای ذهنش گم‌وگور می‌شد. حالا در پوست خودش نمی‌گنجید، امّا مقابل بهرام، این خوشحالی را بروز نمی‌داد. مامافهیم بارها گفته بود آدم نباید خیلی از خوشحالی‌اش برای دیگران تعریف کند. مامافهیم راست می‌گفت. همه‌ی حرف‌های مامافهیم راست بود.

ماهان اصلاً نفهمید چه‌وقت از تونل خارج شدند و روی سنگ‌ها نشستند. باران سنگ‌ها را می‌شست و برق می‌انداخت. حالا آن‌دو روی سنگ‌های خیس نشسته بودند و به یکدیگر نگاه می‌کردند. بهرام نمی‌توانست معنی برقی که در نگاه ماهان می‌درخشید را بفهمد. در درون خودش نیز چیزی که نمی‌دانست چیست شروع به نورافشانی کرده بود. اشعه‌های لرزان این نورافشانی تا چشم‌های خیسش که معلوم نبود از اشک است یا باران، شعله می‌کشید.

بهرام تکیه داده به سنگی، دستش را روی زخم پاش گذاشته بود. ماهان خیره به او، هنوز نفس‌نفس می‌زد، گویی برای اولین‌بار با شخصی که هرگز او را ندیده بود ملاقات می‌کرد. ماهان برخاست و ماسک و چراغ‌قوه را روی سنگی در دهانه‌ی تونل گذاشت:

«آقاهه گفت وقتی از تونل اومدم بیرون این‌هارو بذارم روی یه سنگِ... این‌جا خوبه؟»

«آره، خوبه.»

ماهان با نرمه‌ی کف دستش آب باران را از صورتش می‌گیرد:

«باید بریم دکتر، بیمارستان هزارتختخوابی.»

بهرام نیم‌خیز می‌شود و دستمالی از جیب بیرون می‌آورد:

«نه، بریم خونه. پریا منتظرته.»

ماهان بی‌اختیار مقابل بهرام، روی زانو می‌نشیند و خیره می‌شود به دست‌های او که دستمال را روی زخمش می‌بندد.

«مـ مـ من جواب پریاجون‌رو چی بدم؟ اگه بفهمه شـ شـ شـ شما به خاطر من این‌جوری شدی باهام قهر می‌کنه.»

بهرام گره‌ی محکمی به دستمال می‌زند:

«اون کَکش هم نمی‌گزه.»

«چرا، می‌گزه به خدا، اگه بفهمه...»

سر بلند می‌کند و چشم می‌دوزد به چشم‌های بهرام:

«مگه این‌که شما به‌اش نگی ... یعنی... مثل یه راز بمونه بـ بـ بین خودمون، مثل دو تا مردونگی. قبوله آقای بهرام؟»

«مثل دو تا مردونگی، قبول.»

و او را در آغوش می‌گیرد. این برای اولین‌بار است که هیکل تنومند و عضلات پیچاپیچِ ماهان را زیر دست‌ها و بازوهاش لمس می‌کند. مثل گم‌شده‌ای که بعد از سال‌ها به آدمیزادی برخورده باشد او را سفت درآغوش می‌گیرد.

ماهان مف بینی‌اش را بالا می‌کشد:

«قول می‌دین به پریاجون چیزی نگین؟»

بهرام با صدایی شکسته و خفه تکرار می‌کند:

«قول می‌دیم.»

ماهان خود را از بازوهای او بیرون می‌کشد:

«پس اگه پ‌ـ پ‌ـ پرسید پاپاپا پاتون چی شده!»

«می‌گیم سنگ افتاده روش.»

«یعنی دروغ بگیم؟»

رود خنده‌ای در شیارهای باران خورده‌ی صورتش جاری می‌شود:

«مگه دروغه، سنگ افتاده دیگه.»

ماهان صورتش را سمت آسمان می‌برد:

«خدا... عاشقتم خدا...»

و نیم‌خیز می‌شود تا بهرام را به کول بگیرد:

«پس بپر بالا که بریم بیمارستان هزار و شونصد و صد و هزار تختخوابه.»

بهرام گوشی ماهان را از جیب پهلویی شلوارش بیرون می‌آورد:

«نه، زنگ می‌زنم به بچه‌ها بیان ببرنم کارخونه. کارِ خود عمواکبره، ایکی‌ثانیه جاش می‌ندازه. تو می‌ری خونه. پریا منتظرته. کادوی تولدترو می‌گیری و زودی برمی‌گردی کارخونه.»

ماهان سرش را پایین می‌اندازد:

«چ‌ـ چ‌ـ چشم!»

«ای ناکس، چه حرف‌گوش‌کن شدی واسه ما.»

ماهان که سعی می‌کند با نمایشی آمیخته از شیطنت و ترس، از نگاه بهرام بگریزد صداش به زور شنیده می‌شود:

«یعنی برم؟»

«برو.»

«الان برم دیگه؟»

بهرام به تایید سر تکان می‌دهد. ماهان راه می‌افتد. هنوز چند قدم

بیش‌تر نرفته که بهرام صداش می‌کند:

«ببین، کادوبییت‌رو می‌گیری زودی می‌آی کارخونه. جلوی در خونه وانستا، همسایه‌ها حرف مفت می‌زنن. هرحرفی دارین تو حیاط، حالیت شد؟»

صدای ماهان ذوق‌وذوق می‌لرزد:

«غ‌ـ‌غ‌ـ غلط می‌کنه حالیم نشه، پسره‌ی دیوونه!»

و غش‌غش می‌خندد و می‌رود. صدای بهرام روی باران می‌رقصد:

«از خیر اون کیک هم بگذر، دیوونه.»

«نمی‌گذرم دیـ دیـ دیـ دیوونه... دیوونه... دیوونه...»

ماهان می‌رود. می‌دود. پرواز می‌کند. باران او را می‌شوید. او را می‌شنود. او را می‌شمرد:

یک... دو... سه... چهار... پنج... شش... هفت... هشت... نه... ده...

هشتاد و چهار... هشتاد و پنج... هشتاد و شش...

سیصد و چهل و دو... سیصد و چهل و سه...

هفت هزار و پانصد و هشتاد و پنج...

هجده هزار و... ما...

شصت و هفت هزار و...ماها...

صد و چهل و دو هزار و... ماهان...

سه میلیون و... ماهان برزگر نژاد...

هفتصد و چهل و هشت میلیارد و... احسان اسدیان...

...نوید ذبیحی...

مریم جبوری...

شهاب ترکمان...

شیوا شاهمرادی...

امیر غزالی... امیرعلی اکبری...

سامان عبدالهی...
سهیل عسلیان... هدیه نوروزی...

فریما بقایی حسینی... رسام نوری...

سیامک ملائیان... حانیه راستانی...

فاطمه مظفری... امیرحسین تراب احمدی...

بابک خطیبیان... سپهر زبده... وریا انصاری... محمد توکل خواه... نفیسه جان محمدی...

محمد رضا جعفرخانی... کیارش میرزایی... مهران قندهاری... محمدرضا نظرجم...

شبنم موثق... امین امیری... یاسمین حروفچی... یحیی توکلی... شاهین کمیجانی... سعید بدرالزمان... جواد جعفری... حمید رضا سمیعی... طاهر رفعی... زهرا ستاری... شهاب آشتیانی... زهرا فرجاد... علی سجادی... احسان فعلی... نیره فیض آبادی...

هادی محمودیان... مجتبی پایینی... سارا مشاهیر... حامد شادقدحی... هانیه رضایی... مونا سحرخیز... مریم پورانی... پرنیان رخساره صاتحی... روژینا... شمیم میرزایی... امیرحسین توکل... زهرا صادق‌زاده... گلبرگ پند... زینب جهان‌دار... فاطمه ظهرپیما... هدیه سمیع... حسن شکوری...

مجید اقتداری... احمد فرج عصر... زهرا بزرگی... سمیرا بابایی... رضا خاکپور... حامد با وفا... محمدرضا قاسمی... راضیه شفیعی... آیدا منصوری... آیدا عادلپور... پوریا بیگدلی... فرید مازندرانیان... امیرحسین چایفروش... لیلا صیفی‌خانی... علیرضا صادق‌فر... سارا زندیه... محمد مهجور... فاطمه مقیم‌نژاد... امیرحسین حیدر... امیرعلی شعاعی... مریم بهمنی... فاطمه غلام‌حسینی... هستی فیروزفر... حامد راسخ‌رزم... پرنیاحمیدی... صنم قربانی... زهرا کارآمد... سینا قائد امینی... مهدی حامدی... امیده حاتمی... فاطمه محمدی... پایا عسگری... زهرا نیکی‌ملکی... ابوالفضل علی‌صفی... مهدی خسرویان... زینب بختیاری... رها آبله‌کوه... نازنین زینب‌چناری... لنا فروزنده... نازنین زهرا سادات‌اسماعیلی... اسنا اسدالهی... محمود هادی... محمد محمدی... زهرا سلیمانی... محمد پورنوروزی... و ...

بسم‌الله
عشق‌باران، نثارِ بچه‌های سندرم داون.
و الحمدلله‌المحبوب
بهمن ۱۳۹۵ تا مهر ۱۴۰۰